啄木鸟·红色侦探系列

华南特案组

东方明 魏迟婴 著

群众出版社
·北京·

目　录

1950年初，刚刚成立的华南特案组得到情报，代号“LM”的台湾“保密局”和“国防部二厅”双料特工已经潜入广州，正密谋策划武装暴乱。特案组侦查员尹小白奉命卧底，暴乱阴谋被及时粉碎，潜伏特务组织头目“LM”落网。但特案组的侦查并未到此为止，经过研判，特案组怀疑此“LM”非彼“LM”，而是台湾特务机关导演的一出李代桃僵的把戏，真正的双料特工已经潜往广西十万大山。特案组如影随形，派出侦查员二度卧底……

华南特案组之卅号密裁令

一、三天五命

1949 年 12 月 21 日至 23 日，广州市连续有五名在职警员遭到暗杀。因为这一系列谋杀案，华南特案组正式走上舞台。

让我们先还原一下这五起命案发生的情形——

第一个遇害人名叫郭振堂，四十挂零，原系国民党广州市警察局（旧称“省会警察局”）大东分局刑警，广州解放后被新政权留用。按照当时华南区域的做法，留用刑警若无突出业务本领，手头拿不出绝活儿的，先得离开刑侦岗位，分流到其他业务部门去干一段时间再作计较。郭振堂虽是老刑警，但业务平平，听说还有海外关系待查，分局领导就把他暂时安排至交警队。

得以被新政权留用，郭振堂内心已经感激不尽，交警就交警吧。他患有比较严重的类风湿病，其实是不适宜长时间站立街头的。这个，领导倒是也考虑到了，关照交警队说让老郭做机动顶班吧，不必天天上街。老郭闻知，更是感激涕零，逢人便说还是新社会好，分局长官体恤属下，连这种细枝末节的小事儿都想到了。自此努力工作，不用顶班时也不再像以往似的坐在办公室里喝茶看报侃大山，而是主动帮内勤干些零星活儿。

12 月 21 日那天，原本轮到郭振堂休息，但他还是来分局了，说在家里待着没事干闲得慌。交警队领导说今天队里也没啥事儿，你还是回家歇着吧。老郭看看也确实没啥事可帮忙的，于是返身回家。可是，下午两点他又来了，说要写几条宣传标语，明天顶班时张贴在岗亭上。标语还没写完，副队长老王匆匆进屋，说东华路东川路口发生交通事故，一辆摩托超速行驶，跟卡车相撞，还把执勤的小梁给蹭倒了，人已送到医院，说是右腿骨折。现在那边缺人，要不麻烦老郭去顶一下？

郭振堂二话不说，出门跨上自行车就走。这一去，就不幸谢幕了！

据目击者反映，车祸发生后，路口交通暂时由恰好经过的公安总队巡逻小组接手指挥。老郭赶到现场，换下巡逻小组，指挥两拨车流通过后，路口出现了一个短时的空隙。这时，不知从哪里闪出一个衣衫褴褛的男子，一手拄着一支竹杖，一手拎着一个补丁层叠的破布口袋，来到岗亭前，把竹杖往台阶边上一靠，掏出一张纸条，似是向交警询问地址。路口比较喧闹，老郭可能听不清对方说的什么，便从岗亭里出来。那男子递上纸条，老郭的注意力都集中在纸条上，男子忽然转身离开。

与此同时，老郭一头栽倒——鲜血汩汩而淌，一柄尖刀从腰部侧面插入体内，直没至柄！

现场顿时一片混乱，人喊车鸣。待到人们醒悟过来，凶手早已不见影踪，连往哪个方向遁去的也没人留意到。

这样一起恶性凶杀案，警方自是重视。大东分局当即组建专案组开展调查，结果到第三天第五名受害人被害时，依旧没发现任何线索。

第二、三起命案发生在次日，即12月22日。这天遇害的两个受害人，分别系供职于广州市公安局蒙圣分局、黄沙分局的刑警陈明贵、郑应富，都是三十四岁。两人同为广东人氏，分别来自阳江、清远，全面抗战爆发前三年考取警校，是刑侦班的同窗，毕业后同时进了国民党广东省会警察局警探处。1938年10月，广州沦陷，陈、郑两人继续在日伪警察局当刑警；抗战胜利，两人又被国民党警察局留用，还是干的刑警老本行。

陈、郑都是刑侦科班出身，在历年来多起重大刑案的侦破中颇有建树，算是技术人才，手里也没沾上血债，广州解放后亦被新政权留用，仍然从事刑侦工作。不过，待在市局显然不合适了，便将他们分别调往蒙圣、黄沙分局。

12月22日傍晚，蒙圣区同福路发生一起入室抢劫案，陈明贵奉命随同数名刑警出现场。勘查、走访、分析等一番程序结束，陈明贵骑着自行车离开分局回家，抵达宝岗街住所时已是晚上十点多。他在底楼客堂停自行车时告诉妻子，刚在阿珍店里吃了碗馄饨，就不用再给自己热晚饭了。然后上楼，照例先去父母卧室请安问候。哪知刚推开门还没说上一句话，突然脸色惨白、冷汗满头，捂住胸口倒地昏迷。

家人将其急送医院抢救，但没有救过来。经法医解剖证实，陈明贵生前服用过某种可以引发心脏搏动障碍的药物，至于是误服还是遭人谋害，那就需要警方调查了。

另一刑警郑应富的遭遇跟郭振堂类似。12 月 22 日轮到他休息，当天晚上，郑应富携妻女前往距家不过一街之隔的黄沙区丛桂路“祥云影剧院”看电影。电影散场，一家人随着众多观众挤出影剧院大门，下台阶时，郑应富忽然“哎哟”一声，整个人就瘫软下去。可以想象，这种状况下人群中猛不丁出现一个“空缺”会造成什么样的后果，台阶上顿时堆起了一座小小的“人山”。幸亏一辆满载解放军的卡车经过，军人及时伸以援手。饶是如此，也有七八人受了踩压伤，至于充当“人山”基座的郑应富，则再也没有站起来——他的身上血流如注，跟昨天遇害的交警郭振堂一样，腰间插着一柄尖刀，也是直没至柄。据法医检验，这一刀是致命伤，即便没遭到多人踩压也没救了。

蒙圣、黄沙分局分别立案侦查这两起命案，暂时未能获取线索。这三起命案都是即时报至广州市公安局（其时称“广州市人民政府公安局”），自然引起了市局领导层的重视。23 日午后，局领导们正在局务会议上讨论上述三起案件的情况时，忽然传来消息：又有两名警员殒命！

这两名警员都是四十多岁的中年人。上午遭遇厄运的那位名叫黄瘦竹，系旧省会警察局的高级警务督察官，解放后被留用，调至总务处当了一名科员。老黄的健康状况一直堪忧，因为患着肺结核，常年咳嗽，脸色苍白，终日一副有气无力的模样。这几天正是冬至时令，毛病发作，苦不堪言。23 日上午，他实在受不住了，就去中央医院看病。

黄瘦竹的妹夫是中央医院的外科医生，留洋海归，后起之秀，一把手术刀在羊城乃至广东全省小有名气。自打抗战胜利后妹夫从美国回来供职于刚组建的中央医院，老黄就把该院作为自己的定点医院，院里的内科大夫对他一向认真负责。这次给他一检查，说有炎症，需要挂点滴，医院正好从香港搞到了少量盘尼西林（即青霉素），就给他用上了。盘尼西林是特效消炎药，当时国内无法生产，而帝国主义对新中国进行经济封锁，正常的进口渠道是搞不到的。这个情况老黄自然知道，当下连连称谢。没想到，一剂盘尼西林还没有挂完，患者本人竟然先“挂”了！

老黄死得无声无息，躺在病榻上就像是熟睡了一样。等护士发现情况不对，急按电铃召唤医生赶到时，已经回天乏术了。

前高级警务督察官黄瘦竹死得莫名其妙，而这天的另一位受害者洪秋笙的遇害经过，更是令人瞠目结舌——

洪秋笙这个名字在广州、广东乃至整个华南甚至港澳警界的知晓度颇高。此人早年留学英国，专攻刑侦，兼习刑事鉴识，回国后先后供职于汉口、上海租界巡捕房和广州警局，对刑事侦查与痕迹鉴识在破案中的结合颇有心得。解放前夕，国民党曾动员他“撤台”，香港警务处也向其发出加盟邀请，均遭谢绝。然后，洪秋笙就消失了。

广州解放后，隐藏于郊区的洪秋笙返回市区，被新政权留用。还没安排岗位，敌特的警告信就接二连三以各种方式送达，有的还夹着子弹，对其发出死亡威胁。新政权为保护洪秋笙的生命安全，决定将其“软禁”起来。洪秋笙干脆不再回家，就住在市局，内部活动和以往一样不受任何限制，生活待遇从优，只是不能随意外出。当然，像老洪这样一个有名的专家，肯定是闲不住的。当时广州的治安状况也不可能让他闲着，他每天几乎从早到晚都要参与分析大案要案的案情，以及指导技术室鉴识痕迹的工作。有时下面分局遇到疑难案件，干脆就将其接去待上数日。

两天前，沙面区发生一起涉外刑案，当天就破获了。当事人是一个英国老者，对警方向他作出的案情解释不满意，点名要求当面听取洪秋笙对此的分析。建国伊始，英国在西方国家中跟中国的关系比较微妙，我方对涉英事宜的态度跟其他西方国家有所区别。于是，警方同意了老外的要求，派一辆吉普车将洪秋笙送往沙面分局。

洪秋笙的一番分析让老外折服，立刻表示接受警方的解释并表示感谢。事儿办完了，洪秋笙应该可以返回市局了吧？还不能。沙面刑警知道他的本领，正好请他传授些痕迹鉴定方面的经验。当然，这是经过市局同意的，老洪本人也乐意。没想到，今天上午他竟被射杀在沙面警方给他安排的那间位于二楼的临时居室里！

子弹是从马路对面那幢大楼里射出的，正中老洪的头部。当时，分局大部分民警正在饭厅开大会听领导传达文件，洪秋笙遭到暗杀却无人发现。那么，没去饭厅开会的民警或门卫就没听见枪声吗？门卫是个五十出头的留用老警察，他倒是听见了声响的，不过并非枪声，而是一阵鞭炮声。七十年前的民间习俗，人们动不动就喜欢放鞭炮，红白喜事自不待说，小孩儿出生、大人过生日、学生上榜、冤家解怨、逢凶化吉等等，值得燃放鞭炮的事儿多了去了。如此，尽管传达文件的时间不算长，等到有人发现老洪倒在血泊中，警方再想到对面大楼里抓凶手，肯定黄花菜都凉了。

三天五命，死的还都是警察，那还得了！23 日下午，命案发生地大东、蒙圣、黄沙、沙面分局的局长接到紧急通知，让他们立刻赶往市局开会。等他们匆匆来到市局，却被告知会议取消，让他们各自回分局。

怎么回事呢？这就要说说中共中央华南分局了。

1949 年 8 月 1 日，中共中央发布《中共中央关于成立华南分局的电报》，其中第三项明确由叶剑英、张云逸、方方分别出任华南分局第一书记、第二书记、第三书记；第五项明确华南分局受华中局领导（新中国成立后华中局改称中南局)。根据规定，中共中央华南分局是中国共产党中央委员会驻华南地区的领导机关。同年9月，在江西省赣州市组成华南分局（因之前曾有过一个华南分局，故史称“新的华南分局”）。1949年10月14日，广州解放，12月14日，华南分局社会部与广东省公安厅在广州市同时成立。中央决定广东暂不设立省委，由华南分局代行省委职责，所以，最初华南分局社会部与广东省公安厅系“两块牌子、一套班子”。

广州解放后，中央曾将其列为直辖市（后又重新调整为省会)，广州市公安局既受中共广州市委领导，又受华南分局社会部节制。社会部的重点工作是情报，而广州市的地理位置和政治作用又极为重要，因此华南分局社会部的情报部门自然把工作重点放在羊城。广州地面上发生五命系列案，社会部当然会迅速知晓，并立刻报告华南分局领导。后来知道，华南分局领导层闻讯立即作出反应，认为“该系列命案颇显蹊跷，由于死亡者都是警员，故拟由南社部（华南分局社会部的简称）组建专案组负责调查”。

这就是四名分局长赴市局汇报案情却又被突然叫停的原因。当天稍后，华南分局社会部组建的一个代号为“55”的特别专案侦查组即投入秘密侦查工作。

二、“55小组”

专案组的代号之所以叫“55”，据说是缘于华南分局社会部一位领导的随口之语，他说案件死了五人，我们派出的侦查员也正好是五人，那就叫“55小组”吧。新中国成立伊始，秘密工作中所起的代号不像后来那样有比较明显的借喻性，一般都是随口一说，在场其他领导也就都点了头。

就是这个“55 小组”，不久之后被组织上正式命名为“华南特案组”。

“55 小组”的五名侦查员，分别是亓舞牧、尹小白、麦善谋、张百行、陈君临。其中亓舞牧、麦善谋、张百行系南下干部，奉命充实到华南分局社会部担任专职情报员。陈君临来自中国人民解放军粤赣湘边纵队。他原是东江纵队侦察员，奉命在广州开了一家中医诊所，成为一名集情报员、交通员、锄奸员为一身的秘密工作者，后因身份暴露撤离广州。1949 年 1 月 1 日，粤赣湘边纵队正式成立，陈君临归队，前往惠东县安墩镇中共粤赣湘边区党委驻地报到，继续从事情报工作。广州解放后，奉调成为华南分局社会部的专职情报工作者。

专案组五名成员中年龄最小的是二十二岁的尹小白，上周刚刚奉调来到华南分局社会部，但对于组织上安排他干的工作却不甚满意（具体是什么工作，后面会说到），此时接到通知让他参加“55 小组”侦查专案，自是喜出望外，连忙前往专案组办公室向组长亓舞牧报到。

组长亓舞牧是河北保定人氏，中等师范没有读完就奔太行山参加了八路。这人平时戴着一副深褐色玳瑁框眼镜，面皮白净，看上去俊朗书生一个，殊不知他出身武术世家，身怀绝技，脸上不动声色，出手毫不留情。抗战中后期，亓舞牧组织锄奸行动上百次，让日伪闻风丧胆。抗战胜利后，根据组织决定，亓舞牧由以行动为主改为专搞情报，先后供职于晋察冀边区社会部、华北局社会部，华南分局成立后调到广州。

专案组驻地设在一座颇具南方特色的独立小院里，尹小白前往报到时，亓舞牧正在室门一侧窗前拉小提琴，曲调悠扬婉转，对尹小白进屋的动静似乎充耳不闻。尹小白站在一旁听了片刻，有点儿不耐烦了，干脆上前打断：“大哥大哥，没想到您老还有这等雅兴，兄弟佩服！”

亓舞牧并不答话，小提琴奏出的曲子却变成了《三大纪律八项注意》歌曲。尹小白微微一愣，似有所悟，迅速正装，跨近两步立正敬礼："报告！尹小白奉命向专案组报到！"

琴声戛然而止，亓舞牧上下打量眼前这个肤色黝黑与其名字正好相反的小伙子："尹小白，革命队伍中互称同志，如果你喜欢称兄道弟，那就给我滚出去！"

"55 小组"正式成为华南特案组后不久，在一次民主生活会上发言时，尹小白提起这事，说自己当时心里就在嘀咕，老亓此举违反了"八项注意"中的第五条"不打人骂人"。

此刻，尹小白并没有被老亓的疾言厉色吓住，一脸满不在乎的神情："我觉得吧，你应该改变一下对我的称谓，不能直接叫我的名字……"

"不叫你名字叫你什么？"

尹小白大言不惭："叫尹老师呗！"

亓组长的吃惊程度简直可用瞠目结舌来形容，眼镜片后面两道犀利的目光把这个新部属从头到脚作了一番全方位扫描。换了旁人被他这样盯着，早就吓得腿软了，不想这尹小白居然大大方方坐下了，还打开桌上的茶叶罐给自己沏了一杯茶，而且茶叶放得还挺多。那罐西湖龙井是昨天一位老战友赠送的，亓舞牧看着心疼，心说这么好的茶叶给这小子糟蹋了。更令他恼火的是，你给自己沏茶没问题，亓舞牧那杯喝了一半的茶水就放在一边，尹小白却一点儿眼力见儿没有，竟然没帮自己的顶头上司把茶水添满。

尹小白留意到专案组长嫌弃的眼神，只当是没看见，大大咧咧吹着茶水上的浮沫。参加革命九年的正营级干部老亓同志长期从事情报工作，可以说阅人无数，却从没遇到过这种料，当下真有一种"这小子欠揍”冲上去给他几下的冲动，眼睛不住地瞄着挂在墙上的军用皮带。不过，尹小白接下来的话让专案组长打消了这个念头。

尹小白说的是什么呢？他说：“兄弟参加革命已经十年……”

亓舞牧更是吃惊，这小子岁数不大啊，怎么参加革命比自己还早一年？

要说这尹小白的经历，堪称传奇。他出生于1927年，土生土长的广州市区人。其父母均是中共早期党员，父亲老尹供职香港轮船公司，母亲孙嫂是广州大茂纱厂的女工。在1925年发生的世界工运史上罢工时间最长（十六个月）的“省港大罢工”中，老尹系罢工委员会成员。1926年秋罢工结束，老尹被英帝国主义和国民党通缉，组织上将其从香港撤回，改名换姓进了船厂，以机修工身份为掩护继续从事党的秘密工作。1927年初冬，党组织下达指令，调这对党员夫妇前往上海，充实“四一二”反革命政变后被严重削弱的上海地下党的力量。

老尹、孙嫂带着出生十个月的儿子尹小白到达上海后，不辱使命，很快就站稳脚跟，为地下党做了大量工作。一晃儿三年多，1931年初夏，厄运突降。由于叛徒出卖，尹、孙夫妇在英租界被捕，又引渡到国民党淞沪警备司令部。两人受尽酷刑，坚贞不屈，半月后英勇牺牲，遗下四岁独子尹小白。

尹小白对专案组长郑重强调：“我小时候皮肤很白的，估计不亚于您，所以先父给我取名小白。但是父母牺牲后，组织上派人把我接回广州，到十二岁参加革命时，竟然跟非洲哥们儿有一比，小白变成了小黑，连绰号都叫‘阿黑’。这一黑，就一直黑到现在。不瞒您说，兄弟到现在还在放单，凡是我瞅得中的靓女，人家都看不上我，就是因为我皮肤太黑！”

那么，从四岁到十二岁这八年里，尹小白究竟干了些什么，会变得这样黑呢？尹小白向亓舞牧报出“沙弥、道士、乞丐、唱戏、行船、报童、听差”等一连串职业后，亓舞牧的目光顿时变得柔和了，不由缓缓颔首。

尹小白十二岁时，广州已经沦陷。当时他是芳村一带小叫花的头儿，一次去“福仁堂国药号”门前行乞，巧遇其父当年的战友闵伯伯。老闵一下子就认出眼前这个小叫花是烈士老尹的遗孤——老尹夫妇牺牲后，就是他奉组织之命把孩子从上海接回，送往羊城尹家亲戚处寄养的。后来，组织上得知尹小白走失，还曾指派专人寻找过。当下，老闵跟尹小白扯了两句，证实自己没有认错，就把这个可能是羊城各路丐帮中年龄最小的帮主带走了。

带到哪里去了呢？香港。中共在香港有地下组织，老闵就是其中一处地下机关的领导。尹小白到香港后，被安排在一座公馆里生活。该公馆其实是中共的秘密据点，全宅上下所有成员——老爷、太太、少爷、小姐、女佣、厨子、花匠、司机、听差，都是地下工作者，尹小白是以少爷名义入住的。不久，他就开始接触秘密工作，利用其年龄优势探听消息、接送同志、跑交通。

太平洋战争爆发，日军占领香港。由曾生将军率领的中共广东人民抗日游击队东江纵队派出武工队（就是著名的“港九支队”）进入香港本岛、九龙地区，开展城市游击战。尹小白奉命调往武工队，当了一名侦察员。后来武工队撤出港九地区，尹小白作为东江纵队的秘密情报人员留守香港，由于表现出色，于 1943 年加入中共，时年十六岁。抗战胜利后，尹小白的组织关系转到中共香港工委，继续从事情报工作。

根据前述 1949 年 8 月 1 日中共中央决定成立华南分局的电文第四项“华南分局领导广东、广西和香港工委”的规定，华南分局可以从香港工委调人。华南分局社会部成立后，工作计划中有一项是组建一所公安学校（即广东省公安干部学校，广东警官学院的前身）。由于教程中有关于在港澳地区开展秘密工作的内容，急需熟悉香港情况并有丰富实践经验的同志来担任教员，香港工委就向华南分局推荐了尹小白。

当时流行不拘一格选人才，手里拿得起活儿加上政治可靠就行，不在乎学历、职称什么的，华南分局在对尹小白进行审查时，认为这位同志虽然年轻且文化低，但有实践经验，就给开了绿灯。哪知尹小白来广州报到后，得知要让他当教员，立刻要求返回香港重操旧业，如果一定留在广州也行，那就还是干老本行。组织上一时说服不了他，只好先将其晾在一旁。这当口儿正好发生了“三天五命”系列谋杀案，急需抽调精干力量组建“55 小组”，领导就想起了尹小白。

尹小白满心欢喜前来报到，不曾料到专案组长竟想退货。他出道早，经历丰富，接触过的高级干部、社会名流数不胜数，生性又向来无拘无束，对亓舞牧这样一个上级不大买账，于是就怼上了。

起初，亓舞牧的确对尹小白的油腔滑调颇为反感，但一听他的经历，也就理解了。不但理解，还多了几分敬重——年方十二就参加革命，而且从事的是最危险的地下工作，敢在自己面前摆谱，那是因为人家有这份资历！正在心里感叹着，门外一声“报告”，进来两个男子——专案组侦查员麦善谋、张百行。

这两个原本就是亓舞牧的下属，不需要什么客套。专案组长微微点头，说：“人到齐了，咱们这就开始吧。”

尹小白一怔，不是说专案组有五名成员吗，此刻连我在内不过四个，怎么说“到齐了”呢？一边想着，一边四下打量，这才发现靠门边的那把椅子上不知什么时候坐了一位，一副没精打采的样子，好像还没睡醒似的。尹小白暗暗吃惊，寻思这人进屋一点儿动静没有，能在我这个出了名的“小机灵”眼皮底下玩这一手，定然不简单。

这位，就是“55 小组”年龄最大的一个，三十八岁的老情报工作者陈君临。

专案组的首次会议时间甚短，也就不过侦查员自我介绍，再由亓舞牧作案情介绍。临末，亓舞牧安排大家一人对应一个被害者，分别去了解案情，办理案卷移交手续。当晚七时许，诸侦查员都已返回，汇总情况如下——

系列命案中最后一个死者洪秋笙的被害属于典型的暗杀，凶手枪法精准，还有疑似故意燃放鞭炮以掩盖枪声之举，显然是经过缜密策划的。案发后，沙面分局刑警立刻出动，对街面进行访查，拘留了燃放鞭炮的三人。稍后该案的侦查被叫停，三人即被移押市局看守所。专案组认为这是一条有希望追查到凶手的线索，但后来查明，三人并不涉案，一年前三人之一的女儿因车祸身亡，放鞭炮是为其女儿进行周年祭，这事半月前就定下了。凶手应该是正好赶上这个机会，就趁机利用了。

死于医院的黄瘦竹系旧省会警察局的资深刑警，担任高级警务督察官之前，曾是国民党广东省警察训练所的教务主任，在两广警界有广泛的人脉关系，在社会上也颇有些三教九流的朋友。解放伊始甄别旧警察时，将其留用。当然，留用不是重用，就将其降职调至市局总务处当了一名普通科员。

中央医院属大东公安分局辖区，黄瘦竹死亡后，分局接到报警，立刻派员前往。得知死者身份，又通知其供职的市局。至调查被截停的这段时间，承办警员所做的工作有限，只找到医务人员和七八个在场的患者及陪同家属谈了谈。医务人员说他们的诊疗是严格按照职业规范进行的，怀疑老黄之死跟某种隐性疾病有关，比如心脏病。在场患者和家属则说，老黄进入观察室挂点滴期间，一直比较安静，没有和医务人员之外的任何人有过接触。

分局警员离开医院时，带走了老黄在医院期间接触过的所有物品——被褥、枕头、挂针的药水和医疗器械、病历卡，送市局封存。死者的遗体则送到市局停尸房解剖。法医检验结论是：黄瘦竹死于心跳骤停，其生前没有心脏疾病。经对其挂针的药水进行检验，发现其中有与医院药方中的药物不符的化学成分，但受条件限制，目前无法鉴别。法医认为不排除他杀的可能。

这个情况与12月22日死亡的蒙圣分局警员陈明贵类似，陈也是生前未患心脏疾病，却死于心跳骤停，两个死者的血液中检出的不明化学物质成分相同。专案组由此认为，黄、陈两人极有可能是被毒杀的。这种毒药无论是注射还是口服，均可致命。

而另两个死者郭振堂、郑应富，则应是被同一个凶手杀害。郭、郑都是在公共场合遭的毒手，凶手使用的是一种小型牛耳尖刀，江湖上称为“攮子”，攮子均未拔出，留在受害者的身上，警方在两把攮子上发现了相同的指纹。

先前外出调查的侦查员尹小白、张百行两人带回的物证中包括那两把攮子，此刻放在大家面前，每个人都翻来覆去查看了一番，一致确认这是由同一工匠制造的同一批产品中的两把——不但大小式样一致，上面还有流水编号“016”和“017”。这个细节首先引起了尹小白的注意，他那双不大的眼睛看看凶器，又轮流扫视其他几个侦查员，那意思很明显：我已经有发现了，你们呢？

亓舞牧见状开腔：“小白是不是有什么想法？”

尹小白故意把眼光扫向墙上的军用皮带：“我生怕讲错了，会被您特殊教育……”

亓舞牧神色略微尴尬，好在尹小白见好就收，马上进入正题。

他到底在香港混过多年，从接触江湖黑道来说，可能是专案组一干侦查员中最有见识的一个。那么，这两把攮子让他想起了什么呢？他给众人讲起了一桩发生在香港黑道的系列凶杀案——

有个刘姓武馆教头，因为得罪了香港黑社会中有名的帮会老大任飞天，被整得家破人亡，不得已亡命海外。三年前，这个刘教头突然出现在香港地面上，不过已经改头换面，即使熟人当街相遇也未必认得出他。他此时的身份是旧金山某黑帮老大，回香港的目的就是找任飞天复仇。当初任飞天杀了他父母妻儿四口，他发誓要以三倍之数，杀掉包括任飞天本人在内的任家十二口。

任飞天喜欢寻花问柳，正式和非正式的老婆有九个，生下的子女总共二十九人。刘教头不想一锅端，就撇开任氏的老幼妇孺，选择了任飞天及其十一个成年的儿子，花重金请铁匠精心打制了十二把匕首，每把上面都刻上一个姓名。然后复仇开始，他自己加上三个手下，每人三个目标，在二十四小时内，十二把匕首对号入座，居住在香港本岛和九龙的任飞天及其十一个儿子无一幸免。此案轰动全港，香港警务处全力侦破，伦敦苏格兰场也派来刑侦专家团指导。刘教头虽然在案发后逃离港岛返回旧金山，但迫于各方压力，最终还是不得不蹈海自尽。

尹小白为何要介绍这起“港九父子系列命案”？专案组侦查员立刻领悟了他的意思：眼下的“三天五命”系列凶杀案的作案动机可能也是出于报复目的。

如果这个分析对路，该如何进行调查呢？专案组讨论到午夜，决定调查工作分以下五步同时进行——

第一，对黄瘦竹案的调查。根据法医解剖以及对打点滴的药水、医疗器械上残留物质的鉴识，确认黄死于毒杀。因此，该案的调查重点是凶手是如何将毒物掺入药水的。此项调查由组长亓舞牧主持。

第二，对郭振堂案的调查。老郭是在公共场合众目睽睽之下被人捅死的，大东分局在案发后走访了多名现场目击者，移交给专案组的笔录约摸有寸余厚，但据称并无有价值的线索。该案唯一可以追查的似乎就是凶器来源，那就责成大东分局先盯着凶器进行调查。

第三，对郑应富案的调查。郑案与郭案的作案手法类似，凶手也基本可以认定为同一人。黄沙分局对该案的前期调查跟大东分局调查郭案是一个路数，结果也一样。往下的调查，也只能由其盯着凶器来源进行了。

因此，组长亓舞牧决定，对上述两案的调查在目前阶段可以串并。两案先前分别是由尹小白、张百行去分局了解情况的，那就让尹、张两人搭档继续调查。

第四，对陈明贵案的调查。尽管陈的死因与黄瘦竹相同，但两个案件一个发生在医院，一个发生在家里，环境还是有些区别，而且致两个受害人死亡的毒药究竟是何种物质也弄不明白，那就更谈不上追查来源了。因此暂不串并，由侦查员麦善谋主持调查。

第五，对洪秋笙案的调查。洪的被杀跟其他四人不同，市局刑技专家对从现场护墙板里挖出来的那颗子弹头进行了鉴定，确认凶手使用的是美国造柯尔特 M1911A1 自动手枪。这是世界著名的军用手枪，口径达到0.45 英寸（11.43 毫米）。这种手枪发射的子弹如果不幸挨上一颗，哪怕是四肢部位，也摊上领伤残证了——老洪被子弹贯穿头部，真容都不太辨得清了。此外，一般手枪的有效射程不过五十米，这种远距离的精准射杀，很少有使用手枪的。M1911A1 自动手枪的重量达四斤，寻常人摆弄起来都困难，更何况是远距离一枪爆头？凶手露了这么一手，显然不是寻常的江湖混混儿，很可能是专业级别的枪手，最起码也是惯匪一类。因此，亓舞牧决定把该案的调查交由对广州黑社会比较熟悉的陈君临主持。

分工安排妥当，专案组长亓舞牧宣布：明天上午各自行动，晚上返回驻地汇总调查情况。开展侦查时的人力物力支援，概由案发地分局负责；遇到突发情况，随时可以华南分局社会部名义与市局及各分局相关部门联系。

三、“见血堂”轶事

12 月 24 日，“55 小组”五名侦查员按照分工分头调查，先说说由专案组长亓舞牧主持的那一路。

亓舞牧径直前往中央医院，没有惊动任何人，首先悄然查看了黄瘦竹死亡的那间观察室，然后去医院门卫室往大东分局打了个电话，要求昨天前来勘查现场的三名警员放下手头的活儿，换上便衣，立刻赶到医院来跟他会合。

稍停，徐成钢、老蒋、小王三警员匆匆抵达。亓舞牧让他们把昨天谈过话的两个医生、四个护士请到临时征用的一个有内外套间的空房里，自己待在里间，把这几位医务人员轮流唤入询问。问题一共十来个，不算多，但都是亓舞牧事先反复考虑过的。一个个聊下来，众人的说法和亓舞牧之前掌握的情况没什么出入。

接下来，亓舞牧让徐成钢三人陪着他一同去走访昨天谈过话的那八位患者和家属。三人怔怔地望着两手空空什么也没带的专案组长，谁都没吭声。怎么回事呢？昨天他们已经奉命把卷宗上交了，今天亓舞牧又没带来，可三个人做的笔录，包括被询问人的名址什么的都放在卷宗里，根本没往脑子里记，此刻怎么登门走访？亓舞牧见三位这副神色，已经心知肚明，当下漫不经心地将八人的名址随口报出，那三位顿时面面相觑，差点儿惊掉下巴。

八户人家不是住在一起的，待一家家跑完，已经是下午三点多。亓舞牧说咱们还得回医院。徐成钢三人不知何故，又不好问。大半天折腾下来，他们颇觉疲乏，心里暗忖：看来还是待在分局好，市局（亓舞牧是以市局名义找他们三个来的）工作节奏太紧张，以后若有调市局的机会，还得三思。

而此时的亓舞牧正处于兴奋状态。因为这大半天没有白折腾，通过这番走访他已经发现了疑点——

据医生、护士陈述，在老黄输液的大约四十分钟时间里，医生并未接触过该患者，四个护士中有三人接触过，其中一人为老黄插针输液，几分钟后又去查看过输液是否顺畅；另两人是例行巡查时在病榻前停留过。但是，八名患者、家属中的两个经亓舞牧反复启发后回忆起一个细节（昨天分局警员询问时他们说“没留意”），在老黄出事十来分钟前，他们曾看到一个身穿白大褂、头戴护士帽、身形稍显丰腴的女护士进过这个病室，在老黄的病床前停留过片刻，是否跟老黄说过话或者进行过什么操作，他们都没注意。

亓舞牧马上意识到有问题。先前他在医院调查时曾仔细询问过三个护士跟老黄接触的时段，昨天分局警员的笔录中也记下了护士巡查的时间，均与那二位所说的有差异，所以，他认为有必要再去医院核查一下。

核查结果，四个护士互相作证，再三确认她们之前的说法无误。而且，科室里的护士都是典型广东少女的苗条体形，并无胖子——在她们眼里，丰腴就是胖子了。护士长唯恐侦查员不信，特地把半月前医院搞院庆活动时给各科人员拍摄的合影拿给亓舞牧过目，被亓舞牧老实不客气地收入囊中带回驻地。

这番调查的结果说明，有一个护士打扮、体态稍显丰腴的女子在老黄的病床前停留过，亓舞牧高度怀疑此人就是杀害老黄的凶手。于是立刻通知医院院部，全院医务人员一律延缓下班，禁止离开医院，集中于各自科室，等候警方调查。然后致电市局，以华南分局社会部名义要求临时调派十二名侦查员来医院协助。

这一查，直到晚上九点多才结束。折腾算是大了，却没查到老黄出事前曾出现在内科观察室的那个“丰腴护士”。不过，不止一个医务人员反映，昨天上午他们确实在院内遇到过这么一个体态特征与侦查员查找目标相符的护士，都以为是新来的，但也有人注意到，她所穿的白大褂胸前并无“中央医院”字样。

这里先把亓舞牧主持的对“丰腴护士”的调查往旁边搁一搁，说说另一路侦查员尹小白、张百行对郭振堂、郑应富两起命案的调查情况。

张百行是北京人氏，二十五岁，大尹小白三岁。小伙子是典型的北方男子体形，高大魁梧，张嘴一吼，声若雷鸣。张家祖上是河北吴桥，那是著名的杂耍之乡（旧时杂技称为“杂耍”），张百行的祖父、父亲都是杂耍艺人，兼通古彩戏法，早年来到北京谋生，后来就在北京落脚安家。张百行原本也是该吃这碗饭的，他本人也喜欢，自三岁开始就自个儿折腾着玩儿了。六岁时，祖父、父亲开始正式传授技艺。不料，到十一岁那年，张百行又喜欢上了武术，拜了个北方有名的武师学内家拳，家中长辈也就由他去了。

这孩子不但在杂耍、武术方面颇有天分，读书也很勤奋，学校里大大小小的考试，成绩总在前三名。老爸寻思，既然如此，那就干脆供他继续把书念下去吧，毕竟靠读书能谋个饭碗的话，总比当杂耍艺人体面。就这样，张百行一路学了下去，最终考进了大学。

对于一个平民家庭来说，孩子考上大学自是一桩大好事，可是，家人的希望落空了。他们不知道，张百行读到高二时，就参加了地下共青团，大一下半学期，张百行已是地下团组织的支部书记。1947 年深秋，张百行读大二时，被敌特列入了黑名单，接到组织上的紧急通知，撤离北平前往解放区。

张百行先是被安排在解放区的县政府当了一名税务员，这是看中了他的文化，大学生嘛，还是学数学的。哪知不到一个月，上级就派人持调令来挖人了。原来，人们发现这位大学生最擅长的其实是格斗术和杂耍、魔术，再加上他的文化水平，简直文武全才，整个解放区也不一定能找到这么一块从事情报保卫工作的好料！于是，张百行就进了华北局社会部，不久入党。1949 年初，他又作为接管干部进了北平城，分配到亓舞牧手下。后来亓舞牧调到华南分局社会部，点名把张百行和麦善谋要了过来。

张百行有着北京人特别能侃的特点，加之出身艺人家庭，有遇人自来熟的遗传基因。“55 小组”是华南分局社会部成立以来组建的首个专案组，他对于自己能够跻身其中感到非常自豪。小伙子为人实诚厚道，担心自己对粤语比较生疏，影响侦查工作。他来广州没多久，听着人家刻意放慢速度的广东话也像听外语一样。昨天亓舞牧还没宣布郭、郑两案串并调查时，他已经打定主意，请分局派一个既会讲广东白话又会讲官话的人给他当助手，同时心里又犯嘀咕，担心会不会遭人笑话，毕竟自己是代表专案组的，而专案组成员都应该是精英才对，怎么能连当地话都听不懂？待到听组长说郭、郑两案串并侦查，心头一块石头方才落地。跟他搭档的这个“阿黑”不但是本地人，还能说一口流利的官话，这就没问题了。

昨晚的案情分析会结束后，张百行跟尹小白私下聊了聊。

“多大啦?”

“二十二。”

“比我小三岁，那咱就不谦虚自称哥了。”

“该当的。小弟少不更事，凡事还望大哥多多提携。”

“在党了吧？”

“正在努力哩。”

“对，这次查这么大的专案是一个机会，好好干，回头哥做你的介绍人。哥已经入党一年了！”

尹小白努力憋住笑，抱拳作揖：“仰仗！仰仗！”

没了对语言障碍的顾虑，张百行就吹上了：“哥在华北局社会部干过，在北京也干过，见得多哩；另外，老弟你可能不知道，哥拳脚还不错，三五条汉子近不了咱的身，遇到缉拿罪犯时胆敢拒捕的，你站远点儿瞧着，哥准保手到擒来……”

第二天天色未明，张百行早早起床，先练了一趟拳，见伙房已开始打早饭，就把尹小白叫了起来。尹小白漱洗一番，在院子里发动了摩托车。张百行说还没吃早饭哩，要不咱拿几个冷馒头带上，路上瞅个空填肚子？

尹小白说：“我们去馆子吃早茶。”

张百行瞪大眼睛惊问：“听说广州馆子的早茶挺贵的，这钞票……哥可掏不出啊！”

“不用大哥掏，公家请客，我昨晚已经向亓头儿领了。”

张百行虽然是杂耍班子里长大，有着江湖艺人的世故圆滑，但长期在革命队伍里熏陶，原则性还是很强的：“这是公款吃喝啊，要犯错误哩！”

“咱可不是想占公家便宜，这是开展工作的需要。再说了，大哥新来乍到，尝个新鲜，不吃早茶等于是没到过羊城嘛。”

两人去的是位于南华路上的“早相知”茶楼。尹小白从叫花子到阔少爷都做过，从事情报工作后，经常往返于省港（“省”即省会广州）之间，时不时就要出入宾馆饭店茶楼戏园夜总会之类。跑堂一看他进门那副架势，以为是纨绔子弟，立刻热情招呼。上到二楼，在临窗一副座头落座，尹小白用粤语向跑堂吩咐了几句。跑堂点头哈腰喏喏而去，不一会儿，便走马灯似的端上若干茶食，至于茶水，光绿茶就有龙井、碧螺春，此外还有红茶和茶楼自制的凉茶。

张百行看着，有一种头皮发麻的感觉。正要提出异议，尹小白忽然一跃而起，冲着楼梯口方向疾迎上去，朝一个五十出头身材粗壮的络腮胡子拱手作揖：“李叔！您老来啦！请——”

一边说着，一边亲热地挽住对方的胳膊，将其引领到桌前，也不给张百行作介绍。而那络腮胡子似对张百行也不感兴趣，连扫都没扫他一眼，大模大样地在对面坐了下来。“哈，小白老弟每次约我，都是在这家茶楼，想得周到，就在我家对面，出门抬腿就到了。”

不过，络腮胡子说的是粤语，张百行自是一头雾水。茶楼没有独立包房，尹小白招呼跑堂取来折叠式屏风摆上，就算是雅座了。

稍后才知道，这个“李叔”以前曾是羊城铁工行业人数最多势力最大的“铁锤钢钳帮”的老大，后来虽然“让贤”隐退，但势力还在。尹小白以小叫花为业时就跟李老大认识，参加革命后，组织上让他放单飞在省港之间从事地下交通，就跟李老大搭上了线，利用帮会势力掩护秘密工作。李老大跟尹小白很投缘，两人算是忘年交。

这次尹小白奉命调查郭、郑命案的凶器来源，马上就想到了李老大，寻思此人铁匠出身，又做过行业帮会老大，对这方面的情况应该清楚。于是，就向专案组长申领经费。亓舞牧是业内老手，知道与李老大这样的角色打交道时需要摆阔，尹小白提出的金额虽然让他有点儿肉疼，但还是爽快地批了。

尹小白和李老大这对忘年交你一句我一句都是“鸟语”，张百行在旁边傻听着，云里雾里。直到尹小白把那两把攮子取出来请李老大过目，张百行方才意识到，原来“阿黑”此举是为了请专家鉴定，不由暗暗佩服：这小弟在广州的人头真熟啊！

尹小白没告诉李老大自己已经常住广州，仍说在香港生活，受朋友委托，特地前来请李叔看看这两把攮子的出处。李老大把攮子翻来覆去端详了片刻，放下，却不说话。尹小白看似随意地把茶房先前送上的毛巾轻轻覆盖在上面，又朝张百行使个眼色，后者会意，便把鉴定物收了起来。

两个侦查员都看着李老大，静候他开口。李老大端杯啜了几口茶，用筷子夹了块熏鱼，放在碟子里耐心地剔除骨刺，看得出他是在考虑应该怎样开口。尹小白马上意识到：看来这两把攮子大有来头，大到竟然连李老大都要斟酌该怎么说！

一块熏鱼吃完，李老大又喝了两口茶，终于开口：“尹少爷，不知你是否听说过以前羊城地面上有个‘见血堂’？”

尹小白一怔：“我在香港听道上朋友闲聊时说起过，后来不是被日本宪兵队给端掉了吗？”

这回两人说的是官话，显然是为了张百行也能听明白。此前他们用粤语聊天，张百行反正也听不懂，那就只管闷头吃喝——专案组成员平时也是吃大灶，伙食没啥油水，正好打个牙祭。此刻听尹小白用官话一说，当下一个激灵，也不管合不合适就插嘴了：“‘见血堂’？我知道啊！”

他确实知道。还没进广州时，上级就下发了广州解放前的社情资料让他们认真阅读，其中有不少关于帮会的内容，他是大学生，文化高，记性好，“见血堂”这个帮会名称起得又比较生猛，他自然印象深刻——

大约在1928年前后，原先活跃在伶仃洋的一帮海盗不知何故宣告“金盆洗手，不问江湖”，数十人各奔东西。其中有十八人进了广州城，为首的是海盗头目“伶仃王”王搏，这时换了个名号，气派更大，叫作“陆上龙王”。“陆上龙王”以低价半抢半买弄到了一个码头，摇身一变，由海盗转为恶霸。经营码头不是一桩平常活儿，不但要有经商本领，还要掌握跟黑白两道周旋的技巧。结果，他们的码头差点儿被本地恶霸强占。于是，这伙人决定恢复海盗本色。

他们原本就是刀头上舔血的亡命之徒，个个通晓武艺，又有生死格斗的实战经验，要说动武，可真算得上黑道正规军。跟几个同样属于黑恶势力的竞争对手武斗了几次，对方无不折服。尝到了甜头，王搏决定组建一个帮会，以巩固战果。从此，广州地面上就有了一个名唤“见血堂”的黑帮组织。当时，王搏找李老大打制五十把镌刻编号的攮子，李老大知道不妥，又不好直言拒绝，只得找个借口把这活儿转给了别人。

凭借“要么不出手，出手必见血”的宗旨——不是对手的血就是自己的血，经过多次血腥械斗和暗杀行动，“见血堂”终于在广州站稳了脚跟。“陆上龙王”深谙见好就收的江湖准则，在站稳脚跟后，没再动扩展势力的脑筋。这样，总算平安度过了十个年头儿。

全面抗战爆发，1938年10月，日军侵占广州，强行征收十三个民用码头作为军用，“见血堂”的码头也在被征收之列。这下，“陆上龙王”不乐意了，决定抗争。他联络了也被征收码头的另外几个帮会头目，经过一番密谋策划，用软硬两种方式同时跟日本人周旋。软的是贿赂负责此事的日本军官，要求放过他们的码头；硬的就要见血了，“陆上龙王”一声令下，一夜之间就干掉了数名热衷于为征收码头之事向日军献计献策的汉奸。

这下日本人被惹恼了，广州日军头目安藤利吉下令特务机关长矢崎勘十严查。矢崎勘十指挥伪广东省治安维持委员会（简称“维持会”）治安处负责调查该案，最终查明系“见血堂”所为。1939 年 2 月 23 日夜间，矢崎勘十调动日军宪兵队，配合维持会治安处出动的警探包围“见血堂”掌控的码头，连杀带抓，把“见血堂”成员悉数给解决了。“陆上龙王”王搏被捕，稍后死于维持会治安处看守所。自此，“见血堂”这个名字就成了广州黑道的一段短暂的历史，渐渐被人遗忘。

李老大说：“当时这事是日伪报纸上的一件大新闻……你问什么报纸？让我想想……”老铁匠虽做过帮会头目，却是大字不识一个的文盲，要他回忆十年前的这么一张报纸，显然是太难为他了。尹小白、张百行见他皱着眉头苦思冥想了半晌没有动静，也就不抱希望了。没想到竟然还有峰回路转——想起来了，李老大说，“那张报纸好像叫《东亚新粤报》，我还用它糊过老宅子贮藏室的天花板呢。可惜老宅子一把火烧掉了，不然说不定能给你们找来看看。”

跟李老大分手后，尹小白、张百行商量下来，认为有必要去查阅一下那份《东亚新粤报》，看看当时日本宪兵队解决“见血堂”一案是怎么回事，也许记者会写到跟“见血堂”那个“要么不出手，出手必见血”的帮会宗旨密切相关的五十把刀具，那就可以作为追查下去的线索了。

《东亚新粤报》是广州沦陷初期由几个汉奸文人用日军提供的经费办的一份汉奸报纸，存在时间只有十个月，是否能找到比较难说。尹小白、张百行先去了市图书馆，没有；又去省图书馆，也没找到。尹小白嘀咕：“兄弟我没有上过一天学，参加革命后刻苦钻研，好歹能识几个字了，也可算自学成才。不过，遇到这种文化含量高的活儿，走到这一步就傻眼了，那就只有靠大哥您了。大哥，您说往下我们再往哪里去找？”

张百行毕竟是上过大学的，马上想起大学里的图书馆也许会收藏这种汉奸报纸作为研究历史的资料。两人直奔中山大学，还真撞到了运气，中大果真收藏着全套的《东亚新粤报》。因为知道事件发生日期，轻而易举就查到了相关报道。报道写得比较简单，但对攮子的下落倒是提了一句的，说“缴获左轮手枪、火药枪、铁尺、长短刀器，其中有该恶帮赖以成名的特制精钢匕首数十件，均交由市维持会治安处封存”。

尹小白大喜，说折腾了大半天，原来要找的东西在咱们自己手里。为什么这么说呢？上述伪广东省治安维持委员会治安处即稍后的日伪警察局，抗战胜利后由国民党政权接管，解放后由我军管会公安部接管，故相关线索还是要回到公安局查找。当然，这么一折腾，一天时间就过去了。是否能够找到跟攮子有关的线索，只有明天再说。

同一天，另两位侦查员麦善谋、陈君临分别对洪秋笙案和陈明贵案进行调查，麦善谋未能查摸到线索，陈君临这边倒是有些小小的进展——

12 月 22 日晚上，陈明贵下班后，路过那家没有店招的小店铺，在那里吃了夜宵才回家。据店主夫妻说，陈吃夜宵时店堂里还有另外两个顾客在，一男一女，看似一对伴侣，年龄都在三十岁出头的样子。男的体态墩实，有着一张凶相十足的马脸，剃光了胡子的两个腮帮子在昏黄的灯光映照下隐闪青光，更是凭空增添了几分狰狞。马脸汉子的女伴个子不高，偏胖，一张鹅蛋脸，长相还不错。

两人是与陈明贵相隔两三分钟进来的，跟陈坐里侧靠墙的同一副座头，那个位置离厨房最近，是店堂里最暖和的地方。店主妻子阿珍上前询问吃什么，男的低声问店里有哪几样夜宵，阿珍说了说，女的问“他吃什么”（指陈明贵），阿珍说这位先生吃馄饨，正在包，您二位如果也吃馄饨，那就一起包了。鹅蛋脸女子却说要吃面条。这对男女说的都是地地道道的广州本地粤语。

面条是和馄饨一起下锅的，但面条熟得快，所以先上桌。两人吃得也快，陈明贵那碗馄饨才吃了一半，那对男女已经把面条解决了，付了钱钞拔脚就走。

陈明贵和次日死亡的黄瘦竹都是被同一种毒物毒死的，可以认定系同一个或同一伙凶手所为。陈君临听店主夫妻如此这般一说，对那对男女产生了兴趣，尤其是那个女子。阿珍说那个鹅蛋脸女子有点儿偏胖，陈君临马上联想到曾在黄瘦竹命案现场出现过的“丰腴护士”。当下，陈君临拿出随身携带的工作手册，在空白页上草草几笔就划拉出一个女性脸型，问阿珍是不是这样一张面孔，又根据阿珍的回忆作了修正。最后重新画出一张，阿珍看着连连点头，嘴里一迭声道：“像！像！”

陈君临这一手画技是祖传基因+童子功+拜师学艺+地下情报工作实践练就的，看似简单随意，其实却是绳锯木断水滴石穿的深厚积累。露了这么一手，不仅店主夫妇啧啧称奇，分局临时指派给陈君临做助手的那三个刑警更是暗翘大拇指，只是奇怪以前怎么没听说过市局（陈君临是以市局侦查员名义来调查的）有这样一号人物——根据陈君临那口粤语，他们想当然地认为他肯定是广州地面上的侦探，此刻才能独当一面主持陈案的调查，说不定是一位有着地下党身份的旧刑警。

不过，佩服归佩服，陈君临“没来由”地对那对男女产生怀疑（“55 小组”的调查在内部也是保密的，他们并不知道黄案的细节），他们还是感到难以理解。三刑警一致提出，被害人老陈并非寻常警员，他是 1934 年省警校刑侦班出身，毕业时因成绩优异还受到过主政广东的“南天王”陈济棠的接见，毕业后先后供职于广东省会警察局（即广州市警察局）警探处、日伪广东省警务处、抗战胜利后的省会警察局刑侦大队、广州市公安局，干的都是刑侦的活儿。可以想象，这样一位年富力强又经验丰富的老刑警，那份机警已经渗到骨子里，什么人能当着他的面往他的碗里下毒？更别说是两个素不相识的男女。

陈君临当然不可能向临时助手作进一步解释，他把这个怀疑带回驻地，在汇总情况时和盘托出。专案组长亓舞牧遂作出决定：从明天开始，全组侦查员连同分局调派的临时助手，集中力量盯着“丰腴护士”和两把攮子展开调查。

四、武师之子

计划赶不上变化。12 月 25 日清晨，侦查员还在用早餐时，组长亓舞牧接到市局总值班室的电话：午夜稍后，大东分局打来电话，说接到被害人郭振堂遗属来电，称在整理郭的遗物时，发现一封已经拆开的信函，信纸上没有文字，只画了一把尖刀，刀尖上滴落着红色颜料绘就的形状不规则的一颗颗血珠。分局即派警员前往郭宅了解情况，做了笔录，并带走了那封无字警告信。

半小时后，笔录和警告信已经放在专案组驻地会议室那张长方形大桌子上了。侦查员传阅后，具有不凡绘画特长的陈君临对警告信的画技作了等同于技术鉴定的结论：绘画者并没有任何绘画功底，连最基本的素描、写生训练课也没有上过。这把攮子看着很逼真，其实要做到这一点并不犯难，把凶器放在纸上直接描下来就行了；至于血珠，看着好像自然，但仔细分辨就会发现，那是从另外的什么画上用描图纸先画出轮廓，复制到信纸上然后再上的色。

亓舞牧从办公室的保险箱里取出凶器，放到信纸上一比照，果不其然！

接下来，轮到尹小白发表意见，他提出一个问题，从信封上的笔迹判断，写信人多少还是有点儿文化功底的，比如字写得就比他这个“小黑”漂亮得多。那么，写信人为什么不写上几句话，而是要画一张图作为警告呢？况且，根据老陈的说法，写警告信的这厮在绘画方面纯属外行，可能比我都不如——说到这里，尹小白随手在一张空白纸上几笔划拉出一把西洋匕首，众人瞧着都表示赞赏，连陈君临也翘起了大拇指。

尹小白也不谦虚：“这是一把西班牙海盗专用的匕首，比小攮子难画得多，我……”忽然瞥见专案组长的眼神，他连忙打了个哈哈转换话题，“Sorry！言归正传。对于那主儿来说，画画比写几句话应该更犯难些。可他为什么舍易求难呢？这一点我觉得似乎反常。再者，刚才老陈说过，这张图上面的血珠可能是先用描图纸把其他图画上的图案描出轮廓再复制到信纸上的，我想这图案可能也包括雨珠、水珠之类，再往下想，这厮搞得这么复杂，会不会弄了不止一封警告信？也许正因如此，他才不写文字而是要用图画作为警告信的内容。我们是否有必要对其他四名被害人也做一个调查，看他们是否也收到了类似的警告信？”

尹小白的观点引起了大家的重视，亓舞牧立刻接过话头：“小白分析得有道理！五个被害者会不会只是一系列凶杀案的开始？凶手的名单上会不会还有其他对象？这个，我们需要向领导报告，通知全系统对此进行有效防范。现在散会，大家马上分头去走访其余四名被害人的单位和家庭，看看他们是否也收到了警告信。”

调查结果很快就出来了，其余四名被害人都收到了警告信，其中陈明贵、郑应富是寄到家里的，洪秋笙是寄到市局的，信封上的邮戳日期与郭振堂收到的那封相同，而且都是同一邮局寄出的。黄瘦竹收到警告信后将其烧毁了，只在台历上注了一笔，曰：今收滴血匕首图片一纸，无聊至极，付之一炬。

那么，收到这种喋血警告信后，五个受害人为什么都没有张扬此事，甚至没跟供职的警务机关领导说一声？这种情况如果换一个城市、换一个时段，肯定会被当事人当一回事的，可是，在 1949 年 12 月的广州，就另当别论了。

当时的广州，敌特分子活动猖獗，给人寄警告信算不上新闻，寄子弹、毒药的都有。对于收信者来说，收到也就收到了，大多不愿报案，也缺乏向领导汇报、跟同事说一声的兴趣。特别是此刻正在侦查的五命系列案的被害人，都是留用警察，为了表明自己的立场，他们积极追求进步，主动加班加点，热情为群众服务，有人甚至还向上级递交报告要求减薪。一旦有什么急难险重的任务，更是争先恐后冲在前头。试想，在这样的大环境中，如果谁收到警告信，他会拿出来吗？这位，您这是干啥？出风头？炫耀？

事后经内部调查，不仅是公安局，全市各机关的留用人员收到诸如书面或者电话等形式警告的，占大约九分之一的比例。郭振堂、陈明贵、郑应富、洪秋笙、黄瘦竹显然都没对此事引起重视，认为这不过是一封寻常警告信，当不得真的，就更不会去惊动领导了。

但是，既然占不小比例的留用警察都曾接到过警告信，为什么其他人没被谋杀，恰恰是这五人不幸遇害了呢？专案组决定对此进行调查。如此，调查方向就由原先的两个增加到三个，除了攮子和女护士两条线索，还要调查五名被害人的历史情况和社会关系等。

访查女护士这项由亓舞牧、陈君临两人带着分局临时调派的六名侦查员进行。一干侦查员先列出了目标的个体特征：年龄在三十岁出头，身材矮小，体态偏胖，鹅蛋脸，烫中波浪发型，发色偏黄，操广州本地口音；穿浅色外套、黑色灯心绒裤子，足蹬白色运动鞋；对医院情况似较熟悉，能熟练操作注射器械，动作麻利。

根据上述特征分析，侦查员认为该目标系广州人氏，应该接受过医务专业训练，很有可能从事过较长时间的护士职业；从其动作麻利、心理素质稳定这两点判断，应曾供职于正规医院的外科手术室、急诊室之类的岗位，不排除有过战地医务经历。

鉴于黄案发生时该医院有医务人员注意到该女所穿白大褂胸前未印医院名称，估计其作案时所穿的那件白大褂应是来自私营小诊所。侦查员认为这倒是一个寻觅其踪迹的切入点，亓舞牧决定先去市卫生局了解全市私营小诊所的情况。

卫生局提供的私营诊所数字使侦查员暗吃一惊，广州全市二十八个区竟然有三百七十多家私营诊所。亓舞牧跟陈君临商量："挨家挨户走访恐怕不大现实，弄个人仰马翻不说，时间也耗不起。老陈你是本地人，又是长期在广州市区活动的，肯定熟悉社会情况，此事看来要请你拿主意了。"

陈君临思索片刻："据我所知，并不是每个私营诊所都有女护士，比如一些小诊所，或者牙科诊所，可能就只有一个男医师，先把这些诊所从调查名单中剔除就是。剩下的数字可能还是有点儿惊人，我们可以翻翻解放后卫生局的登记表，诊所的医生、护士各多少人，姓甚名谁，是男是女，应该都有记录，然后再把有女护士的诊所挑出来。这么一来，范围又缩小了一些，我们八个人再分头前往调查。"

这一查，很快就发现了一条线索：东山区署前路"明康诊所"12月17日晚遭窃，窃贼什么都没动，只把一件小号白大褂连同帽子一起给顺走了。由于损失微小，所以诊所并未报案。

前往走访的侦查员是东山分局治安股的老金，他跟诊所五名医护人员聊下来，得知窃案发生前一天下班前，曾有住在附近的一个男青年前来诊所询问治疗老年关节炎的情况，还貌似随意地打听白大褂在哪里可以买到。护士回答说，市面上并无白大褂出售，各医院、诊所需要的白大褂都是凭营业执照向厂家直接购置的。青年似乎有点儿失望，离开后，大家也都没当回事，结果，次日晚上就遭窃了。

专案组对此自是要作出反应，就把提供情况的女护士阿娟请到管段派出所，让所长把一干户籍警集中起来，听阿娟对那男青年的外貌进行描述，对照着回忆自己管段内是否有这么一个主儿。陈君临则边听边画，一连画了好几张。

阿娟说完，有三个户籍警开口了。一个说这个对象跟我管段里的某某相似；另一个说这主儿好像是 17 号院里的混血儿假洋鬼子；第三个则说好像是我管段里“熔旺煤球行”的小开叶惠良。专案组长亓舞牧把陈君临刚刚根据阿娟的描述画的那几张画像拿给三个警员看，他们却没有反应。又给阿娟看，阿娟也是摇头，说不像。亓舞牧便让她重新陈述，陈君临对画像进行修改。没想到陈君临的那份灵性此刻却发挥得不咋样，修改了好一阵也未获得阿娟的认可。亓舞牧正感失望，一直没有开过腔的户籍警小何说话了：“我想起来了，我管段里有一个叫阿勇的，可能就是你们要寻访的对象!”

二十一岁的阿勇出身武师家庭，家里原是开武馆的，他自小跟着老爸练功夫，一手咏春拳打得像模像样，抗战胜利那年不但获得过广州市国术大赛少年拳术组亚军，实战能力也不错，前年秋天一个夜晚路遇抢劫，曾以一敌三打跑了三个流氓。这时他家的武馆已经关闭了，其父受邀担任“亚细亚机器厂”钟老板的保镖，兼任钟家子女的国术教练，两份收入颇丰。阿勇是独生子，家里上下都宠着他。他长到这么大了还没份像样的工作，却也不缺钱钞用，家境不错，加上社会上巴结他的狐朋狗友不少，日子过得倒也蛮滋润的。

此刻，户籍警小何怀疑上他，倒并非这小伙儿会拳术，跟陈君临的即兴划拉也没有关系，而是突然想起了上周下街巷时偶尔听居民聊起的一桩传闻——

阿勇被他那保镖兼教头的老爸揍了一顿，据说这是这小子出世以来所挨的第一顿揍。挨揍的原因呢？那天，阿勇到“亚细亚机器厂”去，跟厂医务室的一个护士套近乎，两人谈得很热络。可是，阿勇告辞后，那护士发现自己挂在墙上的白大褂连同帽子不翼而飞了！这姑娘倒是没怀疑到阿勇头上，但丢失了白大褂，要从薪水里扣下相应的钱钞才可重新申补。那年头儿工厂员工收入不高，姑娘一急，禁不住就哭起来了。这一哭，惊动了同事，听说丢失了东西，马上通知厂保安队。保安队来人一了解，就疑上了不速之客阿勇。队长去董事长办公的那幢小洋楼找到保镖老任，悄然说了此事。老任武师出身，讲江湖，自是知道对方来访是什么意思，便说此事由我处置，若真是犬子所为，准保完璧归赵。

当晚老任回家后直趋阿勇卧室，见墙角衣帽架上赫然挂着一件白大褂和一顶白色医务无檐帽。大怒之下，从床上把业已熟睡的阿勇揪起来，没头没脑揍了一顿。这下惊动了全家三代，顿时，老母妻子女儿女婿都像出了火警似的出动，围着站着坐着跪着，老母哭妻子闹，女儿女婿哀告，总算把老任拉开。

户籍警小何并未把这件事当成什么治安纠纷，听过算数。而“明康诊所”遭窃后因损失微小也没报案，派出所并不知道。如果不是今天专案组侦查员来寻访线索说起诊所失窃白大褂之事，他肯定就把老武师教训儿子的传闻丢到脑后了。刚才在旁边听了片刻，他寻思同样是跟白大褂相关的事儿，会不会跟老任的儿子有关呢？

小何这一说，顿时引起侦查员的兴趣。亓舞牧当即要求派出所看看老任家的户口底档里是否有阿勇的照片。新中国成立初期城市户籍管理并未要求每个上户口的成年人必须提供本人照片，那时的经济条件普遍不高，付不起照相钱钞的家庭不在少数。亓舞牧要查看的所谓户口底档，其实是日伪时期成年人领取“良民证”留下的照片。所方查了查，没有。

小何想起辖区居民老时是太极拳好手，抗战胜利那年也参加过广州市国术大赛，获得了成年太极拳组季军，小何曾在他家里的墙上看见过一张全体获奖者的合影，记得老时还指着照片跟他说过，本街坊有两人获奖，另一人是阿勇，就是站在他前侧的那位。当下一说，亓舞牧即要求借来一阅。

稍后，照片取来了。请阿娟辨认，说“很像”。

亓舞牧跟陈君临商量下来，放弃了立刻拘拿阿勇的打算。五命系列案案情重大，阿勇又身怀武技，他们担心白日传唤不稳当，万一发生差错打草惊蛇，会影响整个案件接下来的侦查。于是，决定先悄然监视任宅，待深夜采取行动。

对付咏春拳亚军，而且必须保证生擒活捉，专案组自然要五名侦查员一齐出马。作为华南分局社会部的情报骨干，他们不一定算得上身怀绝技，但擒拿格斗方面都是拿得出手的，尤其是亓舞牧和张百行，一个是家传武学，一个拜过名师，而且实战经验丰富。行动时排出的阵势是：亓舞牧、张百行两个同时出马打头阵，麦善谋、陈君临跟进，尹小白殿后。

当天午夜，专案组全体出动。两辆美制小吉普开到距任宅一箭之遥的街口熄火停车，五名侦查员悄然朝任宅逼近，行至宅前，黑暗中闪出派出所长，以手势示意目标在宅内。亓舞牧一努嘴，尹小白手脚并用，以猿猴般的轻灵动作攀到行道树上，稍作观察，悄无声息地下到地面，朝专案组长亓舞牧点点头——院内各个房间已经关灯，岁末严寒天，老任全家料想已经各自安歇了。

那就开始行动吧。按照计划，为防对方持有武器，故不采用破门而入的方式突入宅内。任宅大门上安装着司必灵锁，但里面又上了粗杠门闩，尽管专案组五位都有开锁技能，此刻却是没什么用处，只好翻墙而入再从里面把大门打开。这活儿又是尹小白的，他的搭档大个子张百行充当人梯。尹小白站在他肩膀上，两手攀住墙头一个引体向上的动作，无声无息地进入院子。

哪知，尹小白刚溜到大门后取下门闩，只听身后一阵风声，情知有异，一手打开司必灵锁，一手从怀里掣出手枪，同时脚下移动闪离原位。饶是如此，还是被人一脚扫在小腿上，顿时失去平衡摔倒在地。

偷袭者正是缉拿对象阿勇。事后专案组根据现场痕迹以及向其家人拳友了解到的情况分析，阿勇正在习练气功，每天午夜后须露天站桩个把时辰，当时阿勇已经处于类似老僧入定的状态，这时的感觉是整个人仿佛站在水底下，对外界的感受比较朦胧，而且靠的不是听觉和视觉，而是一种类似直觉的感应。阿勇无声无息地往那儿一戳，还是站在树下的阴影里，尹小白攀墙而入时竟没有注意到。他进入院子时的动静很小，但取下门闩发出的响声却被阿勇感受到了，换句话说，是把入定状态的阿勇惊醒了，于是迅即出手。

这时大门已经打开，亓舞牧、张百行两个几乎不分前后地冲了进来，双双直扑阿勇。阿勇果真身手不凡，把咏春拳拳掌快疾、步法灵活、防守严密、攻守同期的特点发挥得淋漓尽致。专案组的突击行动失去了突然性，亓、张两个打头阵出其不意下手拿获阿勇的如意算盘落了空，不得已和阿勇缠斗在一起，一时难解难分，另两个助拳的侦查员麦善谋、陈君临随即加入战团，混乱中，不知谁"哎呦"了一声，被阿勇一拳击翻在地。

几个回合斗下来，屋里睡觉的人都被惊醒，任老拳师以为家里来了贼人，只穿着棉毛衫裤，手里提着一柄雪亮的单刀冲出来，被亓舞牧一声大喝"公安执法"吓了个激灵，驻步呆立。趁这个空当儿，阿勇避开张百行的一记飞腿，纵身上蹿，双手抓住二楼阳台栏杆飞快攀爬上去，继而又踩着阳台栏杆，探身反手攀住屋檐边缘，一个鹞子翻身，竟然上了房顶！

专案组事先了解过任宅的建筑结构，知道该宅没有后院，后墙与邻家连砌在一起。现在阿勇上了自家屋顶，只要纵身一跃，就可以跳到邻家屋顶上，专案组没在周边邻居处布防，一旦发生这种情况，可就只有干瞪眼了。情急之下，不知谁喊了一声："开枪！打他腿！"

话音未落，枪声真的响了！这一枪的后果，使专案组原先想通过讯问阿勇获取突破口的希望变成了一个肥皂泡——阿勇死了！

阿勇的直接致死原因，倒并非一枪毙命。那一枪是张百行打的，小伙子是杂技世家出身，又是武术好手，虽然接触枪支比较晚（从北平撤往解放区后才开始摆弄枪支），但于枪械却有点儿天赋，加之喜欢钻研，到 1949 年 2 月初以接管干部身份进入北平城时，枪法已经练得不错，在接管干部中小有名气。

行动前，专案组长亓舞牧强调过多次，必须抓活的，因为这是到目前为止我方唯一的有效线索，指望将其拿获顺藤摸瓜。在驱车前往任宅的路上，亓舞牧再三叮嘱，"没我的命令不能开枪"——其实这话也不过说说而已，如果真的需要开枪解决，那亓舞牧的动作比谁都快。亓舞牧是锄奸英雄，长期从事锄奸工作，那是要真刀真枪和敌人玩命的，枪法不是一般的出色，说他是神枪手也当之无愧。

亓舞牧寻思，他这么一下令，肯定是没问题了，哪知张百行竟然擅自开枪。要说张百行这一枪的准头还是不错的，打在阿勇的右小腿上，并不致命。问题是，阿勇当时站在房顶的边缘，突然间腿上挨了一枪，自是立足不稳，一头栽了下来。出于练家子的本能，下坠过程中，他下意识地调整体位以减轻坠地造成的伤害。但小腿骨头被打断了，这种调整就不太到位。调整不到位，其后果是比不调整还糟糕，竟是头部先着地。如此，就摔断了脖子，一命呜呼了。

五、杀人灭口

前面说过，亓舞牧这人虽然长相斯文面皮白净，但脾气却是不敢恭维，和尹小白初次见面，因为听不惯对方的江湖口吻，就能声色俱厉出言训斥让尹小白下不来台，由此可见一斑。当然，此刻当着分局、派出所的十几个警员，他还不至于立马发作，脸色依旧如常，指挥众人检查尸体、勘查现场、搜查住宅，直到通知市局派车把尸体拉走。忙活了一晚上，众侦查员返回驻地时，鸡鸣声已是此起彼伏连绵不断。

待侦查员们吃过简单的夜宵，就听见亓舞牧在院子里吹响了集合哨。五人在驻地小会议室内坐定，陈君临知道亓舞牧没吃东西，给他带了两个馒头。亓舞牧点头示谢，微叹一口气："此刻纵然是山珍海味我也咽不下啊！诸位，现在开会，为啥事儿大家自是心知肚明。"说到这儿声调倏地拔高，"张百行！"

张百行已有心理准备，应声起立："有！"

"你小子就站着回答问题——是你开的枪没错吧？出发前我再三交代要抓活的，你肯定听明白了，那为什么还要冲目标开枪？"

"报告！因为那主儿身手利索，已经上到屋顶，如果不把他打伤，只怕他就开溜了。"

"是你自己想开枪？还是因为听了其他人的提醒开的枪？"

"是我自己下意识开的枪！"

亓舞牧一声冷笑："前面把开枪的动机说得很清楚，现在又说'下意识'……"说着一拍桌子，"下意识个头！一边儿站着去，面壁反省！"

张百行遵命照办。亓舞牧依旧满脸寒霜：“继续往下捋——你们三个，是哪位在现场咋呼开枪的？”

尹小白起身几步走到墙边，和张大个子并排面壁而站：“是我。”

亓舞牧是何等人物，在现场就听出嚷嚷开枪的是这黑小子。原以为尹小白会装傻不认，没想到这主儿干脆主动面壁了。

“你叫别人开枪，你自己为什么不开枪？”

“我给那主儿整了一招扫堂腿，现在走路还瘸着呢，那当口儿站都站不起来。目标已经上房了，我在地上那个角度瞄不到他的腿，只能打上半身，现移动找合适的角度也来不及了，情急之下，张嘴就嚷了。如果要追究责任，跟张百行没关系，由我全部承担就是！”尹小白依旧对着墙壁，一口气还说了这么多，这场面看上去就显得很古怪。

亓舞牧“哼”了一声：“有我亓某在，谁能从我的枪口下开溜？你们俩，都转过身来！”

呈现在亓舞牧眼前的是两张明显不服的脸，尤其是尹小白，嘴角微微上翘，露出一丝微带嘲讽的坏笑。亓舞牧沉声低喝：“尹小白、张百行听命！向右转，齐步——走！”

尹、张两个年轻人以及坐在一边的麦、陈二位，都以为亓舞牧要把两个闯祸分子撵出会议室，没想到亓舞牧却让他们在另一侧墙边的大黑板前驻步。亓舞牧用粉笔在黑板上寥寥数笔，就把现场草图勾勒出来了，嘴里一边念叨着在场人的名字，一边用粉笔标出所在位置，然后把尹小白的位置、他自己站立的位置以及目标阿勇的位置划上连线：“尹小白，你先看这个，当时现场是不是这样？”

尹小白缓缓点头：“是。”

“你再看这个……”亓舞牧接着又画出任宅以及周边房顶的俯视图，用虚线标出目标当时可能逃窜的三个方向，甚至估算出了他自己的位置与这三个方向之间的夹角，画完，他盯着尹小白，“明白了吗?”

尹小白没上过一天学，靠着自学识得几个字而已，此刻面对亓舞牧勾勒出的几何草图，一脸茫然。

“张百行，你是读过大学的，给他讲讲。”

不想尹小白心眼玲珑剔透，张百行还没开口，他的脸上已然露出顿悟的表情：“我看明白了。组长您这是说，目标当时只有三个方向可以逃窜，不管他往哪个方向逃，您所在的那个角度，都可以轻松击中他的腿。最关键的是，阿勇当时站在房顶的边缘，在百行那个角度射击，阿勇身子向后倒，肯定是头朝下直接从房顶栽下来，而从您那个角度射击，阿勇首先会倒在房顶的斜坡上，即便是从斜坡上滚下来，也不至于摔断脖子了……”

亓舞牧微微点头：“明白了就好。不过呢，当时那个情况，稍微犹豫一下就可能丧失战机，所以也不全怪你们。这件事由我承担全部责任，我会向上级写报告说明的。”

这话让尹小白颇为感动：“组长，还是由我承担责任吧。”

亓舞牧摆摆手：“你们俩坐回去吧，这事就这么定了。”

“要不，咱俩二一添作五，一人一半……”尹小白还想讨价还价，见亓舞牧盯着自己的眼神又凌厉起来，赶紧闭嘴。

现场复原完毕，亓舞牧说到正题：“目标见阎王去了，咱们得重新查线索。尹小白、张百行，你们二位昨天外出调查的结果如何？昨天一回来就点了你们的将，让你们参加缉拿姓任的那小子……我记得你俩昨天返回驻地时好像一副兴冲冲的样子，不知是否可以理解为，那两件凶器有眉目了?”

“组长您真行，火眼金睛啊，什么都瞒不过您。”虽然是夸组长，尹小白的语气却显得相当得意——当然是得意自己了。

亓舞牧最看不惯的就是他这一套，不由皱起眉头："那就快汇报吧，天都快亮了，长话短说!"

前天，尹小白、张百行两个调查命案凶器的来源，运气还不错，到傍晚总算查明，当年"见血堂"的这批攮子被日军宪兵队收缴，送维持会治安处了。治安处就是日伪时期的警察机构，侦查员推测，解放后接管的广州市警察局应该有这方面的档案记载。昨天他们本打算一早就前往市局查阅这方面的资料，不想出了警告信的事，又是开会分析又是分头找受害人家属了解情况，小半天时间就这么过去了。等他俩腾出工夫赶到市局，已经快中午了。

在市局倒是比较顺利，很快就在旧档案中查到了当年"见血堂"被收缴的那批特制攮子的下落：起初是在治安处封存，稍后，广州汉奸政权成立，治安处转为日伪警察局，那些攮子就继续封存在警察局里。抗战胜利后，国民党接管日伪警察局，清点物资，登记造册。档案显示，在移交物资账册的草稿上有关于那批攮子的记载，总共五十把，按编号顺序盛放于五个木盒中；但在正式移交的物资账册中，却不见这些攮子的记录，随同消失的还有其他一些物资，都是些不值钱的零碎物品。估计是负责清点物资的人员认为过于繁杂，而且也不是什么重要东西，干脆就清理掉了。

清理掉也该有个去处吧？侦查员向市局人事处打听，得到了三个名址，说这三人是当年日伪警察局负责管理收缴物品的警官，抗战胜利后被国民党警察局留用，工作也没变，依然是管理收缴物品。不过，广州解放后，这三人都未被新政权留用，各自回家了。

尹小白、张百行便按照名址前往走访。第一个姓谢，家住高第街，过去向派出所打听，答称有这么个人，但在上月已经病故。尹小白在香港从事秘密工作多年，杀人灭口这种事听多见惯，寻思怎么这么巧？会不会有诈？把怀疑跟张百行一说，张百行提议，不如登门了解一下。两人向谢家以及邻里多人打听下来，得知老谢真的是病殁了，他患有高血压，上月孙子满月，摆宴庆贺应酬亲朋好友时喝酒过量，情绪过于亢奋，当场犯病，送医不治。于是，灭口猜测被排除。

第二个对象姓苏，住在万福路。也是先去派出所，进门前尹小白直犯嘀咕，心说这老苏千万别也弄个心脏病脑溢血什么的。一问，老苏身子板儿倒是硬朗着呢，不过没法儿见面——广州解放一周后，他就去香港投奔其经商的儿子了。

第三个对象叫苗求旺，谢天谢地，这人不但活得好好的，而且想去哪儿也去不成，只能老老实实等着侦查员来调查。怎么说呢？三个星期前，苗求旺早年参与帮会活动致人死亡之事被检举，现正关押于小北分局看守所。

这回真是撞着了运气，苗求旺不但知道攮子封存之事，而且恰是1945年秋处置那五十把攮子的经手人。他对这事记得很清楚，言之凿凿地说，当时是把那些从封存物资中清理出来的零碎物品拿到马涌旧货市场上出售了，所获钱钞则被他们几个负责处理物资的警员瓜分。那些攮子，由于是整卖，问价的人不少，真下手收购的却没有。尽管花不了多少钱钞，但一下子吃进五十把匕首，容易引起坊间议论，再说又不准备做强盗头子，搁在家里干什么？到了第三天，苗求旺正准备禀报上峰，请求拆零出售，忽然来了一个买家。

这个买家跟苗求旺相识，名叫伊勒德，家住小北区小北直街（今小北路），坊间都唤其“老伊”。老伊是蒙古族，祖籍归绥，生于广州。老伊之父是清末两广总督张之洞的戈什哈，精通摔跤，拳脚功夫也厉害。这种家庭讲究传承，老伊自幼就习练摔跤、格斗。十六岁时，他报名参加两广青年摔跤大赛夺得名次，正盘算着藉此谋得一份理想的职业，辛亥革命爆发了。其父当时任广州新军武术教头，据说已经投靠革命党，但不久突然失踪。

失去父亲的庇护，老伊开始走下坡路，干过武馆武师、私人保镖、中学体育教师、银行守夜人等职业，全面抗战爆发后，一度在日伪警察局当巡警。后来，被一学生说服，赴重庆担任警备司令部武术教官。战后，老伊回到广州，用复员费作本钱经商，赚了点儿小钱。老伊就是在抗战前期供职日伪警察局期间跟苗求旺相识的。

老伊出身武人家庭，酷爱冷兵器，他的名字"伊勒德"在蒙古语中就是"战刀"的意思。因此，他所做的买卖门类中就包括贩卖各种冷兵器。闻知警察局抛售的封存物资中有"见血堂"的攮子，就奔马涌旧货市场来淘宝。他跟苗求旺相识，价钱上可以商量（老苗有在一定范围内削价之权），谈拢后，就把五十把攮子一股脑儿全买了去。

总算探得攮子的线索，尹小白、张百行两个都有一种喜出望外的感觉。这时已是下午五点，他们商量了一下，决定立刻按照苗求旺提供的地址前往拜访。

跟老伊一见面，两个侦查员颇为吃惊。之前听了苗求旺的介绍，在他们的想象中，今年不过五十来岁的老伊应该一副虎背熊腰宝刀不老的模样，哪知眼前却是一个老态龙钟、说话含糊、口水流淌的病者。陪同前往的户籍警小柳告诉侦查员，早在两年前老伊就已经中风，这可能与其长期嗜酒有关；今年初夏，又患上了类风湿性关节炎，一直是这副半死不活的样子。不过，老伊的神志还算清楚，如果你们需要问什么问题，他应该能听明白。他也愿意配合我们的工作，前不久武汉市公安局的便衣来外调，他就提供了不少有价值的情况。

张百行闻言松了口气，连声说："这就好！这就好！"

尹小白刚想附和，却见小柳微微一笑，就知道对方还有交代。果然，小柳继续说，想要老伊配合，得满足两项条件——

其一，他是蒙古族人，嗜酒，酒量还特别大，年轻时一顿喝两斤烧酒，喝完没事人一样，该干什么还干什么，让他摔跤的话，力量比平时更大，技艺也发挥得特别到位。中风后照样嗜酒，只是不能再做生意，他平时大手大脚的没有积蓄，生活全靠亲友救济——他没有结过婚，至今孤身一人。所以呢，喝酒的机会基本没有了。他现在最盼望的就是逢年过节，亲友接他去吃饭，他可以喝个痛快；还有就是有人找他外调。不管什么来头，哪怕是北京公安部的，找他了解情况就必须请他下馆子，寻常的鸡毛小店还不行，必须是招牌叫得响的饭馆。他最喜欢去的是“祥元阁”，菜讲究，酒更是特别讲究，须得由他自己点，他点的肯定都是名酒，价钱自然便宜不了。

其二，老伊喝够了酒，心绪大顺，思路特别活跃，记忆超常发挥，问他什么，只要他知道的，准保知无不言，绝不会随便诌几句忽悠人。不过，不论是您二位，还是派出所民警，或者是邻居，都休想听得懂他说的话。自打中风后，老伊说话口齿不清不说，还经常夹杂大量蒙古话，所以，得有人在旁边翻译。担任翻译的人既要懂蒙古话，又要分辨得清他含糊的口齿，还得耐心。具备这三个条件的人只有一位——老伊的嫡亲外甥姜孝顺。

侦查员听着，觉得这两项条件似乎不难，请老伊下馆子只要公家掏钱就是，向亓舞牧申报应该不会打回票，前面已有先例，请李老大吃早茶就是。劳驾姜孝顺做译员，应该也没有问题吧？尹小白问：“不知这位姜先生是何许人？操何营生？”

小柳说：“姜孝顺是小北区税务所的留用税务员，平时表现不错，人缘也好。如果你们同意，那我就打电话通知他，还得跟税务所领导说一下，要给姜孝顺放大半天假，让他明日午前过来把他老舅接到馆子去。”

尹小白问张百行意下如何。张百行说：“当然没问题，不过经费得由你老弟去跟组长说，不知怎么的，我好像对老亓有点儿憷头。这是心理障碍吧……”

接下来就是征求老伊的意见。尹小白凑到老伊跟前：“不知您老明天中午是否有空闲，咱们准备请您吃个饭，万望赏光。”

老伊说话有障碍，听觉没问题，刚才小柳说的那番话他早已听进耳朵，此刻连连点头，一张斑驳陆离的老树脸面上笑意盎然，嘴里呜呜地说着什么，侦查员和小柳一句也没听清。老伊哆哆嗦嗦从破藤椅的棉座垫下面取出几张纸，张百行接过一看，竟然是点菜单子。老伊识字，眼睛也不老花，手指在其中一张单子上点了点。小柳看看那张单子，说看来他是选中“祥元阁”了。一问，果然点头。

于是就约定明天中午饭馆见，之前由姜孝顺来接老伊过去。

尹小白一五一十把上述情况说了一遍，亓舞牧点点头：“像老伊这样的角色，应该是老江湖，他已经听清了专案组想了解什么情况，既然肯接受饭局邀请，那就说明他是知道那些攮子的去向的。明天……哦，是今天，你俩去会会他。经费没问题，我这就开条子给你。”说着亓舞牧看看手表，“哦！已经四点了，你俩先去休息。老陈、善谋，你二位暂留片刻，咱三个再商量一下如何调查阿勇生前的社会关系，分析分析黄瘦竹案件的线索。我们兵分两路双管齐下！”

因为有使命在身，尹小白、张百行两人不敢贪睡，上午起来，两人先去华南分局，尹小白拿着专案组长亓舞牧开的条子去财务室领中午请客的费用。财务是个女同志，拿着条子看了又看，好像怀疑这是尹小白伪造的。又是打电话核实，又是请示领导，耽误了不少时间。实在看不出有啥破绽，这女同志还不肯放款：“我记得你前天刚来领过一笔钱，怎么转眼就花光了?”

尹小白好不耐烦:“你就甭管怎么花的了吧,只要手续齐备,别说我隔三天来领一次了,就是一天领三次你也得给啊。我说,你是不是在拐着弯儿打听我们专案组的办案情况?”

听了这话,财务果然紧张,只好给办手续。

这么一耽搁,时间就有点儿紧了。尹小白扯上张百行,开了摩托车就走。张百行倒是有心,给揣了两个馒头,说由他驾车,让尹小白坐着把馒头啃了。尹小白说不饿,还是由我来开车吧,广州的路你没我熟。他心里打的如意算盘是:不吃早饭也好,清空肠胃,中午请伊老爷子时多上几个硬菜,老子好好吃一顿。

没想到,老天爷大概是成心不想让他打上这顿牙祭。这天道路有些堵,尹小白抄近路七拐八弯,总算在约定时间前七八分钟赶到了“祥元阁”。昨天傍晚,小柳已经奉侦查员之命来这里订了二楼一间小包房,尹、张两人入内,跑堂奉上毛巾香茶,两人慢慢喝着,寻思姜孝顺和老伊应该很快就会到了。可是,转眼过了二十分钟,却没动静,侦查员不禁觉得有些奇怪。

先前跑堂已经进来问过是否要点菜,尹小白寻思跟这种江湖人物打交道,要讲究礼数,说等客人来了再点。这时,跑堂又叩门而入。张百行以为还是催他们点菜,就跟尹小白商量,不如先把菜点了,酒可以等老爷子到了之后让他亲自点。谁知跑堂说的却不是这事,他告诉两位侦查员,对面“兴隆汽修厂”的门房过来说,有一个电话请二楼包房的客人去接听,来电人姓姜。

两个侦查员闻言几乎同时一跃而起。奔下楼梯时,尹小白对张百行说:“我去接电话,大哥你把摩托开到对面工厂门口——肯定出事了!”

由于过于着急,尹小白下到底楼时,跟楼梯侧边走过来的一个中年男子撞到一起，两人各打了个趔趄。尹小白随口道声“对不起”，快步出门穿过马路直奔对面的汽修厂。

昨天派出所民警小柳陪同尹小白、张百行走访老伊时，跟老伊约定，通知其外甥在十一点钟赶来把老爷子接往饭馆，之后以警方名义跟区税务所和姜孝顺本人通电话时也是这样说定的，姜做这种特殊翻译已经不是第一回了，一口答应。税务所有一辆三轮摩托，是用出售废旧物资攒下的钱淘旧货和零部件再请人拼凑起来的，这天中午就给姜孝顺使用了。姜在十一点前驾车赶到老舅这边，却是铁将军把门，不禁奇怪，向邻居打听，得知有人把老伊接走了。

姜孝顺不知道此次找老舅外调的是“55 小组”的侦查员（“55 小组”在内部也是保密的，派出所民警小柳以为尹、张二位是市局刑警），更不知对方想要了解什么情况，只道和以前的几次外调差不多，无非是解放前某某人某一段时间在广州或者重庆的活动诸如此类。所以，他也不太着急，以为老爷子是被外调警员接走了。

既然老舅被接走了，那就直接去饭馆吧。姜孝顺开着摩托来到巷子口，路过卖烤红薯的小摊，见摊主正好闲着，就上前打听刚才老伊是不是从这个巷口离开的。摊主说没错，一个男子搀扶着老爷子到了巷口，招停了一辆出租车，两人上车走了。摊主还告诉他，接走老爷子的那个男子不像公家人，四十来岁，黑色西装，外罩咖啡色薄花呢风衣，头戴蓝色宽檐帽，高鼻梁上架着一副浅褐色细框眼镜，那副装束派头，像是富家公子之类。

这下姜孝顺心里犯嘀咕了，干脆先给饭馆这边打个电话，问问是不是外调警员把老爷子接走的。

尹小白听姜孝顺如此这般一说，便知情况不妙。挂断电话后，寻思看来要先去小北直街走一趟了。这才想起刚才从饭馆出来时曾让张百行把摩托车开过来，怎么这会儿没见动静呢？正想着，忽见一个伙计从饭馆里跑出来，隔着马路就冲他挥手大喊："这位先生，您的同伴请您赶紧过来，这边出大事啦！"

饭馆里确实出了大事。刚才尹小白急匆匆跑出去到对面汽修厂接电话，张百行按照尹小白的吩咐，打算出门去开摩托车，却被跑堂拦住，让结了账再走。张大个子听不懂粤语，费了半天口舌才让对方明白，自己虽然订了包房，但并未点菜，只喝了一杯饭馆免费提供的茶水，现在有急事必须离开，又出示了市公安局的证件。就在这时候，另一个跑堂突然发出一声惊叫。

底楼楼梯侧面有一个用活动屏风拦出的雅座，负责往那个雅座送菜的跑堂慌慌张张跑出来，说这里有人生急病昏迷不醒，像是已经断气啦！张百行没有未卜先知的本领，也缺乏特别敏感的直觉，听到这一消息，并未马上跟自己正在侦办的案子联系起来，他只想着赶紧出去发动摩托车，和尹小白一起去小北直街老伊的住所，看看那里发生了什么情况，为什么老伊到现在还不过来？

大概是为了抢救的需要，饭馆伙计按照老板的吩咐撤去了雅座屏风。正要迈步出门的张百行目光扫过雅座，顿时站住了。跃入眼帘的是一件脏兮兮的美式军大衣和一顶明黄色无檐绒线帽——这不是昨天伊老爷子的打扮吗？赶紧上前查看，果然！

张百行是专案组五名侦查员中参加革命最晚、办案最少、历练最浅的一个，还是第一次遇到这种突发情况。但他毕竟是华南分局社会部领导精挑细选出来的，能加入"55小组"的人，素质都不一般，他也只是在最初几秒钟里懵了一下，随即就作出反应，立刻出示证件上前喝令老板、伙计退后，拦住围观食客，然后指派一名伙计把正在对面汽修厂门卫室接听电话的尹小白唤过来。

两人一检查，发现老爷子已经断气，但还是让老板去对面打电话叫救护车送医院抢救。断气不是断头，是有抢救及时活过来的先例的。

等候救护车时，尹小白悄声对张百行说："看来，咱们的对手非常厉害啊！"

张百行咬牙切齿："竟然就在我们的眼皮底下下手，真是胆大包天啊！"

尹小白点头："看来是老手，待破了案，我得好好跟这主儿聊聊。"

说这话时尹小白还不知道，其实他已经跟杀害老伊的凶手见过面了——就是刚才他从二楼下来时不小心撞上的那位。

六、小号白大褂

获悉老伊突然死于"祥元阁"，专案组长亓舞牧跟尹小白的感受差不多。对手抢在老伊的外甥姜孝顺之前把老伊骗离住所，要说为了安全起见，应该到别处下手，或者哪儿也不去，干脆就在老伊家里动手得了。可是，凶手却把老伊送到侦查员的眼皮底下杀害，这也太猖狂了！

他当即把电话打往广州市公安局，以华南分局社会部的名义，要求立刻指派刑警、刑技鉴识员、法医前往"祥元阁"现场。随后，他叫上麦善谋、陈君临一起驱车前往饭馆。途中，亓舞牧想到一件事，停车借用一家公司的电话跟老伊住所地的管段派出所联系，要求马上派员前往伊宅，严禁任何人（包括亲属）进入；如有非亲属前往，则暂行扣留，待专案组侦查员到场后处置。

赶到饭馆时，市局人马已经抵达，由于没有接到亓舞牧的勘查指令，只是把饭馆包围起来，会同分局、派出所警员对包括饭馆东伙、食客在内的所有人进行登记盘查。尹小白、张百行则把屏风重新架起来，守护现场。

现场勘查未能发现有价值的线索，对饭馆东伙和食客的询问也没有什么特别的收获。那么，老伊是怎么来的呢？

据底楼跑堂伙计说，今天中午食客比平时多一些，两个伙计忙于点菜、上菜、擦拭桌子以及奉上茶水毛巾，就没像平时那样站在门口迎宾。等到看见那个病恹恹、拄着一根竹杖的老头儿时，他已经被人扶着走到楼梯口拐弯处了。搀扶老头儿的那个先生显得很有派头，衣着打扮也体面。两人坐下后，那位先生就吩咐架上屏风，特地关照说老人怕风，让用厚布条把屏风连接处的缝隙蒙上。伙计一一照办，那先生看着觉得满意了，随口报了几样菜肴，又要了两瓶茅台酒。酒菜上齐，那男子吩咐跑堂："不招呼你，不必来打扰。一会儿有客人来找老爷子，你把他们带这里来就是了。"

跑堂离开时，隐约听见老伊口齿不清地说："快把酒打开，多少年没喝茅台了，馋死我啦……"

现场询问的同时，尹小白、张百行奉命前往小北直街伊宅执行搜查任务，他们在派出所民警协助下，翻遍了全宅旮旯，找到了一些老伊做冷兵器买卖时未曾处理掉的长短宝剑、匕首、腰刀、三节棍、九节鞭等业已生锈的武术器械，其中包括一盒攮子，跟系列案件中的两件凶器一模一样，其编号是041至050，共十把。

稍后，市局法医进行尸检，结论是老伊死于某种毒药，该毒药的成分与之前被害的黄瘦竹、陈明贵体内的致命化学物质相同。饭馆提供的菜肴和茅台酒的酒瓶内均未检出有毒物质，由此可以推断，毒药是由那个出面请客的男子在给老爷子斟酒时偷偷下的。

根据上述情况，专案组经过研究，决定从以下几方面开展调查——

第一，对伊宅的邻居进行走访，弄清楚把老伊接走的男子和请老伊喝酒的男子是否为同一人。

第二，跑堂曾听见老爷子说过“快把酒打开……”之语，听上去，他跟请他喝酒的那个“体面男子”并不陌生，甚至可能是朋友。为什么这么说呢？因为很明显那男子可以和老伊进行交流，而不必借助“翻译”，只有和老爷子非常熟悉的人才能做到这一点。老爷子上一天已经接受专案组侦查员的邀请，说明他愿意提供有关攮子的情况，派出所民警小柳也与其约定，今天午前由其外甥姜孝顺前往接他。老伊性格直爽，又是练武的，按理说应该很讲信用，怎么不等侄子来接，就跟别人出门了呢？

联系到“体面男子”对跑堂说的那句话，即“一会儿有客人来找老爷子，你把他们带这里来就是了”，侦查员推测，对方是这样忽悠老伊的——你外甥单位临时有事过不来了，让我接您老去饭馆。雅座已订好了，他们让我照料您，还说您老可以先把酒喝上。

如果是这样的话，那说明来人和姜孝顺是相识的，老伊也知道这一点，才肯跟来人出门。因此，有必要跟姜孝顺接触，向他了解相关情况。

第三，有必要对老伊生前做冷兵器生意时的情况进行调查。

上述三项调查应同时进行，亓舞牧遂向市局和相关分局临时借调了十二名侦查员，分成三拨，由他自己、尹小白、张百行各领一拨分别进行调查。

专案组原已指定麦善谋、陈君临两人负责主持调查阿勇的社会关系，希望通过这项调查发现在医院杀害黄瘦竹的“丰腴护士”的线索。可今天中午老伊突然出事，亓舞牧就带着麦、陈二人到现场去了。现在，亓舞牧认为阿勇那条线的调查不应因为伊案暂停，还是继续进行，仍由麦、陈二位主持。

麦善谋这年二十七岁，广东人，出生在韶关，三岁随父母来到广州。二十岁那年全面抗战爆发时，他还是广东省立体育专科学校的学生，正是血气方刚的年龄。次年寒假，他决定辍学入伍。当时，街头上时见国民党方面的党、政、军、警、宪等招兵买马的摊位，特务机构则干脆把摊头设在省体专校园里，鼓动学生从事“行动工作”。麦善谋的姐夫是中共地下党，知道小舅子的心愿后，悄然支招让他前往延安投奔中共。

麦善谋的延安之行可以说是磨难重重。他先是联络了数名同窗好友，拿着姐夫通过组织出具的密函，前往武汉中共第十八集团军办事处换得正式介绍信，然后奔赴陕西。不料，途经开封时，被国民党军队拦下，得知他们是广东省体专的学生，强行“挽留”，分派到新兵营去充任教官。麦善谋企图逃跑，未遂，被抓回来了。按照战时条例，逃兵是要被枪决的。但军方考虑到这是“人才”，网开一面免其一死，麦善谋挨了一顿军棍后，被分派到伙房去打杂，部队开拔时又强迫他当了挑夫。1940 年，麦善谋随军入川，才算恢复正常士兵有限制的自由。不久，又因在重庆街头巧遇广东老乡，两人聊得太热络，被特务疑系“共谍接头”被捕入狱。这一关就是两年，最后总算伺机越狱成功，又是一番艰难旅程，终于抵达延安。

对于麦善谋来说，抵达延安，只算万里长征走了一半。这话怎么讲呢？麦善谋学的是体育，但他另有一项常人不及的天赋——各种方言一学就会，而且讲得非常地道。这五年中，他先后随军在中南、西北、西南多个省份驻扎，在军队和监狱里更是接触了来自天南海北的各色人等，竟然在不知不觉间学会了“诸般乡谈”。这样一个对象投奔延安，欢迎当然是欢迎的，不过，这人的特点跟特务比较接近，先得好好审查一番。受当时种种条件的限制，这种涉及天南地北、敌我阵营的调查，其难度之大可想而知。这一审查，又差不多是一个年头儿，直到 1944 年底，麦善谋终于通过审查，安排了工作。

组织上自是要发挥其特长，在接受一段时间的特殊训练后，他被派往沦陷区从事情报工作。抗战胜利后，奉组织之命，他在武汉开了家商号，以此为掩护继续干老本行，组织关系则转到了中共华北局。北平解放后，又调到北平市委社会部，成为亓舞牧的部下。前不久，组织上根据其特长和籍贯，将其调往华南分局社会部。报到后还没分派工作，正好赶上组建“55 小组”，像麦善谋这样的人才，自然被选上了。

麦善谋和陈君临都是广东人，语言沟通没有障碍。以前虽然不认识，但这几天接触下来，都觉得比较投缘。亓舞牧可能也感觉到这一点了，所以安排他俩搭档，调查阿勇生前的社会关系以及那个鹅蛋脸女护士的情况。

两人接受任务后，就商量着该如何开展调查。他们都有丰富的实践经验，思路一致：阿勇年纪虽轻，但由于其家庭出身以及本人的习武经历，社会交往比同龄人要复杂得多。这些社会关系不可能都跟案情有关，有关的只有一个方面，那就是——是谁要阿勇去“明康诊所”踩点的?

继续往下分析，对于阿勇社会关系的查摸，也没必要覆盖他的整个儿人生，因为阿勇涉案也就是最近一两个月内——广州解放至今不过两个多月嘛，而目前知道的涉案情节，不过就是他去“明康诊所”踩点。因此，系列命案的案犯与其接触应该也是在最近，甚至有可能就在本月。目前对其社会关系的调查，只需着眼于本月他在干些什么、跟什么人有接触等。

主意打定，两人分别带上分局、派出所各两名警员开始调查。

一连两天，六名侦查员分为两拨，走访了近日与其接触过的家属、邻居、亲戚、朋友、同学，以及没有直接接触但见过面的商家、摊贩、路人等，共上百号人。白天走访，晚上六人则聚合汇总材料，并把阿勇自12月1日以来的大致活动情况逐日按时段列表记录。当然，受访人的记忆不可能百分之百准确，其中有些内容肯定有差异，这种记录只能作为参考。

如此进行到12月28日晚上，没有查摸到任何有效线索。12月29日，陈君临和分局警员老马前往管段派出所跟民警小邢会合，进门时见一个四十多岁工人模样的男子正在跟小邢说话。小邢见到他们，立刻起身，指着陈君临对那男子说："领导来了，老傅，你快跟领导说说这事!"

老傅是船厂电焊工，这几天为赶修军方的一艘炮艇，夜以继日忙得不可开交，一连六天没有回家。昨晚总算忙完了活儿，军方为表示感谢，晚上十点派车把几个负责各相关工种的工匠师傅逐个送回家。老傅已经累透了，到家后连卧室也没进，往客堂那张白天给患病老母亲躺卧的软榻上和衣一倒，随手扯过一旁的棉被往身上一裹，眼睛一闭就睡过去了。这一睡直到早晨六点多才醒，是被刚起床的妻子唤醒的，想让他去卧室继续休息。

但老傅一醒就睡不着了，就让妻子给准备早茶喝。喝茶时，妻子告诉老傅阿勇出事的情况。老傅闻讯大吃一惊。他跟阿勇的父亲任拳师是多年邻里，铁杆茶友兼棋友，当下就要去任家探望，却被妻子一把扯住，说你可去不得啊！老傅说怎么去不得？阿勇出事是阿勇的事，对于老任来说，阿勇再混账也总归是亲生儿子，我去劝慰几句又怎么了？怕什么？我是工人阶级，政府还会因此怪罪我吗？

说到这里，老傅忽然意识到妻子今天似乎有些反常。她是一个老实厚道的传统家庭妇女，平时在丈夫面前一向唯命是从，即使有异议也不敢提出，今天是怎么啦？这么一想，就不由得多打量了妻子几眼。老傅的眼光在船厂是有名的“毒”，意思是看人很准，这一看，就发现妻子神色异样，于是就追问：“到底发生了什么情况？”

到这时，妻子就不得不吐露真情了——他们的大儿子傅小玮平时一直很活跃，喜欢在外面折腾，可自从阿勇死后，他就不出门了。傅妻就觉得可疑，因为这两天警察一直在附近调查最近谁跟阿勇有过接触。昨天晚上，傅小玮晚饭都没吃，早早就上床了，可屋里的灯却一直亮到半夜，还不时传出唉声叹气的声音。由此，傅妻担心傅小玮可能跟阿勇之死有关。现在丈夫要去老任家慰问，她担心引起警察的注意，才忙不迭地阻拦。

老傅听着就火了：“这么大的事，你竟然瞒着掖着，那不是跟人民政府两条心吗？这事，我得去派出所说清楚，请他们来查一查这小子！”说着，出门径往派出所来了。

陈君临就让小邢去传唤傅小玮。原来，那小子是阿勇的非正式徒弟，十二岁就跟人家学拳术了，一手咏春拳似是已打得像模像样，平时连上街走路都是“初学三年，天下去得”不可一世的架势。可这当口儿却换了个人似的，进门见到面如寒霜的陈君临、虎背熊腰不怒自威的老马，已是浑身打颤，瑟瑟筛糠。这样一来，倒是省了侦查员的事，不用费心思研究讯问对策了。

傅小玮管阿勇叫“勇哥”，从小就跟在人家屁股后面。自从阿勇教他打拳练功，他对这个大哥加师父更是倍加敬重，人家说什么他应什么，指哪儿打哪儿。17 日那天，阿勇找上门来，说有桩小事请他帮忙。傅小玮马上站得笔挺，静候吩咐。阿勇轻描淡写：“有朋友托我弄一件医务人员穿的白大褂和帽子，这事小玮能帮我办吗？”

傅小玮说：“没问题！我表姐在西山医院工作，我去问她要一套，或者，转悠一下顺一套也方便。”

阿勇嗤之以鼻：“小孩子见识。听着，人家要的是没有印医院名称的白大褂。而且，没有必要惊动亲戚熟人。这样吧，署前路有家小诊所你有印象吗？就是那家‘明康诊所’。今晚你去那里遛一趟，撬窗撬门打墙洞钻阴沟我不管，反正把墙上挂着的白大褂给顺到手就是了。有两点你记着：一是拿最小号的那套，二是绝对不能拿其他东西，否则，我剁了你的手！”

傅小玮虽然属于顽劣少年一类，但他除了跟着阿勇打架生事，惹点儿小麻烦，倒也没有什么大的劣迹。当然，顺手牵羊的小动作是做过的，所以才有去表姐供职的医院顺一套白大褂之说。但是，让他深更半夜去撬窃诊所，那就是标准的小偷动作了，他多少还是有顾虑的。只不过超级偶像阿勇既然开了口，他也不敢说一个不字，只有点头。

这种事，难度自然是没有的。当晚，傅小玮便潜入诊所，顺利窃得了一套小号白大褂。次日交给阿勇，后者夸赞了两句，说“回头有赏”。原以为不过是戏说之语，哪知过了一天，阿勇果然邀请傅小玮去“富味小馆”搓了一顿。

“富味小馆”是家小饭店，开了有些年头儿，菜肴样式不多且常年不变，但比较精致。那天中午下着小雨，食客不多，两人选了副角落的座头，浅斟慢饮，边吃边聊天。阿勇显得很兴奋，说他即将有工作了，是去某商号当柜员，兼带守夜，薪水开得挺高。一会儿又说到今天这顿午餐，是他新近认识的那位大姐姐给的钱，姓田，他管她叫“田姐”。席间，阿勇还透露，前几天“田姐”曾请他来这家馆子吃过一餐。

“田姐”这个人，侦查员在之前两天的调查中从未听说过，此刻傅小玮如此这般一说，自然引起了陈君临的兴趣。中午，他跟麦善谋碰头交换情况，麦善谋跟他的想法差不多，把这个女人跟专案组正苦苦寻找的鹅蛋脸联系起来，原因有三：一是阿勇以前从未对任何人说起过有这么一个女性友人，他自己也对傅小玮说是“新近认识的”，符合对方为作案需要故意拉拢阿勇的动机；二是既然被二十出头的阿勇称为“大姐姐”，其年龄应该跟那个涉嫌警员命案的女凶手相符；三是阿勇去诊所踩点后，指派傅小玮下手撬窃，次日请傅下馆子，并透露这顿饭钱就是“田姐”出的，那看来这是对方犒赏示谢之举。

因此，专案组决定将其作为重点调查对象。这回运气不错，也就不过一天多时间，12 月 30 日晚，“田姐”就被拿获了。

七、“田姐”的野望

“田姐”的被捕带有比较大的偶然性——

阿勇意外死亡后，其尸体被专案组送往广州市公安局设在大德街的停尸房，由法医解剖检验，很快就得出了结论。对于专案组来说，关心的自然是结论，而于死者家属而言，领回尸体，办理后事入土为安则是全家的一桩大事儿。阿勇之父老任就去派出所要求领回尸体，派出所因为专案组没有提及过此事，不敢做主，就几句话把老任给打发走了。哪知不久老任去而复归，再次提出要求，说派出所如果做不了主，向分局、市局报告就是了，不能把死者家属这样打发了。

老任平时在街坊人缘好口碑佳，又是武师，旧警察新警察中向其请教过擒拿格斗术的不少，一般民警还扯不开面子，不好直接拒绝。不得已，南下干部身份的所长亲自出马，想凶他几声先把他给打发走，领尸体的事反正总归要解决的，估计就在这一两天内。哪知，所长还没开口，就被老任出示的一张照片给镇住了。

这是老任跟曾生司令员（新中国成立前任东江纵队司令员，时任广东军区副司令员兼珠江军分区司令员、政委，开国少将）的合影，是怎么合的老任没说，但显然是有一段故事的。所长寻思，看来这老任以前肯定干过对革命有功的事儿，否则曾司令员怎么能跟他合影呢？于是，就向分局转达了老任的请求。这是华南分局社会部侦办的案件，分局做不了主，就向市局报告。市局给专案组打了电话，亓舞牧这才想起还有这档子事，自是没有意见。

老任就把阿勇的遗体运回家，按照当地习俗停尸三天办理丧事，然后入殓安葬。

12 月 28 日清晨，老任家正式开丧。老任家亲属颇多，他又是武师出身，多年经营武馆，江湖朋友、徒子徒孙少说也有上百。消息传出，亲友纷纷前来奔丧吊唁。谁也没有留意到，自前一天傍晚阿勇遗体运回，任宅对面“张记成衣铺”的楼上就已悄然入驻了三个便衣，那是麦善谋和两个分局侦查员，他们的任务是监视前来奔丧吊唁的所有人员，甄别是否有可疑对象。

午前，麦善谋锁定了一个目标。那是一个穿深紫色棉旗袍的女子，头上戴着一顶有帽檐的浅色绒线帽，一个白色大口罩把大半张脸蒙得严严实实。这女子最先出现在麦善谋的视线内时貌似寻常路人，偶然途经任宅门前，见在办丧事，驻步作好奇观望，逗留片刻即离开了。

起初，侦查员对此也并不在意。可是，也就不过五六分钟，那女子又转回来了，在任宅门口犹豫片刻，像是下了决心似的，伸手摘下口罩，迈步入内。进入任宅大门的一瞬间，那女子下意识地回望了一眼。就是这一回头，让麦善谋从望远镜里清楚地看到了她的面容，顿时一怔——鹅蛋脸！

麦善谋立刻向分局侦查员老程下达指令：“跟踪这个穿紫色衣服的女子，注意不要惊动她！”

临时借调的外援便衣都是经验丰富的精干警员，老程这一跟踪，一去三个多小时，不但查摸到目标的住址，还去管段派出所了解到了目标的若干情况——

该女子名叫田洁石，二十九岁，家住百灵路 77 号。田系羊城本地人，其父是国际海员，在女儿十岁时遇海难身亡；其母是教会医院护士，丈夫遇难后，再婚嫁给了一个在广州行医的美国医师。田与母亲及洋继父共同生活多年，通晓英语。1940 年，其母随洋丈夫去美国定居。当时田洁石已从初级医科学校毕业，在美商工厂医务室任厂医。太平洋战争爆发后，美商工厂被日军强行接收，田离职。此后直到广州解放前一年，其生活、工作状况不详。

1948 年夏秋之交，田经人介绍在“仁民私立中学”担任校医。广州解放后，因其曾系“一贯道”成员，在“一贯道”被政府取缔后仍参与“一贯道”组织的非法活动，被校方辞退，现无业。田至今未婚，但据街坊邻里反映，多年来她与数名男子有过不正当来往，时常夜不归宿甚至多日不回家，有时则与不明身份的男子一连多日窝在家里厮混。

田的学医经历与女凶手的作案条件相符，其年龄、体态、脸型也均与谋杀黄瘦竹、陈明贵两警员现场目击者反映的凶手特征相似。根据上述情况，专案组决定拘拿田洁石。

当晚八点多，田洁石在饭局结束回家途中被捕。一起被捕的还有与其同居的一个身材粗壮面目狰狞的三十多岁男子。

面对警方的讯问，田洁石一言不发，玩起了零口供。不过，零口供也可以作为“确实有嫌疑”来理解——若是守法良民，晚上回家途中无缘无故被警察拦下铐上手铐，至少要为自己辩解几句，大吵大闹也可以理解，一言不发是什么意思？

一起被捕的男子姓单，果然并非善主儿，乃是沙面区一个恶名在外的流氓，不久前被派出所传唤后当场拘留。在押解分局看守所途中，这家伙竟然袭警逃脱，已上了市局内部的通缉榜。单某供称，他是在12月中旬袭警脱逃后跟田洁石偶然相识的，对田的底细不清楚。他是逃犯，平时基本窝在田宅不出门，只有夜晚才敢去外面溜达溜达，有时和田一起吃顿饭看场电影什么的。那么，黄瘦竹、陈明贵被害的两个时段，田洁石是否跟他在一起呢？单某的回答是："没有。"

田洁石死不开口，是不是继续和她耗下去？亓舞牧跟麦善谋、陈君临交换了意见，决定连夜派车把在黄瘦竹、陈明贵两起命案现场曾跟女凶手打过照面的七名目击者接来，当面辨认。

严格说来，应该物色数名与田洁石年龄、体型接近的女子，让目击者一起辨认。但那时候办案并无这种条条框框，再说系列命案的侦查又受时间限制，"55小组"也不具备这种条件。因此，专案组也就不考虑其他了，赶紧把人接来就是。

七名目击者分别住在五个区，一辆军用卡车辗转行驶，直到午夜时分方才把其中的六人接来，另一人不在广州，只好作罢。六人辨认下来，认定田洁石与凶手相似的有两人，三人否定，另一人的说法是"有点儿像"。这样的辨认结论专案组无法采纳，那就只有另辟蹊径了。

侦查员讯问撬窃诊所顺走白大褂的傅小玮时听傅说起过，前几天"田姐"曾请阿勇在"富味小馆"吃过饭。侦查员寻思，田的住所距这家饭馆比较近，不知她是否经常光顾。如果是熟客，饭馆东伙可能对她留有比较深的印象，没准儿能提供些有用的线索。所以，有必要去饭馆查摸一下。

元旦那天上午，侦查员麦善谋、老程两个前往"富味小馆"，老板杨金富听他们说明来意，马上点头，说这位田小姐是敝店常客，隔三岔五就来用餐。她出手很阔绰，比如付款吧，不是吃一顿结算一顿，而是记账；她的记账也跟别人不同，不是月末凭账单付款，而是每个月的头几天来用餐时，就把大致上够一个月花销的钱款交账台搁着，所以，田小姐是唯一先付款后用餐的顾客。另外，小费也给得爽快，而且比别的顾客大方。

那么，田小姐最近在这里请什么人吃过饭吗？这一问，伙计就想起了阿勇。这位伙计十七八岁，是武术爱好者，对咏春拳颇有兴趣，阿勇在周边的年轻人里有点儿名气，他不但认识，而且是阿勇的铁粉。当然，阿勇对此并不知情，所以伙计只能说"认识"，而不是"相识"。据伙计回忆，田小姐在冬至次日曾请阿勇来吃过午餐。看得出她对阿勇很好，就像是亲姐姐对小阿弟一样，把店里最贵的菜肴点心都上了，还要了一瓶茅台酒。

麦善谋闻之一个激灵：冬至次日，也就是 12 月 23 日，不正是黄瘦竹在医院被害的那天吗？如果凶手是田的话，在医院杀了人，然后到这里来请客吃饭，时间上来得及吗？于是他问伙计："那天田小姐是什么时候来你们饭店的？账单上有记录吗？"

老板查阅账本，上面果然记载着当日午餐的消费金额，还附有酒菜、点心的明细账。可是，七十年前的账单是用笔记录的，不像如今有电脑，可以精确到分秒，不过是午市、夜市之分。因此，无法得知田洁石具体是何时抵达饭店的。麦善谋心思缜密，并未到此为止，想了想，又问老板是否有人知晓田小姐来用餐的确切时间。老板有点儿为难："这个……可能没人说得清楚，要不，我再问问伙计？"

小饭馆有伙计、学徒共两人，唤来一问，所说时间不一，而且没有佐证，都是"我记得"、"好像"之类。无奈之下，老板说要不问问拙荆，她是收银。

此时侦查员已不敢乐观。收银台一般是顾客用餐结束后才去的，顾客付款，账台核对账单。而现在要了解的是田小姐进店门的时间，但进店门的时候，哪个顾客会直奔账台呢？不过既然来了，只要想到的，还是要问一下。谁想老板妻子对此却记得十分清楚，说田小姐那天进店的时间是十一点出头。

侦查员听老板娘言之凿凿，时间还这么精确，不禁一怔。正要追问，对方解释说，那天她刚买三天的手表忘记上发条停摆了，发现后打算叫学徒去对面“恒祥堂国药号”看看店堂里的挂钟校正时间，正好见田小姐进店门，田小姐自然是戴着腕表的，就向田小姐问了时间，因此印象深刻。

这就是说，田洁石没有杀害黄瘦竹的条件。出于慎重，麦善谋反复询问，还查看了购买手表的发票，没发现老板娘的陈述有什么破绽。

返回驻地，亓舞牧和陈君临两个都在。一说情况，亓舞牧皱眉沉思片刻：“即使可以排除田洁石参与黄案，也不能排除她参与了陈案，即便另有证据可以排除她参与了陈案，咱们也得把她为何零口供的原因查个清楚，所以，我们还是要设法突破。善谋，老陈，我看这事还是继续辛苦你们二位。尹小白、张百行负责的那一路折腾到现在也没什么进展，黑仔已经来电求援了，我得过去跟他们聊聊。”

亓舞牧离开后，麦善谋、陈君临两个议了一阵，商量好方案，再次去看守所提审田洁石。

不过半宿搭一个上午，田小姐的脸盘看上去竟似瘦了一圈。麦善谋故意叹口气：“田小姐啊，看来我们没有错逮你啊。你要是心里没鬼，何至如此？而且跟你说实话，你不开口，我们也不会放你，咱们看谁能耗得过谁。不说别的，跟你在一起的那个姓单的，是公安局的通缉逃犯，仅凭这一条，你包庇逃犯的罪名也逃不过去。更何况，你的事不是包庇逃犯这么简单，咱们逮你，是因为接到检举说你涉嫌故意杀人……”

田洁石浑身一颤，睁大眼睛盯着两个侦查员，但依旧没说什么。麦、陈立刻注意到她表情的变化，迅疾交换了一个眼色——看来她确实跟系列命案无涉，否则，昨晚抓捕她时她就应该意识到是怎么回事了，现在点穿，她也不至于露出震惊的眼神。

陈君临继续旁敲侧击："故意杀人，两条人命，你就是永远不开口也是绕不过去的。"

"我没有杀人!"田洁石脱口而出。

零口供终于被突破了。有了这个开头，往下就好解决了。田洁石把其与阿勇的交往一五一十作了交代——

田洁石自1946年加入"一贯道"后，一直是该反动会道门组织的狂热分子，只是由于她的能力有限，财力也有限，"一贯道"上层对其不甚重视。田自认为是一个不凡之才，每每为此忿忿不平，感叹怀才不遇，甚至产生了出面整一个"新一贯道"的念头，还向他人透露过这个想法。当然，在听者看来，都以为是说说而已，认不得真的，可她自己却不是这样想的，一直在寻找机会。她只是与人同居却不想正式成婚嫁人，就是生怕嫁了人会被家庭所累，失去自由，从而影响其"不凡抱负"的实现。

两个多月前广州解放，田洁石为之兴奋。之前她一直悄悄收听新华广播电台（中央人民广播电台前身，1946年9月1日在邯郸正式播音，1949年3月24日迁往北平，新中国成立后改称中央人民广播电台）的新闻节目，知道解放区是将"一贯道"视为反动会道门组织，予以限制、取缔或者打击的（全国性打击"一贯道"行动是在1950年下半年为配合"镇反"运动开始实施的，但在之前各地均已有不同规模、形式的打击措施）。因此，她认为广州解放后肯定会和其他省区一样严厉取缔"一贯道"。这样，她就可以着手自己组建一个"新一贯道"。

这种打算听上去似是天方夜谭，荒诞不经，但那个年月有这类想法的倒也不乏其人，田洁石便是其中的一个代表。广州解放后，她一直留意着新政权对反动会道门的态度，果然不出所料，军管会贴出的第一号通告中就有限制反动会道门活动的内容，在坛内担任中层以上职位的成员必须主动前往登记，一些主要头目则很快折进局子。田洁石没有担任什么职位，不过是普通会众中的积极分子，也被其供职的学校辞退。

田洁石对此并无怨言，她有美国父母、香港亲戚的资助，结交厮混的男性中也不乏有钱人，生活无须担忧，反倒觉得正好可以着手实施组建“新一贯道”的“宏图大业”。这两个多月里，她就开始物色“人才”。阿勇就是因此被她看中的。

“一贯道”搞那些装神弄鬼的迷信活动时，需要身怀“特异功能”的人士，举凡拳师、魔术师、巫婆神汉中的高水平分子，都是最受欢迎的对象。田洁石的社会交际能力有限，真正的名流大师是根本挨不上边的，更别说发展其为同道了。因此，只能退而求次，拉拢几个算几个。阿勇这个咏春拳少年组亚军，已经是她物色到的七八个对象中的重量级角色了。十几天前，阿勇在公园里练拳，她主动上前搭讪，两人相识后吃过饭、看过电影戏剧、溜过冰，都是田掏的腰包，她还给了阿勇若干钞票作为零花钱。至于“建坛”，因交往时间短，她还没开过口。

前几天两人曾约定去爬白云山，阿勇无端缺席，引起田的不安，去任宅附近窥探，从邻居口中得知阿勇身亡的消息。田做贼心虚，初时以为是东窗事发，难免胆战心惊。但之后并无人来找她，才渐渐放下心来。12 月 27 日傍晚，她再次“路过”任宅门前，得知任家已将阿勇遗体领回，次日开丧，不禁突发奇想，暗忖何不以“干姐姐”名义前往吊唁，借机结识阿勇之父老任。老任是开武馆的著名拳师，武艺高强人脉广泛，如果能将其揽过来，那可比阿勇强多了！

田洁石遂于次日上门吊唁。不料，这一去就被专案组给盯上了。

侦查员对田洁石的交代进行了核查，基本属实，这条线索就被排除了。麦善谋、陈君临尽管已有思想准备，但难免有些沮丧。好在这时传来消息，另一路对蒙古族老爷子伊勒德被毒杀一案的侦查取得了突破。

八、追查“鑫叔”

专案组本来对伊老爷子寄予很大希望，他的突然被害，就如给侦查员兜头浇了一桶凉水。不过，单就其被害一案来说，倒也并非毫无头绪。从表面看，该案的情况比较明了：上一天，侦查员曾走访过老伊，与其约定次日在“祥元阁”共进午餐，进行外调。同时，派出所民警小柳跟老伊的嫡亲外甥姜孝顺约定，午前前往伊宅把老爷子接往饭馆，饭局进行时由姜孝顺全程担任“翻译”。凶手肯定是事先得知了这个消息，赶在姜孝顺之前把老爷子接走，就在已经先行抵达的侦查员眼皮底下将老伊毒杀。

该案发生后，专案组长亓舞牧率领尹小白、张百行以及从市局、分局临时借调的十二名外援警员，分三路对伊宅所在的小北直街、命案现场“祥元阁”以及老伊生前做冷兵器生意时的社会关系进行调查。调查期间，疑似女凶手田洁石的线索显现，亓舞牧前往支援，这三路的调查就暂由尹小白、张百行负责。

可以说，尹、张的调查比较顺利，但查摸到的内容于破案来说却只能算是“厘清”，距抓到凶手还差得远——

比如，有关毒杀老伊的那个西装革履的“体面男子”，侦查员从小北直街多名居民那里了解到，那天午前确实是这样一个男子前来伊宅把老伊接走的。广州解放前，这个男子一度经常来老伊家里喝茶饮酒，有邻居曾听老伊无意间说起过，这位先生是做生意的。不过，做什么生意、在哪里开店或者开公司、家住何处等情况，老伊从未对别人讲过，不知是有意保密呢，还是因为别人没问老伊也就没说——老伊跟邻居基本没什么交往，也没有劈面相遇时驻步聊上一阵的习惯。而他做的是非常冷门的冷兵器生意，整个巷子里也找不到一个与他有共同话题的居民。

又比如，“体面男子”是如何知晓老伊是日中午受邀去“祥元阁”的呢？调查结果表明，竟是老伊的外甥、区税务所留用税务员姜孝顺亲口告知对方的。据姜孝顺说，这个“体面男子”早在四年前就已经跟其舅老伊有来往了。有一段时间，那人隔三岔五去小北直街，和老伊喝茶饮酒闲聊（这一点和邻里反映的情况相符）。当时老伊尚未中风，生活完全可以自理，姜孝顺去小北直街的次数远比现在少，即便如此，也曾数次碰见过该男子，有两次还一起喝过酒。

老伊在待人接物方面严格奉行江湖规矩，凡是他结交的朋友，只要不是磕头拜过师的，一概是平辈，视年龄大小称兄道弟。该男子虽然只比姜孝顺大七八岁，老伊却让外甥唤其“鑫叔”。至于此人姓什么叫什么、操何营生、经常来访的原因等，舅舅一概不向外甥介绍——老伊跟其他江湖朋友交往，哪怕是让外甥当面撞见，也都是这样，时间长了，姜孝顺也就不以为意了。因此，姜孝顺虽然跟“鑫叔”见面多次，算得上熟人，对此人的情况却是一无所知。

自舅舅患病不能出门以来，姜孝顺再也没见过“鑫叔”上门，老伊也没再跟外甥提到过此人。在老伊的社交史上，这种情况属于正常。

头天姜孝顺下班（正好手头有公事需要处理，所以这时已经天黑了）正要出大门时，门房唤住他让接听电话。电话是小北直街派出所民警小柳打来的，就是通知有外调人员走访老伊之事，对方明天中午请老伊在“祥元阁”午餐，届时请姜孝顺作陪，一是照料老人，二是充任“译员”。不过，小柳明天不到场，所以请姜孝顺明日午前把老伊接往饭馆，派出所可以帮姜孝顺向税务所领导请假。老伊行动不便，可以叫辆三轮车，费用由派出所报销。

这种自广州解放后临时冒出来的差使，姜孝顺之前已经遇到过数次，此刻他也不以为意。骑上自行车回家，途中经过惠福路一家卤菜小铺，姜孝顺被散发出的香味所吸引，停下车想买两样带回家去。排队时，肩膀突然被人轻轻拍了一下：“孝顺!”

姜孝顺转脸一看，竟然是多年未见的“鑫叔”。“鑫叔”说，他也是途经这家小有名气的卤菜小铺，见有新鲜卤菜刚出锅，打算买些回家下酒，不想那么巧，居然遇上了老熟人。两人就说起了闲话，“鑫叔”问起老伊的健康状况，听说每况愈下，便表示要抽个空儿去看看他。又问老伊中风后脑子是否还清醒，姜孝顺说刚开始老犯迷糊，今年初夏有些好转，还举了老伊接受外调的例子。用姜孝顺的话来说：“千不该万不该，怎么就一时嘴贱顺口说起了这事儿!”

所谓“这事儿”，就是小柳告诉他有外调人员向舅舅调查当年“见血堂”那批攮子的下落，让他明天中午将舅舅接到“祥元阁”。当时，“鑫叔”听了没有什么反应，神色如常，倒是把话题转移到解放后姜孝顺的工作情况上去了。一会儿，排到窗口，姜孝顺买了卤菜，跟对方告辞先离开了。

事后看来，老伊之死，就源于姜孝顺跟“鑫叔”的这次不期而遇。侦查员对这条线索进行过调查，除了请两个相邻分局发了协查通知，还动员了卤菜小铺所在地管段派出所全体民警以及二十四名青年治安积极分子，对以卤菜小铺为中心方圆一公里范围内的住户进行访查，但未能发现任何有关“鑫叔”的蛛丝马迹。

麦善谋、陈君临对疑似女凶手田洁石进行讯问时，尹小白、张百行两个刚琢磨出一个之前调查时遗漏的问题——

“鑫叔”从姜孝顺口中得知老伊次日将在“祥元阁”接受外调人员的宴请，知道不妙，遂决定将老伊灭口。至于如何干掉老伊，“鑫叔”肯定经过反复考虑，最后选定了下毒的方式。其实，还有一种更省事的方法，那就是在伊宅将老伊一刀毙命，为什么他不这么做呢？“鑫叔”落网后交代，说对方是格斗高手，虽然疾病缠身，但毕竟还有功夫底子，不是寻常的病号可比的，他担心偷鸡不着蚀把米，那就麻烦大了。

不过，在老伊家里是没法儿下毒的，那就只有谎称“孝顺单位有事儿，一时脱不开身，让我先把您老接过去”，将其骗去饭馆下手了。去饭馆的话，就必须去“祥元阁”，那是事先说好了的，换其他地方会引起老伊的怀疑。但这样一来就有问题了，“祥元阁”名声在外，生意火爆，客满是经常的事，如果他把老伊忽悠过来，饭馆却没有空座，那该怎么办呢？老伊是老派武人，又是天生一副倔脾气，“祥元阁”是他亲自点的地方，临时换饭馆他肯定不干。到时候，“鑫叔”再会忽悠人只怕也应付不了这场面。所以，从常情来说，“鑫叔”在策划时肯定会想到预订雅座。

尹小白、张百行议到这里，简直觉得不可思议：这么一个简单的问题，怎么事先没有想到呢？

于是，下一步的调查思路也就出来了。两人再访“祥元阁”，“祥元阁”账房先生告知，那天上午十时许，饭馆还没开始营业，来了一个三十多岁的男子，身穿一件七八成新的藏青卡其布面料短式夹风衣、黑色薄棉裤，头戴米黄色鸭舌帽，说话语调节奏像打机关枪，先问是否有一位姓姜的先生订过席，账房答称姜先生订过席，在二楼；然后就说他中午也要订一副雅座，就放在底楼那个不靠窗的角落里吧。按照当时规矩，饭馆订座是不必付订金的，但这个顾客却执意要先付一万元（旧版人民币，与新版人民币的兑换比率是10000∶1，下同），再三关照务必保留预订的雅座。

侦查员听着顿时来劲，张百行说这应该是一条线索，盯着追查没错。尹小白说这个订座的主儿跟那个“鑫叔”似乎不是同一个人，可能是参与作案的同伙，也可能只是被忽悠了，他并不知道自己的行为实际上为一桩谋杀提供了便利。这么一说，张百行不由连连点头：“对啊！订座这样的事儿，‘鑫叔’可以自己出马的，为什么要另外差人呢？大概是不想给外界留下太多印象吧。”

尹小白说：“不瞒老兄，兄弟我早年在港岛奉命给港九支队跑腿打杂时，时不时也玩这一手，花点儿小钱让乞丐、小混混儿、小贩什么的去替我跑腿。现在这个订座的家伙，可能就是‘鑫叔’雇佣的临时工。不过，即便如此，这也是条线索。‘鑫叔’以为这样一来我们就找不到他了，可他不知道，咱是玩儿这个把戏的行家，不信就找不到他的蛛丝马迹！”

接下来，两人分析那个订座男子的情况，发现这个人的衣服搭配有些蹊跷：上身穿的是藏青色卡其布面料的短式夹风衣，下身却是一条黑色薄棉裤。此时已过冬至，差不多到了广州一年中气温最低的时期，该男子穿一条薄棉裤倒也说得过去，可是，上身穿的却是春秋季节的短夹风衣，这就似乎不大符合常理了。若说此人抗寒能力强吧，那棉裤怎么解释？而且，这个季节，很多人的穿着搭配恰恰与那个男子相反，上身穿薄棉衣，下身倒是可以穿夹裤之类。反正，专案组的这些侦查员中就没有一个穿棉裤的。

因此，侦查员认为该男子的这种穿着搭配可能有其特殊性，有往下探究的必要。上下身衣服不搭配，是盯着上身的夹风衣寻觅疑点呢，还是从那条薄棉裤去考虑？尹小白、张百行最初的观点是各一半，张百行主张从夹风衣考虑，尹小白则定位于棉裤。但最终张百行还是被尹小白说服了。因为尹小白提出了一个观点：街头四十岁以下的体健男子穿棉裤的不多，这厮应该不是身体虚弱畏寒，而是职业需要。

那么，这厮从事的是什么职业呢？张百行是北方人，而尹小白是本地人，这方面只有他最有发言权。

尹小白分析，广州地面上冬天穿棉裤的男性，一般都是从事室外工作的，比如清道夫、守夜人、从事室外工作的匠人、电灯厂的外线工、码头或者火车站的装卸工、水上作业人员以及三轮车、黄包车夫等，该男子十有八九从事的是这一类工作。是日，此人应该是在工作时间临时受凶手之托来“祥元阁”订座的——如果他这天不工作的话，就不必穿棉裤了。至于那件夹风衣，则是为防止被人一眼判断出其职业临时换上的。为什么会担心被人看出职业呢？那是因为此人原先穿着的上衣上有明显的职业标志。由此推断，此人很可能是三轮车夫，凶手搭乘其三轮车，有偿委托让其帮忙订座。

那就着手找那个三轮车夫吧。尹小白、张百行随即把外援便衣召拢，端出上述分析，征求大伙儿的意见，看如何开展访查最为便捷。分局一名康姓留用老刑警提出，从那件短式夹风衣来看，很有可能来源于附近某家旧货行或者专做旧衣衫生意的旧衣店，是否有必要先访查这一类商家？这个建议立刻获得认同，一干侦查员分头行动。

刑警老康的推测被证明是准确的。距“祥元阁”大约六百米的一条巷子里有一个旧衣摊头，侦查员从摊主那里了解到，案发那天上午，一辆三轮车拉着一个穿戴体面、嘴叼翡翠烟嘴、大约四十来岁的男子在巷口停下。男子下车往巷里走，身后跟着那个穿一身黑布棉衣裤的车夫。摊主不禁觉得有些奇怪，乘坐三轮车、黄包车来小巷的人几乎天天都有，但这种乘客和车夫一起下车进巷子的情景却从来不曾见过，寻思是不是坐车的男子忘了带钱包，欠着车钱，让车夫随其到家里来取。正这么想着时，两人却在摊头前驻步。那男子对车夫说："你看看，有没有适合你穿的衣服。"

摊主这才知道，原来这二位是来光顾他生意的。车夫一双眼睛在旧衣服上扫溜着，看那神色，似乎嫌摆出来的衣服太少，不甚满意。摊主就从身后的纸板箱里又拿出一些旧衣服供其挑选。那乘车的男子对此不感兴趣，退后几步，掏出香烟插在翡翠烟嘴上，一边吸烟，一边左右扫视。车夫终于选中了一件短式夹风衣和一顶帽子，摊主见其没有侃价，也没有掏腰包的意思，便知道付钱的应是那个男子，于是大声报出价钱。男子把吸剩的半支烟扔在地上踩灭，过来看了看车夫选中的衣服，嘴里吐出两个字："试试。"

车夫便脱下原先穿的那件棉衣，套上夹风衣，又把帽子戴上。男子又开腔让"走几步"，车夫照办。看上去，那男子对车夫的扮相比较满意，随即就按照摊主报出的价钱付了钞票。这时车夫已换回原来的装束，两人出了巷子，男子上车，车夫拉了车就走。

尹小白、张百行两个分析下来，作出以下推测——

凶手在赴小北直街把老伊忽悠出来的途中，叫了一辆三轮车，用钱收买车夫，让其前往"祥元阁"订座。考虑到车夫那身行头肯定会给饭馆方面留下深刻印象，觉察到此人可能从事的职业，就出钱买旧衣帽让车夫改装。当然，这般装束踩着三轮车当街出现太过显眼，容易引人注目，若是正好遇上相识的同行，那这把戏就留下明显的后遗症了。所以，试过衣服之后，凶手让车夫把衣服换回来，待到"祥元阁"附近，再找个偏僻地段把衣服换上，步行前往饭馆。

侦查员为印证这个推测，立刻以"祥元阁"为中心在周边小巷、空场等处进行访查，果然在距“祥元阁”直线距离不过四五十米的一条小巷里找到了三名目击者。他们看到的那一幕跟侦查员的推断几乎如出一辙。

接下来，就是怎样寻找那个三轮车夫了。尹小白、张百行与外援便衣一番讨论后，决定先通过工商局把市人力车公会和各区分会的专职办事员召拢，说明情况，要求在严格保密的前提下协助查摸这么一个三轮车夫。

调查进行到这一步，尹小白、张百行都很乐观，说看来此番已是“馒头上笼八分熟”了。可是，尽管各区人力车公会集中全力协助排查，侦查员不但跟车夫逐个接触，还调取了解放后车夫为领取执业证件拍摄的照片，请“祥元阁”账房先生、伙计和旧衣摊的摊主辨认，遗憾的是，竟然没有任何效果。尹小白、张百行不禁犯了嘀咕：这是怎么回事？使那么大的劲儿，按说方向也正确，怎么就没查到任何蛛丝马迹呢？

无奈，他们只好向专案组长亓舞牧求助。这时，对田洁石的调查已告一段落，亓舞牧可以腾出手对他们进行指导了。

听了二人的汇报，亓舞牧提出了两种可能性：一种是那个跟着凶手去买旧衣服的主儿并不是真正的三轮车夫，而是临时客串的，当然，可能这厮以前曾做过三轮车夫；另一种可能是，这厮是如假包换的三轮车夫，不过不是羊城这边的。据“祥元阁”的账房说，此人也是广州本地口音，那就可以在广州周边的地区找找看，比如新会、花县（今花都）、番禺、中山、佛山等地。

尹小白、张百行两个眼睛一亮，不约而同“哦”了一声。张百行说：“这几个地方都不大，三轮车的数量远远比不上广州，我们分别带几个人分赴这五地，估计查上一两天就能把当地的三轮车夫查遍了。”

尹小白却有不同意见："我倾向于组长说的第一种可能。据旧衣摊主和那几个目击者反映，那辆三轮车是广州市里随处可见的营运三轮，也有牌照，可惜当时谁也没留意过号码。我们是否可以先查一下，老伊被害之前一两天，广州市区有没有营运三轮车失窃过?"

亓舞牧点点头："小白这个想法有意思，假车夫真三轮，我们不妨查查看。"

接下来，三人分别向全市各派出所打电话询问近日是否有报失三轮车的。一圈电话打下来，都说没有接到过这种情形的报案。这不奇怪了吗? 三人继续研究，最后决定再次在全市三轮车行业展开调查，弄清楚在涉案时段内是否有人丢失三轮车没有报失（比如事后失物自动归还了），或者把三轮车借给过非从业亲友的。

这一查，又是将近两天。1 月 4 日，西禅区三轮车工人宋克礼在接受侦查员询问时，承认曾把他使用的三轮车借给过其表兄林和万。林借用表弟三轮车的理由是，朋友娶亲接新娘，愿意支付宋克礼当日的包车车资，借用时间说好是一天。表兄是上午九点把车骑走的，晚上还车时已是十一点。

当晚，林和万被捕。专案组随即进行讯问，林对去"祥元阁"订座之事供认不讳——

林和万以前干过三轮车夫，前几年跳槽干起了珠江客轮上的水手。这人喜欢交际，在社会上颇有朋友。12 月中旬，有个名叫何觉生的鳏夫朋友找他说准备娶一寡妇作续弦，定在 27 日成亲，届时将以五辆三轮车组成一个车队前往女方住所接新娘，希望林和万备一辆三轮车参加车队。林和万自无二话，一口答应。接着，他就去找了表弟宋克礼，约定是日借用其三轮车一整天。何觉生其实并没表示过愿意以包车价格给人家误工补贴，但林和万知道表兄经济拮据且生性吝啬，自掏腰包付了这笔钱。

是日上午，林和万根据事先与何觉生的约定，蹬着三轮车前往何宅。途中被从路旁闪出的一个男子拦下，该男子显然以为这是一辆正在营运的三轮车，二话不说就上车了。林和万还没来得及跟他说明情况，就被对方手里亮出的一张五万元面值的人民币所吸引。对方说我包你这车一个小时，载人的同时再顺带做一桩小事，去饭馆替我订个雅座，这张钞票就是你的了。另外我再送你一件七八成新的衣服和一顶帽子，干不干？林和万觉得这交易简单又合算，不假思索地点了头。

继而就有了去旧衣摊买旧衣服和上“祥元阁”订座的情节。订座期间，那个特征与“鑫叔”相符的男子就在饭店外面等着，林和万订座完毕出了饭馆，“鑫叔”和他一起穿过马路，就此各奔东西。此后，林和万再也没见过此人。

侦查员随即找何觉生核实情况，何证明确实有迎娶新娘请林携车帮忙之事。又分别让“祥元阁”账房先生、旧衣摊摊主辨认，均确认系林和万无误。由于林和万坚称他跟“鑫叔”素不相识，出于慎重，侦查员还去林供职的珠江客轮公司及其住所地管段派出所了解此人以往的社会关系，没有发现可疑情况。

尽管找到了订座的人，但那个“鑫叔”究竟是什么来路，专案组依旧一筹莫展。根据姜孝顺提供的“鑫叔”与老伊生前的交往情况，以及这个“鑫叔”对广州的熟悉程度，专案组推测他应该是本地人，可是，广州这么大，应该到哪里去找他呢？

九、“福婴堂”余孽

1950 年 1 月 8 日，专案组开了一上午的案情分析会，重新梳理案情，确定了接下来的两个调查重点——

其一是五个受害人收到的警告信。据广州市公安局为配合本案侦查在警方内部进行的统计，自 1949 年 10 月 14 日广州解放至今，全市公安系统共有三百七十一名警员收到过各种形式的警告信，其中有三十九封系无字函，即图画或者实物（子弹、刀片、药粉之类），图画内容为滴血攮子的只有五封，而收到滴血攮子警告信的五名警员已全部遇害。专案组认为，在目前情况下，可以考虑对这五封警告信进行追查。

其二是摩托车。之前搜查老伊的住处时，侦查员在后院门口发现了新鲜的摩托车轮胎痕迹，估计凶手是骑着摩托车过来的，把车停在这里，再绕道拐上马路，从前门进入伊宅。之所以不直接从后门入内，那是因为老伊是武人出身，后院是专门用来练武的，比寻常民宅的后院大得多。后门平时上着粗杠门闩，想从外面入内，就必须大喊大叫，这就有可能惊动邻里，而且也解决不了问题——老伊腿脚不便，即便听见声音了，也难以独自走那么长一段路去开门。事后查明，凶手“鑫叔”在毒杀老伊逃离饭馆后，又叫了出租车赶到伊宅附近，步行到伊宅后门把摩托车骑走了。侦查员认为，如果能查明摩托车的来路，也就可以顺藤摸瓜找到凶手的线索。

这两个方向的调查难度都不小，需要耗费大量的警力和时间，如果同时进行，侦查员们担心分散用力，达不到预期效果。尹小白建议不要平均分派力量，而是有轻有重。但是，具体到哪头轻哪头重，大家意见不一。

这时，麦善谋提出了一个新的想法，后来的事实证明，这个想法于破案非常有价值——既然与凶手有关的线索调查起来非常困难，不如先放在一边，干脆查查这五名被害警员的历史情况，说不定能找到与此案有关的线索。五人都是留用警员，以前都曾干过刑警，肯定承办过不少刑事案件，现在一齐被害，会不会是遭到报复？

众侦查员都觉得这个思路可行，亓舞牧当即决定：全体出动，前往市局查阅档案。

这一查，果然有收获。侦查员发现在五名遇害警员个人档案的“业绩”栏里，都有参与侦查“山田俊郎绑架案”的记载，由于表现出色，日伪警察局给予陈明贵、郑应富、黄瘦竹、郭振堂、洪秋笙每人一百五十元伪钞作为奖赏，苦主方还赠予他们一百银洋。接着又查阅“山田俊郎绑架案”的卷宗，原来这起绑架案就是这五名刑警组成的专案组破获的，其中洪秋笙为组长。案卷中还附有一份由黄瘦竹执笔、洪秋笙签名的报告，是写给伪省会警察局局长冯壁峭的，请求如有媒体报道该案，务须对专案组刑警匿名或者化名——显然是生怕遭到报复。

专案组遂对这起绑架案产生了兴趣，接着又调阅了“山田俊郎绑架案”的案卷。这桩案子倒也并不复杂——

山田俊郎系广州日商“兴鑫纱厂”老板山田岸雄的孙子，时年三岁。1944 年 2 月 26 日，山田俊郎由其表姐（即老山田十七岁的外孙女）富岛艳枝和几个日本同学带领着前往“乐善戏院”看戏，说是让小表弟开开眼界。这么小的孩子，其实根本看不懂也听不懂，却被表姐硬摁着待在座位上。幕间休息时，山田俊郎如同解锁的猴子，趁表姐和一干同学上厕所的机会，在过道里欢蹦乱跳。这孩子的穿着打扮比较阔气，一眼就知道是个富家公子，结果就让人给瞄上了，等到富岛艳枝从厕所出来，小表弟已经不见踪影！

沦陷时期，日侨是顶级公民，戏院方面接到富岛小姐的求助，大惊之下，随即停止演戏，关闭所有通道，封锁门窗，从老板、账房到员工全部出动，分头陪同富岛艳枝在戏院内部寻找。找遍包括后台各个角落在内的所有可能藏匿孩子的位置，皆无踪影。富岛艳枝哭着给外公老山田打电话报告，戏院老板则立刻致电日伪警方报警。

老山田的女婿河下环是广州日军宪兵司令部特高课少佐，接到电话后，亲自驱车前往日伪省会警察局。沦陷区的警察局名义上由汉奸伪政府掌管，实际权力都在日军派出的警察局顾问手里。河下跟日本顾问一说案情，警察局立刻抽调五名精干刑警（即本文中的五个受害者）组建专案组负责侦查该案，日本顾问野谷坐镇督办。不过，这个野谷没有学过一天警务，他是海军少佐出身，在侵华战争中负伤，于是改行从警。

这起案件的受害者是日本人，且有特高课少佐这样一个社会关系，野谷自是重视。专案组这五名刑警是他点名抽调的骨干，其中留英海归的刑侦专家洪秋笙被野谷任命为专案组长。根据洪秋笙的建议，另拨二十四名便衣归专案组差遣。野谷限期三天必须破案，否则，他将把一干刑警送特高课“伺候”。

这可不是闹着玩的，有了这样的“激励”，专案组像打了鸡血似的没日没夜折腾了两天多，终于查到了线索。第三天晚上，广州市内一个专事诱拐、绑架儿童的犯罪团伙浮出水面，这个团伙的匪号竟然叫“福婴堂”。像五年前对付“见血堂”一样，日伪警察、宪兵一齐出动，“福婴堂”一干绑匪除师爷和“保姆”两人因外出侥幸漏网，其余悉数归案。严讯之下，真相大白——

“福婴堂”这个名字听上去容易使人联想到“育婴堂”、“养婴堂”之类的社会慈善机构，谁能想得到，他们干的竟然是绑票儿童的勾当。该团伙作案之前，对目标家庭背景都进行过详细调查，吃准受害者家境富裕，掏得起钱赎票，而且将被绑孩童视为掌上明珠，肯定不敢报案，他们才会下手。从 1939 年春夏之交“福婴堂”开张到 1944 年早春案发，这伙绑匪作案四十六次，次次成功，没一户苦主向警方报案。被诱拐、绑架到“福婴堂”的孩子都有专人照料，好吃好喝，有玩具，还有“保姆”（即女绑匪）陪他们做游戏，并提供医护服务。从这一点上来说，“福婴堂”倒也名副其实，来到这里的孩子的确有“福”，当然，孩子的家人未必会这么想。绑匪之所以这么做，也不是因为心善，掩人耳目而已。

尽管四十多个受害家庭都没有向警方报案，但绑架孩子这种事肯定会闹出动静，社会上自有风言风语，说广州地面上隐藏着一个专事绑架孩童的犯罪组织，屡屡作案，甚至香港、上海的外国报纸也披露过。这些情况日伪警察局肯定是清楚的，可既然没人报案，他们也就多一事不如少一事，假装不知道。对于“福婴堂”来说，这当然也是一种“福分”。不过，天下从来没有享不完的福，1944 年初，“福婴堂”的好日子终于到头了。

那年元宵，“福婴堂”内部摆了一桌酒宴欢度佳节，在场的除了堂主韩盛夏、师爷黄芝君等六名绑匪外，还有跟着绑匪打下手的三个帮凶——车夫、厨子、“保姆”（即护士兼幼教）。席间，绑匪作出了一个决定：时势艰难，物价上涨，“福婴堂”也必须扩大业务范围，不但在广州本地，还要在香港、九龙物色目标。如此，“福婴堂”就需要“扩编”，招收熟悉香港情况并且在香港有藏匿和偷渡条件的同伙。绑匪中的老三梁福仁以前曾在香港黑道混过一阵，在港九有黑帮朋友，遂决定由梁老三去香港招兵买马。

梁老三返回羊城时带来了两个马仔。根据“福婴堂”的规矩，凡是招聘新人，哪怕只是临时请来做十天半月的清洁工，也必须经过师爷黄芝君的面试，由黄师爷全权决定是否录用。这次要招的是正式成员，黄芝君自是特别重视。但他也知道，这两个马仔的兄长跟梁老三关系非同一般，梁老三说是请师爷面试，其实是志在必得，不过走个过场而已。虑及这一点，面试后黄师爷没有独自作决定，而是跟老大韩盛夏提出，是否六个弟兄开会商量一下，集体决定这两个小弟的去留。

开会结果，六个绑匪的意见是三对三。梁老三脾气暴躁，当下就要发作，认为黄师爷不给他面子，质问黄师爷这两个小弟到底哪里不合格。韩老大是支持黄师爷的，当下就让师爷把面试感觉说一说。黄芝君只说了四个字“粗暴鲁莽”。双方进行了争论，气氛很不友好。最终韩老大拍板，争论暂时搁置，两个小弟暂且留下，容大家再看看、想想——集体考察。

梁老三要给两个马仔一个交代，就悄悄把情况跟他们透露了，让他们必须稳住，对老大和老六（即黄师爷）要客气加尊重，让人家有好感。两个马仔听着不服，寻思这不是看低咱俩了吗？“福婴堂”的活儿不就是去外面随便溜达溜达，看见有富家公子掳一个回来就是了吗？这种活儿咱在香港又不是没干过，有什么犯难的？两人一合计，必须露一手给大家瞧瞧。怎么露一手呢？那简单，弄个孩子回来就是。

当晚，两个马仔去戏院看戏，幕间休息时发现一个三四岁的富家少爷在过道间欢蹦乱跳，瞅个空子用玩具和魔术把孩子诱出戏院，叫了辆三轮车带回了“福婴堂”。这个孩子，就是山田俊郎。

应该说，黄师爷的眼光确实很毒，他跟两个马仔不过聊了十几分钟，竟然就看清了他们的致命弱点，下了四字评语。两个马仔随即以自己的行动对黄老六的评语作了一个最贴切、最准确的诠释。至此，不仅韩老大，连梁老三也频频摇头，暗忖这俩小子真是扶不起的阿斗，只好让他们返港了。

那么，诱拐来的那个富家少爷该怎么处置呢？黄师爷说我先得跟这位少爷聊聊，了解情况后再说。没想到，根本没法儿跟这孩子聊。怎么呢？他一开口竟是奶声奶气的日语，“福婴堂”没人听得懂。黄师爷说这回闯大祸了，这小子是日本崽，闹不好是东洋官员的崽子哩！

这下，一干绑匪害怕了。紧急商量下来，让两个马仔连夜带着山田俊郎逃离广州，直接回港，把孩子送香港的慈善机构，就说是捡到的。慈善机构自会弄清其来历，帮助其回归家庭。只要孩子平安无事，估计苦主也不会刻意追究。

应该说，这个盘算成功的概率还是比较大的，可架不住碰上了猪队友。那两个马仔竟像是上帝特地指派来毁灭“福婴堂”的特使，他们偷渡到港后，寻思带着这日本孩子就相当于怀里揣了一颗定时炸弹，万一遇到日本人盘查，那不就露馅儿了？一不做二不休，二人干脆把孩子掐死了，草草在海滩上掩埋。不料在掩埋过程中被人发现其形迹可疑，当即报警，两个马仔被日军巡逻队逮捕。

“福婴堂”在劫难逃，一个月后，所有被捕的涉案者均被判处死刑，只有黄师爷和“福婴堂”唯一的女性成员倪和娟漏网。韩盛夏等匪徒被处决前，日本顾问野谷给他们开出条件，如果谁供出黄芝君、倪和娟的藏匿地点，可以免死。死到临头，几个绑匪倒还有点儿骨气，说黄师爷非常了得，你们是抓不到他的，我们几个弟兄死也就死了，但只要黄师爷活着，肯定会给我们报仇。

日伪警察局对黄芝君、倪和娟的通缉持续到次年 8 月日本战败投降，也没有任何结果。之后，随着国民党接收省会警察局，这桩案子也就渐渐被人淡忘了。此刻，看着卷宗里被处决的几个绑匪的照片，“55 小组”五位侦查员产生了一个共同的想法：莫非真的是那个黄师爷找当初的办案刑警报仇来了？

在驻地的会议室里，一干侦查员分析下来，都觉得这种可能性不能排除。那么，如果把这起绑架案作为切入点进行调查的话，下一步该如何进行？麦善谋再次提出建议：还是应该到市局去找。

找什么呢？麦善谋说，日本人性格刻板，办事中规中矩，何况是那么大的案子，因此，他们结案后应该会把绑架案的物证都封存起来。国民党方面接收日伪警察局时，应该是把卷宗和物证一并接收下来的，该案的卷宗我们找到了，估计物证也还在，只不过由于管理有问题，没和卷宗放在一起。我们不妨再到市局找找该案物证，很可能会发现些有价值的线索。

1月9日，专案组二赴市局。不出麦善谋所料，侦查员在一间灰尘累累蛛网密布的库房里找到了一个日伪警察局成批次定制的专用物证箱，箱盖上的白铜标签框里有张卡片，卡片上写着一组阿拉伯数字，与“山田俊郎绑架案”卷宗上的号码完全吻合。箱子锁着，也找不到钥匙，但这难不倒侦查员，再说又不是什么复杂的锁，尹小白用一根回形针就给捅开了。

打开箱盖，里面是日伪警察局查抄“福婴堂”时收缴的两支手枪、一瓶药粉（估计是迷药）、若干刀具、绳索和封口用的大块医用胶布等，还有一些照片。让侦查员惊喜的是，这些照片中竟然有一张“福婴堂”全部成员（六个绑匪、两男一女三个“内勤”）的合影，拍摄于1944年元旦，而且是当时流行的商家、公司悬挂于墙上的十二寸大照片，可以看清每个人的脸庞。侦查员根据绑架案卷宗中被捕者的照片逐个核对，排除了绑匪中的老大到老五，以及司机李某、厨师兼清洁工萧某，还剩下一男一女，那肯定就是黄师爷和倪和娟了。

黄师爷的年龄在三十三四岁左右，嘴里叼着一枚烟嘴，插有小半截香烟——其面容与姜孝顺所说的“鑫叔”以及旧衣摊主所说的那个陪同假车夫林和万购旧衣的男子吻合；倪和娟年龄不到三十岁，一张标准的鹅蛋脸，五官特征及体形与目击证人描述的那个女凶手酷似。

一干侦查员返回驻地，立即开始研究如何查摸黄芝君和倪和娟的下落。他们无论如何也不会想到，对手已然察觉了警方的行动，准备先发制人，制订了一个“反制计划”，即将把暗杀的触角伸向“55 小组”！

十、反制计划

案犯胆大包天，竟然打算暗杀专案组侦查员，这种事现在听起来，会让人感到不可思议，以为是某些神剧的胡编乱造。但是，在解放伊始的广州，这根本不算什么稀罕事儿。有资料对此曾有披露：“那时广州刚解放两个多月，天上美蒋飞机不断袭扰轰炸，地上国民党遗留下来的军警宪特散兵游勇像输红眼的疯狗，昼伏夜出，满城乱窜，制造混乱，丢炸弹、搞暗杀、打黑枪……”随便举个例子，1950 年 2 月的某个深夜，华南分局社会部副部长、广东省公安厅长兼广州市公安局长陈泊在其办公室里遭枪击，子弹穿窗而入，从其头边擦过，打坏了立在墙边的一口英国制造的维多利亚式大座钟。

案犯也许正是受到这种嚣张氛围的影响，才有了暗杀侦查员的念头。拍板决定此事的这个胆大妄为的对手，就是曾经的“福婴堂”师爷黄芝君，不过，他现在已经易名“朱益庆”了。

黄师爷原名唐鑫，广东阳江人氏，1910 年出生于一个地主家庭，自幼顽劣，酷爱舞枪弄棍。初中毕业后投身行伍，在军阀陈济棠的部队当过汽车兵、班长、排长、上尉军需官，1936 年因贪污被军事法庭判处徒刑十年。其时，唐鑫因军需官业务关系已经在江湖上结识了几个黑道角色，结拜异姓兄弟，他排行最小，位列第六。上面五个盟兄闻知老六身陷囹圄，立即着手营救，打通监狱关节，助其成功越狱。

唐鑫逃到广州，改名黄芝君，籍贯也变为海南陵水。那时，如果有关系，户口很容易办，花一些钱钞即可。洗白身份后，他找了份私立小学老师的工作。不久，抗战爆发，广州暂时无恙，黄老师继续教他的书，私下里跟落草做了土匪的五个盟兄往来，为他们出谋划策。1938年秋，广州沦陷，私立小学被日军征用，黄芝君失业，遂接受盟兄的邀请，正式加入该犯罪团伙，并被推举为师爷。这位新师爷上任伊始就做了两件事：一是把该帮伙命名为“福婴堂”，二是通过关系给五个盟兄都办理了广州市区的良民证，这样，该帮伙就得以合法立足省会了。

黄芝君与绑匪团伙唯一的女性成员倪和娟是一对野鸳鸯，1944 年“福婴堂”遭遇灭顶之灾的那晚，两人正好偷偷相约去外面开房间，侥幸逃过一劫。午夜时分，两人惊悉“福婴堂”出事，即分手各奔东西。倪持黄手书的字条前往黄的家乡阳江一所尼姑庵削发为尼，黄则潜逃湖南，在湘西一个道士老友那里藏匿，他懂些中医，便在当地行医谋生。但这只是权宜之计，黄知道最要紧的还是抓紧时间学习些本领，每天空闲时便自学英语，还经常去当地教堂跟一个英国神甫用英语交流。

次年抗战胜利，黄芝君返回广州，易名朱益庆，凭着那个英国神甫的一封信札，结识了沙面一家洋行的英国大班，做起了西药经纪人。那个英国神甫是个收藏迷，对中国的冷兵器颇有兴趣，黄受其委托，小规模收购中国民间的冷兵器，由此与伊勒德相识。

国民党接收广州后，原先日伪时期的通缉令就不再有人提起，朱益庆倒是可以安心经商。本想着以后就太平无事了，可命运似乎故意跟朱益庆过不去，他的人生再起波澜。1948 年初，朱益庆经手的一批价值不菲的西药和医疗器械在从海外运至广州通关时意外被扣，不仅他自己的全部家当都在里面，还有好几个合伙人的，合伙人天天上门逼债，他连跳海的心思都有。费尽周折，他终于找到了一条路子，联系上一个名叫曹不凡的缉私警官。

曹不凡的真实身份是“国防部保密局”特务，刚从上尉晋升少校，受命组建“保密局”的一个情报小组。曹是北方人，还是第一次到广州，连粤语都不会说，让其物色对象建立特务组织，真是难为他了。可军令如山，难为也得做，还必须如期完成。于是，他决定利用缉私警官的职权发展特务。朱益庆是他盯上的第一个对象，所谓通关被扣，把朱益庆逼得走投无路求上门来，都是曹事先策划好了的。自然，他也会通过组织对朱益庆进行审查。“保密局”在这方面的效率还是很高的，朱益庆的“今生前世”被查了个一清二楚。

在这种情况下，不管朱益庆是怎么想的，他都必须上“保密局”这条贼船，否则，就不是倾家荡产的问题了，那是要掉脑袋的。从此，朱益庆成了“保密局”的一名情报特工，接受短期培训后，随即投入收集情报的工作。西药经纪人照做，有“保密局”的暗中关照，生意自是风生水起。

1949 年元月，根据曹不凡的指令，朱益庆在广州同乐路开了一家“益庆西药房”，营业执照上注明兼营医疗器械，并且“批零皆准”。这是“保密局”为败退台湾后进行秘密活动建立的情报点。不料，西药店开张不久，曹不凡突然被人暗杀，朱益庆就成了一只断线风筝。待到广州解放，朱益庆顿觉无比轻松——当然不是因为人民翻身当家做主人了，他寻思着，曹不凡已死，国民党又跑到了台湾，自己和“保密局”的联系早就断了，估计没人想得起自己来了。

可惜，这只是他的一厢情愿。1949 年 11 月 30 日下午，朱益庆收到一份平邮印刷品。拆开一看，是从报纸上剪下来的西药广告。这种广告发放方式在当时不算稀奇，但这份广告却有些特殊——第一页上方右沿口向左、上沿口向下各三厘米交会处有一个黑点。曹不凡曾关照过，如果收到的任何印刷品邮件第一页上有这样的记号，那就是密函，可用显影药水涂在空白处显示其内容。朱益庆顿时心里一凉：人家还是没放过我！

凉归凉，该干的事情还是得干，否则只怕连心凉的资格都被剥夺了——死人是没有知觉的。加入“团体”时人家可是交代清楚了的，违犯内部纪律者一律密裁！没准儿曹不凡就是被“团体”密裁了……当下，他立刻配制药液涂抹在空白处。密函中交代，今后朱益庆的代号更改为“03”，让他于12月2日晚七时前往六榕路“抵家旅馆”206房间，落款“蝙蝠”。

朱益庆别无选择，只好遵命。是日，他独自前往旅馆。前台听说是206房间的访客，递过一把钥匙，说客人关照，你可自行进入客房。朱益庆上了二楼，打开房门，里面一片漆黑，不但没开灯，连窗帘都拉得严严实实，密不透风。正迟疑间，房间深处传出一个男子的声音：“请进！关门！”

朱益庆照办。以为总该开灯了吧，对方却说：“往前走四步，有椅子，坐下。”

朱益庆摸索着走了四步，果然触碰到椅子，摸索着落座，心中愈发忐忑。“蝙蝠”跟朱益庆对上了接头暗号，语气稍显缓和，自我介绍来自台湾，系“国防部保密局”特别督察室特派员，奉命接收朱的组织关系，从现在起，朱归其领导。朱益庆的任务是组建一支特别潜伏小组，该小组代号“30”，由朱担任组长，军衔破格晋升为陆军少校，除薪饷外另有特别津贴和活动经费。

根据现实情势需要，“30小组”目前的使命是在一个月之内密裁五名党国叛徒。五名暗杀对象，上峰已经选好了，不劳朱益庆费心。而且，朱益庆一定有干掉这五个人的兴趣——他们就是调查“山田俊郎绑架案”的五名刑警，现都被共产党的公安局留用。具体暗杀手段和下手时机由“蝙蝠”视情而定，朱益庆接到指令即刻行动，必须干脆利索，不能拖泥带水煮夹生饭。该项行动须在本月内完成，一应装备器材、活动经费等，将会有人送至“益庆西药房”。

任务交代完毕，“蝙蝠”问朱益庆是否有什么困难。朱益庆干特工的资历虽然比较浅，但他多年为匪，熟悉江湖规矩，知道如果大谈困难，给上峰留下胆小怕事、故意推诿的印象，上峰就会另派他人执行使命，他自己呢，说不定跟那些暗杀对象一样也被密裁了。因此，尽管这桩活儿风险颇大，他也只好硬着头皮答应下来。不过，有些困难确实是他个人无法解决的，那该提也要提，比如，以前他跟着曹少校搞情报，现在让他搞行动，而且是主持行动，经验有些不足，只给一个月期限完成任务，时间上显得紧了些，况且目前他单枪匹马，招募人员也没个头绪。

对此，“蝙蝠”的说法是，这项任务由朱益庆来执行，局本部专家是经过反复论证的。朱益庆参加“团体”虽晚，但从事秘密工作（即朱与匪帮勾结从事犯罪活动）的时间都够得上“军统”（即“保密局”前身）出身的老特工的资格了。朱是行伍出身，经历过战事，又长期混迹于匪帮，还是师爷，那就相当于参谋长了，策划个案子还不是小菜一碟？朱在广州定居后，组建“福婴堂”犯罪组织，专事绑架儿童勒索钱财。所谓绑架，在特工业内的分类就是“行动”。朱在数年内作案四十多起竟然无一失风，无一报警，这不是从事特工活动的天赋是什么？在局本部的会议上，甚至有专家提议，在适当的时候把朱接到台湾去，在“保密局”特训班担任教官，专门教授策划绑架行动方面的课程。

至于“30小组”的人员问题，由于时间紧迫，以及安全方面的考虑，可以暂缓招募。为完成当前的任务，局本部决定给朱配备两名助手，这二人都属于“30小组”的正式成员，归朱益庆领导，如有违纪行为，朱有权给予最严厉的处置，直至密裁。

两个助手之一，就是朱益庆的老相好，“福婴堂”出事当晚和朱益庆一起逃跑的倪和娟。朱把倪和娟安排去阳江的尼姑庵出家之后，两人就没再联系过。“保密局”业已查明，倪和娟于三年前还俗，改名蔡少仙，到广州找朱益庆未果，就留在了广州，靠做小买卖谋生。一年后嫁了人，男方名叫臧柳川，抗战时被“军统”广州站吸收为编外行动人员，战后拿了笔遣散费经商，结识了蔡少仙，两人终成夫妻。“保密局”策划密裁行动时，考虑到朱、蔡的关系，决定把蔡、臧夫妇吸收进来，作为朱益庆的助手。

这是朱益庆与上司“蝙蝠”唯一的一次见面，“蝙蝠”并未交代朱益庆在完成使命后，或者执行使命期间一旦发生意外该怎样与其联系，朱知道规矩，也不敢问，只有遵命行事。之后几天，朱益庆紧锣密鼓地忙活，先把西药房原来的两名店员辞退，各发给一笔遣散金。又去营造行叫了两个工匠，把店面稍作装饰。最后通知臧柳川、蔡少仙前来报到，两人遂成为西药房的新店员。其间，有人送来了一个包装严实牢固的箱子，里面是从事特工活动的一应装备器材。

晚上西药房结束营业，朱益庆跟臧柳川、蔡少仙一起吃饭闲聊，主要目的是了解一下臧柳川这个“军统”编外人员的暗杀手段如何。一聊之下才知道，这家伙不但精通使用各种武器，心理素质也非常稳定，抗战时在广州等地多次参与暗杀日伪官员的行动，从没失手过。

而另一个属下——当年的倪小姐、如今的蔡小姐，他是不需要担心的。且不说二人做野鸳鸯时的了解，当年的倪小姐进“福婴堂”时，就是他面试的。前面说过，他的眼光是比较毒的，香港来的两个二愣子，他一眼就看出他们成事不足败事有余，结果很快得到印证，“福婴堂”还因这二人遭遇灭顶之灾。这位倪小姐呢，面试时聊了没几句，他就认可了。为什么呢？凭直觉，他认为这女子胆大包天，同时心思缜密，实在是干这行难得的人才，而且还有性别优势——常人对女性的防范意识大多不强。不仅如此，几年不见，这位蔡小姐似乎还有了“进步”，不知是本性使然呢，还是受了丈夫的“熏陶”，蔡小姐对于即将执行的密裁使命竟然有种跃跃欲试的冲动，说她这几天正在抓紧时间苦读丈夫推荐给她看的两本“军统”内部的行动特工指导手册，颇有心得，谈及杀人，就好似女人之间议论时装美食那样轻松自如。

尽管两个属下还算让人放心，朱益庆依旧有顾虑：一是五个目标都是精干刑警，对这种目标下手，他没有百分之百的把握；二是即使侥幸解决了这五位，接下来警方该作何反应？毕竟是杀了五个警察，一旦警方大动干戈进行调查，自己逃得脱吗？

朱老板既没有足够的信心，又对自身安全深感担忧。可任务摆在那儿，拒绝是不行的。思前想后，那就只有一个办法了——把这个任务搅黄了。“蝙蝠”曾经交代，由他选择下手时机和地点，朱益庆接到通知后即刻行动。如果目标都藏匿起来，或者干脆玩消失，“蝙蝠”无法探知他们的行踪，那行动命令也就没法儿下达了。怎样才能让这几个目标玩消失呢？朱益庆苦思冥想，终于有了办法——这，就是五封警告信的由来。

朱益庆瞒着臧、蔡夫妇，把自己亲手绘就的警告信分别寄给五个目标后，一连多日没接到“蝙蝠”的行动指令，寻思可能达到预期效果了。眼见得日历一天天翻过去，距离年终不过十天了，朱益庆以为这个任务多半黄了，不料 12 月 21 日下午，随着电话铃骤响，“蝙蝠”下达了第一道指令。

指令很详细，不但包括目标郭振堂此刻所在的具体位置、在干什么，还对使用什么凶器、如何下手进行了详细交代，甚至具体到行动人员把刀捅入对方身体后不要拔出。朱老板别无选择，只好指派臧柳川出动。臧的表现倒还真是“言行一致”，面不改色点头接受指令，但选择凶器时没拿“蝙蝠”派人送来的军用匕首，而是在朱益庆三年前从老伊那里买下的十把攮子中随手取了一把。朱老板叮嘱他下手后让刀子留在目标身上，他点头表示理解，说应该这样，如果拔刀，血会喷出来，弄脏了衣服就不容易脱身了。

郭振堂被杀后，“蝙蝠”的指令接连而至，臧、蔡夫妇竟然都能顺利完成使命，安全脱身。警方那边似乎也没啥太大的动静，朱益庆正暗自庆幸，不料12月26日与姜孝顺邂逅，无意间得知警方正准备找老伊外调。那一刻，他真有一种“肠子悔青”的感觉！

有一段时间，朱益庆帮着那个英国神甫收集中国民间的冷兵器，一度跟老伊交往频繁。后来，老伊喝酒毁了身体，朱益庆的上家英国神甫也没了音信，他跟老伊也就不联系了。现在闻知警察找老伊外调，他担心老伊将他的情况和盘托出。朱益庆倒还沉得住气，当晚冷静作了一番分析后，也不跟蔡少仙、臧柳川商量，独自制订了灭口方案。当然，杀人不是儿戏，还是谨慎一点儿好。次日朱益庆赶在姜孝顺之前到小北直街拜访老伊，见面后问了问情况，得知外调人员是市局警察，而且有派出所民警陪同登门，心里不禁一凛，寻思肯定是作案凶器被警方瞄上了。遂决定下手，把老伊诱到“祥元阁”给毒杀了。

朱益庆身为绑架团伙成员，策划犯罪活动的活儿做得还不错，但让他搞具体行动，那就显出科班出身和野路子的差别了。制订灭口方案时，他专拣有利于自己的方面想，根本没考虑过灭口后看似消除了隐患，其实又留下了新的隐患——警方在调查老伊命案时肯定要追查到其外甥姜孝顺身上，而姜孝顺在案发前夜遇到过自己这个情况警方马上就会知道！朱益庆是在毒杀老伊返回西药房后突然意识到这一点的，像是武侠小说中遭了高手点穴一样，顿时呆若木鸡，一时竟动弹不得。半晌回过神来，发现臧柳川、蔡少仙夫妇站在对面，正狐疑地打量着自己。这对夫妻还从未见过他们一向敬重的黄师爷、朱老板这般失魂落魄，不知发生了什么情况，想问又不敢。

恢复镇定后，朱益庆立刻作出了一个决定：把真实情况告诉两个部下。

听朱益庆如此这般一说，蔡少仙有点儿坐不稳当了，脸上变颜变色的，倒是其夫臧柳川还挺得住，不但没有一丝紧张，反倒哈哈大笑。朱益庆以为这主儿被吓得精神失常了，正没奈何时，对方开口了："不瞒老板说，我一直想去香港或者台湾。以前给'军统'干事的时候，我手上沾的血太多了，有日本人和汉奸的，也有不少中共地下党的，要是让共产党抓到的话，枪毙我十个来回都富余。广州沦陷（指解放）前我想逃港，被这妖精拖了后腿（说着狠狠剜了其妻一眼）。上月，'团体'来人让我归队时对我说过，干一阵儿可以去香港，还给了我一个联系地址。现在既然快穿帮了，那老板您就把西药房关了，咱们三个偷渡去香港，转而投奔台湾。不管怎么说，这个任务完成得不错，咱们算是有功人员，没准儿还可以被党国封个官儿哩！"

一语提醒了朱益庆，寻思要说活路吧，这倒真是一条。当下，三人就商量如何善后。朱益庆有了教训，这回不敢草率了，针对如何赶在警方的侦查触角伸到"益庆西药房"之前做好关店、变卖存货、联系偷渡以及万一被警方盯上如何脱身等事宜进行了详细谋划。蔡少仙毕竟是妇道人家，担心时间不够，还没准备好就被警方一锅端了。朱益庆解释说，姜孝顺能够向警方提供的线索也就是他跟老伊在解放前的交往，当时他化名"穆三鑫"，身份则是一个冷兵器的买家，老伊并不知道他在经营西药店。广州这么大，警方不会那么快就查到他身上。所以，我们肯定可以赶在警方把侦查触角伸过来之前从容赴港的。

这么一说，蔡少仙才稍稍心安。三人做了分工，各自分头准备。接下来的几天，准备工作比较顺利。朱益庆联系上当地的蛇头，付了预付款，对方答应马上着手安排船只。因为这是生死之旅，要做好最坏的打算，负责置办武器的臧柳川不知从哪里搞到了三支冲锋枪、子弹若干和十二枚手榴弹，偷渡时万一遇到警方的拦截，这样的火力足够对抗一阵子了。同时，也找到了几个对药房感兴趣的下家，转让事宜即将进入洽谈阶段。

1 月 10 日一早，药房正常开门营业，蔡少仙发现门缝里塞进了一张推销春节期间合家欢聚摄影服务的广告单。臧、蔡夫妇不知道“蝙蝠”和朱益庆是如何进行联系的，以为是寻常的推销广告，况且这家照相社就在附近，上月也以这种方式发过广告。蔡少仙随手就要把广告单扔进纸篓，被从后堂出来的朱益庆看见了，便问这是什么，闻知是从门缝里塞进来的，朱说让我看看，拿着就去楼上了。

进屋一检查，朱益庆发现了密件暗号，随即涂拭显影剂，密件的内容让他大为震惊——华南分局社会部日前两次派员前往广州市公安局档案库，疑系查阅五年前被日伪省会警察局端掉的“福婴堂”一案的卷宗和物证。密件的末尾，还有“蝙蝠”的三字指令：盼严防！

在绑匪这一行中，朱益庆的脾气算是比较温和的，通常也不爆粗口，他自认为是读书人出身，民国年间的初中毕业生也算得上是知识分子了。虽然做了绑匪，但军队有儒将，绑匪中自然也可以有“儒匪”。而此刻这个“儒匪”面对着上司的无厘头指令，再也无法保持儒雅，忍不住破口大骂。为什么呢？因为“蝙蝠”的三字指令纯系风凉话。警方已经查到“福婴堂”了，那也就知晓了朱益庆和蔡少仙的面容、经历，再往下追查虽有难度，但找到“益庆西药房”头上是迟早的事。都到这一步了，让朱老板怎么“严防”？

不过，这会儿骂谁都不管用。眼看着进入了大难临头的节奏，只有想办法扭转被动局面才行，朱益庆的脑子又开始高速运转。反复思量下来，他对上司的这封密函越来越疑惑。既然警方已经查明了自己的底细，上司应该知晓利害，为什么下达的指令仅仅是“严防”呢？西药房是固定不动的，又不是一条船，人家若是找上门来，还有什么可防的？那就只有拼了。当然，拼肯定是拼不过的，这个结果，“蝙蝠”也该知道。那他为什么还要下达这种狗屁指令呢？难道是故意让我们送死？若是如此，何必又送来这份密件提醒我呢？让我们稀里糊涂被警方端了不是更好……

整整一天朱益庆都在琢磨这事，晚上更是辗转反侧。思来想去，不得其解。看来还得赶紧行动，尽快逃离广州才是上策。

天明后，朱益庆把昨晚琢磨良久的问题简略跟臧、蔡夫妻说了说。臧柳川深以为然，蔡少仙提醒朱益庆，说我们先得把门外贴着的转让启事撕掉。朱益庆连连点头：“对对，不但要把启事撕掉，还要把糨糊痕迹擦干净。现在不能提转让西药房之事了，否则容易引起共党公安的注意。”

可这样一来，他们手头的钱钞就有点儿紧张了。此前为了支付偷渡费用、购买武器，钱已经花得差不多了，三人逃港后的生活开销该怎么解决呢？尽管他们手里有枪，但香港那个地方人生地不熟，不可能就地作案，不但不能作案，想在香港混下去，他们还得拜码头，这都需要钱。因此，朱益庆主张不能两手空空去香港，总不见得偷渡到香港去做叫花子吧？而臧、蔡夫妻俩的意思是，活人不能让尿憋死，共党公安都快找上门来了，还是赶紧滑脚为好，到香港后再作计较。实在无路可走了，还可以投奔“保密局”驻港办事处。臧柳川说：“咱们是为党国效命遭共党追缉才逃港的，是党国的忠臣，党国理应解决咱们去港后的生存问题。”

朱益庆可没有臧柳川那么想当然，顶头上司“蝙蝠”在自己面临危机的时候都坐视不救，何况从没打过交道的“保密局”驻港办事处？逃港自然是要逃的，还必须尽快，投奔“保密局”驻港办事处也不失为一条出路，但在这之前，为争取最优厚的待遇，最好是弄桩什么额外功劳给办事处一个惊喜。他把这个想法一说，胆子贼大行事向来不计后果的臧柳川提出，干脆把追捕咱们的共党公安干掉，作为晋见之礼。

作为“30 小组”的头目，朱益庆自然懂得未经请示擅自行动（而且是重大行动）是违反“团体”纪律的，但是，“蝙蝠”并没有给他留下紧急状态下的联系方式，他们三人明知危险正在逼近，总不成坐以待毙。相信上峰应该能够理解，况且，此举一旦成功，产生的效果必定比暗杀五个党国叛徒的行动强上百倍，他们不但无过，而且有功。

就这样，一个针对专案组侦查员的“反制计划”形成了。

十一、宝马 R35

“30 小组”的“反制计划”，“55 小组”一干侦查员当然不可能察知，此刻，他们正在对案情的细节进行研判，以便制订下一步的侦缉方案。根据目前所掌握的情况，侦查员分析案犯的作案动机可能不仅仅是为报仇——

如果黄芝君真的那么讲江湖义气，为什么不在广州解放前下手呢？那段时间，国民党警察局个个人心惶惶，内部管理更是混乱，案犯暗杀警员的难度要小得多，作案后逃避侦查也容易得多。可是，黄芝君根本没有行动，也没有放出任何有关报仇的风声。广州解放伊始，他却先发警告信，再实施暗杀，三天内连杀五人，又对知情人老伊采取灭口手段，这似乎不合情理。

如果不是为了报仇，那又是出于什么动机呢？侦查员注意到，五年前被日伪省会警察局处决的“福婴堂”五名绑匪中，老二区天佑、老四何骁勇是表兄弟，系马来亚（今马来西亚）华侨，早年当过海盗，因受通缉逃亡来华。当年日伪警察局在分析黄芝君、倪和娟的下落时，还曾考虑过两人是否逃往马来亚，向马来亚的日本占领军发函请求协查，但之后再无下文。此刻侦查员怀疑，系列命案也许有海外背景，说不定与马来亚当地黑帮有关。

分析到这里，亓舞牧提醒侦查员，案子的背景越来越复杂，指不定会有什么样的意外发生，大家一定要多加小心，注意安全——当然，话是这样说，大家也有思想准备，可谁也没想到对手竟然动着突袭专案组的脑筋！

接下来研究的是从哪个方向寻求突破。一番讨论下来，侦查员认为有三个方向可以考虑——

一是黄芝君前往小北直街时曾使用的摩托车。其实这个调查方向在两天前的案情分析会上也提出过，当时专案组掌握的线索有限，有些无从下手的感觉，暂时放弃了。现在的情况不一样了，虽然到目前为止专案组尚未掌握那辆摩托车的品牌、式样、颜色、牌照以及可能存在的个体特征（比如受损痕迹、个性装饰等），只有几张该车在伊宅后门留下的轮胎痕迹的照片，但专案组已经从市局的档案库里找到了当年“福婴堂”所有绑匪的合影，知道了黄芝君的确切相貌，可以通过走访现场区域的居民、商家、小贩甚至全市各加油站收集线索。

二是冷兵器。据姜孝顺回忆，其舅舅老伊跟“鑫叔”开始交往的时间段，老伊正在做冷兵器买卖，“鑫叔”与其交往频繁，多半跟冷兵器有关。由此推断，黄芝君也曾做过冷兵器生意或者有收藏冷兵器的爱好。广州这么大，具有各种各样收藏嗜好的人肯定不少，有相同爱好的人为丰富自己的收藏，就会扎堆交流，搞些买卖或转让之类的动作，专案组可以对冷兵器收藏爱好者进行访查，以期查摸到黄芝君的蛛丝马迹。

三是姜孝顺曾经提及，老伊被害前一天晚上他跟“鑫叔”邂逅时，对方手里拎着一个藤编提兜，里面装着两个贴有彩色标签的瓶子。姜孝顺只是一瞥而已，未曾留意是酒还是酱油之类。当时侦查员判断“鑫叔”可能住在附近，在周边一公里范围内进行过查摸，未果。现在看来，这个细节也是重要线索，有必要请姜孝顺再次回忆，同时对附近的糟坊、酱园等进行调查。

专案组长决定，三个方向的调查同时进行：陈君临、张百行、麦善谋各带六名便衣，分查“摩托车”、“冷兵器”和“两个贴有彩色标签的瓶子”；尹小白随亓舞牧留守驻地，亓舞牧坐镇抓总，尹小白作为机动。

当天，三路人马调查下来，并无收获。1 月 11 日，调查继续，负责调查摩托车线索的陈君临一路似乎撞到了好运。

陈君临长期从事地下工作，白色恐怖下的对敌斗争极为凶险，他脑子里形成了“有时可以反其道而行之”的思维模式。这天就是这样，原本是要到老伊所在的小北直街区域继续走访的，如果未能查到线索，就转而前往“祥元阁”那边，走访饭馆周边的商家、居民、小贩等。一上午查访下来，还是白板一块。中午，七名侦查员在一家路边小店午餐，每人一碗面条、两个馒头。折腾了一上午，大家都已饥肠辘辘，当下风卷残云。吃过饭，众人出了饭馆，各自骑上停在门口的自行车正要出发，忽听老陈轻声道：“等等！”

六名外援便衣一齐看着陈君临，只见老陈拧眉沉思片刻，忽然把车龙头转了个向，嘴里一声“跟上”，蹬车疾行而去。众人不知他葫芦里卖的啥药，又不便问，只有紧随其后。

原来，陈君临忽然想起姜孝顺在那家卤菜铺门前排队邂逅“鑫叔”的情节，寻思如果黄芝君用来作案的那辆摩托车是他自己所有（或者是向别人借的，但那几天他一直在用着），那么他途经卤菜铺的时候是否也骑着这辆摩托车呢？没准儿去卤菜铺那里走访可以获得些许这方面的线索。于是，他临时决定暂停在小北直街的调查，直奔卤菜铺所在的惠福路。

大概是每天制作卤菜时都要亲自尝滋味，卤菜铺的辛老板吃得肥头大耳，对侦查员拱手作揖满脸堆笑，酷似一尊弥勒佛。一聊之下，侦查员大感意外，这尊活弥勒竟是革命烈属——其嫡亲弟弟系东江纵队战士，抗战胜利前夕在战斗中牺牲。由于父母皆已病殁，解放后政府把追认其弟为革命烈士的证书送到了辛老板手里。辛老板对革命的认识不一定到位，但对与其烈士老弟同一个阵营同一条战壕的侦查员的配合却绝对到位。听陈君临说明来意，他说万分抱歉，同志您所说的那天傍晚，敝人有事外出不在店里，对您几位需要了解的情况不甚清楚。不过没关系，我这就把店里的伙计全部集中起来，有什么问题，尽可以问他们，如果需要，我可以暂停营业，您想问多久就问多久。

陈君临对其如此配合甚为感激，但寻思暂停营业的话，不但于商家有损失，这消息四下一传，还可能对调查不利。所以，再三感谢后予以婉拒，还是采取了把伙计轮流请至后堂谈话的方式。

一番接触下来，果然有收获。卤菜铺十六岁的学徒苏阿良向侦查员反映，那天（就是老板有事外出那天，所以记得很清楚）傍晚，旁边巷子里突然爆出一阵喧哗。阿良这年龄正是喜欢凑热闹的当儿，很想去看一下究竟是怎么回事。可是，此时正是出售卤菜的高峰时段，手头的活儿根本放不下来，只好打消念头。劳动纪律是遵守了，但好奇心得不到满足，却是使他十分难熬。结束营业之后，他立刻借倒垃圾的机会，去隔壁巷里向熟识的小伙伴打听先前发生了啥事儿。

人家告诉他，有一个来你们卤菜铺买卤菜的顾客，是骑摩托车来的。他把车停在巷口，待买好卤菜返回时，正好有个清道夫拉着一辆垃圾车从巷子里出来，没留心，把摩托车蹭掉了一块饼干大小的喷漆。那顾客自是恼火，扯住了那个佯装不知、拉着垃圾车就要开溜的清道夫。两人先是争吵，清道夫可能自忖个子高大，又年轻力壮，伸手推搡对方。不料那个看上去一副老板样、四十来岁的顾客却是会功夫的，他一手拎着装卤菜的精致藤编提兜，另一只手看似毫不费力地一挥，竟把清道夫推得连连后退，要不是后面有墙壁，肯定跌成一个朝天元宝。清道夫大怒，欲从垃圾车上取工具动家伙，被众人阻拦。那老板模样的男子无意纠缠，把提兜往摩托车龙头上一挂，跨上车座发动引擎就离开了。

侦查员随即请苏阿良领着去隔壁巷子找那几个小伙伴，问下来，骑车男子的年龄、外形和穿着跟姜孝顺那天巧遇的“鑫叔”相同。又问了摩托车的特征，说是一辆紫红色的两轮摩托，什么品牌谁也说不上来。那时候中国自己还没有生产摩托车的厂家，各地的摩托车全部是民国时期留下来的舶来品；不过，“鑫叔”骑的摩托车另有一个新添的特征，那就是车身左前侧的金属护板被垃圾车蹭掉了一方喷漆。当然，侦查员最关心的是摩托车的牌照号码，但这几位谁也没有留心。于是扩大调查范围，跟当时在场的围观者都一一接触，最终有六人一致认定，牌照的最后两位数字是“37”。

这就好办了。侦查员前往市局交警大队查摩托车牌照档案，把所有尾数 37 的车辆滤了一遍，紫红色的一共有二十三辆。根据档案信息，连夜分头前往这二十三名车主住所地的管段派出所，了解这些车主的身份、年龄、职业、政治面貌等情况。然后，即由派出所民警陪同前往车主住所查看摩托车。最终的结果是：二十二辆摩托车的车主在 12 月 26 日傍晚都没去那家卤菜铺购买过卤菜，他们的摩托车均无被刮蹭过的痕迹，也没有补过漆。最后一辆摩托车的车主齐一鸣在一个月之前因历史问题被拘捕，目前关押于西山分局看守所。据其家人称，其名下的那辆摩托车在其被捕前七八天失窃，当时曾报过案。

次日，陈君临等七侦查员前往西山分局。了解下来，齐一鸣是留美学无线电技术的，抗战前期回国，系广州邮电局高级工程师，但只上了半月班就被国民党海军作为技术人才挖去，任命其为战时无线电通信技术特别研究室副主任，少校军衔。之后，齐一鸣一直效力海军，直到抗战胜利。1946 年初，齐退出军界，进了南京市邮电局。1949 年春，国民党政府逃窜广州，齐辞职去了上海，在上海美资电话公司当高级技术顾问。1949 年 10 月中旬，因技术问题与上海邮电系统军管干部发生争执，提出辞职，未等组织回音即返回广州老家赋闲。不久前，上海方面向广州市军管会发公函要求审查齐的政治历史问题，军管会随即指令西山分局对齐实施拘留。

那辆被窃的摩托车系德国宝马 R35，据齐一鸣本人交代（警方在其家中也搜出了购物发票），系齐在 1949 年 5 月 2 日于上海中央商场购买，属于汉奸抄没物资中的清理商品，远比市场价便宜，齐斥资购下，作为在沪工作、生活的交通工具。几个月后齐“愤而辞职”，打点行李返粤，这辆宝马 R35 就是其中一件最重要的行李。

广州市军管会下令对齐实施拘留审查前，曾让分局派员数次找其询问情况，想动员他主动返沪复职，即使上海方面要审查政历问题，也可由上海进行，遭到齐的拒绝。这种谈话，被齐认为“纯属骚扰，不堪忍受”。所以，他想在家赋闲，其实也根本没有心思，这辆摩托车虽然上了广州牌照，但返粤后很少使用。失窃那天，齐一鸣的侄子齐致良借了摩托车携女友去白云山游览，傍晚返回，在海幢区一家新开的饭馆共进晚餐，离开时发现停在门前的车子不翼而飞，因此还跟饭馆方面发生争执。双方闹到派出所，所方认为这是一起盗窃案，让车主向海幢分局报案，海幢分局立案调查，但并未获得任何线索。

生性谨慎的陈君临又转而在派出所配合下对齐一鸣的亲友、邻居进行了调查，查明齐由沪返粤后很少外出，也没有什么外人来访。专案组由此得出结论，这辆宝马 R35 就是黄芝君作案使用的交通工具，齐与黄芝君应该并不相识，与系列命案没有关系。至于黄芝君是怎样得到这辆摩托车的，侦查员估计有可能是其从黑市上收购的赃物。

接下来的调查，就要从摩托车窃案和销赃方面着手了。亓舞牧为充实陈君临那一拨的力量，指派侦查员尹小白前往，对尹说的是“你和老陈两人共同主持侦查”。但尹小白跟陈君临见面后，把专案组长的指示作了“篡改”，说“组长命令小白向您报到，由您调遣。您这边有什么苦活儿累活儿，尽管派给我，小白没啥本领，但觉悟是有的，而且正在提高，干劲也不缺”。陈君临听张百行私下说过，小白同志正在争取入党，当下信以为真，哪里想到这位全组年龄最小、平时看似最没正形的同志竟是五个侦查员中参加革命时间最早、党龄排第二的资深人物？

尹小白故意“篡改”亓舞牧的指示，用他事后的解释是“怕麻烦”。小伙子文化程度不高，最怕的是没完没了的“开会研究”。而据其感觉，资深地下工作者陈君临可能“性格使然+经验教训”，很喜欢“开会研究”，寻思如果按照组长所说的“共同主持”，那还不老要扯了他研究事儿？所以，尹小白就玩了这一手。

对于尹小白过来增援，陈君临倒是很高兴。他知道这小伙子熟悉广东的风土人情，对帮会黑道、多种行业各色人等的知晓了解程度，甚至超过了他这个长期在广州搞情报的秘密工作者。当下把情况跟尹小白说了说，问尹小白有什么想法。尹小白说兄弟提个建议，是不是可以考虑派我去这边的地下黑市转悠几天，如果运气好的话，没准儿很快就能查摸到把赃车销给黄芝君的家伙。陈君临正有此意，立刻给尹小白调配了两个助手，陈君临则和另外四个外援便衣调查已经从分局接过来的摩托车失窃案。

尹小白擅长跟黑道打交道，他以前在香港时曾有过数次卧底经历，有过千钧一发、生死一线的体验，现在接下了跟黑市黄牛之类打交道的活儿，自是熟门熟路。当晚回到驻地已过午夜，他一时还不想睡，便去了办公室，寻思最好老亓犯了迷糊，把那罐好茶叶留在外面。这老亓太抠门，那茶叶他也就是专案组成立当天拿出来过一次，然后就不知藏哪儿去了。进了办公室，茶叶罐没发现，倒是见桌上放着机要员刚送来的当天的《敌情通报》。

这是由广州市公安局秘书处每天一期发至各部门的内部资料，上面有全市各区分局上报市局的上一天发生的政治、刑事案件和治安情况，说是“通报”，其实是简报，有的案件简单到只有一行字。尹小白看到黄沙区分局上报的情况时，眼睛突然一亮：昨天晚上九时许（即四五小时前），该区丛桂路“祥云影剧院”门前发生一起有五十余人卷入的流氓斗殴案，双方争夺的是一辆宝马 R35 两轮摩托车。

据被捕的案犯供称，该车系一辆无主车。对于这类混混儿来说，没钱花时即使是有主车也会去撬窃，何况是一辆无主车，于是就有人想把这辆摩托顺走，来一个无主变有主。当晚，一伙混混儿来到影剧院门前，准备实施所有权变更，不料，不知何人把消息泄露出去了，另一伙经常在这边活动的混混儿也在动这辆摩托的脑筋。两伙混混儿劈面相遇，最初是“据理力争”，双方都主张“发现权”。这当然是公说公有理婆说婆有理，接下来就是谈判，按照见者有份的规矩，双方商量一个分配比例。但这个比例谈得很不顺利，最后发展到动手。

双方都是有备而来带了家伙的，匕首、铁尺、三节棍、九节鞭，据说有人还揣着自制手枪，石灰包胡椒粉之类的阴招那更是不消说了。这一架要是真打起来，多半会出人命。幸亏公安大队战士荷枪实弹巡逻经过，见状立刻鸣枪警告，然后下手拿人，双方将近五十人连同争议物摩托车一并带进了分局。

因为其中有摩托车，这则通报引起了尹小白的注意，但通报里面没写这辆摩托车的牌照号码，尹小白就用内线电话打到黄沙分局，一问，果然是齐一鸣失窃的那辆宝马 R35！尹小白立马去宿舍把陈君临唤醒，一说情况，老陈立刻就没了睡意。两人商量下来，决定先不惊动已经歇息了的亓舞牧和其他侦查员，就他俩夤夜悄然出动，对相关情况进行了解，如发现蛛丝马迹，则再视情增加警力。

陈、尹骑着自行车先去“祥云影剧院”，敲门唤出守夜人老王，不问别的，单问这辆摩托车在影剧院门前停多长时间了。老王的工作是负责夜晚照看，每天都是在家吃过晚饭来上班，次日天亮下班。照规矩，上班后、电影或者演戏结束以及下班前都要在大门外面巡查一番，其余时间都在影剧院里面待着。昨天早晨下班前老王去大门外巡查时没见到那辆摩托车，晚上上班时看到了，当时旁边已经站着几个小混混儿，老王还以为是他们骑来的呢。

看来这辆摩托车是白天停在影剧院门口的。那么，这期间有谁留意过摩托车的情况呢？老王说这要去问清洁工姚嫂，白天她要把影剧院打扫一次、捡拾门前的垃圾杂物。

姚嫂家就住在影剧院后边的巷子里，当下侦查员便去敲门。了解下来的情况是，上午姚嫂打扫门口时并没看到那辆摩托车，午后出来捡垃圾杂物，那个位置停的是一个卖烤红薯的摊头，下午五点再次出来捡垃圾杂物，才发现那个位置停着一辆摩托车。

那么问题就来了，摩托车停在影剧院门前的时间并不长，那两伙小混混儿凭什么认为那是一辆无主车呢？两位侦查员随即去了黄沙分局，请值班领导立刻派车把该案的承办警员接来。

1 月 13 日凌晨三时许，该案承办警员、留用刑警老刘睡眼蒙眬、哈欠连天地出现在陈君临、尹小白面前。听尹小白道明来意，老刘说这个细节他在讯问时也注意到了，据主张享有“发现权”那伙混混儿的头目许晋康说，他是在下午三点多从附近的“新新溜冰场”出来时得到报告的，报告者是家住附近的一个少年——以许晋康在那一带的名声，绝对是小太保们心中的偶像，平时经常有这类少年向他报告各种小道消息。

当时那少年报称，“祥云影剧院”门前停有一辆很新的紫红摩托车，已经停了几天了，好像是无主车。许晋康以前没少干过把停在公共场所的自行车、三轮车、摩托车顺走的活儿，当下闻之心里一动，就拐到那里去查看，果然有那么一辆摩托。许晋康有点儿迷信，平时干这种歹活儿之前总要“看天意”，遂掏出一枚寸身不离的古钱币，默念一声“敬遵天意”，朝上一抛，钱币落地，正面向上——正合“天意”。于是他就找到两个心腹弟兄，让他们约齐一伙人，当晚到影剧院门前会合。

另一伙小混混儿的头目沈小山的说法是，他的表弟在许晋康手下厮混，有时会在不经意间透露一些许晋康的情况。那天也是这样。因父母当晚去参加朋友婚礼，表弟就到他家来吃晚饭，饭桌上说其接到许晋康的通知，晚上七点前往影剧院，要把那里的一辆无主摩托弄走，还关照去的人都要带上家伙，以防和他人发生冲突。沈小山一听马上来劲，他最近手头正紧，寻思把这辆摩托车弄到手的话，变卖后就可以花一阵儿了。

主意打定，他趁着去灶间端汤时，悄悄向母亲告密，说表弟身上揣了一把铁尺，今晚要去跟人搏性命。沈母听着吓了个激灵，寻思老妹难得把外甥托付一次，如果出了问题，那可就没法儿交代了。跟丈夫悄悄一嘀咕，就把外甥给看住了。那小子年已十六，个头儿高力气不小，对父母叛逆惯了，却不敢跟姨妈夫妇耍横——姨夫曾经当过拳击教练。沈小山则借口去朋友家，溜出门纠集人马去了。

拂晓时分，尹小白、陈君临返回驻地，亓舞牧已经起床，正在院子里站桩。听他们报告了情况，没发表意见，只让两人马上休息，睡一觉起来再分析案情。

尹小白年轻精力充沛，心里惦着这条线索，虽然几乎一夜未睡，躺下后也总觉得睡不踏实，不过迷糊了一个多小时，再也睡不着了，干脆起床去了亓舞牧的办公室。专案组长明知他急着查线索，却绝口不提线索的事，关照他再去睡一会儿，养足精神，今天的工作估计会很紧张，而且要有打持久战的准备，否则怕他顶不住。尹小白心下狐疑，难道今天有什么大动作？想跟组长打听，却见亓舞牧不耐烦地冲他挥挥手。共事这些天，他已经知道了组长的脾气，尽管心里有疑问，也只能忍着了。

十二、灭顶之灾

回过头来，再说“30小组”。那二男一女此刻的心情可以用兴高采烈来形容，因为专案组已经着了他们的道儿，钻进了精心设置的圈套。圈套的设计者并非组长黄芝君，也不是昔日“军统”的编外杀手臧柳川，而是曾经的女绑匪蔡少仙！

别看蔡少仙是一介女流，护校出身，没有上过特工培训班，没有读过中外侦探小说，平时也从来不看报刊，连福尔摩斯是何许人都不清楚，可是，这次她想出的主意，令朱益庆不得不刮目相看。

先前朱益庆主意打定，要赶在警方把侦查触角伸至“益庆西药房”前，对专案组侦查员实施“反制”，以此作为逃港投奔“保密局”驻港办事处的晋见之礼。这个想法倒是不错，但缺乏实施条件。朱益庆左思右想，思路始终卡在“怎样察知专案组情况”这一点上。即使不是干特工的，比如像许晋康、沈小山那样的混混儿，他们在跟对手群殴之前，也会摸一摸对手的底细，比如有多少人？头目是谁？有没有厉害的靠山？等等。而“30 小组”乃是正牌特工组织，在“国防部保密局”有备案的，要实施“反制计划”，那当然必须了解目标最基本的情况，比如专案组有多少人？驻地在哪里？活动规律如何？可是，“30 小组”目前只知道华南分局社会部已派专人对系列命案进行侦查，其他一概不知，这叫他们如何制订行动方案？

臧柳川、蔡少仙见朱益庆愁眉苦脸，知道“反制计划”遇上关键性的难题了。夫妻俩私下嘀咕，咱三个是一根绳子上拴着的蚂蚱，现在内地已是共产党的天下，要想活命只有去海外。眼下头儿没辙，按理说咱俩不该打扰他，让他静心想解决法子。可是，谁能保证头儿肯定能够想出法子来呢？倒不如跟他说说，把难题端出来，不是说“三个臭皮匠，顶个诸葛亮”吗？

于是，臧柳川就大着胆子向朱益庆建议，老板您有啥一时想不透的难事儿，如果不涉及重大机密的，是否可以跟我和少仙说说？朱益庆寻思，此刻也只好死马当作活马医了，那就说说吧。没想到，把面临的难题一说，真的就把死马给救活了，而且出主意的竟是蔡少仙。那么，蔡出的是个什么主意呢？

蔡少仙说，之前老板您不是开了那辆宝马 R35 去为老伊“送行”的吗？我估摸警察肯定已经查访到这个情况了，您显然也估料到这一点，所以把摩托车停在后院库房里没再用过，还说等过了风声把车喷成其他颜色，再设法处理掉。我现在想，是不是可以考虑把这辆车开出去，停在某个热闹的公共场所。然后，给管段公安分局或者派出所打电话，说那里停着一辆无主摩托。估计警察正在寻访这辆车，肯定会立刻赶到现场去查看，去的人当然就是正在调查案子的专案组便衣了。我们呢，事先在附近待着，待便衣查看过后，我们就悄悄跟着，那不就可以知道他们的驻地了吗？知道了驻地，其他事儿就好办了。

朱益庆听着，茅塞顿开。茅塞顿开之后，思路也就灵活了，对蔡少仙的建议作了些修改，比如把“打电话给警方”改为“掏点儿小钱收买小太保命其去告知当地的小混混儿头目”，待那些小混混儿把车顺走后，再向警方打电话举报。为引起他们的重视，可以报出摩托车牌照中的两三个数字——共党公安应该已经查到这辆车的牌照号码了。

当然，还有细节需要考虑：抛弃摩托的地点，以戏院、影剧院最佳，因为那里是小混混儿喜欢聚合的地方；另外，最好选择一家马路对面有旅馆的戏院，找一间临街的房间入住，可以架起望远镜观察对面的情况；准备好自行车，臧柳川体力好，骑车跟踪的活儿就由他负责；朱益庆则去弄一辆汽车，待发现那些便衣的驻地后，三人以汽车、自行车、路人步行等方式轮流“路过”，弄清楚专案组的人数和活动规律。

昨天下午，朱益庆驾着从一家修车厂租的一辆小型货运卡车，和臧柳川一起把那辆宝马 R35 运到“祥云影剧院”附近卸下，再由臧柳川把摩托车开到剧院门口。剧院斜对面的旅馆里，蔡少仙已租下临街的房间，藏在这里架上望远镜观察。蔡按照预先的策划，在剧院门口转悠，顺利物色到一个小太保，以两张电影票的代价让他向小混混儿帮伙的头目传递无主摩托车的信息。稍后，臧柳川通过望远镜观察到小混混儿头目许晋康到现场查看摩托车，便知此事已经基本搞定了。

接下来发生的事情，超过了朱益庆的预期，一下子竟然来了两帮混混儿，正好被市局公安大队巡逻组发现，连人带车一股脑儿兜进了分局。这就更加省事，毋须向分局打电话“反映情况”了。

随后，蔡少仙、臧柳川躲在旅馆房间里，进入了漫长的等待，看手表已是凌晨两点多了，却还没动静。两人正嘀咕会不会遇到粗枝大叶的警员办理小混混儿窃车斗殴一案，没留意车牌号码时，影剧院门前来了两辆自行车，两个身穿便衣的男子下车后即叩响一侧的小门，便知必是华南分局的专案人员来了。

臧、蔡立刻溜出旅馆，到旁边巷子里推上事先停放在这里的两辆自行车，待两个便衣男子骑车离开，便悄然尾随，交替跟踪。虽是深更半夜，马路上依然有少数机动车、非机动车和路人，臧柳川还遇到过两拨巡逻队——分局组织的警民联防巡逻队和市局公安大队的夜间巡逻队，因为他穿着劳动布工作服，而且敢跟人家坦然对眼神，没有受到盘问。这一跟，从影剧院到黄沙分局，又从分局跟到专案组驻地。臧柳川让蔡少仙向朱老板报告，自己缩在附近的巷口“蹲守观察”。

一小时后，穿着一身工装的朱益庆驾着那辆租来的小型卡车赶来了。朱老板在广州待过多年，当年身为“福婴堂”师爷时，因策划绑架儿童之需，曾对全市各区主要道路进行过多次踏勘。当下脑子里一检索，便说那里原是古公馆，抗战时古氏举家赴美，之后没再回国，公馆被当局没收，现在料想已被新政权掌控了，这个地方作为专案组的基地倒是蛮合适的。这时天色已微明，朱益庆便把汽车停在距专案组驻地大约三十米处的一家毛巾厂大门口一侧，打开引擎盖佯装修车，藉以消磨时间，等着侦查员一会儿出门好作观察。

不久，从专案组驻地出来一个白面书生模样的男子，就是专案组长亓舞牧。他是出门跑步的，这是他每天必修的功课。而他选择的方向，正是朱益庆停车的这一边，从车旁经过的时候，看到了正在“修车”的朱益庆。此刻朱益庆穿着一套当时卡车司机常穿的劳动布工装，头戴鸭舌帽，脸部也化过装（与专案组掌握的照片上的相貌差别较大），相信对方认不出他来。果然，亓舞牧并没对其特别留意，只是一瞥而已，两人擦肩而过。朱益庆倒是把亓舞牧瞟在眼里，下意识地把这副容貌记在了脑子里。

亓舞牧跑出百来米之后，猫在驾驶室里用袖珍望远镜一直盯着他的蔡少仙从车门缝里递出一句话：“这是个头儿！”

朱益庆压低声音：“何以见得？”

蔡少仙的理由是，刚才从望远镜里看到此人跑过前面军队仓库大门时，从里面出来的像是带班模样的一个军人向他立正敬礼。朱益庆立刻警惕起来，寻思这人这么年轻，就已经当了头目，那必定是个了得角色。都折腾一宿了，还是先回西药房吧，省得等会儿那人跑步回来看到自己还停在这里，起了疑心，那就弄巧成拙了。

要说朱益庆此举已经算是很谨慎了，但他还是低估了专案组长细致入微的观察力。亓舞牧跑步经过时，尽管没有马上对朱益庆产生怀疑，却在一瞥之间记下了汽车的车牌号。导致“30 小组”灭顶之灾的导火索，就是这个细节点燃的。其实这时候他们还有逃生的机会，比如返回西药房后意识到和亓舞牧的片刻对视可能引起严重后果，为防万一立即逃离的话，那还来得及。可惜，朱益庆满脑子都是怎么冲专案组下手的念头，对自己的化装又太过自信，做梦也想不到他还没想好怎么对专案组动手呢，专案组就找上门来了。

三人回到西药房，因为累了一个晚上，倒头就睡。一觉醒来已是午后，朱益庆把臧、蔡叫到楼上，正准备继续商议下一步该怎么走，忽然听见后面院子里传来一声似有似无的细微响动。毕竟做贼心虚，他马上吩咐臧柳川下楼去后院看看，又让蔡少仙去把店堂的大门打开，揭下贴在橱窗玻璃上的那纸“内部盘点暂停营业半天”的告示。

臧柳川、蔡少仙下去半晌，却一直没上楼，朱益庆意识到情况不对头。继而，楼梯上传来一阵急促的脚步声，一听就不是臧、蔡两人的。朱益庆明白大限已到，立刻从桌上的几排药瓶中抓起一个，拧开瓶盖，取出一粒药片。刚把药片放进口腔，房门已被人一脚踢开，亓舞牧一马当先，如同一头勇猛剽悍的猎豹，疾如闪电般冲进来。瞅见朱益庆手里拿着一个药瓶，手中枪口略抬，瞄都没瞄就扣动扳机。一声枪响，朱益庆左手手腕被子弹击穿，药瓶落地，瓶中的药片散落一地。几乎是同时，西药房老板已被扑倒，亓舞牧未持枪的左手如老虎钳一般卡住了他的下颌，稍一用力，竟把朱益庆的下巴关节卸掉了，朱益庆顿时口水流淌，那片刚刚放进口腔的药片从嘴里掉了出来。

亓舞牧这一套动作犹如行云流水，也就不过眨眼之间，饶是如此，朱老板也已中毒昏迷，当即送医急救。

专案组是怎样探知“30 小组”的“反制计划”的呢？这个，自有一番原由——

拂晓前，陈君临、尹小白返回专案组驻地。几乎一夜未睡，两人皆感疲惫。老陈说小白咱们抓紧时间赶紧休息，眯一会儿也好，上午还有要紧活儿要干呢——得去追查那个给许晋康报信的少年，他凭什么知道那是一辆无主车？而且报信后随即就消失了，这不合常理，按说他此举是为了讨好许晋康，此番立了功，应该去讨赏才对啊？所以我分析，这小子多半是受人指使。

尹小白自是点头称是，可他心里惦着案子，没睡多会儿就醒了，起身后在院子里看到正在站桩的亓舞牧，本想跟组长讨论一下案情，却被亓舞牧怼了回去，让他赶紧再休息一会儿。无奈，尹小白又回到宿舍里躺了大半个钟头，却一丝睡意也没有了，再次起身，发现老陈也起来了——跟尹小白一样，这两个多钟头，他净在床上翻烙饼了。

一起去洗漱时，尹小白注意到陈君临的眼睛里有血丝，明显是没睡好，心里不禁犯了嘀咕：老陈是专案组年龄最大的侦查员，长期在广州从事地下情报工作，要说白区斗争经验在专案组首屈一指，像他这样的前辈，遇事应该比较淡定呀，怎么竟至于影响到睡眠了？看来，他一定是想到什么重要问题了。

一问，果然。老陈说今晨回宿舍躺下，正要迷糊过去，脑子里忽然一闪念——影剧院门前的这辆摩托车会不会是黄芝君一伙故意停在那里的，停车后就让小太保向许晋康报信。这种做法，好像是“钓鱼”嘛……

说到这里，亓舞牧吹响了哨子，说部队伙房把早餐送来了，开饭吧。尹小白已经饥肠辘辘，正要奔饭厅，却被亓舞牧唤住，说我烟抽完了，小白你替我跑一趟，买两盒烟来。尹小白只好点头，一边接过钞票一边说，组长您可得帮我先拿三个包子留着，否则，迟来的鸟儿就没虫吃了。

换作以往，尹小白肯定“健步如飞”，来去匆匆。可是，这趟去了较长时间还没见回来。张百行说老亓看来您要做好只拿到一盒烟的思想准备了。后者点头，说这小子多半是要贪污我一盒烟钱买点心吃，看他回来我怎么收拾他。

正说着，尹小白兴冲冲回来了。进门先把两盒烟交给亓舞牧，后者则把装着三个包子的搪瓷盆推给他。哪知尹小白看也没看，掏出一个小纸包放在陈君临面前。

“这是什么?”话刚出口，陈君临似是闻到了什么味道，下意识抽了抽鼻子。接着动手打开纸包，里面的东西让人大跌眼镜——竟是一堆烟蒂!

在众人不解的目光中，尹小白又掏出一个捏成团的烟盒：“这是在出门左转马路对面十七八米处的那条小巷口捡得的，分布范围大约两平方米吧。”

陈君临反应奇快：“你是说‘钓鱼’?”

亓舞牧也反应过来了。今晨尹小白、陈君临从外面回来，他已经听他们汇报过去“祥云影剧院”和黄沙分局调查那辆宝马 R35 摩托的大致情况，当时就想到了几种可能，其中之一就是对手可能在玩弄“钓鱼”伎俩，至于“钓”到了“鱼”想干什么，还没来得及往下细想。现在，看了尹小白在马路对面捡得的那些烟蒂，意识到对手昨晚肯定是在专案组驻地外面守候了半夜。亓舞牧冲尹小白点点头：“你刚才出去那么半天，就是为了这个?”

尹小白说：“刚才组长您吹哨子开饭时，我正听老陈说到这个问题，原本就想出去转悠一圈的。您一吹哨子，我就不敢擅自行动了，令行禁止，组长您又是以军法治组，挨批评倒还没啥，拳脚伺候小白这身子骨可是无福消受……”说到这里，看看亓舞牧的脸色，担心他手中的筷子要飞过来了，赶紧回到正题，“所以我就多花了点儿时间，在周边巷子转了转，发现了这些烟蒂和一个‘三炮台’烟盒，这是香港货，不便宜。”

对于专案组诸侦查员来说，烟盒和烟蒂的意义自是一目了然。张百行提议立刻全体出动前往现场进行勘查，看是否还能发现其他痕迹。亓舞牧看看尹小白：“你刚才已经到外面转了一圈，最有发言权，你觉得是否有再次勘查现场的必要?”

尹小白沉吟片刻："那我认为暂时就没有这个必要了。"

对于这个回答，其他三位侦查员陈君临、麦善谋、张百行都感到不解，更让他们诧异的是，亓舞牧竟然同意尹小白的意见。那么，专案组长的用意何在呢？众人的目光都集中在亓舞牧身上，等着他解释。亓舞牧却不慌不忙地放下筷子："大家都吃完了吧？吃完了回办公室待命，善谋，你留一下。"

原来，亓舞牧突然想起了晨跑途经毛巾厂大门口时看见朱益庆在"修车"的一幕。其实，当时他并未产生任何怀疑，如果没有尹小白捡回的烟蒂烟盒，专案组长的思维也不会往那一幕上靠。现在回想起来，就觉得有点儿不放心了。他把麦善谋留下，简单说了说自己的想法，让他去一趟毛巾厂，向门房了解一下该车的一应情况。

麦善谋很快就回来了。据门房说，这辆卡车并非毛巾厂的，好像天没亮就已停在门前了，也不知是哪里开来的。大约在五点四十分左右，门房照例前往厂区里的职工集体宿舍打早铃回来，那辆卡车已经开走了。汇报完上述情况，麦善谋有些遗憾地说："这辆车多半有问题，可惜，门房没有留意过车牌号，我们要不要立刻走访附近的居民？"

亓舞牧摇头说不用，当即从工作手册上撕下一张白纸，用铅笔在上面写下一组阿拉伯数字递给麦善谋："马上给市局交警大队打电话，请他们查一下这个号码，我们这边立等结果。"

麦善谋不禁对这个年龄相差无几的上司暗自钦佩，不过就是匆匆一瞥，而且根本没怀疑对方，却下意识地记下了那辆卡车的车牌号。

交警大队报来结果，该车车主系"永旺私立货车出租行"，应是该行出租的营运货车。侦查员前往车行所在地管段派出所跟"永旺"的老板马盼阳见面，于是，租车人朱益庆的年龄、外貌、经营西药房等信息均被专案组所掌握。侦查员把黄芝君的照片给马老板过目，后者马上

啄木鸟·红色侦探系列

有刻度的历史
有故事的大案
特殊年代的生死谍战
红色侦探的热血传奇

东方明　魏迟婴　著

群众出版社

啄木鸟·红色侦探系列

啄木鸟·红色侦探系列丛书十卷本，遴选近二十年来《啄木鸟》杂志金牌栏目『尘封档案』刊发的红色侦探系列优秀作品，用故事呈现历史，铭刻记忆，坚守初心。

『投名状』之谜

解放半年的济南发生一起三命疑案，死者均被割去右耳。仇杀？财杀？还是另有玄机？专案组一筹莫展之际，此案升格为政治案件！

粉碎『W行动』

代号『W行动』的暴狱计划正在紧锣密鼓地酝酿，为打乱警方的部属、拖延侦查的进度，暴狱分子勾结社会上的不法之徒给专案组长下套，竟然把他弄进了精神病院……

华东特案组

一伙儿干坑蒙拐骗勾当的不良少年突然间成了『重要人物』，警方在寻找他们，台湾『保密局』和美国中情局在上海的特务组织也盯上了他们，他们为何会引起多方关注？

追缉『六指魔』

作恶多端的江洋大盗『六指魔』出现在成都。就在追缉『六指魔』的大网撒开时，对这个绰号的误解却成了警方最大的疏漏。『六指魔』会再次趁机逃脱吗？

上海滩枪案

外国贵宾访沪前夕发生涉枪案件，上海警方如临大敌，是偶发案件，还是敌特蓄意破坏？真相令人哭笑不得，一场闹剧，竟缘于阔少和『保密局』特工的争风吃醋。

『心战专家』落网记

台湾特务机关派遣『心战专家』潜入内地，我方却不了解此人的丝毫具体信息，姓甚名谁？是男是女？多大年龄？有何特征？均不知晓。究竟该从哪里打开突破口呢？

江城劫金案

汉口客运码头发生了一起黄金被劫案。据悉，多年来受害者藏有黄金之事颇为隐秘，歹徒却目标明确，奇案背后到底暗藏着何种玄机？

华南特案组

刚刚解放不久的广州发生系列谋杀案，三天时间里五名警务人员相继遭到暗杀。这五名受害者都是旧警局刑警，被新政权留用，在遇害之前都收到过匿名警告信……

命运如丝

1931年冬，运往上海临时中央的一百二十两黄金特别经费神秘失踪，成为一桩悬案。十八年后调查重新启动，首要任务就是寻找当年接力运送特别经费的七个交通员的下落……

江南往事

江南小城今州的中药店『一源堂』以行医作掩护，地下党运送物资、传递情报……变幻大王旗』，『一确认：这就是租车人朱老板！

接下来，就是向管段派出所和区工商管理所、西药业公会了解“益庆西药房”及其老板朱益庆的情况，得知西药房在上月辞退了原先的两名店员，另雇了一男一女两个新店员，名字分别是臧柳川、蔡少仙。根据两人留在工商所档案里的肖像照，侦查员确认他们即是系列命案的两名男女凶手，那个女凶手还有另一重身份——前绑架儿童犯罪团伙“福婴堂”的“保姆”。

派出所方面还告知侦查员，经向附近居民了解，目前该药房只有这三人，账房先生董某于一周前回增城老家探亲去了。出于谨慎，专案组急电增城警方对董某实施秘密监控。

随即，侦查员麦善谋、张百行率外援便衣对“益庆西药房”进行监视。亓舞牧和陈君临、尹小白则对如何采取行动进行了研究。考虑到必须抓活口，可三案犯一定持有武器，而且该药房还养着一只日本狼狗，如何在进入现场的时候不被发现呢？

西药房面街背巷，前后四进，从街面店门往里的第一、二、三进是房屋，第四进是院子，那条凶猛的狼犬就养在后院里。从前门突入变数太多（不知道案犯藏在哪一进），专案组的抓捕方案是只在前门封堵，抓捕人员从后院爬墙进入，因此，必须在不发出任何响动的情况下先把狼狗放倒。这个环节让侦查员有点儿犯愁——

第一绝对不能开枪射击；第二是没法儿用毒药对付，这畜牲不是土狗，而是鬼子的军犬出身，接受过严格训练，不可能吃外人投放的食物；第三也不适合使用麻醉枪。亓舞牧跟永汉公园（广州动物园前身，稍后改称人民公园，现为广州儿童公园）的兽医通过电话，得知动物园使用的麻醉枪，系以苗族猎户的“吹管”改制，由一根约两米长的金属管和一根针头组成，使用时在针头里注入麻醉药，通过吹管发射麻醉针。这种发射方式不太牢靠，受风向或动物的移动影响容易导致偏差，难能一枪中的，而且即使击中目标，麻药也不是马上起作用，怎么也要一两分钟的工夫。因此，日本军犬挨了一针，不可能一点儿反应没有，只要一叫唤，那就前功尽弃了。

那该怎么办呢？尹小白说："那就只有劳烦组长和小白一起出手了。"

亓舞牧闻言一怔，随即想起这小子是叫花子出身，料想必有对付狗的法子。亓舞牧掏出几年前执行使命时从一个日本军官那里缴获的高级打火机，往尹小白面前一拍："献出妙计，这就是奖品！"

尹小白对这个打火机觊觎已久，当下老实不客气地揣到怀里："组长您是练家子，出手如电那是一定的；小白呢，虽然没拜过师学过武术，但自小在江湖上混，自信反应敏捷手脚麻利。咱俩合作，一定马到成功。"

"只要成功，别说一个打火机了，我还要为你请功！"

当天中午，抓捕行动成功实施。尹小白的叫花子路数果然有效，亓舞牧配合得更好。朱益庆觉察到的那声轻微响动，就是亓舞牧的匕首切断狼狗气管时那畜牲发出的呜咽，尹小白则用事先准备好的毛巾疾如闪电般捂住了狗嘴，所以声音细微而短促。尽管被朱益庆听到了，但没有引起他足够的警觉，加之专案组五名成员都是实战经验丰富的老手，受命下楼查看的臧柳川来不及反抗就被制伏，蔡少仙更是不在话下。待到朱益庆意识到大难临头想要服毒自尽，已经慢了一拍。

于是，"30小组"就迎来了灭顶之灾。

十三、真相大白？

亓舞牧施展手段，弄出了朱益庆嘴里未及吞咽的药片，顺手从书桌上拿了张纸，从地板上抄起药片凑到鼻子下闻了闻，还好，不是氰化物，那就不至于马上送命。尽管如此，朱益庆也已失去知觉，呼吸、脉搏微弱，亓舞牧暗忖，看来这就是导致陈明贵、黄瘦竹丧生的那种抑制心脏搏动的毒药了。因为不了解毒药的具体成分，他不敢对其实施掐人中、人工呼吸等急救手段，下令立刻送医，指定尹小白、张百行两人带两名外援便衣一路随行，必须贴身昼夜监护。说着，他让尹小白、张百行把朱益庆扶起来，动手将其被卸脱关节的下巴复位。

目送尹小白、张百行把朱益庆抬下楼去，专案组长凑近麦善谋悄言数语，后者点头离去。他要麦善谋去干什么呢？且容稍后交代。

接着就是对西药房进行搜查。这一搜，不但搜出了用于枪杀刑侦专家洪秋笙的那支柯尔特手枪，还发现了朱老板新近通过黑道购进的武器弹药，以及用于谋杀郑应富、黄瘦竹的毒药（一盒共六瓶）。此外，还搜出了特工专用的密写药水和显影剂。

这个发现颠覆了专案组之前的认知。如此看来，这伙案犯不简单，这一系列谋杀不仅仅是“福婴堂”余孽对五名刑警的复仇之举，而是有政治背景！

随即对臧柳川、蔡少仙分别讯问，两人很快就交代了参加“保密局”特务组织“30小组”以及接受组长朱益庆的指令，杀害五名广州市公安局警员的罪行，其中臧柳川杀害了郭振堂、郑应富和洪秋笙，蔡少仙则对黄瘦竹、陈明贵下毒，毒杀陈明贵时，其夫臧柳川在场打掩护。至于制造五警员系列命案的动机，这对夫妻特务都说不清楚（当初洪秋笙曾向日伪警察局提出过保密的要求，蔡并不知道这五名警员都是侦办“福婴堂”一案的刑警），只说是根据组长朱益庆的命令行事，如果不照办，后果不说也预料得到——夫妻俩一个是“军统”编外人员，参与过杀害中共地下党的行动，一个系“福婴堂”绑匪团伙成员，只要往公安局寄一封检举信，这二人就得掉脑袋。

至于“30 小组”的上级是谁、通过何种方式跟组长朱益庆联系，这对夫妻特务更是一无所知。他们甚至不知道“益庆西药房”藏有特工专用的密写药水，也不知用于杀害黄瘦竹、陈明贵的毒药的来源——朱老板对他们说是他自己配制的。

这样，要想查清这个特务组织的一应情况，就只有讯问朱益庆了。可是，朱益庆被送往医院急救，虽然暂时保住了性命，但当时他已把毒药放入口中，还是有少量药物成分进入体内，导致心脏搏动减缓，形成大脑缺氧，神志尚未恢复。其手腕的枪伤也受到细菌感染，当天傍晚就开始发烧，到次日早上，高烧越来越严重。专案组跟广州市卫生局联系，要求从全市其他医院抽调资深专家进行会诊。专家会诊的结论是，高烧的原因可能是伤口感染，也不排除是毒药的副作用，会诊时还发现患者肺部出现可疑阴影。

那么，应该如何对付呢？专家们意见不一，甚至产生了争论。亓舞牧不得不提醒那些专家，眼下最迫切的事情是让朱益庆恢复神志，获得其口供，专家们这才搞明白，原来这是政治任务，而不是学术讨论会。那就简单了，要恢复神志，首先要退烧，要退烧，最快最有效的办法就是注射盘尼西林抗菌消炎，同时佐以一两味名贵中药。

当时国内还不具备生产盘尼西林的条件，用的都是舶来品。由于帝国主义对中国搞经济封锁，进口渠道非常有限。好在广州离香港近，是海外走私此类药品的一个最大的入口，当时广州的医院搞到盘尼西林的渠道比内地的医院要多一些。哪知跟院方一说，院方说盘尼西林昨天刚巧用光，正在想办法。时间紧迫，亓舞牧也不劳医院想办法了，驾车直奔海关，竟然一下子搞到了整整两箱。

朱益庆在治疗的时候，“益庆西药房”的账房先生董某被专案组派车从增城带到了广州。董某是不是“30 小组”成员，专案组不清楚，臧柳川、蔡少仙的供词中均未牵涉到这个五十多岁的老先生。但是，这种情况下肯定要对其进行审查的，所以专案组长下令将其拘捕后押解回广州。此刻朱益庆的状况还不能接受讯问，正好先提审董某。

接触下来，老先生一问三不知，而且，侦查员发现这小老头儿不但高度近视，听力也有障碍，旁人跟他说话得挨着他吼才行。这样的角色，似乎不是做特工的料。不过，还是需要进行一下鉴定。于是派人连夜将其送往医院，请五官科大夫检查。一番折腾后，鉴定结论出来了：听力障碍严重，已达到伤残程度（当时尚未颁布标准）。

这时已是 1 月 14 日凌晨一点多，在医院看押朱益庆的侦查员陈君临、尹小白打来电话，向亓舞牧报告说朱益庆已经退烧，医生认为可以讯问，但要求不能让他情绪激动。

朱益庆是系列命案的主犯，“30 小组”的头目，专案组长自然要亲自提审。亓舞牧和麦善谋赶到医院病区，尹小白、张百行汇报了情况，又去跟院长作了沟通，要求作好抢救准备，以防讯问过程中人犯出现问题。

一切就绪，亓舞牧、麦善谋进了病房，往病床前一坐。朱益庆原本是闭着眼睛的，听到动静，知道有人来了，睁眼看了看面前的二位，竟微微一笑，对亓舞牧说：“我们见过面。”

亓舞牧寻思这主儿能主动开口，那是好兆头，一是表明不会零口供，二是既然他能一眼认出自己（抓捕时亓舞牧第一个冲进屋，开枪击伤了他的手臂，还扭脱了他的下巴），说明此刻脑子没受到高烧或者药物的影响，思维清晰。专案组长也冲对方笑笑：“朱老板，我可是救了你一命啊，要不然你已经被毒死了！”

哪知，朱益庆所谓的“见过面”，指的却不是抓捕的时候，而是大清早在“大富毛巾厂”门口修车时看见亓舞牧在跑步。亓舞牧点点头：“朱老板的观察力让人佩服，真是干特工的料啊！好吧，咱们言归正传，我们跟你见面，是因为有些问题要问个清楚。知道朱老板连伤带病不太好受，我们呢，不瞒你说，为这案子忙了将近一个月了，也累得人仰马翻。尽快把这事了结，我们大家都能好好休息，朱老板你看如何?”

讯问方案事先已经制订，考虑到朱益庆的特殊情况，必须尽量精练简洁。即便如此，双方一问一答下来，也花了一个多小时。朱益庆交代的内容跟臧柳川、蔡少仙的交代基本吻合，暗杀五名警员系“保密局”的指令。唯有杀害老伊是例外，那是出于自保的目的迫不得已采取的行动。至于“反制计划”，则是为日后逃港所做的铺垫。那么，“30小组”是通过什么途径获得上司的指示以及经费、器材的?

朱益庆说：“上司下达指令都是通过电话或者密函，密函有时通过邮局以平信方式邮寄，有时是派人送到西药房，但不见面，而是从门缝里塞进来。经费、器材是派人送上门的，送货的人我不认识，也不说话，把箱子放下就走。”

亓舞牧问：“你所说的这个上司，是怎样一个角色?”

“这个，很抱歉，我无法告诉您，对此我跟您一样一无所知。”

亓舞牧当然也要了解一下西药房账房先生董某是不是“30小组”成员，朱益庆予以否定。稍后，董某被取保候审。

1月18日，专案组开会对“30小组”特务的口供进行了分析。这个会议开得有点儿长，从上午八点多一直开到下午六点，最终结论是：该案疑点不少，需要继续调查。

首先提出这个观点的是尹小白，麦善谋马上表示支持。他俩的理由是，根据朱益庆的口供，“30小组”执行的是那个神秘上司下达的指令。但特务上司的指令中所包含的那些保证“30小组”能够顺利完成使命的条件，也即情报是从哪里获得的呢？五个警员遇害的时间和地点都扣得非常精准——交警郭振堂在轮休日去其所供职的交警队写标语，被副队长老王临时抓差，请他去顶替因交通事故意外受伤的值班交警；刑警陈明贵出警处置一起入室抢劫案，忙到午夜时分才骑着自行车回家，在其住所附近的夜宵店遭凶手毒杀；刑警郑应富与家人去电影院看电影，散场时在人群中遇刺身亡；总务警员黄瘦竹去医院看病时着了道儿；而刑侦专家洪秋笙一直是受保护对象，前往沙面分局协助破案顺便指导业务，其在分局的工作、休息场所都严格保密，但还是没逃过对面楼里的冷枪。

五名被害人分别属于市局和三个分局，警种岗位不同，遇害当天有上班的有休息的，上班的工作地点不同，休息的活动路线不一，“30 小组”却均能接到上司的密函或者电话，提前告知受害人的具体位置，使凶手能够提前进入现场，这等精准的情报是怎么收集到的？看来这个环节后面另有隐情。

这个观点获得了所有侦查员的赞同，专案组长立刻作出安排，再次提审三案犯和西药房账房董某，盯着杀害五名警员的情报来源查问，寻找那个神秘上司的蛛丝马迹。

说干就干，除亓舞牧留守驻地，其余四名侦查员随即各带一拨外援便衣，对上述四人分头进行讯问。臧柳川、蔡少仙还是一口咬定，他们是按照朱益庆亲口下达的指令行动的，至于朱益庆是怎么获得被害人信息的，他们不知道，也不敢问；朱益庆则坚称五次都是接到上司的来电；张百行跟账房先生董某进行了一番吼叫式的沟通后，得知在相应的五个时段——即暗杀行动开始前一两个小时，老先生至少有三次看到朱老板接听了电话，都是放下电话就打开账房间的小窗，探头把臧柳川、蔡少仙从店堂里唤进来，并不说话，而是用铅笔在纸上划拉，似是以书面方式向他们交代什么事儿。老先生还纳闷儿，自己耳朵不好使，不想让自己听见的话，只要说话声音小些就行了，用得着这样吗？如此，他就留下了印象。

综上，亓舞牧认为朱、臧、蔡三犯的交代是基本可信的。当时的电话通信设备无法追查来电号码，对于这方面的调查也只能到此为止了。

四名侦查员返回驻地后，当晚十点，亓舞牧吹响了哨子——不是就寝哨，而是集合哨，说大家还得辛苦一会儿，咱们开个案情分析会，研究下一步该怎么找到“30 小组”的那个神秘上司。我先说说我的想法，敌人并非傻瓜，他们在制订行动计划时，肯定会考虑到安全问题，一旦有人被捕，其他特务如何保全？我相信，敌人对此有一整套方案。我们对朱益庆等犯的再次提审劳而无功，说明敌人的这套方案还是比较完善的。但是，再完善的计划也会有漏洞，况且我们现在已经取得阶段性的胜利，离那个神秘上司仅仅一步之遥。下一步，我们就是要从胜利走向胜利，把那个家伙挖出来。“55 小组”逢战必胜，同志们有没有这个信心？

一干侦查员的情绪都被鼓动起来。尹小白说：“老亓同志真是文武双全，抓捕行动冲锋在前，搞政治思想工作更有水平！如果我们这个专案组在完成这次侦查使命后不解散，仍然存在下去，那您肯定既是组长又是指导员了。”

尹小白这话还真说着了，此次使命圆满完成后，华南分局果然决定把专案组保留下来，升格为“华南特案组”，承担华南分局辖区范围内各地发生的重大政治、刑事案件的侦查工作，亓舞牧恰恰被任命为组长兼指导员。此为后话，按下不提。

经过大半夜的分析讨论，专案组确定了以下侦查思路——

第一，对交警郭振堂行踪信息的泄露情况进行调查。据之前向郭的家属了解情况时得知，郭在轮休当日，本无打算去其供职的交警队写宣传标语，是在跟妻子去逛街时，发现百货公司门前摆出的宣传卫生的黑板报效果不错，由此受到启发，认为可以制作些彩色的标语贴在岗亭及路口的电线杆上，提醒行人注意遵守交通规则，于是自己掏钱买了彩色纸张，前往交警队制作。

上述行为系临时起意，不可能事先被人察知。而交警小彭因交通事故骨折，王副队长请郭临时顶岗，更是出于偶然。可是，“30 小组”的那个上司为什么能了解得这样清楚，还向朱益庆详细交代任务细节？由此推测，就出现了两种可能，一是大东分局交警队有敌特内线，受命留意郭振堂的行踪并随时报告；二是敌方将郭定为暗杀目标后，派人对郭进行跟踪，从郭家门口一直跟踪到百货公司，又从百货公司跟踪到分局交警队，稍后，郭前往事故现场顶班，也在敌方的监视之下。因此，有必要对这两种可能性进行调查。

第二，对刑警陈明贵、郑应富的行踪信息泄露情况进行调查。陈在被害当天傍晚随同同事出警，勘查了一起入室抢劫案的现场，走访群众若干，后与同事一起返回蒙圣分局，又接着参加了案情分析会，一直忙到午夜前才下班回家，在其住所附近的小店吃夜宵时遭凶手下毒身亡；郑应富当天轮休，白天在家待着没有出门，晚上去看电影，将近九点散场时遇害。

根据“30 小组”三个特务的交代，当天下午一时许，朱益庆接到上司电话，告知郑应富今天在家休息，让他指派臧柳川前往其住所附近蹲守，只要郑出门，即予跟踪，伺机下手。臧柳川受命前往郑家附近，一直等到傍晚六点四十分仍不见动静，正打算放弃，忽见其一家三口出门了，遂跟踪至电影院。在售票窗口排队买票时，臧跟郑只隔开一人，因此他们的座位号也挨得很近。电影散场，臧尾随郑家三口退场，借着人群拥挤对目标下了手。臧趁乱离开现场，招了一辆出租车返回西药房。朱益庆得知他顺利完成任务，夸奖了几句，又命他前往协助蔡少仙毒杀陈明贵。

朱益庆交代，陈当日加班可能回家较晚的消息是上司来电告知的，上司对其的指示是：目标夜间下班后经常在附近的一家小店吃夜宵，故蔡少仙应在该店附近蹲守。臧柳川执行“诛郑”使命，不管成功与否，返回后应立即前往协助其妻。如陈吃夜宵，则掩护其妻伺机下毒；如陈不吃夜宵直接回家，即由臧在其进入住所前用匕首将其杀死。上司强调，行动方式只能是这两种，绝对不能动用手枪。

专案组分析认为，“30 小组”的上司在策划系列命案时，已经考虑到受重点保护的刑侦专家洪秋笙难以接近，只有使用手枪暗杀。为防我方被“提醒”，所以规定对其他四目标的行动不能动枪。那么，郑、陈两人的信息，尤其是陈明贵出现场的情况，敌特上司是如何了解到的？有必要对此进行调查。

第三，对行政警员黄瘦竹行踪信息泄露情况进行调查，重点是敌特如何知道黄去医院看病了。专案组最初侦查时了解到，广州市公安系统的警员，不论留用警、南下干警还是解放后招收的新警，一律享受公费医疗待遇。每人发给一张贴有本人肖像照的公费医疗证，凭证可以去全市任何一家公办医院就诊（后来规定非特殊病情只能去指定医院就诊，特殊病情则由指定就诊医院出具转院单后，方可去其他医院就诊）。因此，黄去中央医院就诊是不必惊动市局相关业务部门的，只要跟办公室的同事打声招呼就行了，以备如果领导有急事找他时可以知道去处。

当天，黄就是这样做的。办公室一共有三个同事，但那天上班的只有一个女同事金灿玉。侦查员对金的情况作过调查，她出身豪门，其父早年追随孙中山，上过清廷通缉榜，辛亥革命后拒绝封官，热衷实业，追求民主，系广州著名开明绅士。金本人系大学财政专业毕业，在校时就是地下团员，毕业后留校工作。广州解放后，被军管会点名调入市局从事财务工作，组织上已将其列入发展党员的名单。因此，专案组就把金泄露黄外出就诊信息的嫌疑直接排除了。现在看来，还是有必要对其进行调查。另外，还应对当天该时段市局门卫室的当班警员进行调查。

第四，对刑侦专家洪秋笙行踪信息泄露情况进行调查。洪在遇刺两天前，沙面区发生涉外刑案，外籍苦主对警方的解释有疑问，点名要求洪出面，洪是从其一直隐居的市局某密点前往沙面分局的。完成使命后，分局挽留其多待一两天，对刑警进行技术辅导。分局方面对其安全予以特别关注，没想到次日就挨了黑枪。敌特方是如何获悉洪去沙面分局的情况，以及他是被安排在哪个房间临时住宿的？案发伊始，专案组曾对此进行过调查，接触了分局上下所有知道洪临时住处的人员，无甚发现。这次，须对此进行复查。

第五，朱益庆供称，他是在接到上司的密函后，方才知道专案组已经把侦查触角伸至当年的“福婴堂”一案的，于是自作主张制订了“反制计划”。那么，他的上司是通过什么途径获知专案组去市局调阅日伪警局卷宗的呢？知晓此事的市局警员只有寥寥数名，难道是他们泄露了机密？

第六，在之前的调查中，曾有过对五名被害警员的个人历史情况进行调查的想法，去市局查阅档案，就是抱着这个目的，也正是因为此举，才破获了“30 小组”。不过，在专案组查阅的档案中，除意外发现五人均系当年日伪警局调查“福婴堂”一案的刑警外，并无其他线索。当时专案组仅以为系列命案系“福婴堂”余孽对五名刑警的报复，直到将“30 小组”三名成员全部抓获，才意识到这竟是一起敌特案件。如此，新的问题就出现了：敌特为何要对这五名警员下手？

专案组分析，敌特策划并实施杀害这五名警员，应是出于一种迫切需要，这种需要肯定和现实形势有关。通常说来，不外乎两种可能，一是他们本身的存在直接影响到“保密局”在广州的活动，而且这种影响非常严重，无法动用其他手段消除，只好以消灭肉体的方式达到一了百了的目的；二是他们本身的存在并未直接影响到“保密局”目前的行动，但敌特方为解决其他迫切而重要的难题，把对他们的暗杀作为一种解决问题的手段。当然，还有一种情况，那就是上述两种可能的综合。

广州解放不过两个多月，截至系列命案发生时，“保密局”在广州解放前夕部署的潜伏特务组织已被我方破获多个，另有为数众多的“散兵游勇”（其中不乏“保密局”将校级别的特务）落网。这种大规模的精准、有效的打击，对于侥幸漏网尚未归案的潜伏特务，会形成一种强大的震慑力，严重影响他们的“工作积极性”；对于已被敌特方盯准准备发展为特务的那些对象，在心理上无疑是一种极为沉重的压力，会使这部分人推诿、反悔，甚至向公安机关检举揭发。因此，“保密局”必须对此作出强烈反应，要以血淋淋的事实作为对我方的“回应”，向那些可能已经产生动摇念头的潜伏特务展示“党国的态度”。

五名警员在三天内皆被暗杀，而且使用的是匕首、毒药、手枪这三种不同的方式，寻常市民很难看出其中的联系，但那些潜伏特务肯定知道这属于“特工手段”，在制订这项血腥计划的“保密局”专家想来，这就会对广州乃至整个儿广东的“地下同志”起到预期的作用。

专案组侦查员之前都从事过秘密情报工作，分析到这一步，大家几乎同时想到一个问题——看来被害人另有隐秘身份，或者曾有过检举敌特的行为。当然，这是只可意会，不宜言传的，议到这一步，大家都自觉停住话头，目光转向专案组长。亓舞牧当即拍板：这是一条重要线索，马上开始调查！

十四、“蝙蝠”落网

1950年1月19日，专案组五名侦查员加上十八名外援便衣，同时对上述六个方面展开调查。

这一查，整整两天。到1月20日傍晚汇总，对五名警员遇害那天活动情况的信息是如何泄露的调查未能获得线索，倒是由专案组长亓舞牧单枪匹马调查的那一路有收获。这路调查，即向中共广州市委社会部了解被害五名警员中是否有我方特情人员，或者虽然不是特情，但曾经起到过特情的作用。

之所以单枪匹马进行这项调查，并非亓舞牧想要个人英雄主义，也不是人手短缺之故，而是纪律规定。向市委社会部外调，不是随便什么人都能去的，需要华南分局社会部分管领导亲自跟对方联系，亲笔签发外调专函。尽管被调查人员已经死亡，但调查内容涉及机密，只能专案组长一人前往。而且，这种调查不能记录，只能凭专案组长的脑子记。

对于广州市委社会部来说，这样的外调折腾颇大。由于秘密工作的需要，这五名遇害警员跟社会部的关系分为两个部分：一是组织关系（并非党组织，而是指业务），由专管领导单人负责（单人并不一定是一人，也可能是具有专管职权的数名领导分别负责，但互不知晓），使用的都是化名，与化名对应的真名就记在专管领导的脑子里，没有书面档案；二是工作关系，那就由具体跟对方联系的“上线”单人掌握，以信函、电话或者直接约见的方式进行联络。这种工作也没有书面记录，全凭“上线”的脑子记忆。“上线”跟相应专管领导有联系，但只是汇报其“下家”所提供的情报内容，使用的都是代号或者化名。

专案组要调查的这五名遇害警员，属于三个专管领导、五个“上线”负责。所以，亓舞牧去外调，得跟那五个“上线”分别面谈。这样，广州市委社会部那边就得预先安排好这五个“上线”的接待时间。人家的工作繁忙程度不亚于专案组长，料想这番安排必是费了一番工夫。

或许有读者不解，通常不是说初解放时的社会部就是公安局，一套班子两块牌子，被暗杀的五名警员是广州公安系统的，社会部难道不知道？如果知道，他们为何不作出反应呢？

这里有必要作一个说明，确切地说，当时的中共广州市委社会部跟广州市公安局政保处是一套班子两块牌子。政保处的人当然每天也看《敌情通报》，五警员系列命案是连续上了三天《敌情通报》的，他们当然知道。所谓“他们”，自然包括上面所说的“上线”，其震惊程度可想而知。但情报工作自有其特殊性，情报部门也自有其特殊的规矩，这些规矩并非明文规定，而是行业中心照不宣的，说是潜规则也可以。正是这些潜规则，保证了情报部门的工作得以顺利进行。

在这件事上，“上线”们的想法是，既然上上下下都知道发生了这等大案，那就等专管领导发话了。被害五警员共有三位专管领导，当然，他们互相之间都不知道这一点。这三位专管领导当然不可能再“等领导发话”，而是马上向社会部主要领导汇报。社会部领导还没考虑好应该由政保处直接出面侦查，还是先让刑侦部门调查起来，华南分局社会部已经决定组建“55 小组”负责该案。如此，社会部就只能袖手旁观，如需配合，上级自会下达指令。

“只听不说”，这是秘密工作的规矩。现在华南分局的专案组找上门来了解情况，那就必须积极配合了。亓舞牧的调查所获大致情况如下——

遇害五警员中，黄瘦竹系中共地下党员，其组织关系在解放前属中共广州市委组织部，遇害前三天刚转到广州市委社会部。黄在广州有帮会关系，抗战中期，“军统”地下人员和中共地下党都请其利用帮会关系收集日伪情报，不过，黄为“军统”提供情报是有偿服务，对中共不但无偿，有时还要倒贴。抗战胜利后，黄因帮助过“军统”，得以晋升为高级警务督察官，拥有较大的权力，其督察意见可以影响到人事任免，自然是各级警官争相巴结的对象。稍后，黄被中共吸收为党员，组织上指示其利用工作便利收集敌方情报、帮助我地下人员打入警察局。广州解放前夕，黄收集了大量潜伏敌特的情报，广州解放后，根据黄提供的情报，我方破获了多个“保密局”潜伏组织，抓捕特务六十七人。

郭振堂、陈明贵、郑应富三人早在1940年就已被“军统”广州站发展为特务。抗战胜利后，“军统”搞“裁员”，三人自此与“军统”脱离。但是，他们在“军统”期间结识的一些特务仍旧跟他们保持着关系，经常找他们办事，其中很多是特务一行里的“公事”。到了1948年春，已由“军统”改组的“保密局”由于局势“恶化”，经费大增，“保密局”广州站就开始给他们发津贴，作为他们帮忙办事的酬劳。

转眼进入1949年，国民党败局已定，“保密局”开始部署在广州的潜伏特务组织。“保密局”的特工专家根据已经“沦陷”的大中城市中共接管警察局后所采取的政策判断，像郭、陈、郑这样业务突出、一贯低调（三人都未加入国民党、平时向无欺凌百姓行为）的刑警，肯定会被共党政权留用。尽管“留用不重用”，但是，作为警察，还是可以利用其身份为党国效力的。此时他们并非“保密局”正式特务（在“军统”时期他们就已经退出），所以要求三人立刻办理加入“保密局”的手续。

“保密局”方面没有想到的是，早在他们打这三个刑警的主意之前，中共地下党已经开始跟郭、陈、郑接触了。几次谈话后，这三位不无震惊地意识到，自己以前曾参加“军统”、如今又为“保密局”效力的情况人家竟都掌握，一旦中共掌握政权，他们恐怕没好果子吃。中共地下党方面的代表反复给他们讲明形势，动员他们迷途知返弃暗投明。三人都表示愿意戴罪立功，投奔革命阵营。于是，郭、陈、郑都成为中共情报组织的特情。

广州解放前夕，郭、陈、郑分别接到中共“上线”的指令，要求他们设法收集相关情报。三人表现积极，为中共地下党提供了不少有用的信息。广州解放后，他们不但秘密检举潜伏特务，还利用自己从事刑警工作多年的经验，通过跟踪可疑人员，发现了两处敌特潜伏点、三处敌特藏匿特工物资的库房。

刑侦专家洪秋笙跟中共方面的特情关系建立于 1948 年 12 月。其时国民党政权风雨飘摇，国民政府已决定从南京迁往广州。洪秋笙不知通过何种渠道获知了这个重要机密，他为人一向正派耿直，早就对国民党的腐败行径反感透顶。在获得上述消息后的次日，他就化装拜访了中共广州市委一位负责情报的“唐老板”——天知道他是怎么知晓“唐老板”的真实身份的。此举实际上是洪专家向中共递交的一份表白书，表明他并非中共的敌人，也不是贪图金钱地位之辈，否则只要他打一个电话，“唐老板”就会被捕。自此，他就成为我方的特情。

洪秋笙接受的使命，含金量不是一般的高，组织上要求他利用其社会关系和工作便利，秘密收集国民党情报机关向已解放的区域安插潜伏特务的情况。这种情报是直接由洪秋笙根据密电码翻译后交给地下党的秘密交通员的，我方收到情报，即拍发北平中央社会部。因此，可以说洪秋笙同时也是中央直接掌握的特情。

这些情况摆在专案组的案情分析会上，众侦查员一致认为，系列案件确系台湾“国防部保密局”策划的暗杀行动无疑，而“30小组”的上司，也即主持该项暗杀行动的潜伏特务级别不低，从其指挥“30小组”的手法来看，应该是个老牌特工。那么，怎么才能揪出这个老牌特工呢？大家议来议去，一时没有头绪。

这时，最年轻的侦查员尹小白开腔了：“报告组长，小白有话要讲。”

亓舞牧白他一眼：“研究案情时最欢迎的就是积极发言，我从来没定过发言之前先喊报告的规矩。既然你整出这么个开场白，那发言内容应该有亮点吧？”

尹小白的发言果然亮得晃眼：“其实呢，这老狐狸跟朱益庆联系时采用的什么暗语密函之类的路数，兄弟我在香港活动时经常使用，甚至有一次当着一个鬼子中佐的面用暗语打电话，那鬼子据说是中国通，连粤语都会说，可愣是没发现我在传递情报……”

眼看着尹小白越扯越远，亓舞牧咳嗽一声，脸色又沉下来了，尹小白赶紧言归正传：“话说小白多年接触暗语、密函，发现这玩意儿有一个特点。先说打电话吧，凡是使用暗语的电话，时间都很短，一分钟就该挂断了，就像发电报一样；用这种方式交代一些简单命令是可以的，可是据朱老板说，他那位上司至少三次通过电话告知他具体行动方案，甚至详细到作案的细节。这么复杂的行凶计划，用三言两语的暗语交代清楚可不容易。再说使用密写药水，密写药水可以写长信，用来交代刚才说的那种具体行动指令最合适不过。可朱老板说他收到的几次密函指令都是广告，我觉得这厮没准儿是在蒙咱们呢！广告招贴就是信纸那么大一张，有的还只有一半大小，凡是发这种小广告的主儿，都是生意做得不大、舍不得花钱的小老板，广告上文字、商品图画尽量印得满天满地，能留多少空白给那老狐狸用密写药水写信？一般的指令、通知什么的，这点儿空白是够写了，可那么一套连续暗杀五人的计划，广告纸的那点儿空白能容得下吗？所以我想，要么朱老板隐瞒了他曾收到过一封比较长的密函的事实，要么他就跟那个上司见过面详谈过作案计划！”

尹小白一口气说完，亓舞牧一掌击在桌上，震得玻璃杯都跳了起来：“说得好！看来要给小白记一功了！”

众侦查员也频频点头，的确如尹小白所说，敌特上司不可能用暗语向朱益庆交代这么大且复杂的一桩行动方案，否则那就不是暗语，而应是密电码了。看来，朱益庆隐瞒了关于其上司的重要情况，专案组决定再次提审朱老板。

接下来就是研究讯问方案。像朱益庆这样的老江湖+花岗岩，骗不了也吓不倒。之前讯问他时，一开始侦查员想祭出“政策攻心”的法宝，但还没开口就被朱益庆怼回来了。他说他知道共产党的政策，不过，他的罪行太严重了，坦白从宽抗拒从严都跟他没有关系，若想求生路，要么做梦，要么越狱——但这都不可能，所以等着他的只有死路一条。因此，朱益庆隐瞒上司线索之举应该是故意的。

那么，此举目的何在？他一个必死无疑的囚犯，还图什么呢？侦查员分析下来，那就只剩下保全家属这个念头了。人民政府不搞株连这一套，再罪大恶极的死囚，也不会动其家属，而且有“给出路”的政策，让家属有起码的生活保障。但“保密局”就不一样了，朱益庆大概是担心一旦彻底坦白，“保密局”会对其家属采取措施，制造一个灭门血案对其他“变节分子”杀鸡儆猴不是没有可能。

议到这里，亓舞牧说：“看来要作好朱老板提出交易条件的准备了。当然，这事得请示上级批准方可实施。如果上级准许，我们干脆在他还没有提出条件时，主动向其宣传我党的政策，再跟市局联系一下，选择几个案例给他介绍介绍，让他吃定心丸。大伙儿看还有什么需要注意的，必须有备才能无患嘛。”

麦善谋说了他的想法。前两次提审朱益庆，他都参加了，他感觉，朱的性格中有爱面子的成分。要降服这种人，除了让他有个念想，还必须用证据把他的谎言戳穿。什么证据呢？麦善谋想到了两点，一是朱犯的供词中有广告纸作为密函载体的说法，生怕专案组不相信，还交代得比较详细，说是照相社和礼品推销的广告。麦善谋建议去找那两家商店，把广告纸要一份过来，让朱益庆把上司交代的内容写在广告空白处，看他是否写得下——肯定写不下，那就是戳穿他谎言的证据。

还有一点，抓捕“30小组”当天，把朱益庆送医院急救时亓舞牧曾对麦善谋悄声交代了几句话。什么内容呢？是让麦善谋跟市局联系，借一台钢丝录音机即送医院。原来的想法是，如果朱益庆恢复得快，那就在其苏醒后立即讯问，这种重大案件，自然是要录音的。没想到，这家伙没有马上苏醒，还发高烧说起了胡话。亓舞牧当即下令进行录音，听听他的呓语之中会不会透露出什么可疑内容。当时是录音了，但录音内容还未来得及整理，麦善谋建议把录音放一遍，看能不能有所发现。

亓舞牧说善谋这两个主意都不错，可以一试。当下兵分两路，一路去找那两个商家的广告，一路轮流听录音。之后一切顺利，等到亓舞牧找到那两份广告回驻地的时候，分工第一轮听录音的尹小白也撞上了好运，他分辨出朱益庆在高烧昏迷期间反复念叨着的一个词汇：蝙蝠！

亓舞牧一听这两个字便暗忖，难道这就是敌特上司的代号？让尹小白重新放一遍录音，听下来确实像是“蝙蝠”二字的发音。但专案组长于自己的粤语听力不敢自信——他是南下途中开始学习粤语的，进展虽被称为“神速”，但那是日常用语，像“蝙蝠”这样的词汇就属于冷僻货了。于是，把粤籍侦查员麦善谋、陈君临两个唤来一起听，最终证实无误。再分别听其他时段的录音，偶尔还有几处和“蝙蝠”联系在一起的“卑职”之类的词汇，那就不必怀疑了，“蝙蝠”果真是“30小组”的上司!

第二天，专案组全体出动，赴看守所提审朱益庆。

果不其然，在证据面前，朱益庆无言以对，不久，就提出了招供的交换条件——允许其家眷离开广州去阳江投奔亲戚。亓舞牧马上表示同意，接着提醒对方，如果你这样做是为了家人的安全，那我想可能不太牢靠，“保密局”肯定能查到他们的下落——你是干这一行的，应该比我清楚。

朱益庆无语，只有一声叹息。亓舞牧趁热打铁：“共产党、人民政府不搞株连，你是人民的敌人，你的家属不是，而是人民群众的一分子，政府肯定会给予保护。我这里提个建议，政府可以设法把你的家人转移到外地定居，听说你妻子是个不错的裁缝，自食其力应该没有问题；你的双胞胎子女在上小学，去外地也可以继续读书。当然，出于安全考虑，他们都要改名换姓。至于具体去哪里，我们可以征求你妻子的意愿，也会提供几处合适的地方供她参考。总之，我们会绝对保证他们的安全。”

有了这样的保证，朱益庆终于把去年12月2日晚在六榕路“抵家旅馆”206房间与“蝙蝠”见面的一应情况一五一十作了交代。

后来，朱益庆被判处死刑。执行当天，已是华南特案组组长兼指导员的亓舞牧特地赶到看守所，将其妻子儿女的跨省户口迁移资料照片、抵达湖北恩施落户后写给派出所的信函（内附全家照片、其妻在做缝纫工的照片以及子女在上学的照片）给朱益庆过目。朱益庆泪流满面，连连道谢，说自己死到临头，终于了却了心愿。

随即就该调查“抵家旅馆”了。侦查员在六榕路派出所了解到，“抵家旅馆”是一家私营旅馆，老板谢天云是个老实本分又胆小的小老头儿，向无劣迹，也不跟任何党派帮会或者恶霸流氓来往。约见谢老板之前，侦查员心里还犯嘀咕，寻思据派出所说，这家旅馆在同行业中生意一向位列中上，此刻距“蝙蝠”约谈朱益庆已经有一个多月了，不知谢老板能否回忆得起12月2日曾有这么一个主顾光顾过？

开口一问，谢老板却马上点头，说他还记得这个旅客，因为该旅客有一个非常特殊的举动——把其下榻的206房间的钥匙放在楼下前台，让一会儿登门的访客自己开门入内，并吩咐访客抵达之后，茶房伙计不要打扰。这种要求，谢老板经营旅店三十多年还从未碰到过，所以记得很清楚。

该旅客看上去五十岁上下，有点儿驼背，目测身高不超过一米六五，穿得比较阔绰，上下装都是藏青色毛葛制作，外罩一件浅灰色麦尔登薄花呢风衣，足蹬半高黑色皮靴，头戴一顶与风衣同色同料的鸭舌帽，看似配套产品；手里拎着一口看似分量不甚沉重的褐色牛皮箱；帽子扣得很低，鼻梁上架着深色宽框架的眼镜，脸上还戴着大口罩，根本没法儿看清其面容。

住宿登记时，该旅客出示的是肇庆“顺成百货批发行”的介绍信，名叫刘端财，系“顺成行”襄理，外出前往广州、武汉、上海采购百货商品。他是那天下午五点多入住的，办理登记手续后上楼进房间看了看就出去了，估计是去晚餐。大约一小时后返回，打开房门后特地下楼把钥匙放在前台，说一会儿有访客过来，把钥匙给他即可。当晚，唯一的访客离开后，这个姓刘的旅客住了一宿，次日早晨六点退房，说要赶火车去。

得知上述情况，亓舞牧以华南分局社会部的名义向肇庆公安局发了一份加急电报，要求收到后立刻调查该地是否有“顺成百货批发行”，该行去年12月初是否派襄理刘端财前往广州等地出差。三小时后，专案组收到肇庆回电：查无“顺成百货批发行”，当地百货行业也无“刘端财”其人。

这是专案组意料之中的事。结合之前“蝙蝠”对“30小组”下达的电话、密函指令的时间节点，侦查员判断“蝙蝠”肯定隐藏在广州，而且，鉴于此人能获得五位受害警员如此详尽的行踪，这老狐狸极有可能隐藏在广州市公安系统内部！

分析到此，一干侦查员都略微松了一口气——如此一来，调查范围就大大缩小了。当然，这种调查必须得到上级的批准，亓舞牧随即向华南分局社会部领导直接汇报案情和下一步的调查方案。1月23日晚上，专案组接到通知，经华南分局党委批准，在广州市公安系统内部秘密查摸潜伏特务“蝙蝠”。

1月24日凌晨，市局看守所传出消息，因拒捕时服毒及枪伤影响，在押人犯朱益庆再次昏迷，已送解放军野战医院抢救。上午八点多，又有消息在警方内部流传，说朱益庆抢救无效，已经死亡。当天晚上，市局编印的《敌情通报》证实了这一消息。

与此同时，专案组侦查员轮番出马，日夜提审“30小组”的另外两名案犯臧柳川、蔡少仙，追问敌特上司（未说“蝙蝠”）的下落。看守所长出面布置对臧、蔡的“所内侦查”，相关看守人员都接到了随时注意两犯动向的指令。

第三天上午，专案组长亓舞牧突然率领一干侦查员进入市公安局，拘捕了一个男子。该男子并非警员，而是四十四岁的清扫工汤金伯，即长期潜伏于国民党广东省会警察局，解放后又继续潜伏于广州市公安局的“保密局”上校特务“蝙蝠”。

专案组是怎样识破汤犯真面目的呢？之前，在作出“蝙蝠”隐藏于广州市公安系统的判断后，专案组精心制订侦查方案：首先是要使

"蝙蝠"放松警惕，就以"中毒复发"之由把朱益庆送往野战医院严密关押；然后放出风声称"抢救无效，业已身亡"。接着，日夜轮番提审臧柳川、蔡少仙两犯，给外界造成"朱益庆死了，只有盯着另外两个特务追查其上司线索"的印象。既然"蝙蝠"如此"神通广大"，能打听到被害五警员的详细行踪以及专案组去市局调阅刑案卷宗的情况，上述由专案组故意制造的"内部新闻"他必定也会迅速获悉，从而相信朱益庆确实把秘密带进棺材里了。

心理战进行到这当儿，败的肯定是汤金伯了。这厮落网后，果然供称他因此疏于防范了，否则，他是可以逃港的。

在进行上述心理战的同时，亓舞牧和麦善谋两个则在市局政保处特别指派的八名精干侦查员的协助下，悄然进行着内部调查，调查的范围不大，仅仅局限于专案组侦查员两次前往市局查阅刑案卷宗、物证时的知情人。共有十一名警员接受了秘密询问，全部排除。最后，亓舞牧终于注意到接受询问的警员中至少有四位曾经提及的一个情况——查阅卷宗的侦查员进出库房的场面，可能还曾进入第十二人的眼帘。这个人，就是清扫工汤金伯。

马上查汤金伯的历史，让侦查员吃惊的是，这人竟然是没有档案的！人事处一名分管科长解释说，早先，城市清道夫队是属于警察局下面的一个部门，汤金伯是日伪省会警察局时期经人介绍进入清道夫队的。没多久，人们发现这人不但勤快，而且会修汽车。于是，日伪警察局就想把他调做汽车修理工，没想到遭到其拒绝，说他不想干修车工，还是做清道夫扫扫马路省事。此人平时乐于助人，手脚又勤快利索，口碑不错，人缘也好，也就没人盯着硬要他改行。

这样一直到抗战胜利，国民党接管日伪省会警察局后，对警察和清道夫队伍进行清理整顿。头头儿听说汤金伯会修车，却只喜欢扫地，说那就来个双管齐下两不误吧，从清道夫队调到市局做清扫工，如果有修车工来不及完成的活儿，就请其出马。如此，汤金伯成了国民党省会警察局一名特殊的工勤人员。那年头儿，会开车是一桩了不起的技术，如果既会开车又能修车，那就是技术尖子了，绝对受人青睐。警察局为此对汤金伯特别优待，知道他是单身，而且据说不想成家，那就给他在警察局后院腾出一间空房，不收房租，用以拴住这个没有修车工身份的技术尖子。

中共接管省会警察局后，把清道夫队剥离出去交给民政局（当时尚未建立环卫机构），汤金伯则作为工勤人员留了下来。日伪和国民党时期，工勤人员被称为“杂役”、“工役”，是没有编制不建立档案的。解放后，百废待兴，人事处重建警员档案还来不及，工勤人员的档案根本没在议事日程上。

专案组对于汤金伯的经历感到怀疑，决定先将其控制了再说。汤金伯被拿下后，侦查员随即对其住处进行搜查，无甚发现；又搜查了作为工具间兼休息室的那间小屋，也没有发现跟特工活儿有关系的物品。专案组五人都是搞秘密工作的，自有路数，再查！结果在后院距其住处十几米外的井台一侧发现了秘密——

井台前有一张自制的小木桌，上面放着些洗衣用品，桌子下面的石板是活动的。揭开石板，则是一个类似地窖的小空间。汤金伯会修车，自是能工巧匠，小地窖设计完美，还具有防水功能，即使把整桶的水泼在井台上，也流不到下面去。地窖里藏匿着三支手枪、百多发子弹、十来颗手榴弹，以及毒药、密写药水、化装道具、空白假证件等特工器材和大量经费，此外还有一个铜盒，装有密电本及一纸密令。

这纸手写密令是一份名单，共有二十六个姓名，已经被暗杀的黄瘦竹、郭振堂、陈明贵、郑应富、洪秋笙名列最前，其余二十一人都是为国民党政权效过力的官员、特务、特殊行业高级专家之类。密令的抬头是“国防部保密局卅号密裁令”，落款是毛人凤的亲笔签名，并盖着“毛以炎”的私章。该案侦破后，此份密裁令送京鉴定，结论确系毛人凤亲笔。

汤金伯系湖南长沙人氏，早年到汉口谋生，当过汽车修理工，因会武术，被警察局招为刑警。抗战爆发后，他投身入伍，新兵训练尚未结束，就被去新兵营招收特工的“军统”人员看中。“军统”也属于军界，所以他算是“奉调转岗”。经特训班训练后，汤被分配到广州，在日伪省会警察局当了一名清道夫。这份工作很适合作为特工的掩护，情报、行动兼做都行，而且因为穿着号衣，戒严时照样可以通行，一般情况下日伪巡逻队不会拦住搜身，至于警察，更是不会理会跟他们同一系统的这些人。

抗战胜利后，汤金伯以为可以解脱了，当时他已是少校军衔，却没穿过一天军装。可是，上峰命令他继续待在警察局，收集汉奸跟接收官员互相勾结贪污舞弊的情报。稍后，“军统”改组为“保密局”，他收集情报的方向也转而针对中共和民主人士。另外，他也参加过行动，比如利用修车的机会做手脚，把拒绝接受“保密局”的要求在省会警察局安插特工的人事处副处长送去见了阎王。广州解放前夕，汤金伯受命继续潜伏。

执行“卅号密裁令”，是广州解放后汤金伯的第一项也是最后一项任务。该计划由“保密局”的特工专家制订，局长毛人凤亲拟暗杀名单。“保密局”台北总部特地派遣一名特工专家携密裁令由香港潜入广州，当面向汤金伯下达指令。按照“保密局”总部拟定的方案，“30小组”作为首批五名对象的杀手人选，任务执行完毕后，由第二拨杀手接力。如此安排，一共会动用四到五个潜伏小组。汤金伯被指定为总负责，主持执行“卅号密裁令”。

汤金伯手下有三名特务单超俊、冯承志、钱鸣，都是旧刑警，解放后未被新政权留用，以做小买卖、掮客和开出租车谋生。汤金伯正好让他们协助跟踪，给西药房朱老板传递情报和指令。至于被害五警员的行踪信息，则是汤金伯亲自出马——他的修车技术在广州警察系统有点儿小名气，跟市局分局的那些留用司机（当时几乎所有司机都被留用）关系甚好，通过当面闲聊、打个电话托办什么事情顺便瞎扯一阵，就把需要了解的情况套出来了。

至于专案组查刑案卷宗之事，倒是汤金伯本人查摸到的。侦查员第一次来市局查阅档案时，刚一下车就被正在附近扫地的汤金伯注意到了，根据汽车牌照，他判断出那是华南分局社会部的人，但不知他们来查什么。不久这些人又来了，走的时候抱着“山田俊郎绑架案”的那个白铜物证箱，汤金伯于是“顿悟”。库房里的那些物证本来就是当初由汤带着另外两个花匠和清扫工协助摆放的，侦查员离开后，管库房的警员又请汤金伯等人进库房，把里面被弄乱的物证重新归置一下。汤金伯进去一看，原先放“福婴堂”一案物证的位置空了，由此，他就明白专案组的调查已经进行到哪一步了。

这是当初制订方案的“保密局”特工专家始料未及的情况，往下应该怎么办？汤金伯考虑下来，决定暂停下达第二拨暗杀指令。至于“30 小组”应该怎样料理，是让他们转移，还是灭口，汤金伯是没有决定权的，得请示台北。“保密局”未给汤金伯配备电台，他只能先向香港邮寄密函，再转交台北。同时，必须稳住朱老板，所以他就向“益庆西药房”送去密函提醒。

至此，历时三十六天的系列命案终于成功侦破，是日，是 1950 年 1 月 27 日。2 月 9 日，“55 小组”在完成该案收尾工作后谢幕解散。同日，华南分局社会部领导宴请原专案组侦查员和十八名外援便衣，当场宣布华南特案组成立，其成员共有七人，除原专案组的五名侦查员外，另外增加两位同志。

1950 年 6 月 16 日，系列命案四名主犯汤金伯、朱益庆、臧柳川、蔡少仙被判处死刑，执行枪决；汤金伯发展的三名特务单超俊、冯承志、钱鸣分别被判处有期徒刑十八年、二十年和无期徒刑。

华南特案组之李代桃僵

一、重要使命

“55 系列命案”成功侦破后，华南特案组在原有的五人班底基础上，又增加了两名侦查员梁武道、侯烈，还有一位二十二岁的姑娘韦博秋负责内勤和财务。亓舞牧担任组长兼指导员，八路军出身，从事过武工队、敌工部、社会局工作的梁武道任副组长。特案组驻地位于广州“双门底”（位于今西湖路与北京路交界处）路上的一座幽静的庭园，紧挨着军方野战医院。大门口和野战医院一样，也设有木头岗亭，内有荷枪实弹的解放军战士二十四小时执勤。在外人看来，这是野战医院的一个边门——其实在医院内部的确有通道与庭园相连，特案组侦查员的一日三餐都是通过这条通道由医院保卫科派人送来的。

2月12日上午，特案组接受了一项新任务，名谓“2·12专案”，随即召开全体会议。亓舞牧首先介绍案情——日前，中央社会部获得一份级别颇高的绝密情报，说经蒋介石批准，国民党方面的“国防部保密局”和“国防部二厅”联手制订了一项针对我方的特别行动，可能会在广州实施，但具体内容不详。中央高层分析，敌特的行动不外乎是针对华南分局和广州市我方党政军高层领导人及具有影响力的民主进步人士进行暗杀，对我机关驻地、电厂车站等重要设施实施爆炸，抑或指引敌机空袭羊城，也可能策划潜伏敌特、残余土匪、反动会道门之类进行武装暴动。为此，台湾方面特地指派一名代号“LM”的高级特务负责组织和指导该项行动。据我方估计，“LM”近日已经潜入广州。

华南特案组承担的使命就是迅速查明并抓获这个“LM”，亓舞牧请大家都说说各自的想法。特案组侦查员中年龄排倒数第二、参加工作较晚没多少实战经验的张百行不由得愁眉苦脸：“这么大的广州，要查摸一个没有名址，不知年龄和体貌特征，甚至是男是女都不清楚，只有两个英文字母代号的目标，这和大海捞针有一比呀！”

亓舞牧微微一笑：“的确不容易，不过，这个难度还不算最高的。”忽见对面坐着的尹小白冲张百行挤眉弄眼，料想是在给小张提醒什么，于是问道，“黑仔，你以为这活儿难度如何？”

尹小白嘿嘿一笑：“亓组长您真是目光如炬入木三分，小白刚做了个小动作就被您抓现行了。我是想提醒咱哥——哦，提醒百行同志，气可鼓不可泄！小白好歹也在‘东纵’当过几天兵，应该知道部队上的规矩……”

他还想继续扯下去，被亓舞牧打断：“废话少说，言归正传，刚才我问你，你觉得这个活儿的难度如何?”

“这个……难度自然是不小，但也并非无咒可念。干咱们这一行的，别说还有‘LM’这么个代号，就是没有代号也得找到呀！小白不才，也曾干过几桩这样的活儿，每次都是历尽艰险最后圆满完成。这种经历，相信在座的老大哥们都有过，尤其是您老亓，那更是……”

亓舞牧终于忍无可忍，以一道凌厉的目光迫使尹小白咬住了舌头。不过，会议室里的气氛倒是因为黑仔这么一通唠叨轻松了不少，往下，大伙儿都踊跃发言，终于厘清了“LM”潜入广州的方式，不外乎“以华侨或者侨眷身份通过合法途径入境”、“偷渡潜入”、“空投潜入”和“从内地其他城市辗转抵粤”这四种方式之一。

逐个仔细研究，首先排除空投。尽管敌机可以比较轻松地飞临广州上空进行侦察、空袭，不过，人员一旦跳伞，就进入了我方观察哨的视线，很容易暴露。如果选择在远郊空投，观察哨可能很难发现，但落地后想安全进入市区就困难重重了。采取偷渡方式的不利因素和空投类似，剩下的两种方式，即“合法入境”和“从内地其他城市辗转抵粤”，应该是“LM”的最佳选择。

众侦查员认为，不管“LM”是采用上述两种方式中的哪一种潜入羊城，他抵达后必须有落脚点，住下后按照规定必须向分局或者派出所申报临时户口或者定居申请，所以，在分局或者派出所应该找得到这类信息。特案组长亓舞牧随即下令，由内勤和一名侦查员在驻地值班，其余侦查员分头前往各区分局、派出所调取自元旦以来入境或者从外埠来粤的所有成年人的信息。由于时间紧张，人手明显不足，亓舞牧致电广州市公安局，临时借调十八名忠诚可靠、精通政保业务的便衣协助。

当天下午，从全市二十八个区分局收集到的信息汇总到特案组。内勤韦博秋统计下来，一共有三百七十三份。随即开始审阅，一直忙到将近午夜。好在没有白白折腾，从中发现四条信息所对应的四个对象有比较明显的疑点。亓舞牧说今天到此为止，明天上午大伙儿分头对这四个对象进行调查。

次日，2 月 13 日，由梁武道、尹小白、侯烈、张百行四位侦查员各带领部分便衣外出调查。

梁武道负责主持对嫌疑对象阎仁晖的调查。阎仁晖，男，三十六岁，祖籍广东花县，出生于马来亚（今马来西亚）吉隆坡，其父早年下南洋，从做小生意起步，然后开店铺、办作坊、创工厂，后来又把产业转移到乡村，成为农场主。阎仁晖少年时赴香港读书，十八岁考入广州岭南大学，四年后毕业，进入中央社广州记者站当了一名新闻记者，次年参加国民党，一度被调往南京中央社总部工作。1937 年抗战爆发，阎仁晖从中央社辞职，携妻子儿女回广州定居。先是自办报纸，仅三个月就因亏损停办。后被聘为一家小报总编，次年广州沦陷，小报停办。阎仁晖遂向海外的老爸求助，获得一笔款项后开始经商，据说赚了些钱。不久太平洋战争爆发，马来亚沦陷，阎老爷子在空袭中身亡，农场被日军强占。其余家人在逃难中死的死，失踪的失踪。这时，阎仁晖做生意又赔了本，妻子嫌贫爱富，带着子女离开了他，跟着一个德国老头儿去了欧洲，自此不知下落。阎仁晖为谋生计，接受日军聘用，进入由日本军方控制的一家报社当记者。紧接着，“军统”在广州的地下人员就找上门来，让他提供情报，自然是有偿的。

从此，阎就成了“军统”的外围人员。

阎仁晖一直替“军统”干到抗战胜利。本来人们根本不知道他还有这样一段历史，不料战后惩办汉奸，警察局将其逮捕，罪名是“文化汉奸”。“军统”方面闻知后，戴笠亲自签发了一份证明，称阎为“本局地下同志”，警察局随即放人。消息传出，一些朋友纷纷登门，不是祝贺阎先生化险为夷，而是为各自的利益，要求他向警方索回被作为敌产抄没的财物、产业，抑或营救被捕的家人。阎仁晖在有偿操作的过程中，结识了当时颇有名气的一个汉奸的小老婆裴氏，两人很快姘居。也就不过一年时间，裴氏耗光了阎的钱钞后，投入了一个美国在粤律师的怀抱。

此后，阎仁晖就失踪了。熟人朋友都以为他自杀了，光是他服毒、跳楼、蹈海的传闻就有七八个版本，无不绘声绘色，不由人不信。

裴氏跟美国佬姘居后，也想像之前对付阎仁晖一样，骗一票后拜拜。不料，人家老美对这种拆白党套路并不陌生，预防在先不说，还来了一招“反其道而行之”，设计把她积攒的六七十两黄金骗个精光，然后玩消失。裴氏找了一个绰号阿龙的地痞，请他帮助寻找。这个阿龙倒还是有些活动能量的，竟然真的打听到了对方的下落——已经返回美利坚了，有其在美国报纸上刊登的律所开张广告及记者采访的照片为凭。裴氏气得差点儿吐血，却也无可奈何。

人有时走了背运，倒霉事儿接二连三。裴氏一口气还没缓过来，省会警察局（解放前广州市警察局的称谓）的刑警来登门拜访了，说她涉嫌跟地痞流氓串通了骗人家美国大律师的黄金美钞，美国警方要求中国广州警方协助进行刑事调查的公函已经发过来了，请裴小姐到局子里走一趟。裴氏这下才真正领教了劣质美国佬的厉害，气得当场以头撞墙，血流如注，失去知觉。醒来已在医院，戴着手铐，旁边待着两名奉命看守的女警。见她苏醒了，女警说请裴小姐静心休养，人家美国办案子速度很慢，你的案子咱不着急。裴氏一把眼泪一把鼻涕地把一应情况向女警作了陈述，说你们既然立案了，为啥不去找阿龙他们，阿龙可以为我作证。女警说阿龙几个生怕受牵连，闻讯早就逃离羊城了，听说去了香港。

过了三天，伤势稳定了，裴氏被转移到省会警察局看守所的女犯牢房。因为是涉外大案，裴氏双手铐着手铐，脚脖上砸着一副铁镣，头上还裹着厚厚的绷带，押进看守所时那场面，连供职多年的老狱卒也瞠目结舌，同监房女犯都以为警察局逮住了一名女巨匪，马上让出最好的位置安顿她。次日，竟有律师来会见裴氏，说这是“友邦”要求协办的要案，据说回头还要把你押到纽约去开庭审判，所以政府掏钱为你请了律师。我不过是个跑腿的，正主儿是著名的耿锦阳大律师。今奉耿大律师之命前来探望裴小姐，顺便说说你的案子。情况我们都清楚了，省会警察局也已经行文香港警务处请求协查阿龙等人。据我们分析，对方其实是要追回赃款。裴小姐先不要鸣冤叫屈，听我说完，你自己也好有个心理准备。对方已经给耿大律师发来急电，说本案若想谋求和解也并非不可能，只要你把他所蒙受的损失弥补上，他马上就发表谅解声明，然后撤诉。对方知道裴小姐手头可能周转不过来，提出可以把你那套洋房过户到他名下。

如果不是戴着手铐脚镣，裴氏只怕又要撞墙了。回到监房，裴氏就像傻了一样，面壁呆坐，觉得生不如死，干脆拒绝进食。看守所长慌了，寻思这是国际官司，万一这女犯有甚不测，那还有我的好果子吃？还是送医院吧。

谁知这时出现了“柳暗花明又一村”的反转。裴氏还没被送往医院，警察局突然将其开释了，而且是警察局的中层官员开车到看守所把她接出来的，还代表警方道歉，临末递过一张支票，说是聊表补偿。变化太快，裴氏一时适应不过来，几疑是在梦中。直到第五天阿龙突然登门，她才得知自己之所以绝处逢生，竟然是已被她抛弃的老阎发挥了作用——

阿龙等几个地痞市面做得并不大，但他们早年都是在香港混世界的，此番逃到香港后，倒也没有要帮裴氏洗冤的动机，只是想对各自的无辜作一个表白。于是，他们通过朋友关系找了新闻记者，把遭遇的情况一五一十作了一番陈述。记者觉得这是一个很好的新闻素材，又是文字又是照片地搞了一个整版刊登出来。

次日，阎仁晖就由记者陪同着找到阿龙的下榻处。老阎可能已经把那篇报道看了几遍，当下按照刊登的内容一五一十问得非常详细。临末，掏出一沓港币给阿龙，嘱咐说你们几位留在这里不要离开，等我消息，这桩小事，我是能够解决的。如此，几个地痞就耐着性子等消息。原以为怎么也要等上几天，不料第二天就有两个大汉来访，说奉阎先生之命前来通知各位，你们如果在香港没其他事儿要办的话，可以回广州了，这是下午的船票。

阿龙几个算得上是老江湖，寻思这别是省会警方跟港警合伙设计的圈套，让咱们几个弟兄自投罗网？于是当面答应，却没有上前往广州的客轮，而是找朋友寻了条渔船搭乘，悄然返回羊城。一番打探，得知裴氏已经开释，方才现身。裴氏听罢，感动得号啕大哭，朝着香港方向跪下，连声忏悔“我对不起你”。

这是十个月之前的事，当时广州还没解放。裴氏经过此番磨难，算是脱胎换骨彻底悔悟，原先的水性杨花刻薄寡恩不复存在，一门心思放在曾经的情哥哥阎仁晖身上。阿龙说过，阎先生让捎话后会有期，她就天天盼着阎仁晖登门。可是，老阎始终没有消息。据说广州解放前夕，裴氏有一个随同小姐妹前往欧洲定居的机会，但她惦着老阎，婉言谢绝，弄得那个小姐妹目瞪口呆，寻思这个裴姐姐怎么一下子由潘金莲变成孟姜女了。

不过，裴氏总算没有白等，三个月之后，阎仁晖终于来了！

裴氏独自住在其老爸留给她的位于湛塘街的一幢花园洋房内，占地面积不大，却很别致，三上三下，白墙红瓦，西洋尖顶，前后均有四五十平方米的花园草坪，围绕着涂抹了防潮柏油的竹篱笆，乃是一个幽静的独立小世界。

1月20日，裴氏正在花园一角晒太阳看一本外国爱情小说时，门铃响了，传来阿龙粗犷的声音，连声大叫“裴小姐开门”。接着又传来了盼望已久的声音：“小裴，是我！”

老阎这一来，在小洋房里住下就不走了。当然，是要向派出所申报临时户口的。次日，阎仁晖就由裴氏陪同着前往，出示了香港护照，认真填写了申报资料，说是自由职业者，以写作、商业经纪人为生。这次来内地，主要是想把裴小姐接往香港举行婚礼；其次是打算会会朋友，看是否有合作经商的机会；第三是收集些写作素材，回香港后为报刊撰写稿件，或者考虑创作小说以及电影剧本。

阎仁晖的来粤理由，在派出所方面看来，也可以往“收集情报”上靠，就将其列入需要留意的对象名单。一段时间观察下来，发现这主儿确实有反常之举——按其自己的说法，此番来广州是要把裴氏迎往香港结婚的，那为何一住下来就不想离开了呢？不但不想离开，还整天缩在裴宅不出门，一日三餐或是裴氏上街买现成的点心卤菜之类，或是去菜市场买菜回来烹饪。裴氏以往除了看看小说，报纸杂志从来不沾手的，打自老阎到来后，每天外出回来总会带一份当天的报纸，料想是给阎阅读的。

那么，是否有客人来访呢？裴氏以前颇有几个闺蜜女友，但抗战胜利后其汉奸丈夫被捕，那几个就再也不登门了。倒是阎仁晖此番入住后，经常有客来访。那三个访客，读者已经熟悉了，就是阿龙等三个地痞，另二位分别叫阿虎、阿豹。这三位几乎天天登门，为首的阿龙有时甚至一天来两三次。进去后待的时间或长或短，短时五七分钟即离，长时则留下吃饭，由裴氏去附近饭馆叫外卖。当然是要喝酒的，喝起来少说两三个小时，有几次甚至到深夜才离开。另外，派出所还从邻居和附近菜场、商铺的摊贩店主那里了解到，自从阎仁晖到来之后，原本因受骗经济拮据一日只吃两餐的裴小姐，立马又恢复了以往给汉奸做小老婆时的奢侈，频频购买首饰、高档化妆品、时装等。

专案组根据以上种种情况初步判断，这个有着多年国民党员政治面貌并曾干过中央社记者、“军统”情报特工的阎仁晖颇为可疑。负责带队调查阎仁晖的梁武道是干这种活儿的行家里手，当下就点了三个便衣丰德厚、小史和言慧润。史、言都是女警，老梁叫上她俩，是考虑到有个裴小姐，如果需要搜查、抓捕，还是有女警在场方便些。

老梁生性沉默寡言，属于嘴上不说、心里明白的那类角色。四人抵达湛塘街后，丰、史、言三个都以为照例先得去一趟派出所。可是，老梁没有这个打算，他在离开驻地前已经跟分局政保股通过电话，要求分局出面在裴宅对面临时征用一个监视点。这会儿到路口时，分局派出的人员已经把事情办妥，在那里等候着了。老梁的寡言在这当口儿得到了充分展示，三个便衣在后面看得很清楚，他对那个分局的政保便衣似是视而不见，就像行路时遇到的陌生人一样，跟对方擦肩而过，丝毫没有驻步停留的意思。三人正觉得奇怪，老梁已经穿过十字路口继续往前走了，那个政保便衣也像是寻常路人一般若无其事地从他们身边经过。殊不知，就是这么一眨眼的工夫，老梁已经从对方手里拿到了监视点的钥匙。

进入监视点后，四人一待就是十二小时。其间，裴氏曾出门三次，丰德厚、小史两个分开跟了上去，她一次是去附近菜场买菜，一次是去买烟酒，傍晚出门则是去一里外的一家饭馆订外卖。老梁于是断定，一会儿有人要过来在裴宅用餐。半小时后，果然见一个二十五六岁的粗壮青年登门，老梁估计这厮就是那个叫阿龙的地痞。阿龙这一进去，直到晚上九时许方才离开，阎仁晖、裴氏双双将其送出大门。

老梁让便衣继续监视裴宅，自己出门跟了上去。没多久，老梁又回来了。也不知他施展了什么手段，反正那个身材壮实、一脸凶相的地痞阿龙已经被他拿下了，笼在袖子里的双手铐着手铐，满眼都是不服气的神情。

二、间谍落网

当天午夜过后，特案组另一位刚露相的侦查员侯烈也果断出手，不过不是逮人，而是潜入嫌疑对象住所，在主人毫无觉察的情况下悄然玩了一出狸猫换太子的戏码。

特案组当天同时针对四名嫌疑对象展开调查，除了梁武道这一路，另三路调查的对象分别是何佩星（尹小白主持）、别太富（侯烈主持）、严持恒（张百行主持）。尹小白、张百行那两路查下来，发现均有确凿证据可以排除何佩星、严持恒的嫌疑，下午三四点钟就回到了特案组驻地。其余在家的侦查员都还在复核昨天调阅的那些资料，亓舞牧说小张你留下帮忙，黑仔是猢狲屁股，只怕坐不住，那就去协助侯烈吧。侯烈一去将近一个白天了，还没有消息，估计他那边可能有戏。

尹小白自是乐意，说“知我者老亓也”，起身就要出门，又被亓舞牧叫住，叮嘱他化个装，扮成富家子的样子，把摩托车也骑上。又掏出一沓钞票让他拿着，说没准儿需要花钱，你这个少爷不能太寒酸了。

尹小白在香港活动时，生活在以资本家家庭作幌子的地下党机关，其身份是“尹少爷”，对化装富家子的路数烂熟于心。当他一身西服革履去前院一角取摩托车时，恰跟内勤韦博秋劈面相遇。那姑娘竟然认不出这是哪位，盯着他打量半天，才恍然大悟：“黑仔真有你的！几时特案组搞联欢活动，你该第一个上台！”

在尹小白看来，他此番前去协助的侯烈，也许能跟自己对上哥们儿缘。不过，这只是一种感觉，若让他具体说说缘分何在，他就只有干瞪眼了。这个侯哥外表看似平常，甚至近似于愚钝，说话语速比常人要慢，让听着的人干着急，又不敢催，担心他说得快些就要结巴了。此外，侯哥的外形也有点儿土，若是让他换上自己目前这身打扮，只怕是画虎不成反类犬。但尹小白心里明白，侯烈是特案组长亲自挑选的，以老亓的眼光，看上的人肯定不是凡品，手底下肯定有两下子。老亓让尹小白增援侯烈，尹小白寻思，正好借此机会看看这哥们儿有什么绝招。

侯烈负责的那个嫌疑目标的姓氏比较罕见，姓“别”，名字更奇葩，叫“太富”，三个字连起来就是别太富，也不知他父母是怎么想的。这位别先生祖籍浙江温州，但他本人是出生在美国旧金山的，算是华侨。后来赴香港定居，抗战前曾在广州居住了三年，然后又回香港了。

广州旧时有个华侨富商比较有名，姓凌名总福，年轻时中过举，且喜武术，可谓文武双全。早年酒后为琐事与一恶霸发生争执，继而动武，失手将对方打死，连夜逃离羊城，先去香港，稍后潜往旧金山。别太富的老爸跟这位凌老爷子就是在旧金山结识的，颇谈得拢，就对天八拜结为异姓兄弟，两家关系一直很密切。

别太富这次从香港赴粤，就是投奔这位被他称为“世伯”的年已七秩的老爷子。凌老爷子在羊城多个区都有房产，大多出租或者供亲朋好友无偿居住。像他这样的角色，肯定是“谈笑有鸿儒，往来无白丁”。广州解放前夕，那些有偿或者无偿房客中至少有一半虑及今后在新政权统治下的种种风险，纷纷离开羊城前往海外，凌老爷子的房产空出不少。所以，别太富这位世侄还没抵达广州时，凌老爷子已经吩咐下人将位于沙面的一套三层西式小洋房打扫清爽，作为别太富旅粤期间的住处。为方便世侄的日常起居，老爷子还安排了厨子、女佣各一，住在那里照料别少爷。

广州初解放时的华侨、侨眷（这里所说的“侨眷”，是指身份为内地居民的华侨配偶）出入境申办，并非由公安部门管理，而是归侨务部门负责。欲赴内地旅行、经商、探亲或者办理其他事务的各国华侨，应在一个月之前向广州市人民政府侨务部门提出附有护照等必需证明文件的书面申请，侨务部门批准后，随时可以入境。别太富是去年 12 月中旬从香港挂号邮寄申请材料给广州侨务部门的，他在解放前每年都要来广州，并且每次找的都是凌老爷子，侨务部门经办人员查阅相关旧档后很快就批准了。别太富遂于 1 月 17 日来到广州，入住沙面肇和路（1975 年改称沙面北街）那处小洋楼。

华侨、侨眷入境事务由侨务部门管理，但公安机关对华侨入境后所进行的活动并非不闻不问。根据当时的规定，边防部门会对每个入境者进行身份以及入境后的去向信息登记，登记表一式三份，上面必须有入境人的证件照（如果没有携带，可当场付费拍摄），按“护照国籍”和“入境后的去向”两个类别保存，其中“入境后的去向”须以快速专邮方式寄至入境目的地公安机关。公安机关收到材料后，即核查此人是否已经抵达，入境者须向分局申报居留许可，离开时也须到公安机关办理离埠手续。警方则将此人办理离埠手续的一应信息以快速专邮方式寄往其入境的下一个目的地或者出境口岸。

因此，差不多就在别太富抵达羊城的同一天，沙面分局已经知道有这么一个旅行者即将抵达或者已经抵达广州，应在二十四小时内前来分局办理相关手续。别太富没有违反这个规定，在入住沙面肇和路小洋楼的次日即1月18日，前往分局办理了手续。他在登记表的“入境事由”一栏中填写的是：为老父回国叶落归根做准备。

警方当然不可能没来由地对每一个入境华侨产生怀疑，但也不会放任不管。沙面分局对别太富还是有适当关注措施的，户籍民警隔三岔五下片区走访时，每次都向街坊邻居了解别太富的情况，并没有发现这位别先生有什么出格的举止，他每天待在小洋楼里，除了凌老爷子以及家人有时来看望，并无其他客人登门。当然，他既然是来为老父回国定居做准备的，就必须往外面跑，不但跑，还要拍摄照片（比如物色住处之类），只要他出门，脖子上必定挂着照相机。

对于别太富此举，分局觉得正常，在向特案组提供入境人员资料时并未另加说明。但对于特案组侦查员来说，别先生的举止就不能视为“正常”了。侦查员对别太富“经常外出拍摄照片”产生了兴趣，就将其列入了嫌疑名单。

侯烈接受调查别太富的任务后，于13日上午偕同外援便衣魏清远、老兰、小李前往沙面。本案告破后，侯烈被特案组侦查员一致誉为“化装专家”，但此前他的化装绝技还只有特案组长亓舞牧一个人知道。今天是他首次亮相，把自己装扮成一个背脊微驼、脖颈青筋毕露、有着一张饱经风霜的脸庞的中年三轮车夫，不论衣着还是神态，绝对可以以假乱真。

侯烈在前面骑着三轮车，后面二十多米，魏清远等人各骑一辆自行车在马路一侧不紧不慢地尾随。到得沙面，侯烈没有直接去分局，而是拐进了一家西餐馆旁边的院子。别看侯烈外形土里土气，在经过红绿灯路口时甚至还显露出乡巴佬进城的那份胆怯畏缩，西餐馆的外国厨师跟他却很熟，见面又是握手又是拍肩膀状甚亲热，用英语问长问短。侯烈竟然也用英语回答，语速还很快，不打一点儿隔顿，这一幕更是令众人对他刮目相看。只见侯烈从身上掏出一串钥匙，将院子一角一间小平房的门打开，招呼老魏他们入内，三个外援便衣方才明白，原来这里是侯烈的一个密点。

侯烈招呼三便衣落座，那个外国厨师热情地送来了两个热水瓶。接着，侯烈交代了当天的工作：他在出门前已跟沙面警方电话联系，让他们在别太富住的小洋楼对面临时征用一个监视点，三个侦查员在那里监视，如果别太富出门，那就轮流跟踪。侯烈自己则单独跟踪，他叮嘱那三位，不管他以什么面目出现，都不要大惊小怪。

这天，别太富上午九点多出门，一直转悠到下午四点多方才返回小洋楼，把魏清远三便衣折腾得够呛。使他们感到奇怪的是，整整一天没见到侯烈和那辆三轮车的影子，不知这个临时上司葫芦里卖的是啥药。

尹小白也是在那家西餐馆偏院的密点跟侯烈会合的。他对侯烈的这个“窝”赞不绝口，说侯哥你真厉害，比老亓还牛啊，竟然有这样的好地方。侯烈倒很淡定，说这是我以前从事秘密工作时组织上安排的，现在奉调特案组，领导允许我可以继续使用。不瞒老弟，这样的密点在广州有六处，我都已经报告老亓了，老亓说这对特案组今后开展工作肯定有用。

说话间，西餐馆侍者送来了两个盛着面包、浓汤的托盘，屋里顿时香味扑鼻。侯烈说今晚的活儿估计比较辛苦，咱俩先垫垫肚子。见尹小白的目光往一旁玻璃橱柜里的葡萄酒上扫，侯烈笑道，今晚有行动，咱们就不喝酒了。回头事儿忙完了，找个机会一醉方休。于是，两人边吃饭边商量当晚的行动。

这次行动需要侯烈施展他的化装绝活儿。这个出生于广西十万大山深处猎户人家的瑶家小伙儿，自幼喜欢跟着村里一个以巫术为生的老婆婆四乡转悠，看多了装神弄鬼，他自个儿也学着老婆婆的样子玩化装。老婆婆精通瑶家、壮家的化装术，采摘植物捣碎了往脸上一抹，可以让红脸变白，白脸变黄，黄脸变黑；也可以让雪白粉嫩的皮肤立时变颜色起皱纹，大姑娘变为老婆婆，小伙子变为大叔大伯。当然，除了外表形象的改变，还讲究“神似”，那就需要长期观察、琢磨和实践了。侯烈乐此不疲，等到他十三岁闯了一场祸逃离家乡的时候，化装这项技能已经像是与生俱来的基因那样融入其血液中了。他在抗战中期参加革命，凭着忠诚可靠、机智勇敢加上这项绝活儿，成为了一名优秀的隐蔽战线情报人员。

今天白天，侯烈和魏清远等三便衣分成两路，悄然跟踪目标别太富。三个外援便衣是中共广州市委社会部从市公安局和区分局抽调的精干侦查员，干这一行都是有些经验的。特别是老魏，东江纵队侦察员出身，又从事过地下工作，自有一份寻常警员不及的跟踪及反跟踪本领。在整整一天对别太富进行跟踪的过程中，他们都没发现侯烈的影踪，以为他是去忙别的调查了。直到下午四点多，别太富回到小洋楼，三位侦查员也能进入监视点喝杯水歇歇脚了，侯烈突然出现，给他们送来了简单的西餐，顺便对他们一天的跟踪工作作出评价，老魏三个才意识到，白天他们的整个儿跟踪过程竟然都在侯烈眼里。侯烈对别太富去过哪些地方，拍摄了几次照片，换了几个胶卷，使用的是什么牌子的照相机，甚至抽的是什么香烟、使用的是什么牌子的打火机都说得清清楚楚。这其中的某些细节，老魏三个都不曾留意过。

现在，侯烈告诉尹小白，经他一天对别太富的跟踪观察，已经可以认定这家伙有问题，是不是“LM”不确定，但是间谍这一点准保没错。他不但使用了135、120两种规格的德国“莱兹”相机拍摄了照片，还在黄沙火车站（因位于广州市黄沙区得名，跟建筑材料黄沙没有关系）

附近使用间谍专用的打火机相机对一些敏感目标进行密拍。因此，侯烈决定今晚对其采取行动！

尹小白一听，顿时来劲儿："看来兄弟来得正是时候！侯哥，几点行动？哦，对了，向老亓请示过吗？咱可不敢擅自行动。"

侯烈说已经请示过，接着介绍了晚上的行动内容——并非逮人，而是要潜入别太富"行驿"小洋楼，把他拍摄的"菲林"（即胶卷）用一模一样的空白货悄然替换下来，老亓已经联系好专家，行动成功后立刻冲洗，根据照片内容决定下一步是实施抓捕呢还是留着"钓鱼"。尹小白的任务是守在外围，万一侯烈被对方发现，就要果断入内提供掩护，不过不到万不得已不能动枪，要把这次行动搞得像是江湖黑道所为，即使不成功，也不能让对方怀疑他们是公安局的人。

尹小白拍拍胸脯："哥你就放心好了，小白有的是掩护你安全撤离的手段，小菜一碟！"

午夜过后，尹小白、侯烈两人各骑一辆自行车，悄然来到肇和路小洋楼附近，先把自行车停在一条小巷深处，然后步行来到老魏三人的监视点。老魏汇报说，别太富自下午四点返回后，闭门不出，女佣、厨子也没有出门。直到晚上七点，女佣离开了小洋楼，便衣老兰跟了上去。女佣步行了大约半小时，进了附近居民区的一户旧民居。老兰去派出所一了解，女佣姓丁，素以佣仆为业，人称丁婶，其夫是码头搬运工，有两个儿子，均已成家，都是底层打工者，向无劣迹，更没有参加过任何党派帮会。

另一个厨子是住在小洋楼的，晚上就睡在前院大门口的门房里，早早就熄灯了。至于正主儿，从小洋楼里透出的灯光判断，七点前在楼下餐厅和客厅，估计是先吃晚饭，饭后去客厅坐一会儿，翻翻报纸，听听收音机。七点过后，楼下灯光熄灭，二楼中间一个房间的灯光亮了。两个小时后，该房间灯光熄灭，三楼东侧尽头那个房间的电灯亮了，大约半小时，该房间熄灯。此后一直到现在，小洋楼里的灯光再也没亮过。由此估计，二楼中间那个屋子可能是书房，别太富的卧室在三楼东侧尽头那个房间。

侯烈看了老魏画的小洋楼草图，问尹小白应该从哪个位置进入现场。尹小白说，既然厨子睡在前院小平房，那咱们还是从后边进入为妥。至于如何进入洋楼，看来只好动门窗的脑筋了。正宅大门上使用的是什么锁具？里面是否有门闩？

这个，老魏白天已经用望远镜反复观察过了，说正宅大门是西洋进口的双保险锁，里面有双重保险，外面无法打开；另外，两扇院门内侧下端也装有捅地插销。这下尹小白有点儿懵头了，想了片刻，问："侯哥，这咋办？看来要破窗了。"

侯烈说："问题不大，咱俩先进了院子再说。"

看看时间，快一点了，两人立刻行动，潜入小洋楼后面那条大约两米宽的小巷子，一边是一家解放后已经倒闭的外资公司，白天黑夜里面都没人；另一边就是小洋楼的后院墙，比较高，目测不低于三米，一溜到顶的大青石，缝隙间抹着洋灰。这种墙壁没处蹬踩，尹小白正准备搭人梯，却见侯烈已经施展其瑶家山民猎户的攀登绝技，助跑冲向一侧墙壁，单足往墙上用力一蹬，借力起跳，双手已经扒住了墙头，接着身体一纵，翻身上墙。整个过程不过短短数秒，而且悄无声息，看得尹小白瞠目结舌。

侯烈把尹小白扯上墙头，两人下到地面。侯烈说我先绕一圈观察一下，小白你待在这边别动。话音甫落，已经消失在黑暗中。一个圈子转回来，侯烈说大门锁具是西洋红毛货，专业锁匠一时半会儿也对付不了；窗子是进口钢框，都是厚实的毛玻璃，面积不大，不容易弄碎，不出响动弄碎更难。尹小白不由傻眼："看来咱哥儿俩运气不好。"

"天无绝人之路，我见前院西侧三楼尽头有扇窗子开着一条缝，我顺着墙角爬上去，打开窗子就可以进去了。小白你在下面耐心待着，我进去后要搜查，可能时间要长一点儿，你甭着急，我干这活儿有些年头儿了，不会出事的。"说罢，侯烈一猫腰又过去了。看着侯烈向上攀爬的敏捷身影，尹小白暗叹，真是鼓上蚤啊！这侯哥莫非是猴子转世？

侯烈这一进去，果真在楼里待了颇多时间——他要在楼上楼下几个房间进进出出搜寻胶卷。别太富的卧室他没进，这主儿在里面把房门拴上了插销，窗户也关得严严实实，他不敢贸然进入，生怕惊动了这主儿。好在功夫不负苦心人，折腾了一个多小时，终于在二楼书房的写字台抽屉里找到了胶卷。抽屉上着锁，不过这对于侯烈来说不是难题，他小施手段就把锁具完好无损地对付下来了，用带来的同品牌空白胶卷全部替换。

寻找小如黄豆的间谍相机微缩胶卷就不那么容易了，最后是在书房角落的一双皮鞋后跟里发现的，可见侯烈的搜查有多么细致。这玩意儿虽然有不同的生产商，但由于是间谍装备，从外表看均是长相差不多的"三无产品"。侯烈带来的替代物是从一个落网的海外派遣特务处缴获的，当下便老实不客气地玩了个调包计。

2 月 14 日凌晨三时，亓舞牧接到行动成功的电话，即命侯烈和老魏等四人继续留在监视点，尹小白则携带胶卷前往市局技术室冲洗。不料，市局政保部门却没有冲洗微缩胶卷的设备和特殊药液，只得暂时放弃，先把 120、135 胶卷冲洗出来再说。亓舞牧接到尹小白的电话，迅速赶到市局，和尹小白用放大镜查看了先行冲洗出来的 120、135 胶卷照片，辨认出有一大半都是我军事设施、部队营房、党政军机关、野战医院、珠江停泊的炮艇等。

尹小白惊呼："难道我们真的交了好运，这家伙就是'LM'？"

亓舞牧稍一沉思："不管是不是'LM'，总归是个特务。"

于是立即安排抓捕，拂晓前，别太富落网。与此同时，梁武道那一路也从阿龙嘴里掏出了口供，连夜出动，把阎仁晖、裴维娟（裴氏）以及阿虎、阿豹都扫了进来。可是，侦查员很快就发现这一伙并非特务，不过是寻常的刑事犯罪分子。

原来，阎仁晖在香港混得并不得法，这个前中央社记者早在半年前就已经落魄，无奈之下，他只好利用以前当记者和"军统"特务时建立的人脉结交黑社会。原不过是想做个师爷式的角色，凭着中央社记者的文笔功夫，给人家写写黑帮活动中必不可少的信函、告示、声明，以及帮着人家跟新闻界打打交道，但黑道朋友之所以接纳他，却并非因为他会操弄笔墨，而是要利用他在内地的关系，以广州为基地，建立一个专门收购鸦片、白粉的地下公司。

旧中国名义上虽然查禁毒品，但都是表面文章，查禁归查禁，吸毒照样吸。坊间的吸毒都是公开的，还专门有人经营烟馆。抗战胜利后，吸毒规模更是蔓延扩展。国共和谈破裂后，有钱的吸毒阶层担心战乱断了毒品，遂开始囤货。没想到战争形势变化太快，国民党军队节节败退，旧政权党政军阶层以及帮会骨干、流氓恶霸中的瘾君子慌忙逃窜，连囤积的毒品都来不及携带；那些没逃走的，陆续受到追究，即便因没有历史罪行没受到追究，也不敢明目张胆抽大烟了，更有不少人急于把之前藏匿的毒品处理掉，以求太平。那阵子，公安机关经常接到在垃圾堆里发现被丢弃的鸦片或白粉的报案。

这种情况被香港黑帮知晓后，认为乃是一个千载难逢的"商机"，决定斥资从内地收购毒品，偷渡运港，加价出手牟取暴利。阎仁晖就是因此被黑帮看中，命其前往内地进行这种秘密经营。阎毕竟是新闻记者出身，又做过情报特工，对外界信息有一种职业性的敏感。当他从香港报纸上发现有关他的老情人裴氏的新闻报道后，认定这是一个潜入大陆的绝好契机，可以利用跟裴氏的那份特殊关系为掩护经营毒品买卖，阿龙三人正好可以成为他的伙计。经向黑帮老大请示获准，阎仁晖精心制订了一个营救裴氏的方案。

当时广州尚未解放，省港之间的黑道联系比较密切，阎仁晖的黑帮东家的手能够伸往广州。裴氏遂被无罪开释，对阿龙、阿虎、阿豹的通缉也被撤销。做好上述种种准备工作后，广州解放了。阎仁晖闻知羊城解放后的种种变化，对新政权产生畏惧心理，不敢贸然入境，只好装病拖延，指望能拖过这桩差使。黑帮老大却不容他打小算盘，再三催促，并暗示如若抗命，那就让他永远消失。不得已，阎仁晖入境赴粤开始运作，不料买卖刚刚上手，就被特案组盯上，还捎带着把阿龙、阿虎、阿豹和裴氏都给坑了。特案组审清案情，把该案移交广州警方处置。不久，阎、裴及龙虎豹五人都被判刑。

调查阎仁晖这一路吃了个空门，由侯烈主持调查的别太富那一路又是怎么个结果呢？

2月14日拂晓时分，别太富被捕。前往抓捕的亓舞牧、侯烈、尹小白以及广州警方的魏清远等三个外援便衣对其临时住所进行了搜查，在别太富的卧室里又发现了间谍使用的密写药水以及大量美元、港币和人民币，但没有发现诸如手枪、炸弹、毒药等武器或特工器材。

将别太富押解市局，亓舞牧、侯烈、尹小白着手准备对其进行讯问。对于这么容易就逮着了一个特务——而且有可能是“LM”这样的北京指令侦缉的大特务，亓舞牧心里有点儿不托底。为稳妥起见，在走进审讯室之前，他往特案组驻地打了个电话，让心细如发的侦查员麦善谋前来一起参加讯问。

老亓、侯烈、尹小白，再加上麦善谋，四个经验丰富的资深情报人员对付一个别太富，那是绰绰有余了。结果证实了亓舞牧之前的预感：这主儿并非“LM”，甚至也不是台湾特务机关在编的正式特工，只不过是“国防部保密局”的一个“外包工”而已。

1950年初，我国东南沿海的形势比较严峻，敌我双方斗争激烈。我方正谋划并准备发动解放海南岛的战役，通过铁路运输线向广州运送大批战备物资；敌方显然已经获悉这方面的战略情报，开始实施破坏计划，诸如军机空袭，地面直接爆炸广州的军事设施、党政军机关、车站、码头、船厂、仓库，以及暗杀我党政军领导人，开展心理战等。进行此类破坏，事先都必须掌握目标的精准坐标、建筑特征、外围警戒情况、活动目标的出行路线等，以七十年前的科技水平和经济承受能力，这些情况由情报特务潜入广州实地收集最有效率，也最为牢靠。因此，台湾“国防部保密局”、“国防部二厅”、“内调部”（由原“中统”改组）等特务机构，都各自派遣情报特工进行此类活动。

在以上这些特务机构中，若论历史，“内调部”最早，若以知名度排序，毫无疑问是“国防部保密局”了。别太富这次做“外包工”，就是“国防部保密局”设在香港的一个打着贸易公司旗号的分支机构想出的花头。按照国际情报界通行的做法，遇到需要收集此类重要情报时，特务机构会向同一地派出数拨情报特工，他们之间互不知晓，所干的则是同一桩活儿。这样做的目的是，即使某一拨特务发生意外情况，比如被捕、失联、开小差，也不会影响其他人的行动；同时也是为进行情报比较，给进行研判的情报专家提供最接近真相的信息——不排除有些特务收集到不实情报，或者干脆制造假情报敷衍上级。

这次，敌方在派出正式特工后，又想出雇佣“外包工”的主意。别太富则是比较理想的人选——别老爷子准备叶落归根，函命儿子去广州打前站，这个入境理由近乎完美，用不着编谎话蒙混过关。不料，别太富此番入境，一待就是整整十年，直到1960年刑满释放，方才被遣返香港，之后不知所踪。

由于间谍相机的微缩胶卷在广州没法儿冲洗，华南特案组这边尽管已经基本确信别太富口供的真实性，但还是不能马上移送地方公安局。亓舞牧请示领导后，把微缩胶卷交华南分局社会部送往上海处理。估计上海那边对冲洗微缩胶卷也有点儿憷头，直到华南特案组把“LM”一案侦破也没下文，只得将该案正式移交广州警方处置。

就这样，特案组辛苦了一天一夜破获的两个案子，都跟“LM”没关系。往下，应该怎么走呢？

三、变身大法

别太富的落网，从我方侦缉“LM”这个角度来看，确实没有关系。但对敌方来说，却是有关系的。

1956年春夏之交，上海一个名叫邹万森的资本家前往香港探亲。六旬开外的邹老爷子秀才出身，从做商行账房先生到入股投资参与经商，又在沪上北京路独资开了一家五金电器行。上海解放时，他已把经营权交给其子，自己在家赋闲。邹家颇有些海外关系，光在香港据说就有七八门亲戚。他每年去香港探亲一次，住上两个月再返沪。这年前往港岛跟往年不同，名谓探亲，其实却是身负我方使命，做其嫡亲外甥段某的工作，争取其回国投诚。

四十四岁的段某早年留学英国学习无线电通讯技术，毕业后留在国外工作。全面抗战爆发后，他毅然回国。这样的人才，自是各方争相聘用的对象，“军统”捷足先登，聘其为技术专家。战后，段某要求离开

"军统"，不准，继续以专家的身份为"军统"改组的"国防部保密局"效力。华南特案组侦查"LM"案件前后，段某被派往香港，负责"保密局"香港特务机构的无线电技术。1953 年，段某患病，先是被诊断为肝炎，先后在香港、澳门、台湾三地反复治疗，肝炎没好，却被发现已经罹患肝癌，介乎中晚期之间。段某要求长期休养，获准，遂和家眷居住于香港一个资本家亲戚的房子内。

1955 年夏，"保密局"不知出于什么考虑，先是停止了给段的生活津贴和营养补贴，三个月后，又以"执行新规定"为由对其薪饷打折。进入 1956 年后，连医药费支出也受到了限制。段某是老特务，虽说没有直接参与一线特工活动，但他这么些年头儿待在旧中国头牌特务机关内，从事的又是无线电技术工作，肯定能接触到许多不为人知的内情，所以这方面的经验比较丰富。当下他就作出决定：返回大陆，向中共投诚；如果内地医生能治疗其疾病，多活些时间最好，纵然不能，也可以安葬在自己的出生之地，与先父母同眠。于是，段某就托来香港探亲的表姐把这个口信儿捎给他向来信任的舅舅邹万森。

邹老爷子随即赴京，有关部门一位相当级别的干部亲自出面接待。稍后，上海有关部门接到北京指令：对段某投诚的一应工作进行准备，由邹万森直接赴港与其外甥面谈。

1956 年 7 月 19 日，段某安抵沪上。同一天，其家眷四口以子女暑假赴英国旅游为名从国外飞回中国。段某投诚后，自觉来日无多，即要求提供录音机，将其随时想到的关于敌特方面的情况录下来。出乎他意料的是，我方的第一个安排是将其送入华东医院入住单人病房，全面体检后，组织沪上顶级中西医专家进行会诊，精心制订治疗方案。一个月后，其病情得到控制，再次提出配备录音机，我方这才指派专人配合段某。

段某出院后，住在专门为他安排的位于上海西郊的一处幽静舒适的住所里，其口述录音磁带和撰写的书面材料，全部送往北京，交由有关部门专家处置、研判和分析。而别太富和“LM”的间接关系，就是在这项研究工作中发现的。

据段某回忆，1949 年 10 月到 1950 年 3 月这段时间里，“保密局”香港站的无线电通信经常发生故障，香港站技术员无法解决这个问题，段某就是在最初发生故障的 1949 年 10 月下旬，以“局本部技术特派员”的名义从台北前往香港的。抵达后，检查一应机器设备，没有找到确切原因，但在紧急处置之后，设备暂时恢复了正常。不过，稍后又接二连三出现问题，发生的故障有时还没处理就自愈了，有时却是更换了零部件依旧闹罢工。这样，他就不能返回台北了。

11 月中旬，局本部发来一道电令，大意是香港站系与中共进行各种斗争的前沿阵地和重要舞台，香港站的工作只能加强不容懈怠，保障无线电通信、监听等工作的畅通极为重要，故将对段某的任命由“局本部技术特派员”调整为“局本部驻港技术特派员”，行动不受香港站长官节制，可以视情自擅，毋须事先请示，事后报局本部备案即可。

这道电令的主要意思是：在段某认为有必要时，在其负责的那一块范围里，可以不听香港站的招呼，有权直接处理相关操作人员的调配、设备零部件的更换等一应事务。

段某是技术专家，对权力没有欲望。当时，其家眷都在台北，原以为只是赴港出差，现在有了这道电令，出差变成了长驻，等于是从台北调到香港来了。他不想待在香港，还是想去台湾，但看现在这个情况，如果他不把香港站无线电通信的问题彻底解决，是回不了台湾的。他只好把全部精力都扑在解决故障上。经仔细研判，疑系中共在广州安置了同频道同波长干扰设备，这种设备可以针对目标使用的频道、波长进行干扰，导致目标发生种种故障，遂要求台北方面对此进行调查。局本部很快就有了回音，说据情报显示，苏联方面不久前曾向中共提供了一套这样的设备。

作为反制措施，段某决定自己装配特定的反干扰设备，当下开出单子，让香港站向局本部打报告，从美国进口一应零部件。这桩活儿干得很辛苦，其技术含量已经可以申请专利了。一个月后，该设备开始进行调试性运行，段某亲自上机操作，一边调试一边改进。这种带实验性质的操作一直持续了三个月。被认为跟“LM”有关的“别太富案件”，就是在这当口儿发生的。

别太富受“保密局”香港站雇佣潜往广州收集情报，香港站并未通知其在广州的潜伏特工，别犯系一只独来独往的“独脚蟹”。通常说来，他的成败、安全与否，只有过一段时间视其是否按照事先交代的计划拍照返回港岛方才清楚。但别太富出事不知怎么却被美国方面知悉了，“美国之音”的“中国大陆新闻”栏目对此作了简单播报，说从港岛赴粤为其父叶落归根回乡定居做准备的香港居民别太富突然被捕，原因不明，也没有提及华南特案组。

不料，就是这么简单的一条新闻报道，竟然惊动了“国防部保密局”局长毛人凤，局本部连夜急电香港站要求调查此事。由于正在进行反干扰调试，段某二十四小时在香港站待着，随时准备接收或者发送保密等级较高的电报。当然，这些电报都是使用密电码的，他只管收发操作，根本不可能知晓内容。但作为一个在特务机关工作多年的技术专家，他对那套程序已经烂熟于心。收到这份电报之后，由他亲自送交值班副站长。离开值班室后，他被一个熟识的上海籍特务唤住，两人聊了几句工作之外的话。就这么点儿时间，副站长已经急匆匆从值班室冲出来，手里拿着那份电报，吩咐跟他聊天的那个特务，让他立刻通知警卫备车，去把站长接来。

这种情形平时也有，段某没放在心上，回到自己的屋里去休息了。不到一小时，他就被值班副站长唤醒了，递给他两份已经译成密码的电文，要求立刻发送。以往遇到这种情况，值班的不管是站长还是副站长，都是把电文给他，双方签收就是，可这次副站长却没离开，而是跟着他一直到报务房门口。按照规定，除了站长、段某（其身份是特派员）和报务员，其他特务不得进入报务房。副站长也没进去，就站在门外看着段某完成整个儿操作，方才点头离开。这个细节引起了段某的注意，三份电文虽是密码，但其中都出现过"LM"这两个连在一起的字母，他敏感地意识到，这个"LM"必是负有重大使命，此刻发往台北总部的密电应该跟此人有关。

"LM"是已被华南特案组侦获的高级特工的代号，段某投诚后写的回忆材料中的这部分内容引起了我方情报研判专家的兴趣，遂对此进行了研究。其时段某的癌症得到了很好的控制，应其要求，有关部门还根据其技术特长给他安排了一份工作。于是，北京专家专程赴沪跟段见面，段某提供了比其书面材料更为详尽的细节，还应北京来人的要求一起参与研判，最后得出结论："美国之音"播报的别太富被捕的消息之所以引起了"保密局"高层的关注，是因为他们认为这个情况可能会影响已经成功潜入广州的"LM"的安全。"保密局"局本部这份急电的内容，应是核实这则新闻的真实性，然后作出相应的反应。

这个反应，就是激活一枚代号为"孟加拉白虎"的"棋子"。"孟加拉白虎"真名穆逸云，时年三十九岁，祖籍广东茂名，出生于马来亚，二十岁赴南京求学，系中央大学走读生，未及读完，受朋友影响转而投考浙江警官学校。毕业后，奉父命放弃警官职业，前往广州参与家族生意，但经营不善，又去福州当了一名中学教师。因其在浙江警官学校学的专业是刑侦情报，抗战爆发后，穆逸云被神通广大的“军令部二厅”（“国防部二厅”前身）看中，遂成为一名情报特工。他是华侨出身，曾在国外长期生活，精通外语且熟悉东南亚的环境，被分配到负责收集国际情报的第二处，派赴新加坡开了一家小饭馆，以此为掩护从事情报工作。

战后，穆逸云返回国内，要求复员获准，在广州西元岗开了家“穆记饭馆”，生意做得还不错，做人保持情报特工的沉稳低调，倒也太平无事。可好景不长，1948 年，国民党政权风雨飘摇，特务行业又成为热门了。由“军令部二厅”改组的“国防部二厅”的档案里还保存着穆逸云的材料，选新不如挑熟，老东家派员登门请其“二度出山”。穆逸云婉拒无效，只好答应再度效力，不过有条件：身体有疾，已经难以胜任抗战时那样在海外搞情报的活儿了，要求保持现状，仍做他的饭馆老板，就在广州从事情报工作。

其实，“组织上”正有此意，两方一拍即合。穆逸云在抗战胜利时的军衔是少校，这次晋升为中校，但未下达委任状，也没有给番号，甚至连特务活动的装备器材也没下发，只给了一个代号曰“孟加拉白虎”，简称“白虎”。穆逸云是老特务，知道上峰是将其作为潜伏力量的，在特工界，这种状况称为“布棋子”，待需要他发挥作用时才会被“激活”。

转眼到了 1949 年夏，国民党其时的态势已经岌岌可危。7 月中旬的一天，穆逸云接到通知，有位复姓完颜的先生请他去保安前街赴饭局。他知道上峰要下达什么指令了，准时前往。完颜先生的年龄跟他相仿，身材稍胖，西装革履，皮包手杖，一副商人模样。对上暗语后，完颜先生传达上峰指示——即日起，穆担任“国防部二厅”直属的“粤省特别行动白虎大队”大队长，该大队的器材和经费将于近期运达。在一应装备未曾送达前，“白虎大队”应蛰伏不动，听候命令。

临别时，完颜先生报出一组英文单词，关照说此系以后书面或密电联系时的落款暗号，每次按顺序使用一个字母，一个单词的字母用完以后，就使用下一个，以此类推。记住，这是我个人琢磨的一套确保你我单线联系安全的方法，即使是我亲笔给你下达的指令，如果落款没有暗号，那就说明我已经出事。你如果有条子给我，也照此进行。

1949 年 10 月 14 日，广州解放。17 日，有个前往“穆记饭馆”用餐的食客在结账时递过的钞票里夹了一张小纸条。穆逸云进入里间展开一看，纸条是空白的，使用显影药剂后，纸上显露出两行蝇头小字。先看落款，正是完颜先生跟他约定的那个英语单词的第一个字母。完颜先生要求他在 10 月 20 日下午一点半到三点之间，在“穆记饭馆”后楼阳台上呈品字形竖立三面红旗，然后找个借口离开饭馆。这段时间里不管发生什么情况，都不能返回饭馆。

穆逸云无法理解这个指令意味着什么，但干这一行的，理解的要执行，不理解的也要执行。其时新中国成立才半月余，广州解放不过四天，许多厂家商户以及个人都在抢购红旗，穆逸云跑了三个区才买到。10 月 20 日午后，穆逸云按指令在后阳台插妥红旗，下楼时特地把阳台门锁上，以防伙计无意间去阳台把红旗弄倒。

接着，穆逸云就去了沙面。事先他已经跟那里一家经营烹饪调料店铺的印度老板联系好，约定这个时段前往与其洽谈批发咖喱粉事宜。就在洽谈期间，盘踞在海南岛的敌方空军出动战机对广州实施空袭。听到防空警报声响，穆逸云顿悟：上峰已经策划好要把我的饭馆炸毁，伙计炸死，然后，让我另外选址重新开一家，黎启蒙、岳三绝、柏如山三个下属就可以作为新伙计出现。这样做，当然不仅仅是为黎、岳、柏三人打掩护，估计另有意图，只是眼下还难以揣摸清楚罢了。想到这里，穆逸云不禁一阵后怕——如果我的家眷也住在饭馆，此番不就被一锅端了吗？

轰炸后，穆逸云赶回西元岗，他的饭馆果然已被夷为平地。至此，他才理解完颜先生迟迟没把一应特工活动的装备送过来的用意——在上峰的计划中，一开始就准备要让饭馆消失的，只有这样，才能让新开的饭馆经得起中共反特机构的调查。当然，不可能为这个目的特地发动空袭，空袭是对“沦陷区”破坏的一个既定步骤，把“穆记饭馆”夷为平地不过是搭个便车而已。

接下来，就不必等完颜先生的指令了，穆逸云心领神会，开始行动。先是向政府登记申领救济补助，又四处张罗借款（包括向银行申请救助性质的“复业无息贷款”），还把自己的积蓄、老婆的首饰全部拿出来，当然还有“组织上”以“民间捐助”名义提供的实际金额远超于记载金额的活动经费。如此一番紧锣密鼓，终于在1950年1月中旬在越秀区丰宁路（今人民中路）上把新饭馆“恩济阁”开起来了——该店名据说是为感谢新政权给予的经济救助。饭馆老板是穆逸云，黎启蒙、岳三绝、柏如山分别是厨师、伙计，另外招了一个四十多岁的麻脸账房先生区春锡——此人系完颜先生派来的报务员。开张前三天，穆逸云借进货为幌子，去完颜先生指定的地点领取了“白虎大队”开展特务活动的一应器材装备。

同一天，穆逸云接到完颜先生的最后一份密令，称根据台北总部命令，原“孟加拉白虎”的代号自即日起改为“LM”，“白虎大队”代号不变。密令中还交代了接替完颜先生跟穆逸云接头的上线，没有代号，完颜先生称其“代君”。代君跟穆逸云联络时所使用的暗语、暗号均沿袭完颜氏那一套，包括落款方式。

转眼到了2月15日，农历腊月二十九。旧时有除夕守岁的习俗，没有年夜饭在外面馆子吃的规矩，一般饭馆这时基本就进入了假期，只有像“恩济阁”这样中等偏小的馆子还会准备一些酒菜，专供欠债不还除夕夜躲到饭馆来过的那些债务人，按规矩，债权人只要在除夕午夜前没找到债务人，后者就又可以欠一年债。这是解放后的第一个除夕，也还是沿袭这个旧习俗，次年就自行废除了——新社会讲法制，欠债不还上法院打官司去，债权人不能逼债。穆逸云原以为代君会在年后跟他联系，没想到这主儿在2月15日指派一个小叫花送来一张空白香烟包装纸，使用显影药液后，其内容除了落款那个英文字母，只有一组阿拉伯数字：0216。穆逸云马上领悟，代君次日会以躲债名义来跟他见面。

“恩济阁”的年夜饭只为避债者提供，这些特殊顾客须支付统一价格，享受饭馆提供的同档次酒菜，从傍晚六点直到午夜钟声敲响全城爆竹齐放结束。其间，如果有债主找上门来，饭馆不会阻止，照样热情接待。但是，在这当口儿，债主一般都是讨不到债的——在馆子里躲债的这些债务人非常抱团，只要债主一开口，其他债务人就会主动帮忙，群起而攻之，所以，债主们一般也不会过来讨这个没趣。

除夕这天，由于特殊顾客盈门，饭馆腾出所有空间予以接待。穆逸云知道代君要来，已经在后院库房里腾出一个角落作为接待包间。出乎穆逸云意料的是，代君竟是一个三十来岁相貌周正的知识分子模样，穿着平常低调，言行举止透着一种优雅气质。穆逸云在这一行待过些年头儿，知道这样的人物在特工业务中必有过人之处，不敢小觑，当下小心翼翼接待应酬。

代君向穆逸云下达的任务是：自即日起，穆逸云以“LM”为代号正式开始秘密活动，迅即联络市区、郊区业已与“组织”失去联系的原“党国同志”，以及保安团、民团、帮会、黑道的散兵游勇，在半月内发起一次武装暴动，不求实效，旨在制造影响。暴动所需经费、武器、器材，拟以“自筹与下拨相结合”的方式解决。“白虎大队”下设三个中队，分别由黎启蒙、岳三绝、柏如山担任中队长，但在进行暴动组织时，应注意隐蔽好自己，不能暴露身份，可以以“委托代理人”的方式进行。

另外，代君还通知穆逸云，这次武装暴动是奉台湾高层命令在粤省进行的带有“试验性质”的行动，两大特工组织“保密局”、“国防部二厅”都指派专家进行远程关注，以图为不久之后在整个儿大陆“沦陷区”进行的“敌后斗争”提供模板。因此，“白虎大队”以及“LM”的组织关系虽然仍隶属“国防部二厅”，但在目前阶段受“国防部保密局”节制，“白虎大队”易名为“中华民国国防部保密局直属特别行动大队”，简称“直行大队”。代君说他就是代表“保密局”与穆进行这次谈话的，不过，之后与台北“保密局”总部的联络，仍应按以前的无线电通讯方式进行。代君告辞时，给穆逸云留下了一千美金。

四、策划暴乱

1950 年的春节，华南特案组全体侦查员以及十八名外援便衣都没能过好。尽管从伙食供应来说，其优裕度肯定明显超过去年，可由于数日对“LM”行踪的调查未能获得突破，甚至连边都没能摸到，大伙儿的心情可想而知。华南分局社会部领导来驻地慰问时捎来的烟酒糕点堆在会议室墙边，无人去碰；亓舞牧每日必奏的小提琴也放在办公室一角，数日没摸；连被称为“唠叨鬼”的黑仔尹小白的声音也很少听见了。当然，尹小白自幼经历人间艰难，叫花子就做了八年，其心理素质之强非寻常人可比，他之所以少说话，固然跟未能查摸到“LM”的线索有关，但也不能排除另一因素——他不知从哪里弄到了一本封面已经脱落，内页边角卷起的《小提琴演奏入门》，时不时翻阅。

好在这种状况到年初二下午就得到了缓解。从华南分局社会部匆匆赶回来的特案组长亓舞牧对黑仔胆大包天擅动其宝贝小提琴不闻不问，马上吹哨：“全体——会议室集合!”

原来，华南分局社会部的情报人员春节也没消停，于2月18日清晨收集到了敌特“直行大队”着手组织在羊城发动武装暴乱的情报。中午，北京发来一条我方不知通过何种途径截获的由“LM”发往台北“国防部保密局”总部的密电：“已开始工作，坚信行动必获成功。”落款是“LM”。

华南分局社会部领导随即召开紧急会议，对这两则情报进行研判，认定“LM”所谓的“行动”即是即将发生的武装暴乱。于是急召亓舞牧，当面通报情况——

芳村区有一个名叫龙吞云的家伙，阳江人氏，多年为匪，抗战胜利后被招安，在广州郊区担任保安团中队长。广州解放前两个月，龙见形势不妙，遂枪杀了与其有隙的大队副蒋某，卷款而遁，却并未跑远，就在郊区躲藏着。何去何从尚未打算，因为他还想看看形势发展。龙吞云是一个不甘寂寞的主儿，让他长期蛰伏一处，那还不如要了他的命。所以，10月14日广州一解放，他就以化名和假身份在花地河畔租房居住，开始露面，跟以前的一班狐朋狗友吃吃喝喝，研讨“形势发展走向和个人前途的关系”。我方情报人员掌握的一个耳目司徒英恰是这班狐朋狗友中的一个。年前，龙吞云跟大伙儿约定，春节期间不碰头，众弟兄各忙各的，过了初五再聚会。没想到，年初一下午龙吞云突然派人通知司徒英：龙爷有急事需要跟诸位商量，务请傍晚前往聚餐。

司徒英依约前往，平时相聚的十几个狐朋狗友基本都被龙吞云邀至，只有两三人因外出走亲戚无法通知到而缺席。龙吞云备下丰盛的酒菜款待众人，席间，宣称其已被直隶“国防部”之“直行大队”相中，任命为“直行大队一中队少校队长”（不是中队长），自即日起急召旧部，诚邀新友，拟在近日与“直行大队”另外两个中队同时发起武装暴动。此次行动不管成败，上峰均保证参与者获得理想的去向。暴动中所获钱财一律归个人所有，杀死杀伤各类共党人员均会论功行赏。暴动后去留自愿，去者将由国民党海军船只及地下组织护送赴港或去台，抵达港台后不论出洋还是留居，都可得到理想安置；不欲离开内陆者，可以获得重赏，至于继续为台湾效力还是洗手不干，听凭自便。日后“光复”，均属于功臣，可获得相应待遇。

龙吞云的记忆力一般，上述这些内容是边说边想，分段表述的。说完后以为众人会反应热烈，哪知大伙儿像是没听明白，或者还未回过神来似的，一个个只是大眼瞪小眼朝他看着，谁也不吭声。这下弄得有点儿尴尬，龙吞云想发火又拉不下脸面，于是举杯提议干杯。一杯酒喝下去，龙吞云又想到有一个重要内容竟然遗忘了，赶紧补充说另有一项好消息奉告诸位：据“直行大队”联络员告知，届时香港也有一支力量赴羊城直接参加暴动。

这个消息倒是引起了在座这帮子的兴趣，纷纷问长问短。龙吞云其实只是从“直行大队一中队中队长”黎启蒙那里听说“正在联系”，是不是靠谱还是未知数，但这当口儿不管三七二十一，信口开河，都是符合在座众人心理的理想化内容。大伙儿终于被鼓起了劲头，你一言我一语献计献策，还答应把家里藏匿着的枪支弹药拿出来，没有藏匿武器的则表示可以提供经费、车辆、船只。有一个姓费的大麻子，土匪出身，后来金盆洗手在塞坝口（1984 年正式命名为“塞坝口路”）开了家“耀祖旅馆”。因是帮会骨干，他跟龙吞云交往颇为频繁，这当口儿几杯酒下肚，又受现场气氛影响，便说适逢过年，旅馆正好空着，兄弟意欲将其作为龙兄起事的指挥所，不知兄台是否嫌寒碜？

龙吞云闻讯大喜，此事就这样定下来了。此时已过午夜，有人提议这时候回家的话，夤夜行路，只怕会被共党的夜间巡逻队拦下盘查。咱们这些弟兄都是经不住反复盘诘的，还是别冒这个险，是否干脆统统住到费兄的旅馆去算了？

这个提议得到大家的一致赞同，一伙人遂一起去了旅馆。可这样一来，只想迅即离开好去向上线报告的“耳目”司徒英就不敢独自离去，只得随大流一同去了“耀祖旅馆”，今天上午八时许方才得以脱身，即向上线汇报。

在特案组驻地，亓舞牧把上述情况向六名属下作了介绍，说眼下我们的任务，不仅仅是侦缉“LM”，还肩负着粉碎敌“直行大队”武装暴乱的重大使命，应该怎样开展侦查以及采取行动，请大家都说说想法。

一干侦查员纷纷发言，大家的想法如出一辙，都是主张利用司徒英参与龙吞云组织的暴乱之机，继续让其提供情报；同时，调动警力，秘密监视“耀祖旅馆”，指望通过“直行大队”特务跟龙吞云的接触，暗地里查到总后台“LM”，最后来个一网打尽。

亓舞牧也是这个主意，可他还没开腔，内勤韦博秋忽然敲门进入，示意亓舞牧去接听电话。这个电话时间不长，当亓舞牧返回会议室时，脸上原先的兴奋神色已经消失。发生了什么事呢？耳目司徒英出事了！

司徒英在茶楼向华南分局社会部情报负责人当面汇报关于“直行大队企图武装暴动”的情报后，用过简单的午餐，在茶楼门口雇了一辆出租马车回家，不料经过一处铁路道口时，由于扬旗发生意外，导致马车被火车撞飞。司徒英是杂耍班出身，身手敏捷，在火车撞上来之前一个跟斗翻下马车逃生成功，饶是如此，也负了重伤，脾脏破裂，一腿一臂骨折。

警方现场勘查认定，这次事故应由扬旗工负全责。这位仁兄嗜酒，这几天逢上过年，每天都不少喝。这天当班，按说是不能沾酒的，但他早晨起来时，昨晚宿醉未消，依旧头昏脑涨，午后实在忍不住，时不时打个小盹儿。事故发生前，他接到上一道口的电话，告知列车已从那边经过。按照规定，他把扬旗放了下来。然后，又迷糊过去了。列车还没通过，他一个激灵醒过来了，以为列车已经过去，就摁下按钮把扬旗升上去，正好司徒英所乘的马车经过，结果酿成车夫、驭马死亡，乘客重伤的重大事故。事后，扬旗工被判刑五年。

司徒英这种状况，肯定不能去“耀祖旅馆”刺探情报了，众侦查员讨论的方案也就没法儿实施了。那往下该怎么办呢？一干侦查员七嘴八舌议下来，最后还是亓舞牧提出的一个想法似乎值得一试。不过，这个想法多少有点儿“另类”——

侦探这一行，注定是跟“耳目”分不开的。“耳目”通常都是侦探个人掌握，一用到底，除非“原始使用人”主动移交，其他同僚包括领导都不可以提出这种要求。“耳目”也有自己的规矩，出于个人安全考虑，讲究“从一而终”。即便出现“原始使用人”主动移交的情形，“耳目”也可以拒绝合作——除非他是“污点耳目”，不合作可能会遭到警方的追究。

亓舞牧想出的主意是由特案组出面跟司徒英见个面，聊几句，把龙吞云给他们开会的情况（特别是细节）问个清楚。这样做是违反“行规”的，但亓舞牧想来想去，只有通过走这一步来寻找线索了。当然，要想不违反“行规”也不是没办法，比如通过领导协调，请“原始使用人”也即掌握司徒英的那位情报员去询问。问题是，“原始使用人”不知道特案组的工作思路，更不清楚特案组此刻的任务（特案组也绝对不会向他透露），你让他去跟司徒英聊什么？这种情况下，外行问一百句也不如内行问一句。

特案组的请求很快获得华南分局社会部领导的批准，不过，在具体操作上还是要尊重“行规”的。首先，得由那位“原始使用人”前往医院，当面向司徒英说明情况。这段时间，特案组人员不能在场——根据纪律，即使是肩负重要使命的特案组，也不能知晓跟司徒英联系的是哪位情报员。待情报员离开后，亓舞牧和麦善谋才能跟司徒英见面。费了这么些周折，亓舞牧、麦善谋跟司徒英只聊了几分钟，就找到了一个切入点。

据司徒英回忆，今晨吃过早饭离开“耀祖旅馆”时，那个龙爷（即龙吞云）兴致甚好，招呼旅馆伙计给每人斟了一杯酒，说他向不喝早酒，但今儿个高兴，敬诸位一杯。干杯后，龙爷又说时间紧迫，拜托各位立刻行动，召集三教九流各方的可靠朋友，让他们直接过来就行，多多益善！费老板的旅馆有这么多房间，住宿不成问题，哪怕房间住满了，后院的几间库房也可以腾出来住人——当然，在共产党眼皮底下干这趟活儿得小心，招呼朋友的时候先不要透露太多，只说“跟龙爷做一桩保证能赚钱的大买卖”即可。

切入点就在这里，亓舞牧决定派人以“可靠朋友”的名义混入“耀祖旅馆”。特案组侦查员顿时来劲，纷纷要求前往“耀祖旅馆”卧底，连内勤小姑娘韦博秋也一次次借故来到亓舞牧跟前转来转去，跃跃欲试。亓舞牧笑说小韦你就消停吧，这活儿肯定跟你没关系。接着，他的目光扫到了尹小白身上。

众人立刻会意，尹小白年纪不大，但在香港那边从事地下工作时，有过丰富的卧底经历，跟黑道打交道的经验也是其他人比不了的。黑仔去做准备工作期间，亓舞牧给其他人分了工，麦善谋、张百行负责对

"耀祖旅馆"的秘密监视以及保护尹小白的安全；老梁、老陈负责跟旅馆所在地的芳村分局协调，除了根据现场情况随时准备调动分局警力外，还应以华南特案组名义通知分局及全区各派出所，如果接到关于"耀祖旅馆"可疑的群众举报，一律压下，向特案组通报即可，不能擅自采取行动；侯烈负责跟尹小白联系，传递他在旅馆获得的情报。

五、黑仔卧底

次日上午九时许，外表风尘仆仆的尹小白来到塞坝口"耀祖旅馆"。旧时过年，像"耀祖旅馆"这样的中档旅舍，通常生意极为清淡，年初一到元宵节很少有旅客登门，因而一部分旅馆干脆停止营业，到元宵节过后再开门。"耀祖旅馆"也是这样，尹小白老远就看到贴在大门上的一纸告示，曰："欢度春节，停止营业半月。过往旅客，元宵过后再会"。尹小白一看那"丘八体"毛笔字，便知出自旅馆老板费耀祖之手，推断账房先生回外埠老家过年了。

但旅馆大门未关闭，两扇门开着一扇。尹小白进了前院，见有辆人力货运三轮车停在厨房门口，几个伙计正把成包的大米、整只刮净棕毛的肥猪、成筐的鲜鱼、鲜活的鸡鸭以及鸡蛋和蔬菜卸下来，蔬菜卸下后，下面竟然还有一笼"咕咕"乱叫的鸽子。

这时，背后传来脚步声。尹小白转脸一看，一眼认出朝他走来的那个中年大汉正是一度名传江湖的悍匪、旅馆老板费大麻子。费老板上下打量尹小白："这位小哥有点儿眼生，不知……"

尹小白冲对方抱拳："费老板吧？小可姓尹，长辈按排行给起了个贱名阿四。费老板，小可给您老拜年了！"

费大麻子见这小伙子年纪轻轻，举止倒是从容得体，自谦"小可”，俨然一个老江湖，不敢怠慢，遂邀其入内，在老板室落座，吩咐伙计沏茶奉烟，还按照新年待客规矩上了果品点心。尹小白是粤人，对本地过年拜访朋友的规矩自是了解，知道空着肚子上门把主人端出的点心一扫而空，方才符合本乡习俗。谢过之后，一顿狼吞虎咽把三样点心都干掉，然后再品茗抽烟，跟费老板聊天。

费耀祖原名费治邦，广西北海渔民出身，自幼顽劣，是乡里有名的闯祸坯。十六岁上把富豪金老财一刀捅毙，再一把火烧毁其宅院，上山投奔匪伙。几年刀尖喋血生涯下来，成为土匪小头目。又过了几年，他自拉匪伙，道上报了个匪号叫“出刀愁”，杀人越货，纵火打劫，被本地报纸称为“第一悍匪”。如此到了三十岁那年，突然宣布“金盆洗手”，据说是受了一位高僧的点化。之后来到广州，易名费耀祖，选址开了“耀祖旅馆”。广州黑道历史悠久，要想开有点儿规模的饭店茶楼旅馆之类，必须获得黑道的认可，以此为基础再跟警察、税务等官方沟通，方能顺利经营。费老板对这一套自是了如指掌，旅馆很顺利地开了起来。尽管这么些年来他真的没有再沾犯罪的边，但地方上的黑道朋友却都跟他关系不错。保安团中队长龙吞云就是这样跟他结交的，还拜了把子，龙吞云管费老板叫大哥。

龙吞云的“个人奋斗史”的前半部跟费耀祖相似，系粤地的一名惯匪，市面做得比其大哥还大，不但多次在粤省报纸上过头条，还曾上过《中央日报》、《民国日报》和上海的《申报》，至于军警的通缉令更是家常便饭。也曾被围剿过，但每次都能化险为夷，因此自诩“福将”。抗战胜利后，孙立人的新一军进驻粤省，本来龙吞云是逃不过打击的，可这主儿还真似有些“福运”，军方在制定剿匪目标时，有人提出龙吞云曾在1944年底营救过两名跳伞逃生的美军飞行员，为此还出动匪伙与日伪军干过一仗，于是，龙吞云的名字就立刻被划掉了。不仅如此，官方随即派人“招安”，龙吞云成了保安团中队长。

费老板跟尹小白这个“忘年交”一聊就是一个多小时，其时有其他人来入伙，他也懒得出面，让手下伙计接待。尹小白以前做过卧底，干这种活儿得心应手，火候差不多了，方才进入正题，说是通过司徒爷（即司徒英）的关系找来的。费老板跟司徒英是老朋友，不过在“暴动”这桩活儿里他的积极性可能比司徒英还低。司徒英自解放后跟龙爷走得很近，但老费跟龙吞云一度密切的关系倒疏远了，这次龙爷主持“暴动”，按照道上规矩，他得应个卯。事先龙吞云跟他打过招呼，说大哥你可以啥都不干不问，只要把旅馆借我作为指挥所用一阵就是了，回头我准备去港，你以前犯下的事儿共产党肯定要清算的，还是跟兄弟远走高飞为好。费老板想想也是，当然，啥事不干不问是不可能的，他是这里的主人，龙吞云又不住这边，所以实际上还是他在主持。

按照龙吞云跟费耀祖的约定，他每天中午、傍晚得到这位拜弟下榻处各去一趟，告知来了多少人。费老板看看时间差不多了，就让伙计给小尹单独开一个房间，让小尹自己挑选。尹小白考虑到跟外面的战友联系方便，就选了三楼西侧尽头的那个房间。进去后，他打开窗户通风透气，知道此刻外面至少有三副望远镜在盯着，就抓了块抹布，漫不经心似的擦拭了几下窗玻璃，又把抹布抖了三下——发出了平安信号。

特案组上下始终密切关注着尹小白的情况。当天下午四点多，尹小白又发出一条信息。这个信息是尹小白在晚餐前下楼溜达到厨房时跟厨子接触后判知的。

尹小白有一个与生俱来的特点，特别善于跟男女老少各色人等进行语言交流。上午他刚到旅馆时，恰遇伙计卸货。他发现采购的货物中有一笼活鸽子，广东人喜欢煲汤，鸽子汤被认为是汤中佳品，采购活鸽不算反常情况。但尹小白对这笼鸽子的摆放位置觉得异样——竟是放在蔬菜下面的，这似乎有点儿反常，他就多生了一份心，寻思得设法弄清楚这笼鸽子是怎么回事。刚才去厨房跟厨子闲扯，得知晚上准备的菜式里并无鸽子汤。尹小白没往下追问，倒是有些饶舌的胖厨子主动说明，那笼鸽子不适宜煲汤，因为那不是肉鸽，而是信鸽，价钱大不一样啊！

尹小白马上明白了，定是敌特方为了安全，打算利用信鸽传递信息。这样一来，特案组精心布置的秘密跟踪方案就发挥不了作用了——"直行大队"也好，"LM"也好，如果他们通过信鸽传递消息，特案组根本没法儿跟踪。

得到这个消息，已经赶到现场把征用的监视点作为指挥所的亓舞牧跟副组长梁武道商讨对策，又分别把陈君临、麦善谋、侯烈和张百行召来个别探讨，为这个临时岔出来的意外情况制订特别方案，考虑到人手可能短缺，还得向上级领导请求增援。一一做好安排后，时间已经进入了年初四凌晨。亓舞牧下令，各监视点除当班监视员，其余同志就地休息。说完，亓舞牧往地板上铺了条毛毯，裹了件棉大衣就地躺下，很快睡熟了。事后，亓舞牧说那晚他做了一个梦，梦见了嬉皮笑脸的尹小白。

巧的是，同一时刻，尹小白确实在嬉皮笑脸，不过他已经被人绑成了一个端阳粽，而且悬吊在房梁上！

前几天一直处于紧张和疲惫中，昨晚又为卧底做准备，尹小白今晚很早就上床歇息，脑袋一沾枕头就睡过去了。不知睡了多久，他被人推醒了，蓦地一惊，正要一跃而起，已经被人抱住并且按住了嘴巴。耳畔响起费老板的声音，让他别吭声，说龙爷有事儿找你聊聊。

尹小白觉得可能摊上事儿了，他有卧底经验，知道对方对自己已经起了疑心。他对此是有心理准备的，当下轻悄悄下床，被费老板带来的两条大汉夹在中间，出房门去了后院。后院一侧靠墙有几间平房，原是库房，费老板已经让伙计打扫干净，以备如果来的人多房间住不下就打地铺。其中一间库房里摆了一张桌子数把椅子，尹小白刚到门外就闻到了酒菜香味，暗忖莫非龙老大请我吃夜宵？进门一看，果然摆着一桌酒席，迎门坐着一个满脸络腮胡子身材高大的莽汉，料想就是龙吞云了。龙吞云朝尹小白看看："来啦？咱们喝酒。"

尹小白刚要开口拜年，不料押着他过来的两条大汉一左一右同时动手，用事先准备好的麻绳把他的手足捆绑，吊在了屋梁上！龙吞云则招呼费耀祖和另外两个大汉入席，说咱们边喝酒边审讯这土共党。尹小白这才明白，原来进门时这老小子所说的"咱们喝酒"的对象并非是他，不过，对于"土共党"之说却不理解，敌人把我党称为"共党"、"共匪"是有的，"土八路"也有，可我小白参加革命多年，却从未听说过共产党还有"洋"、"土"之分的。转念又想，莫非是这主儿看我尹某肤色黝黑，大名又叫阿四，故有此说？

至于龙吞云开口就把他定为"共党"，尹小白根本没当回事。卧底不是小事，年初二晚上，亓舞牧、梁武道、陈君临、麦善谋、侯烈等几个有着丰富隐蔽战线斗争经验的侦查员给尹小白进行过详尽的分析，能考虑到的都考虑到了，除非"耳目"司徒英临时反水，龙吞云不可能查知尹小白的底细。但司徒英根本不具备反水的条件，他在住院，华南分局社会部已经指派精干人员前往陪护，无关人员是不能进入病房的。这一点，尹小白深信不疑，所以，他一开始就认定这是龙吞云在诈他。

尹小白的这个判断是否准确呢？让我们把龙吞云被捕后的交代内容提前作一透露——

龙吞云看似粗野，其实是属于粗中有细的那类，否则他不可能为匪多年每次遇到沟坎都化险为夷。这次他被"直行大队"物色作为出头鸟组织"武装暴动"，心里是知道必败无疑的，但他想利用这个机会潜逃海外，得到妥善安置，因此，他对“武装暴动”所抱的宗旨是：安全第一，保命要紧。

年初一夜间他召集费耀祖等一干狐朋狗友商量“武装暴动”，把一应事宜变相转移给拜兄费耀祖后，自己没去“指挥所”，也没待在原先蛰居的窝里，而是在两个长期跟随他的心腹（就是此刻在场的那两个大汉）阿牛、大榕的协助下，亲自出马，对前往旅馆向费老板报到的每个“志同道合者”暗盘海底。

年初二下午，司徒英出事后大约三个半小时，龙吞云就听说了。他倒并没有专门派人盯着司徒英，而是想就组织“武装暴动”之事跟司徒英单独商量一下，就派阿牛前往司徒家请他移步光临其窝点。阿牛骑了一辆自行车，来去匆匆，带回了司徒英出事的坏消息。龙吞云闻讯大吃一惊，下意识地跟昨晚的会议联系起来，就叫上阿牛、大榕，悄然前往医院病房打探。其时，破例获准跟司徒英见面的亓舞牧、麦善谋刚离开，华南分局社会部指派的对司徒英提供保护的便衣已经到岗。不过，便衣没发现龙吞云三人。像司徒英这样的角色，其社会关系、亲朋好友肯定甚多，得知其出事，立刻就有人来探望，执勤便衣根本没法儿甄别。

不过，这些探视者都没能进得了司徒英的病房。倒不是便衣不让，而是医院出面阻止，因为司徒英出现了脑震荡的症状，头晕目眩，频频呕吐。医院指派护士在病房门口拦截探视者，谁都不能进，只能在病房门外看看。那么便衣呢？就在对面那间病区库房里待着，利用门框上方那扇开启的翻窗玻璃的反光进行观察。

便衣认不出龙吞云，但病房里陪护的司徒英的妻儿认出来了，双方在病区外的楼梯拐弯处聊了几句，龙吞云送上一个装着三十万元钞票（此系旧版人民币，与1955年3月1日发行的新版人民币的兑换比率是

10000：1。下同）的信封，问了问司徒英的伤情和出事情况，以及有哪些朋友前往探视过。司徒英的妻儿告诉他，最先抵达的探视者——司徒英的妹妹妹夫——赶到医院时，医生已经下令禁止外人跟伤员接触了，所有探视者都没能进入病房，谁也没能跟司徒英说上话，也没有人向家属提出转告司徒英什么话之类。

因此，龙吞云认为有理由对上午前往旅馆报到的“尹阿四”产生怀疑，决定来一个午夜突审。不料，眼前这个“土共党”被五花大绑吊在房梁上，却毫无惧色，甚至满脸不在乎的表情。龙爷作为一个资深老江湖，知道凡是在这种情况下能露出这种神情的角色，都有一个共同点——熬得住刑罚不怕杀头。使他不解的是，眼前这小子貌不惊人，年龄不过二十出头，不管是黑道还是共党，这等年纪哪来的这种底气？

龙吞云决定先试一试对方的胆色：“喂！知道老子是谁吗？”

尹小白反问：“你知道老子是谁吗？”

“哼哼！小子你信不信，老子打个响指，就可让你人头落地！”话音未落，他身后的阿牛立刻亮出了一把明晃晃的江湖上称作“绣春刀”的单刀。

尹小白嘻嘻一笑：“你爱杀就杀呗，说那么多废话干吗？只是……”

龙吞云以为有转机：“只是什么？”

“只是你不要后悔就是了。”

龙吞云知道遇上了顶头货，寻思直接跟他摊牌吧，就把话题切换到司徒英身上：“你自称是司徒老板介绍来的，我去医院当面问过他了，他说根本没有介绍什么人过来！”

尹小白大吃一惊，龙吞云自以为得计，没想到接下来尹小白说的却是——“啊？司徒老板他住院啦？”

龙吞云听着，脑子里忽然闪过一个疑问，这个疑问叫作“时间差”：司徒英是中午十二点左右被火车撞上的，而当天他是上午八点多离开旅馆的，如果眼前这小子是在司徒英出事前跟他见的面呢？他妈的，别弄错了，司徒英这人对我非常有用，可不能得罪他。再说，以他的行事风格，寻常阿狗阿猫是不屑推荐给我龙某的，看眼前这小子这份出众的胆色，应该不是常人……

这样想着，龙吞云觉得底气不足了。不过，他不肯示弱，连饮三杯后一跃而起，从阿牛手里取过单刀，来到尹小白身前，目露凶光：“本来想留着你到起事那天祭旗，既然你不肯说实话，现在就把你打发了吧。小子你记着，明年今日，就是你的周年！”

尹小白懒洋洋道：“早就说过了，要杀就杀，废话少说。”说着，竟张嘴打了个哈欠。

龙吞云大吼一声，举刀便砍，不过，他砍的并不是尹小白，而是绳子。绳子一断，尹小白整个儿扑通一声掉在地上，这回还真是摔了个七荤八素，心里不禁暗暗叫苦。而且这一摔，让一边的阿牛有了新发现——从尹小白的衣兜里掉出一个纸团。尹小白潜入旅馆卧底，人家是把他作为同伙的，当然不会搜身，口袋里放着的所有东西都还在。

这下好了，先松绑，再搜身，无非是若干纸币、半包香烟、一块脏兮兮的手帕，以及刚刚掉出来的那个纸团。其他东西都被龙吞云拿过来一一查看，没发现异常，费耀祖又上前捡起纸团，展开一看，不由惊呼：“这上面有字！”

龙吞云顿时来了精神：“写了些什么？念来听听。”一边说，一边用那双牛眼瞟着尹小白。后者这时根本顾不上其他——被吊得太久了，浑身血脉阻塞，此刻突然疏通，身体一时无法适应，甚至比悬吊时还痛苦。尹小白曾经有过这样的经历，知道怎样尽快解除这份痛苦，又是甩胳膊又是按腿，注意力都在自己身上，根本不看龙吞云一眼。

费耀祖年届五旬，眼睛老花，纸上的字是用铅笔写的，很小，库房电灯又暗，看了又看，连连摇头。龙吞云不耐烦了，对上过三年小学的大榕说：“你念!”

大榕看了看，说上面有四个字：“来——人——可——靠。”

龙吞云一个激灵，接过纸团看了再看，瞪着尹小白问：“这是谁写的？写给谁的?”

尹小白不答，坐到桌边，伸手抓起筷子，毫不客气地大嚼一通，一旁的龙吞云和费耀祖无奈对视，这当口儿也只好由着他了。待吃饱喝足，尹小白才开腔：“龙爷刚才问这是谁写的，烦请龙爷再看一遍，上面有落款的。”

“哦?”龙吞云拿起纸团仔细再看，发现边沿上有一个淡得几乎没法儿分辨的符号，正是司徒英自解放后跟他书信来往时约定的花押，于是缓缓颔首：“确实是司徒写的。”

“既然如此，写给谁的龙爷自然也就清楚了。”

龙吞云再次点头。这个花押只有司徒知龙知，无人可以伪造。想了想，又问：“请问这位小哥，是何时见到的司徒老板?”

尹小白摇头：“我没见过司徒老板，这个纸条是他让人交给我的。”说这话时，他又伸手抓了一个叉烧酥。

费老板发问了：“这位小哥究竟是什么路数，还望告知。”

尹小白微微一笑：“不瞒诸位，兄弟来自香港，无业居民。不过，此番是受人委托，以‘中华民国国防部保密局直属特别行动大队港九中队’联络副官的名义来羊城公干，主要使命就是找龙爷商谈眼下您正要干的这桩事，比如武器援助，比如善后接应，比如发动后的舆论宣传，等等。眼下兄弟只能透露这些，如果咱们有缘，那就往下深谈；无缘，兄弟这就返港复命。兄弟并非官场中人，纯属讲义气助朋友成事。至于司徒老板，兄弟与其不识，这纸四字密函系我昨晨偷渡抵达羊城后由接应人交予。”

龙吞云自是大吃一惊，寻思当初接受该项任务时，“直行大队”特使黎先生曾提起过，此次武装起事会受到国际社会关注，香港九龙我们有的是一条战壕的朋友，相信他们是会提供帮助的。眼前这年轻人说的这番话，倒是跟黎先生说的内容对得上，怪不得这小子这么狂，原来是有背景的。不过，他的身份有待核实，回头写封密信由信鸽送出去，获得回音后再说吧。

可转念一想，龙吞云又有些举棋不定。这小子颇有道行，是个年轻的老江湖，这种角色只有香港地盘上才有。如果因为我的暧昧把他得罪了，来个一走了之，那他所说的“武器援助”、“善后接应”就甭指望了，看来还得设法跟他周旋下去。这么想着，龙吞云朝费耀祖丢了个眼色，然后冲尹小白拱手作揖，说了几句场面话，又吩咐阿牛、大榕陪尹先生喝酒，要费老板叫起厨子再烧几道拿手菜。费老板会意，说龙爷您不是会烧几样菜肴的吗，要不也去露一手。龙吞云说这是该当的，今天先要赔罪，再为尹先生接风洗尘。说罢随同费耀祖出去了。

这对结拜兄弟交换意见，所见略同：如果这个“尹阿四”所言属实，那绝对是个有用之人，起事后的善后就靠他回去张罗了。可是，该怎么核查他的身份呢？龙吞云的意思是，放一只信鸽出去，这边先把这小子哄住，等收到黎先生的回音再说。费耀祖认为不妥，这样一来，如果这个姓尹的小子所言不实，那我们这伙人就会被黎先生小看。还是我们自己先对他初步核查，如果基本属实，再放信鸽报黎先生不迟。香港那边眼下当然是没法儿核查的，可以先问他在广州是否有道上熟人，看他那副老江湖的样子，省港之间应该是常来常往，不可能不认识这边道上的朋友。如果他说得出来，我们连夜把人家接来当面辨认。

两人计议定当，厨子已经炒出了两道热菜。费老板便去跟尹小白喝酒，似是闲聊样地东拉西扯，先说香港的情况，自然难不倒尹小白，天花乱坠真真假假说了一大通。费耀祖去过几次香港，知道若干综合情况，但怎能跟尹小白比，当下听得瞠目结舌。然后又说到羊城，问尹小白在这边是否有朋友熟人。尹小白马上意识到对方是来盘我海底的，似是随口样地提到了李仁昌李老大。

李仁昌以前曾是广州铁工行业人数最多势力最大的“铁锤钢钳帮”的龙头老大，后因年老精力不济，“让贤”退居在家。这人是尹小白的老相识，早在以前在羊城以行乞为生做少年丐帮头目时就与其结识。稍后，尹小白去了香港，不久参加革命。自他十五岁起，组织上让他放单飞，在省港之间从事地下交通和情报工作，尹小白凭着富商少爷的名头正式跟李老大搭上了线，利用对方的势力掩护秘密工作。尹小白聪明机警，装啥像啥，多年接触下来，始终没让李老大对他的富商少爷身份有任何怀疑。去年12月，尹小白作为“55小组”成员参与侦查“五警员系列命案”时，就曾请李老大相帮提供与命案有关的线索。当时尹小白留了个心眼，没向李透露自己已经回广州的信息。现在，发觉对方意欲对自己盘根问底，就把李老大端了出来。

费老板是悍匪出身，李老大的名头他自是如雷贯耳。因为干匪盗的离不开铁匠，尽管自清末开始已有了洋枪，但洋枪不能完全替代“快口”（江湖黑话，意即长短刀具），黑夜摸哨时必须用刀，否则枪一响这买卖就砸了。另外，市面做得稍稍像样的匪盗还需要让铁匠打造各式各样的作案工具。总之，铁匠对于黑道朋友来说，其作用大于郎中大夫和棺材铺。而李老大其人，论铁匠手艺，是被“南天王”陈济棠誉为“两广名匠”的角色；论江湖名气，是羊城铁业帮会的老大，还是本地洪帮首领之一，黑白两道都不敢轻易得罪，即使是日伪时期，日寇、汉奸请其出来做事，遭拒，照样对他客客气气，事后也没敢给他穿小鞋使绊子。更令人佩服的是，如今解放了，人民政府也没动他，据说官面上还有人去拜访过他，将其作为“开明绅士”看待。

费耀祖绕了这么大一个圈子，总算盘到了“尹阿四”的海底，于是匆匆结束酒局，去向龙吞云报告。龙吞云自然也是知道李老大的，说这年轻人若真是李老大的忘年交，那他对我等所说估料不会有诈，赶紧派个伙计把李老大请来吧。

六、功亏一篑

尹小白在旅馆里的惊险经历，外面的特案组战友是不知道的。此刻忽见旅馆大门打开，一个伙计模样的人推着一辆自行车溜出来，监视哨立马唤醒猫在一旁打盹儿的亓舞牧。亓舞牧用望远镜看了看，下令派一组人跟上去。

大约一个小时后，伙计返回了，是由李老大驾一辆三轮摩托将其捎来的，骑去的那辆自行车绑在旁边的车斗里。已经换班上岗的张百行一眼认出，驾车的竟是曾有过一面之缘的李老大（侦查“五警员系列命案”时，张百行和尹小白是搭档），一说，亓舞牧顿时一个激灵，意识到黑仔遇到麻烦了，估计人家盘他海底时他提到了李老大，故而连夜将其接来辨认。随即通知下去，全体做好战斗准备，一旦尹小白发生意外，立即采取行动，解救小白，逮捕旅馆内的所有人，若遇反抗，可以开枪，死伤不论！

现场气氛顿时高度紧张。稍停，亓舞牧又说，尹小白若是有危险，估计会在李老大离开以后。这个判断的依据是，李老大其人的政治立场是倾向于人民政府的，再说此人以前虽是帮会要人，但没有参与过作恶，还数次掩护过我方地下同志，社会部的内部手册中对其评价是不错的。若是他发觉情势对尹小白不利，尽管他不清楚小白的真实身份，也肯定会劝说龙匪冷静处置。凭他在羊城地面上的名头，龙匪不可能当面驳他的面子，估计会先把他打发走，再考虑下一步。因此，只要李老大没有离开旅馆，尹小白就不会有生命危险。我们此刻不知道旅馆里面发生了什么情况，待李老大出来，老陈即带人跟上去将其叫停，我们先向他了解一下旅馆里的情况。

可是，整整一个小时过去了，李老大还没出来，旅馆里也没传出什么动静。外面众人真是心焦如焚，亓舞牧饶是智商出众，虑事周详，此刻也有一种束手无策的感觉。就在这时，监视哨忽然报告："小白下榻的那个房间电灯亮了……哦，窗户打开了，小白露面了！应该没事，李老大也露面了，两人站在窗前抽烟呢！"

亓舞牧终于松了一口气："我们也抽支烟吧。"

其实，尹小白的危险还没过去。李老大抵达后见到尹小白时的那份亲热，龙吞云、费耀祖这种老江湖一看便知不是装出来的，又听李老大一口一个"尹少爷"，滔滔不绝说起其幼年与家人失散沦为乞丐，十二岁上意外被长辈发现，携往港岛摇身一变做了阔少的传奇，对尹小白的怀疑已经烟消云散。于是重新置备酒菜，正式为尹少爷压惊。席间，因李老大属于"外人"，故未言及暴动之事。尹小白能喝点儿酒，但他不敢开怀畅饮，外表轻松内心却是绷紧着弦，寻思眼前这一关算是过去了，不过，这个"指挥所"里是备着信鸽的，龙吞云应该会想得到使用信鸽向"直行大队"首领"LM"传递"港九中队"联络特使已经抵达的信息，如此一来，戏法还是要穿帮的。

尹小白一边跟李老大把酒叙旧，一边应付对他热情有加的龙吞云和费老板，还得腾出一部分脑细胞去考虑怎样消除这个威胁。想来想去，只有把那一笼信鸽干掉，没了鸽子，龙吞云就没法儿传出信息了。转念一想又觉不妥，龙、费两个对我的怀疑是否完全消除了？毕竟李老大不是他们的上司，在这件事上，龙吞云应该只相信其顶头上司的。若是派人暗暗盯着我的话，一会儿当场来个逮现行那老子就惨了。再说，我手头又没有毒药什么的，把一笼鸽子全都掐死，他们马上就会起疑心，看来还得另外想个法子。

尹小白的脑子生来转得就快，一个主意作废进了回收箱，另一个主意随即就冒出来了：给外面的战友发个暗号，让组长派人潜入旅馆把一笼鸽子全部放掉不就得了？我再为自己找个现场证人，龙吞云只能认为是笼子没锁好。

证人就在眼前，就是李老大。尹小白频频给李老大敬酒，说这两天倒春寒，夜间更是寒气入骨，老大您今晚就别回去了，将就着跟我住一个房间，咱们也能好好聊聊。李老大还没开口回应，龙吞云抢先开腔了，说尹少爷这个提议好。李老大不知双方打的主意，对于他来说，留宿与否都无所谓，既然盛情难却，那就点头同意吧。龙吞云立刻吩咐站在一旁侍候的阿牛、大榕，说昌公、尹少爷都是贵客，你两个今晚就住他们对面房间，注意，不是让你们躺下睡大觉，必须绝对保证贵客的安全，禁止其他客人打扰，若是贵客需要烟茶点心，立马通知伙计送上。

尹小白向龙吞云拱手称谢，暗想幸亏老子脑筋动得快，否则，只怕那二位就是监视我的暗桩了。行了，我得赶紧发暗号通知老亓他们了。于是说酒已经喝够了，咱们今晚就到此为止吧？我还要跟昌公聊天呢。龙吞云、费耀祖哪里想得到尹小白动的什么脑筋，折腾到现在，他们也累了，还要写份密函让信鸽飞递黎先生哩。

晚宴就此结束，尹小白和李老大去了三楼尹小白就寝的那个房间，进门开灯，小白就把窗户打开，说是透气，两人在窗前抽烟闲谈。一支抽完，意犹未尽，再看烟盒，已经是最后两支了，就招呼站在对面房间门口的阿牛说烟没了，麻烦你去取两盒来。阿牛应声而去，尹小白随手把烟盒撕碎，一边跟李老大说话，一边把碎纸向窗外扔出去，姿势稍显夸张——乃是放飞小鸟的动作。

对面监视点拿着望远镜观察的张百行马上报告亓舞牧。根据尹小白的动作，亓舞牧领会了他的意图，认为尹小白这个主意想得很到位，这样做还有一个好处："LM"发现一笼信鸽全部空身飞回来了，定然觉得蹊跷，那就会派人前来旅馆了解情况。而"耀祖旅馆"已经被二十多名侦查员盯得死死的了，正等着"LM"的触角伸过来，只要对方一露头，就可紧盯不放，那就有戏唱了。思忖片刻，亓舞牧派侯烈去执行这个任务。

特案组对"耀祖旅馆"的内外结构已经了如指掌，这宗活儿对于侯烈来说易如反掌，也就不过七八分钟，亓舞牧就听见夜空中传来一阵轻微声响，便知道一笼信鸽全部"不辞而别"了。亓舞牧随即招呼众人："离天亮还有三四个小时，除了值勤同志，其余人抓紧时间休息，明天还有活儿要干呢！"

走到这一步，如果不发生意外，往下的走向应该如亓舞牧的估料，"LM"肯定会设法与"耀祖旅馆"取得联系，不管采取什么方式，应该都逃不过特案组的监视。所以，此时的情势是很乐观的。哪知计划赶不上变化，也就过了一个多小时，清晨四时许，发生了一桩意外——

龙吞云年初一晚上设宴款待费耀祖、司徒英等一班狐朋狗友策划"武装暴动"时，到场者中有一个名叫袁角的家伙，这人是帮会骨干，当过几年保长，解放前以"码头管事"（把持码头的恶霸帮凶）为业，解放后，码头收归国有，恶霸被抓判了死刑，关在牢里等着挨枪子。袁角也在抓捕名单上，但这家伙溜得快，逃过了一劫，躲到广州郊外一座寺庙里，惶惶不可终日。这种角色，对于“武装暴动”最感兴趣。

袁角没有过行伍生涯，手头却有一些抗战胜利前夕伪军逃窜时扔下的武器弹药，藏匿在祖坟，让其帮会徒弟小于以看坟为名看守着。小于有血债，也在人民政府公布的通缉名单之中。因此，袁角向龙吞云推荐了小于。龙吞云对这种亡命之徒极表欢迎，听说还有武器弹药，简直要冲袁角磕头了。袁角跟龙吞云约好，他是上了通缉榜的，在广州地面多年，认识他的人太多，不便提前到旅馆报到，还是到“发动”那天再过来。但小于可以提前报到，把武器弹药也一并带来。龙、袁议定，小于在年初四拂晓前带着武器弹药前往“耀祖旅馆”。

这天半夜，小于摇着一条木船离开袁家祖坟，船上装着十二支长短枪和七八百发子弹、一箱日本甜瓜式手雷，为运输方便，袁角事先还为其准备了一辆独轮手推小车。“耀祖旅馆”前后都不临河，最近的水边大约在一里地开外。小于抵达那个位置后，把独轮车、武器弹药一一搬上岸，捆扎结实，就推着小车前往旅馆。

意外就在这时发生了。小于经过一条三岔路口，拐角处正好有一个军方巡逻小组过来，见状觉得可疑，当下就吆喝停车检查。小于大惊，扔下小车拔腿就逃，可惜没跑多远就被拿下。军人检查小车，发现竟是一车武器弹药，遂连人带车带往营房。驻军连长、指导员立刻讯问，小于招供，两位连首长决定马上出动，把“耀祖旅馆”里的匪徒一举拿下。

军方骤然行动，特案组这边根本没来得及作出反应，旅馆里已经传出一连串“不许动”、“缴枪不杀”的吆喝声，甚至还开了枪。亓舞牧知道“大势已去”，说出于保密的需要，咱们特案组也就不出面了吧，老梁这就驾车去市局等着，待军方把人押解到局后，先把尹小白、李老大领走——注意，分别带人，不能让李老大知道小白是我们的人。又吩咐便衣魏清远、丰德厚两个悄然接洽带队的连长和指导员，告诉他们被捕者中有自己人，请他们把所有俘虏押到市局，有什么问题可跟华南分局社会部联系。

魏、丰两个奉命过去跟连长、指导员交涉，正说话间，只见一个个被捕者陆续被押到前院，逐个上绑，尹小白、李老大也在其内。尹小白一夜之间遭遇两次捆绑，对第二次被绑莫名其妙。李老大知道龙吞云是逃犯，已经猜测到龙吞云一伙聚在这里可能图谋不轨，生怕自己讲不清楚，一并受到牵连，不由得脸现忧色。

稍后，军方的卡车驶到。亓舞牧站在对面监视点，居高临下看着包括尹小白、李老大以及旅馆伙计、厨师在内的二十九名被捕者一个个被押出来，分别上了两辆卡车，疾驰而去。军方留下一个班的战士，由指导员率领着对旅馆进行搜查。特案组没有马上撤离，亓舞牧还心存侥幸，指望“LM”那边发现信鸽全部空身飞回之后，会派人过来查看是怎么回事。这样，特案组就还有一个补救机会。

可是，这个希望落空了，“LM”没有任何动静。后来知道，“LM”早在年初二上午“耀祖旅馆”刚开始接待参加“武装暴动”的匪徒前来报到时，就派人在附近设了一个监视哨，龙匪派人夤夜请来李老大以及军方的突袭，都没有逃过其监视，关于旅馆这边的情况，“LM”早就一清二楚了。

七、深入追查

尹小白回到特案组驻地，自是满脸沮丧，说这算是什么名堂，我这卧底满打满算还不到一昼夜，莫名其妙就结束了，简直等于做了一个乱梦。亓舞牧说你先别发牢骚，把一应情况跟大伙儿聊聊，我们再研究下一步的行动。内勤韦博秋打算按例回避，被亓舞牧唤住，说小韦也留下听听，这也算是一次间接经历，长点儿见识，没准儿以后真的需要你去执行特殊任务，也好有个借鉴。

尹小白遂把大约二十个小时里的经历一五一十说了一遍，在座诸侦查员大多经历过各种惊险，但听黑仔如此这般一说，也不由为他捏一把汗。尤其是韦博秋，她还是第一次近距离听当事人亲口讲述卧底经历，情绪全部被尹小白调动起来了，听到龙吞云手持单刀砍下来时，禁不住惊叫连连。尹小白却是满不在乎，就像在说一个陌生人的遭遇。临末，才长吁一口气，众人以为他要发一番感慨，哪知他说的却是——“组长，我李叔怎么样？没受啥委屈吧？这次如果不是他，只怕我小命都没了。他是个明白人，也看出龙吞云、费耀祖路数不对，后来我俩在一个房间聊天时，他就劝我赶紧打住，速回香港做我的少爷去，别跟这帮人掺和。”

李老大被军方拘捕后，因其体格强壮、满脸络腮胡子兼之一脸凶相，是被当作匪首对待的，不但用了双根绑绳，一路上还有专人盯着。好在被押解到市局后，副组长老梁已经跟接手该案的政保侦查员沟通过了，简单讯问后予以释放。李老大不知道尹小白会被怎么处理，还不急着离开，跟人家保证尹少爷不是匪徒，也不是黑道，只是个喜欢凑热闹的孩子。此刻，尹小白听亓舞牧这么一说，才算放心。

亓舞牧让大伙儿先睡一觉，下午再去市局讯问被捕匪徒。他自己则前往华南分局社会部向领导汇报情况。不料，汇报工作结束正准备离开时，再次遇到了“计划赶不上变化”的情况——市内数个公共场所出现了落款为“中华民国国防部保密局直属特别行动大队宣”的反动传单，内容说的就是刚刚被粉碎的“武装暴动未遂案”，当然，传单“宣”的并非是“未遂”，而是说“龙公吞云奉命发动武装暴动，深受欺凌压迫之广大民众欢呼响应，纷纷积极参与”，云云。

此举的幕后策划，自然是穆逸云了。要说穆逸云的工作效率还是非常高的，在除夕夜接受上线特务代君“在半月内发动武装暴动”的指令后，本着“落实指令不过夜”的干劲，马上指派下属黎启蒙与龙吞云取得联系，约定第二天上午七时在东山区广舞台二马路的“时好运茶楼”见面。

龙吞云是逃犯身份，接到深夜登门的黎启蒙的通知后，由于跟黎启蒙素不相识（黎只是跟他提了一个老上司的姓名），对于此事的真假有些怀疑，寻思别是共产党公安人员设下的圈套。转念一想，又排除了这种可能——如果人家要抓他，已经知道他藏在哪儿了，直接动手就是，何必多此一举？思来想去，决定把性命押上，冒险赴约。

穆逸云原准备亲自出马去“时好运茶楼”的，年初一清晨临行时又改变了主意，指派另一下属岳三绝代替他前往赴约。要说“组织上”派给穆逸云的这三个中队长，倒也并非随便拉几个阿猫阿狗来凑数的，穆逸云跟三人分别交谈下来，得知他们均是接受过正规训练的原“军统”特务，抗战时有过秘密工作经历，战后复员，都去了警务系统，1948 年因局势恶化，“保密局”、“国防部二厅”召唤“复员同志”归队，这才重新登记。因此，“LM”对这三个下属的业务能力比较认可，对付龙吞云这样的土匪，应该都没有问题。

岳三绝化名“老徐”前往茶楼跟龙吞云见面，按照穆逸云的吩咐，如此这般对“武装暴动”之事作了交代，当然还有许多承诺，当场给了龙吞云两百美元、一支崭新的美制左轮手枪和五十发子弹。龙吞云的积极性颇高，表示可以马上开始准备，今晚他就能把一干弟兄召拢来商议一应事宜。为证明自己确实有一批弟兄听命，龙甚至报出了一连串姓名以及他们各自从事的职业。岳三绝说如此最好，阁下今晚如跟骨干同志谈妥，明天上午可在离下榻处最近的那家邮局门口的邮筒上用粉笔画一个三角。临末，岳三绝关照龙吞云：后天上午阁下可派人前往李家园赴约，有人会把一笼信鸽交给来人，注意按照所附字条内容小心喂养，之后你我之间的联系就使用信鸽。

这一笼信鸽，是“恩济阁”的账房先生区春锡的。区春锡是原“军统”通信业务人员，早在抗战中期就潜伏日伪统治下的羊城，以客栈账房先生的身份为掩护从事秘密工作。抗战胜利后，“军统”裁减特务，区春锡也在其中。而他供职那家客栈的老板因汉奸罪被处决了，他也等于丢了饭碗。不过，区春锡跟承办汉奸案的“军统”特务熟识，利用账房职务之便，截留了日军投降时客栈老板藏匿的部分赃款。此后他没再找工作，对外佯称患了肺结核，放着自己的祖居老屋不住，悄然在丰宁路盘下一座独门独户的小院落。

区春锡是接受过专业通信技能训练的特工，不但熟谙收发报机，还有另一项特长——“动物通讯”，即利用动物传递信息。独居时闲着也是闲着，他便饲养了鸽子和狗，训练它们传送信函的技能。

1949 年初夏，“保密局”开始布置在粤潜伏特务时，想到了区春锡。他向“保密局”提出的“归队”条件是，鉴于信鸽搬离原址即废，他必须就在现址附近待着。穆逸云受命组建“白虎大队”时，上峰决定让区春锡担任穆的报务员，遂让穆逸云把“恩济阁”开设于区春锡隐居的丰宁路上。

话题再回到穆逸云身上。要说这人的心眼还真称得上玲珑剔透，接到代君的指令后，消化速度惊人，很快就在宏观上将如何落实上峰指示精神考虑定当。穆逸云是上过民国名牌高校中央大学的，理解能力颇强，他把代君交代的上峰指令精神逐字逐句琢磨，对“不求实效，重在影响”这八个字特别留意。这就是说，发动“暴动”是为了“影响”，只要“影响”大，“实效”是无所谓的。

心里有了底，穆逸云决定把“暴动”这活儿交给龙吞云去做，“直行大队”不必派员直接参加，甚至也不必管这些土包子“暴动”后做些什么，只要动起来即可。龙吞云一动，他这边就开动电台让区先生向台湾报捷。穆逸云估计，龙吞云这种货色是做不了什么大事的，他作为幕后指挥，还得对这桩活儿的影响进行提升。怎样提升？穆逸云想到了散发传单的主意。

干特务这一行，必须充分注意细节，否则稍有不慎，全盘皆输，还得搭上自己的性命。因此，穆逸云对如何制作传单考虑得很细。以当时的条件，最简便的方式就是用复写纸誊抄，但穆逸云对这种方式不屑一顾，太土，于扩大影响的出发点不符。最好是铅印，不过，解放后印刷行业是被列入特种行业名录的，拿着这种底稿去印刷的话，倒不如直接投案自首算了。于是只好退而求次，油印吧。油印也分打字和蜡纸两种底稿，打字显得正规些，但打字机不好弄，正逢年节，店铺都休息，也无处购买；油印机包括一应材料也是这样。

那该怎么办呢？穆逸云想起下属黎启蒙曾说过，其老爸以前是经营誊印社的，现已关闭。也许黎家还有没处理掉的油印机、钢板蜡纸之类，找黎启蒙一问，黎说好像有的，于是急命其回家看看。黎启蒙遂以拜年为名回了趟家，果然在阁楼上找到了老爸尚未处理掉的油印机和其他一应用品，也没跟老爸说一声，就悄悄装进一个纸箱，从后门溜走了。

这样，年初一夜间龙吞云召集费耀祖、司徒英等人策划“武装暴动”时，“恩济阁”这边的传单也已经出笼。黎启蒙没有参与制作传单，穆逸云指派他在龙吞云藏身处附近的那家邮电局周围蹲守，如若发现龙吞云去画暗号，那就秘密跟踪，弄清这主儿是否要了什么把戏，比如向警方投案将功折罪之类。

年初二午前，黎启蒙返回“恩济阁”向穆逸云报告，今晨，龙吞云已在邮筒上画了暗号。随后跟踪，发现他去了“耀祖旅馆”。黎启蒙作为受过训练的合格特工，还顺便留意了该旅馆的情况，注意到至少有十五个旅客陆续进入院子，可能就是昨天龙吞云所说的他的那些弟兄。穆逸云遂命令黎启蒙在该旅馆附近寻找监视点对这伙人进行监视。

旅馆大约三十米开外的岔路口有家私营成衣厂，内有座岗楼样的建筑物，还是沦陷时日军建造的。黎跟门卫聊了两句，得知该厂过年放假，只有门卫在。天黑后，黎绕到厂区后面攀墙而入，潜入岗楼，上到顶楼用望远镜一试，可以从侧面把“耀祖旅馆”的大门看得清清楚楚。于是，他就在这里待了下来。

次日，年初三，陆陆续续有人前往旅馆报到，其中包括尹小白。黎启蒙在岗楼上是看到了的，但他不认识这个貌不起眼的年轻人，并未在意。使他在意的是，当天晚上龙吞云带着两条大汉（阿牛、大榕）悄无声息地进入旅馆。午夜时分，旅馆大门忽然打开，一个伙计骑着自行车出门了。一个多小时后，来了一辆三轮摩托车，先前出去的那辆自行车被拴在车斗上，后座那位就是刚才离开的伙计，驾车的则是被龙吞云、费耀祖尊为“昌公”的李仁昌李老大，不过黎启蒙不认识此人。

接下来，黎启蒙料想不会再有啥事儿了，龙吞云也好，那两个跟班大汉也好，还有那辆三轮摩托车的骑手也好，肯定都在旅馆住宿了。黎启蒙的困劲儿上来，就打了个盹儿。黎明时分，黎启蒙被一阵喧闹声惊醒，紧接着听见了枪声。拿起望远镜一看，旅馆门口停着军车，多名荷枪实弹的解放军已经把旅馆包围。一会儿，就见龙吞云、费耀祖两个首先被押出来。黎启蒙大惊，寻思没准儿接着就要搜查四周区域了，顾不上再往下窥探，拔腿开溜。

穆逸云获悉后，也十分震惊。他对“武装暴乱”肯定会失败这一点深信不疑，但这个失败应是在发动之后的失败，哪料到还在筹备阶段，就被共党以摧枯拉朽之势一股脑儿给荡平了！这可怎生是好？震惊之后是庆幸，幸亏没有指派黎启蒙、岳三绝、柏如山三个下属直接出面去组织暴动，否则，他们中只要有一人落网，我穆某人恐怕不在牢里就是在逃亡路上了。龙吞云那伙子必定会供出“直行大队”以及出面联系的岳三绝、柏如山两人，不过，仅仅这点儿线索，相信公安是没法儿顺藤摸瓜的。

穆逸云不愧是老牌特工，思维马上转到对手的角度上：此刻，共党办案人员在想什么？肯定是在分析“直行大队”的来路以及岳三绝、柏如山两个的踪迹。尽管穆逸云有充分理由相信对手不可能查摸到“恩济阁”来，不过，还是得以防万一。怎样防？那就要牵制公安的侦查力量，转移他们的调查视线，干扰其办案思路。至于具体应该怎样做，穆逸云马上想到了已经印好的那些传单，寻思把传单散发出去，既可制造影响，又能起到转移侦查方向的作用。遂把几个下属召来，商量如何在绝对保证安全的前提下，把传单散发出去。

黎启蒙的主意是花点儿小钱收买乞丐去干，岳三绝、柏如山赞同，但区春锡却有不同意见。他说事到如今，就没有必要再让咱们的人去跟叫花子打交道了，须知叫花子这类角色，既然可以为我所用，那就也能为共产党公安所用。传单一旦散发出去，警方肯定要进行调查，访查当事叫花子，就有可能追查到我们这边来。

穆逸云听着觉得不无道理，便向老特务请教，以区先生高见，应该怎么办？区春锡出了一个主意：今天有风，高处风力不小，市区有的是临街楼厦，怀揣传单上楼去，往临街窗沿上一放，人即离开，风吹来，传单自会从天而降。这种情形，即使警察就在下面待着，也没法儿发现是什么人干的。

这个主意赢得一致好评，穆逸云指派岳三绝、柏如山前往执行。一共也就百来张传单，两人从离开到返回，不过个把小时。穆逸云起草了一份密电，即让区春锡发出，向台北“保密局”总部报告“暴动”已经发动，因敌众我寡惜败，但影响巨大，民众热议不休，共党惊慌失措，云云。

回过头来说说华南特案组的反应。亓舞牧回到驻地，即刻召集众侦查员到会议室集中，把发现反革命传单的情况说了说，命令尹小白前往现场负责主持该项调查。亓舞牧分析，散发传单之举应该是敌方为转移侦查视线故意为之，所以，咱们不要被敌方带节奏，先不搭理他们，还是按照正常程序往下进行，兵分两路同时开展调查：一路由老梁、侯烈及便衣薛晖、老任、小钟、小史前往塞坝口“耀祖旅馆”周边进行调查，既然敌特方能在这么短时间里获知阴谋失败的消息，他们在现场附近肯定设有监视点，我们有必要找到这个监视点，看能不能发现一些引向“LM”的线索；另一路由特案组其余四名侦查员以及老魏等十四名便衣前往市局，讯问被捕人犯。

当天午夜过后，在满城迎财神的鞭炮声中，完成了第一轮工作的特案组再次开会，汇总两路人马调查和讯问的情况，以及“传单案”的进展——

梁武道、侯烈那一路发现了敌特方（即黎启蒙）用来作为监视点的岗楼，在顶层库房提取了敌特分子遗留的足迹、指纹，以及敌特遗弃的面包、牛肉干包装纸和汽水瓶等，该厂门卫也提供了该敌特分子的年龄、体貌、口音等特征。亓舞牧、陈君临、麦善谋、张百行那一路对“武装暴动案”被捕人犯的讯问，没有新的发现。尹小白主持的“传单案”调查，目前已经查明，敌特分子散发传单的两处散发点，一是百货公司四楼的厕所窗口，一是公寓大楼五层的过道窗口，都是直接把传单置于窗沿，任由其随风吹落。初步调查下来，没有人在此时段与散发传单的敌特分子相遇，不清楚案犯的一应外貌特征。

刑技员对传单的笔迹鉴定结论是：传单与从“耀祖旅馆”老板费耀祖身上查获的那纸关于饲养信鸽的“说明书”出自同一人之手，书写字迹流畅隽秀，遣词造句准确讲究，书写者应系受过中高等正规教育的知识分子。但从传单上的油印墨迹判断，此人对蜡纸书写即俗称的“刻钢板”操作生疏，由此判断其并无使用蜡纸书写的经验，甚至可能是首次操作——这人自然就是“直行大队”负责通信的特务区春锡了，只是其时特案组尚不清楚。

另外，少年时因兴趣爱好曾饲养过数年鸽子的侦查员麦善谋，对案件中的信鸽作了专门分析。旅馆伙计从上线特务手里接收的那一笼信鸽一共有十四只，由于已经全部放飞，麦善谋无缘得见。不过，通过对费耀祖和几个见到过那些信鸽的旅馆伙计的讯问，可知饲养鸽子的人应具有相当专业知识——那张指导如何喂养信鸽的纸条也可佐证这一点。据费耀祖等人交代，这些鸽子的羽色至少有五种：纯白、蓝色、黑色、绛色和灰色。麦善谋分析，其品种可能分别是美国白鸽、中国蓝鸽、中国粉灰鸽、戴笠鸽等（“戴笠鸽”系鸽子品种名称，与“军统”头子戴笠无关）。以当时民间的养鸽情况，很少有鸽子爱好者拥有这么些优良品种的信鸽——这些信鸽价格昂贵不算，还需要精心喂养和训练，也许可以据此查找提供信鸽者的线索。

汇总调查结果后，特案组进行了下一步的分工：由梁武道、陈君临、张百行率三名便衣，对成衣厂岗楼内提取的敌特监视人员遗弃的面包、牛肉干包装纸和汽水空瓶进行调查；由亓舞牧、麦善谋、尹小白、侯烈率几名便衣对信鸽的情况进行调查。

适逢过年，商铺营业时间缩短，有的干脆暂停经营，找人不便，侦查员在这两路调查上耗费的时间和精力都比较多，两路人马忙碌到午夜时分方才返回驻地。

梁武道一路分头走访了全市几家有名的食品公司、公私食品批发商、制造商，了解到线索涉及的食品、饮料的情况：现场遗留的面包包装纸系“丰美糕点食品公司”生产的“五羊牌”牛奶甜面包。可是，侦查员把包装纸给该厂值班经理看后，经理说这并非该厂产品，而是市场上经常出现的假冒产品。该经理把侦查员引往仓库，请侦查员从堆积如山的成箱包装纸里随机取样查看，真假包装纸果然有明显区别。该经理说厂方已经在着手打假了，年前派人进行了市场调查，掌握了造假方的一些情况。

侦查员根据经理提供的情况找到了造假方，那是一家作坊式食品生产商。当时，商品造假并不会被追究刑事责任，除非引发人身伤亡事件。因此，造假方并不是很紧张，交出了几个下家的名址。再往下，就没法儿查了，下家是把面包送往合作方（商店、摊头和流动小贩）出售的，都是零售，量还比较大，合作方根本不可能讲得清楚一共卖给了多少顾客以及他们都是些什么人。对牛肉干和汽水的调查也是如此。

亓舞牧这一路倒是查到了些线索，而且精确到真实姓名。

出发前，亓舞牧征求意见，该先朝哪个方向调查？麦善谋说广州人养鸽驯鸽历史悠久，早在清朝前期就已成规模了，进入民国时有了“鸽子会”，后来中国有了信鸽竞赛，又改名为“信鸽会”。估计这种民间团体解放后还是允许存在的，给费耀祖提供信鸽的那个家伙，没准儿也参加了这类团体，咱们不妨找这些地方先查查看。

亓舞牧听着频频点头，又问尹小白和侯烈的意见。侯烈是山民出身，对鸟类比较熟悉，说以前广西民间每年端午都会举行信鸽竞赛，由地方商会提供资助，广州的情况可能也差不多，可以找商会的人问问。

最后轮到尹小白发言，尹小白嘿嘿一笑：“广州这边的信鸽会，就在法政右巷那里的‘季将军庙’。以前兄弟出任羊城丐帮少帮主时，‘司令部’也驻扎在那里，就在戏台后面。”

亓舞牧瞪他一眼：“这黑仔，不早说？”

一行人赶到越秀区法政右巷，季将军庙却已荡然无存。一打听，得知是毁于抗战前期的日军轰炸。转而去了管段派出所，一个留用老警察说，市信鸽会以前确实在季将军庙，后来庙宇被炸毁，搬到迟家祠堂去了。不过，您几位此刻若是赶去，那边肯定没人。按说今天是初五，机关都已经上班了。可信鸽会不是机关，而是民间团体，虽说有办公场所，但平时是没有人值班的——没啥事儿，也没人给值班者发薪饷，他们通常都是每月碰头一次，举行活动时临时再碰头。再说，此刻已经快下班了，在迟家祠堂那里办公的区公所（即区政府）派出机构的人只怕也走了，你们过去啥也打听不到。

侦查员就地商量片刻，决定去市民政局问问。这种民间团体，解放前是归旧政权社会局管的，解放后社会局取消，就划归民政局管了，民政局那里应该有信鸽会的登记材料。再者，民政局是新政权的机构，应该二十四小时有人值班，不管什么时候赶去都不会吃空门。

果然，市民政局有信鸽会的登记材料。不过，具体管档案的干部已经下班了，是侦查员开车去其住所将其接来的。材料显示，解放后改组的信鸽会共有理事七名，都是男性，年龄最大的六十七岁，最小的二十二岁。会长姓辛，四十七岁，家庭成份是旧军人，本人职业一栏里填写的是“长期无业”。侦查员估计这位辛先生家境富裕，生下来就是公子哥儿，从来没有参加过工作。他既然能够当信鸽会的会长，料想肯定有一手饲养、驯化信鸽的绝活儿，凭此就足以有一份丰厚收入了。

辛会长家住仁济西路，侦查员驱车前往登门拜访。这位仁兄正在后院一间屋子里独自喝酒，屋里挂着的特制架子上一字儿排列着十来只鸽子，他一边喝酒一边跟它们喃喃而语，嘟哝些什么无人能懂，侯烈疑是鸟语——他是山民出身，坚信世界上确实存在这么一种语言，不过他不懂。这人一看便知是个“鸽痴”，担任信鸽会长应该是非常合适的。

亓舞牧跟老辛说明来意，老辛从鸟类世界神回，便显出了旧书生的迂腐，说您几位想了解的这个情况，敝人似是有些印象。不过，您几位的介绍信上说是向市信鸽会调查情况，敝人虽是信鸽会的会长，但并不能代表信鸽会出面对外谈论本会公事，必须得有理事会的授权，方可接受警方的调查。

亓舞牧看出这人是个标准的迂夫子，只怕惹恼了他干脆一问三不知，于是提议是否这就把其余六位理事请来，当场开一个理事会，授权阁下接受警方的调查。辛会长连连点头，却又说这里乃是敝人的私寓，信鸽会开会应该在迟家祠堂办公地，这是信鸽会章程里写明的。所以，我们该去迟家祠堂等候诸理事抵达。

一个小时后，总算把其余六名理事都请到了迟家祠堂。亓舞牧几个主动回避，免得把辛会长惹得不高兴。正担心这迂夫子发表长篇大论不知要等到几时，没想到一支烟还没抽完，辛某就出来招呼侦查员入内，说理事会一致通过配合警方调查。

费了那么大周折，所获结果其实就是一句话。不过，这句话很重要，曰：本城有这么一个驯化信鸽的行家里手，名叫区仁人，粤地人氏，经历不详，长期患病，经济颇优，单身居住在东山区大沙头路。

立马前往管段派出所，得知确有这么一个人，不过，解放前此人就已经离开，那房子据说是其祖居，后来卖给别人了。随即找到当时买下该房产的陆某，陆说区仁人把房子卖掉前也并不居住在此，估计他另有居处。侦查员又走访了四邻八舍，也未获得任何线索。不过，这个情况使特案组得出了一个结论：此人能够做到长期不显山不露水，足可断定是一个职业特工，在“直行大队”中应该是一个非同一般的角色。不排除区仁人的驯化信鸽技能是在“军统”特训班所学，而信鸽是负责通讯的，根据戴笠曾对“军统”人员提出的“一专多能”的要求，这个区仁人很有可能还精通无线电收发报机的操作。由此判断，这人多半是“直行大队”的报务员。

特案组认为，有必要把眼下获取的线索作为主攻方向来考虑，通过追查区仁人，最终扯出“LM”以及整个儿“直行大队”的敌特。可是，应该上哪里去寻找区仁人的踪迹呢?

八、午夜绑架

就在特案组诸侦查员苦苦思索如何追查“直行大队”报务员区仁人的时候，2 月 22 日中午，亓舞牧突然接到广州市公安局政保处的内线电话，说有一个拒绝透露姓名、操广州本地口音的男子来访，要求跟侦办“武装暴动”案件的领导见面。亓舞牧马上叫上麦善谋、陈君临和便衣魏清远，四人驾了一辆民用牌照的轿车直奔市局。

没想到，在市局政保处等待特案组侦查员的那位不速之客，竟是刚刚和尹小白打过交道的帮会名人李仁昌李老大。亓舞牧内心一阵兴奋，暗忖真所谓天可怜见，看来好运终于光顾特案组了!

李仁昌来市局所为何事呢? 这还得从一天前说起——

2 月 21 日拂晓时分，留在“耀祖旅馆”与小白同宿一个房间的李老大被军方突如其来的行动惊醒，还没回过神来，就被破门而入的军人控制住，衣衫不整地押到楼下院子里，接着被军用卡车载往市局。李老大江湖经验丰富，到这一步，他心里已经明白龙吞云、费耀祖一伙是怎么一回事了。对于自己的安危，他倒不是特别担心，多年来他广泛结交三教九流，早在抗战爆发前就已经知道共产党的政治路线和行事路数了，寻思今天这事儿应该是讲得清楚的，共产党讲究实事求是，只要他照实陈述，回头人家一核对龙吞云等人的口供，料想不会留难他。李老大担心的是尹少爷，寻思这孩子不知中了什么邪，好好地待在香港做他的少爷不是蛮好嘛，干吗连过年都不肯消停，非要跑到广州来跟龙吞云这伙人混在一起呢？不知道陷得深不深，如果陷得深的话，只怕得在内地坐大牢了。

往下果如李老大所料，公安人员只是对他进行了一番告诫，就把他给放了。但他还惦记着尹少爷，从公安局出来，没急着回家，而是去了离市局一里开外的一家饭店，独占一副座头，要了两个菜一壶酒，浅斟慢饮，心里盘算着要把尹少爷的下落弄个明白。以李老大的江湖地位，他若想在羊城打听点儿小事儿，不过是举手之劳。三杯酒下肚，李老大已经打定主意，便借用饭馆的电话打给他以前一个帮会弟子小成。

小成是个特别擅长跟江湖人士周旋的角色，在南天王陈济棠时期、日伪时期、国民党时期都混得不错。解放后，小成停止一切活动，待在家里休闲。不过，李老大一个电话打去，小成不敢怠慢，尽管李老大给他出了一道在寻常人看来绝对无法解决的难题，他依然不打隔顿，答应立刻照办。不过半个小时，小成就回话了：尹阿四今晨被押解市局后，没多久就被开释了，其后去向不明。

李老大心头一块石头落地，这才放心回家。昨晚几乎一宿未睡，一直给折腾到现在，他打算好好睡一觉，于是吩咐家人，不论任何人来访，一概称不在家，免得睡不安生。可是，这一觉还是没睡踏实，只睡到下午四时许，就被唤醒了。

唤醒他的那位，也是李老大以前的帮会弟子，叫洪非，是个挑着担子沿街叫卖自制糕点的小贩。洪非生性忠厚老实，好讲义气，嫉恶如仇，多次因打抱不平得罪恶势力惹上麻烦，每次都是李老大设法托关系打点，他对师父自是感恩戴德。年初二那天，洪非刚来过李宅给师父师母拜年，今天又来了，而且带来一份厚礼。李师母这下看不懂了，想起丈夫睡前的关照，便佯称师父出门去了。没想到洪非急煎煎道："弟子有急事！知道师父午后回家就没出过门，必须当面禀告！"说着，也不顾师母拦阻，拔步就闯进主卧室，把李老大连推带唤地给弄醒了。

洪非有什么十万火急的事儿呢？半个多小时前，他卖完糕点挑着空担子回家的路上，忽然被人拦下，说这位是洪兄弟？昌公是你师父？太好了！这里有一份礼物，请你给昌公送去，就说是奉上的年礼——元宵未过，都是新年，初五送年礼尚不为晚。另外，顺便替朋友给昌公捎句话，烦请他老人家今晚七时去西荣巷口"怡福馆"赴宴。朋友特意交代，如果昌公不肯赏脸，那他就会到府上拜访，先打个招呼，届时如若惊扰了宝眷，还请昌公千万恕罪！说罢一摆手，从对面巷子里走出一个瘦高个儿青年，把双手提着的那份年礼交给洪非。

洪非一听对方一口江湖腔调，便知不是善茬儿。定睛打量，乃是个四十岁上下的壮汉，脑袋的形状有点儿稀罕，像是呈方形的，坊间叫"方头"；身穿玄色丝棉薄袄，外罩湖蓝色狐狸皮马甲，手里盘着一对硕大的钢球。接过对方的礼物，洪非冲"方头"拱手作揖，说这位老板，兄弟负责把礼物原封不动送到师父府上，也把您老的话一字不少地捎到，请放心便是。

往李老大家去的途中，洪非留意到和"方头"一起的那个瘦高青年在后面悄悄跟踪，更是吃惊。这"方头"究竟什么来路，竟然要跟师父搞"吃讲茶"那一套，难道是哪个新冒出来的帮派的骨干？如今是共产党坐天下，昔日何等了得的帮会头目全都萎了，这“方头”还敢冒出来奓刺儿，也真是胆大包天。遂急急忙忙奔李宅向师父禀报。

李老大听洪非如此这般一说，那份残存的倦意顿时烟消云散——来者不善啊！凭着多年的江湖经验，他马上把此事跟刚刚发生的“耀祖旅馆事件”联系起来：龙吞云所谓的“武装暴动”定是受了国民党特务组织的指使，暴动不成，龙吞云、费耀祖一干家伙反倒折进局子，估计性命难保，可我李老大却安然无恙被公安局开释。他们显然不可能知道我是在什么情况下去的“耀祖旅馆”，没准儿还以为我也是参与暴动的人员之一。我半夜进了“耀祖旅馆”，天还没亮解放军就把旅馆给端了，别人没被开释，偏偏就把我李老大和尹少爷给放了。如此，后台老板显然认为我李某可能是共产党的暗桩，至于尹少爷，就不仅仅是有暗桩之嫌了，说不定人家已经认定他是共产党的卧底了。那个“方头”之所以敢气势汹汹，是仗着后台的背景。不过，看来他们还不想马上对我实施报复，原因估计有二，一是还不能百分之百确认“武装暴动”的失利确实跟我有关，二是他们的重点追究对象可能并不是我李老大，而是尹少爷。所以，他们想通过跟我的接触来了解尹少爷的情况。

有了这样一个基本判断，李老大吩咐洪非：“你找几个师兄弟，让他们把那个‘方头’的情况给查一下，看是什么来路。记住，不要惊动他，哪怕他惹了你们，也要先忍一忍再说。”

送走洪非，李老大才开始考虑今晚是否要去赴约，最后作出决定：不去！倒不是担心自己的安全。他这么一个隐退的帮会老大，对于寻常地痞流氓还有些震慑力，在国民党特务组织眼里，却根本算不上一根葱。不过，对方暂时不会冲自己下手，否则哪里还轮得上“方头”露脸，派个枪手半道上勾一下扳机就是了。那么，他为什么不想赴约呢？他担心跟对方见了面之后，人家果真问到尹少爷，那就不好应对了——

经刚才这么一番梳理，李老大对尹少爷的背景也看出了些端倪。

之前，他一直把尹小白作为孩子来看待。这也难怪，他认识尹小白时，对方还是一个七八岁的小叫花，冬天经常到他开的铁器店来蹭火。李老大发现这孩子与众不同，一是聪明机灵，二是勤快有眼色，别的大小乞丐，多把铁匠允许蹭火的情分当作名分，几次下来就影响了铁匠干活儿，那就不招人待见了。这孩子却是头次蹭火就忙前忙后主动帮着李老大干零碎活儿，扫地、打水、招呼顾客，不但肯干，而且非常到位。李老大一眼就看上了这孩子，主动提出让他留下来学铁匠手艺。哪知尹小白却谢绝了，说他已经做惯叫花子了，不想改行。李老大大出意料之余，不由感慨：这孩子以后可成大器！

尹小白十二岁那年被组织上找到，带到香港，以“尹少爷”的身份从事秘密工作。李老大相信了尹小白的说辞，以为是其家族将他访查到的，此去香港一步登天当少爷，自是为其高兴。其后，尹小白经常往返于省港之间跑交通、收集情报，到广州时只要有机会就会去看望李老大，还是像以前那样机灵有眼色，两人成了忘年交。组织上指示尹小白，在秘密工作中注意争取李老大的帮助，李老大却从未想到过他是在帮共产党的忙。现在，李老大忽然对尹小白的身份有了猜疑，联系到以往多次为尹小白帮忙的事，终于醒悟：这孩子像是地下党啊！

这么一想，李老大就更不敢赴“方头”之约了。一旦人家跟他聊起尹少爷，他该怎么回答？这孩子若真是地下党或军方警方的便衣，那现在干的都是事关生死的大事儿，我只要说的一个不对，那就是害了小白，更坏了共产党的事儿，于公于私都没法儿交代，即便人民政府不来找我算账，我也没脸在这个世上活下去啦！于是，李老大作出决定：不理睬对方，今晚找个地方去避避风头，明天再作计议。

“方头”说过，若是不赴约的话，他们就要登门拜访，那该怎么办呢？这个，李老大倒不太担心。李老大本身是广东洪门出身，辈分较高，三十多年前又参与创建相当于“铁业从业人员协会”的“铁锤钢钳帮”，被选为龙头老大。后来，他对帮会事务不感兴趣了，所有职务统统辞去，只保留会籍。但因名声已响遍粤省，徒子徒孙数百，影响照样不减。现在，他就把脑筋动到这份影响上，吩咐妻子把当年留作纪念的“铁锤钢钳帮”的帮会旗帜从箱底取出，挂在大门口。“铁锤钢钳帮”未被人民政府列入“反动会道门”名单，只是要求“有限制活动，做好改组为行业公会的准备”，因此，挂出这面具有护身符作用的旗帜，政府不会干涉，但对“方头”及其后台会起到一定的震慑作用。

傍晚李老大出门前，洪非登门禀告：经查，那个“方头”名叫宋鼎，系新近开张的“福福米行”老板；此人原在新会开米行，半年前其在广州的伯父病殁，给他留下一份遗产，他就关了新会的米行，跑到广州来新开一家。这主儿以前是青帮成员，辈分不高，但流氓习性严重。移居羊城后，因其名声不佳，广州青帮对其不怎么待见，他急于借助外力改变这种状况，就跟龙吞云一伙搭上了关系。据说，“方头”前两天曾跟人提起过，龙吞云邀其“出山”，他婉拒了，但答应捐赠两石大米，还没送过去，龙吞云就被捕了。

李老大对洪非说，自己年前跟六榕寺方丈承诺过，新年期间会去该寺坐坐，陪方丈下几盘棋。他今晚就打算在六榕寺过了，估计明天傍晚可以回家，万一有事，可去六榕寺找他。

李老大在六榕寺住了一宿，今天上午正跟方丈下棋，洪非突然来了，告知了一个意想不到的消息：李老大唯一的儿子李德馨昨晚下班后没回家，家人以为他所供职的铁路机务段活儿忙加班，并未在意。今天清晨，其妻冯金铃去给他送早饭，没想到机务段说他昨晚没加班，上完中班，午夜稍后就骑着自行车回家了。李、冯两口子婚后未与父母住在一处，两人结婚已七年，生有一双子女，由冯金铃的寡母帮助照料。冯金铃没有工作，母女俩闲来做些刺绣织品出售，贴补家用。

李德馨下班后整晚不回家，这是从未有过的情况。冯金铃着急了，赶紧往回奔，指望丈夫此刻已经到家。结果家里依旧没见丈夫，倒是母亲指着桌上的一封信说，这是刚才你出去后我在窗台上发现的。冯母是文盲，不知信封上写着什么。冯金铃上过四年小学，接过一看，信封上没贴邮票，显然是写信者悄悄塞进来的，上写四字："转交昌公"。

信封是封着口的，冯金铃没敢拆，她料想这封信肯定跟丈夫昨晚没回家有关，立刻去了公公家。李老大不在，婆婆章氏听儿媳妇一说，也急了，和冯金铃一起去了邻居陆先生家。陆老爷子是前清秀才，后来做过衙门书办、教师、豪门管家、大商号总账房，处世经验丰富，当下拆信一看，说德馨被绑架了，这封信的落款署名"一叶"，料想是绑匪化名。二位先别着急，这事别说你们了，就是老朽这个前清巡防衙门的书办也应对不了，还得请昌公出面处置。

正说到这里，洪非因不放心师父家昨晚情况如何，叫卖糕点路过这边顺道来探望，听说此事，立刻放下糕点担子，自告奋勇去向师父禀报。

李老大没想到对方竟然使出这等卑鄙手段，顿时大惊失色。洪非问是否需要先把昨天传话的"方头"扣了，被李仁昌制止。此时他已稳住心神，说如今是新社会，不能像以前那样意气用事，不计后果。放心，他们把德馨绑去，目的是要我露面，德馨眼下暂无性命之忧。这样吧，你先去告诉你师母和金铃，就说还没找到我。德馨肯定没危险，让她们该干什么还干什么。我在六榕寺的消息，就你一个知晓即可，不能向其他人透露。

洪非离开后，李老大反复思量，最后决定悄然前往广州市公安局找侦办“武装暴乱案”的负责人反映一应情况，问明政府他是否适宜跟对方见面。主意打定，李仁昌悄然离开六榕寺，没马上去市局，而是到市电话局给一个身份为留用警察的弟子打了个电话，请其代为向领导报告，并说自己不宜公然在市局门口露面，请市局派辆车到电话局接一下。

李仁昌的大名是上了社会部、公安局编印的内部社情手册的，在社会、治安、刑侦、政保各部门几乎可以说是尽人皆知。这个电话一打，十来分钟后警车就到了。

九、一网打尽

李老大对敌特针对其子李德馨采取的绑架行动的动机的猜测可以说是基本到位——

2月21日晨，穆逸云在获悉龙吞云发动“武装暴动”失败被军方一锅端的消息后，果断作出“丧事当喜事办”的决定，把预先印好的传单散发街头，然后向台湾“保密局”总部拍发密电“报捷”。上峰给“直行大队”配备的电台功率比较小，难以直接发往台北。据报务员区春锡说，这种电台只能跟珠江口外伶仃洋海面上游弋的国民党海军舰艇进行通讯，再由军舰上的电台中转，会耽搁些时间。穆逸云的“报捷电报”发出后，过了六小时方才收到“保密局”总部的回电。

把电报译出来一看，穆逸云不由一个愣怔。原以为“直行大队”弄了一出“武装暴动”的闹剧，还锦上添花加料散发了传单，上峰给个表扬嘉勉是少不了的，往下可以消停一下，休整休整。哪知，上峰回电中没有嘉勉不说，反而又下达了一桩让穆逸云感到汗毛直竖的使命——对付刚组建的华南特案组！

应该说，新中国成立伊始，敌特对我方内部某些情况的刺探、研判是比较成功的。比如，敌特方不但知晓华南特案组已于2月上旬正式组建，在此刻给穆逸云的密电中还列明了七名侦查员的姓名。事后我方反特部门判断，这可能跟华南特案组是由之前刚刚圆满侦破“55专案”的班底成员组成有关，“55小组”成立时，上级并未打算将其改组为华南特案组，这宗系列重案一破，不仅坊间热议，公安系统内部更是有一番点赞，而且有些警员是跟亓舞牧等人打过交道的。当时公安机关有一部分留用旧警察，敌特方肯定会从他们那里打听到这些情况。另外，华南特案组展开工作后，也瞒不过同行，这个密在公安内部是保不住的。因此，被敌特获悉也不足为奇。穆逸云此刻收到的密电中，甚至还对除梁武道、侯烈以外的特案组侦查员的年龄、体貌作了基本准确的描述。

对付华南特案组自然是风险不小，好在“保密局”的密电中只要求“对其采取报复性行动”，至于采取何种报复行动及行动的规模、效果，并未作出规定，也就是说，可以由穆逸云自由裁量，这让他稍稍松了口气。

于是，穆逸云跟区春锡商量应当如何实施。讨论下来，认为目前最先需要解决的问题是掌握华南特案组的驻地和他们眼下的工作情况。说到这里，穆逸云突然想到一个情节：据对“耀祖旅馆”进行秘密监视的黎启蒙说，年初三午夜，旅馆伙计骑自行车出门，却跟一个骑摩托的男子回来。后来，该男子一并被军方抓走了。这人是谁？是否跟龙吞云一伙全军覆没有关？如果有关，这个案子是不是华南特案组在侦办？

穆逸云把这个念头一说，区春锡认为可以设法秘密查一查，遂把黎启蒙叫来，问他是否看清了那辆摩托的牌照号码。黎启蒙是接受过正规训练的特工，当然不会疏漏这一点，随口就报出了号码。穆逸云安排另一特务柏如山动用在旧警察中的关系，很快查到了三轮摩托车的车主李老大。穆逸云随即又下达了第二道命令：李老大被军方逮捕，如今关押在哪里？还是已经释放了？这个情况也需要查一查。

柏如山再次出动，不久有了结果：李老大被捕后，随同龙吞云一伙被押解市公安局，当天就开释了。柏如山也是职业特工，并未到此为止，顺便让其关系查了一下那伙被捕者中当天被释放的有几人，都是谁。这个由其自作主张的“延伸调查”查到了一个重要情况，被捕的人犯中，除了李老大，另外还有一个年轻人，他比李老大开释得还早，据说连监房也没进。当时在场的警员事后传言，别看这个年轻人貌不起眼，人家可是香港来的富商公子，人称“尹少爷”。

这一说，穆逸云马上想起密电中对华南特案组部分成员的介绍，其中有一个叫尹小白的，年龄不过二十出头，不会就是那个“尹少爷”吧？由此，穆逸云确认“武装暴动”穿帮跟华南特案组有关，估计那个姓尹的年轻人是被派去卧底的。

那么，李老大在其中又是什么角色呢？这个就暂时无法获知了。黎启蒙、岳三绝、柏如山三个下属倒颇积极，提出由他们通过各自的关系设法向关押在市局看守所里的龙吞云、费耀祖等人打听，被穆逸云断然否决——这是重大政治案件，公安局的重视程度可想而知，可不像之前打听车牌或李老大是否已被开释这些情况那么简单。别说留用警员了，就是南下干部、地下党出身的警员，这种案子也未必能沾边。若是有哪个留用警员果真打听到了什么信息，那无疑就是人家在钓鱼，你就等着进局子吧。

但穆逸云并不想放弃李老大这条线索，毕竟这是目前了解内情唯一的渠道。据穆逸云所知，李老大这种角色在新政权眼里属于灰色人物，虽是帮会骨干，但并无民愤血债，一般不会算作恶霸或者反革命，但跟“开明绅士”也沾不上边。目前新政权虽然顾不上动他，以后怎样就难说了。既然此人是个资深老江湖，对自己的处境也应当是了解的，如若以江湖方式（加之暗示有台湾背景）约其见面，估计他会识时务的。

让谁出面约李老大见面呢？黎启蒙推荐了一个人，说他有个开米行的宋姓表兄，颇有魄力，胆子也大，可以让他给李老大捎一份年礼过去，顺便请他出来见个面。

回头跟“方头”宋鼎一说，米行老板果然一口答应。不过，他是半年前刚从新会来广州开米行的，他听说过李仁昌，李老大却未必知道他这种无名鼠辈，直接登门送礼捎话，只怕人家见都不会见他。那该怎么办呢？一打听，李老大的弟子洪非每天在街头挑着副担子叫卖糕点，于是决定请洪非转告。

其实“方头”是块什么料，黎启蒙是清楚的。他之所以敢推荐“方头”接下这桩差事，是考虑到反正就是捎个话，没什么技术含量，只要不是脑残，都不会出差错。哪里想得到他这个表兄太想在省会道上朋友面前表现一番了，竟然高调行事。见过洪非之后，“方头”寻思这事儿已经板上钉钉，就去给黎启蒙回话说没问题了。黎启蒙信以为真，返回“恩济阁”向穆逸云禀报。当晚七时，经过一番化装的区春锡作为穆逸云的代表前往西荣巷口的“怡福馆”，等了一个多小时，也没见李老大露面，只得无功而返。穆逸云得知后倒也并不在意，说看来昌公有顾虑，没关系，咱们再想别的办法。

“直行大队”掌门人做梦也想不到，他不在意，有人在意。那个在意的人，自然是本该在这出戏里打酱油跑龙套，却误把自己当作主角儿的“方头”了。

如果给“方头”的黑道身份作一个定位，只有三字评价：“未入流”。他在新会待了三十余年，没有任何帮会组织待见他，他自己又没能力组建一个什么堂口，同时又自命不凡，平日恃强凌弱，横行不法。

这样一个家伙，从一个小县城进入省会定居，还独资开了一家比他在新会的规模大一倍的米行，其自我感觉之好可想而知。“方头”急于在广州扬名立万，成就多年梦想，结交了若干跟其在新会的状况差不多的“未入流”的地痞和混混儿。刚把小圈子建起来，就迎来了一个契机：广州解放了，原先的帮会骨干、流氓恶霸逃的逃、抓的抓、隐的隐，腾出了黑道舞台上的若干空间，“方头”就想趁机竖起自己的名头。

如今是新社会，靠打打杀杀已经行不通了，梦想成不了真不说，还会把自己的性命搭进去。所以，他想采取引而不发之计，既在道上亮出名号，又不真的干出够折进局子的事儿来。这需要有背景帮衬，还要有机会。没想到，表弟黎启蒙竟然把机会送上门来了。得知表弟请他去跟李老大打交道，“方头”寻思，如果借此机会把李老大给降服了，何愁在羊城道上出不了名？遂有了半道拦住洪非的那一幕。

“方头”虽然给表弟回话说李老大肯定准时赴约，但心里还是有些忐忑，就跟新结交的地痞混混儿商量，万一李老大不赴约怎么办。最后决定：如果李老大拒绝赴约，那就给他点儿颜色看看。当然，来硬的只怕不行，这主儿会武术，据说年轻时打架一人同时对付七个流氓都没吃亏。再说，他是洪帮人物，徒子徒孙不少，即使已经解放了，有事只怕还能叫得应。那就换个目标，对付他儿子李德馨吧。小李在铁路机务段干技术活儿，跟乃父完全不同，白面书生一个，老李的武术也没传给他，应该还是好对付的，把他请到米行作为贵客招呼就是了。李老大只有这么一个独子，还不急得犹如热锅上的蚂蚁，这时通知他去赴约，他还敢拒绝？

于是立即着手做准备：“方头”带两个弟兄去西荣巷口的“怡福馆”盯着，看李老大是否赴约；这伙地痞中最能说会道的“溜溜嘴”罗达旦冒充小李的亲友往铁路机务段打电话，询问李德馨今晚是否加班，如若加班，就在半道守伏，万一李老大不去赴约，那就动手绑人。

“直行大队”派出的特使区春锡不认识“方头”，自是不知这帮人在暗中做手脚。他离开饭馆后，“方头”便决定冲李德馨下手，率领罗达旦等三个地痞守候在铁路机务段附近，午夜过后，终于候得李德馨下班骑车路过，连人带车将其“请”至不远处小河边预先停着的一条木船上。这条木船是“福福米行”平时下乡收购粮食用的，此刻正好被“方头”用作绑架作案的交通工具。

在整个儿绑架过程中，李德馨充分配合，并未吃到什么苦头。由于其父的帮会身份，他童年、少年甚至成年后，曾遭过数次绑架，每次都是有惊无险，这次他的反应也是比较淡定。到了米行，由绑匪陪着吃了准备好的夜宵，就进了“方头”给预备的卧室，倒头便睡。

苦主睡着了，“方头”倒失眠了，他对此举似有后悔之意，寻思事先应该跟表弟通个气的。万一李老大不吃这一套，那怎生奈何？但事到如今，也只好硬着头皮走下去了，遂写了一纸落款具名“一叶”的帖子。别看“方头”混黑道不入流，却是上过三年私塾的，那手毛笔字竟然还看得过去。

却说李老大获悉儿子被绑，紧急联系警方。亓舞牧、麦善谋、陈君临赶到市局，听了老李一番陈述，组长亓舞牧马上表态：救人要紧，咱们这就行动。这样吧，我们先安排一处安全隐秘的地点，您去那边休息。那里有电话机，我们随时可以联系。您放心，我们肯定能把少爷营救出来。

亓舞牧之所以那么有信心，是因为他对绑架案已经有了一个初步判断：此事不应是“LM”所为。现在是什么形势？“LM”无论做什么，首先要考虑自身安全。按照通常思路，面对李老大昨晚没有赴约的状况，作为一个职业特工，“LM”的第一反应是要弄清楚对方不赴约的原因。特案组侦查员中不乏从事过多年秘密工作的，都有过类似的经历。还没弄清楚原因就下令绑架，强迫对方见面，这应该不是“LM”这种高级特工的素质，倒像是些不入流的小混混儿所为。

跟副组长梁武道交换意见后，亓舞牧决定对“福福米行”采取行动。向领导请示，获批。考虑到宋匪落网后，有可能随即供出幕后指使者，特案组又以华南分局社会部的名义要求广州市公安局安排公安大队待命。稍后，特案组侦查员连同外援便衣共二十多人将“福福米行”悄然包围。下午五时许，行动开始，宋鼎、罗达旦等一干匪徒落网，李德馨被成功解救。

一小时后，年后刚刚开张的“恩济阁”被公安大队包围，穆逸云、区春锡、黎启蒙、岳三绝、柏如山五犯被一锅端。行动如此顺利，亓舞牧在欣慰的同时，也稍稍有些不放心。五名被捕的敌特身上没有搜出武器，就是在食客到不了的账房、伙房、库房，也没发现武器弹药。原来一应特务活动的武器、器材全在后院那株据说已有两百多年的大榕树上的一个树洞里藏着，如果要使用的话，得架起梯子爬上去取。这就是说，穆逸云一伙根本没有料到他们干的事儿这么快就会穿帮。

特案组长心里犯嘀咕了：据宋鼎供称，前一天其表弟黎启蒙去找他，让他相帮约见李老大时显得很急迫，今天怎么对此不起劲儿了？不但一整天都没跟宋鼎联系，还若无其事地开门迎客做起生意来了。按说，羊城地面上这种规模的饭馆通常都是元宵节过后才营业的嘛。这其中，是不是有问题？

十、李代桃僵

对被捕敌特的讯问连夜进行，原以为会有一番折腾，但穆逸云等人犯并无零口供的打算，有问必答，对受命潜伏、组织暴动、策划对付特案组等都一一作了交代。关于亓舞牧先前感到不解的那个问题，区春锡等人都说是穆逸云下令停止对特案组采取行动的。穆逸云本人则供称，他昨天午夜让区春锡用电台跟台北“保密局”总部进行联系时，接到指令：“自即日起停止一切活动。”这也是今天“恩济阁”开始正常营业的原因。

汇总完审讯口供，尹小白跟亓舞牧组长有同感，也觉得不可思议，说这个惊动北京，打着“保密局”、“二厅”牌子的双料特务“LM”就这样谢幕啦？这也太容易了吧？这个穆逸云别是冒牌货吧。

此言一出，举座皆惊。亓舞牧目光炯炯看着尹小白：“黑仔，说说理由。”

尹小白的理由有三——

第一，据穆逸云供称，他是去年夏天受命潜伏羊城的，代号是“孟加拉白虎”，当时他的老东家“国防部二厅”并未给其配备从事特务活动的一应器材。广州解放伊始，可能出于其身份转换的方便——一旦哪天他被我方盯上的话，他的饭馆老板身份是经不起调查的，敌特方就搞了个小伎俩，通知他外出避祸，利用国民党空军空袭广州的机会，炸毁了原先的“穆记饭馆”，以便“恩济阁”的开张。由此可以判定，“二厅”最初是要把“孟加拉白虎”作为一枚“僵尸棋”，待日后需要时激活的。可是，穆逸云却在除夕突然接到命令，将其代号改为“LM”，指令其组织“武装暴动”，并暂时改受“国防部保密局”节制。这种从代号、隶属关系直到潜伏意图的系列性更改，别说在国民党特务机关，就是在国际特工界也是罕见的——尹小白在香港时至少跟七八个国家的特务打过交道，在特案组诸成员中，他对于“国际特工界”是有发言权的。

第二，即便撇开前述对于敌特两大特务机构联合采取行动之说“高度不靠谱”的质疑，权且当真有这么一回事，此次特案组抓到的这个“LM”，其资历、能力，还有他的气质，根本够不上一个具备“保密局”和“二厅”双重身份的双料大特务。

第三，再说“直行大队”策划组织的“武装暴动”，两个字就可以概括——草率。穆逸云收到的密令竟然是“不求实效，重在影响”，这种指令不会是毛人凤凭空一拍脑袋就产生的。人家手下的中外特工专家就是专门搞这类策划的，对于他们来说，“重在影响”的特务活儿多的是，比如暗杀著名社会人士、爆炸电厂桥梁等重点目标，这些行动跟“武装暴动”相比，实施起来都比较简易，而且便于保密。可龙吞云折腾的这个“武装暴动”，烈马金刀，大开大合，恨不得雇一班响器班子吹吹打打，再竖一面招兵买马的大旗。这种动静怎么可能不被公安机关注意到？而且，这么简单的问题，“保密局”、“二厅”的那些专家能想不到？所以，尹小白认为所谓的“武装暴动”不过是敌特散布的烟幕弹，甚至是故意让这伙人栽到公安机关手里。

尹小白的观点对其他侦查员的思维有所触动，众人不由交头接耳。尹小白坐在那里喝着茶，心里有点儿得意，正努力控制着不让那份得瑟显露出来，忽见副组长梁武道伸手指着自己，似有话说。

尹小白吓了一跳，他私下跟张百行、侯烈和韦博秋嘀咕过，说他对老梁有些憷头。梁武道是个冷面人，天生沉默寡言，作为领导，似乎缺乏亲和力。而尹小白对他的憷头还来自另一方面：他十二岁上被党组织寻找到后去了香港，从丐帮少帮主转变为职业革命者。他所在的党的秘密机关是以富商公馆为掩护的，他的身份是少爷。公馆的管家老卓于1925年省港大罢工时入党，海员出身，是一名优秀的钳工，手劲惊人，酷似一把德国产的老虎钳。他以管理远洋轮船的规矩管理公馆，对每个人的要求都非常严格。像尹小白这样的调皮鬼，遇到老卓就算是遇到了克星，几乎留下心理阴影了。小白曾跟张、侯、韦说起，我只要一想起“卓叔”，就觉得浑身发虚。

而尹小白之所以对特案组副组长老梁憷头，是因为老梁跟老卓极为神似。现在，老梁一指，小白赶紧下意识站起来，要去拿热水瓶给对方茶杯里添水，却被对方摇手阻止。

老梁示意小白坐下：“你刚才的意见说得很好，那你再分析分析，如果穆逸云是冒充‘LM’的假货，敌方的用意究竟何在?”

这个问题尹小白还真没考虑过，一时张口结舌。这时亓舞牧开口了：“老梁和我想到一块儿去了，大伙儿也都发表一下意见吧。”

一番讨论之后，综合大家的意见，可归纳为如下的思路——

目前基本可以判定，穆逸云并非 2 月 12 日北京那份情报中所说的“LM”。敌特方之所以要变更穆逸云“孟加拉白虎”的代号，显然是为了掩护真正的“LM”。冒牌货“LM”——穆逸云所接受的指令，应该是敌方特工专家精心制订的，让穆逸云的“直行大队”策划“武装暴动”及对付“华南特案组”，以此吸引我反特力量的注意力。为保护真正的“LM”，敌特方宁可“牺牲”穆逸云一伙，也算下了血本。为什么要不惜代价，用这种“丢卒保车”的方式保护“LM”呢？肯定不是为了让其长期潜伏下来的目的，否则的话，何必指令“孟加拉白虎”作为冒牌货露面？众侦查员推断，那个真正的“LM”肩负的使命对于敌特方来说一定具有非常重要的意义。

通常敌特潜入内地，执行的任务无非“破坏”、“煽动”、“策反”、“布棋”这么几大类，如今看来，“煽动”和“布棋”可以排除，“策反”的可能性也微乎其微，那就只剩下“破坏”这一类了。举凡爆炸、纵火、投毒、暗杀、暴动等，皆属于“破坏”，但特案组认为前四项均可以排除，因为这类行动不需要进行长期准备，用不着如此折腾。比如三个月前，“保密局”局长毛人凤亲点上校大特务、王牌杀手刘全德潜入上海执行暗杀陈毅的使命，事后查明，敌方并未使用“丢卒保车”等掩护刘犯执行暗杀使命的手段；再如之前敌特方还曾策划在永安公司顶楼“七重天”制造爆炸案，甚至已经将伪装成金属饼干箱的炸药运往现场，但还是让我方给粉碎了，其行动实施过程中也是秉着简单直接的原则，并没有什么复杂的掩护手段。因此，特案组反复分析下来，认为“LM”潜入内地的使命是组织反革命暴乱，当然，肯定不是龙吞云之流进行的那种草率的行动。

1950年初，一些原先土匪势力猖獗的地区，尤其是广西部分地区、湘西、大别山及川西北，匪患依旧严重。其原因是“传统”土匪被国民党方面收买，摇身一变成为政治土匪，与新政权公然为敌。华南特案组在分析案情时，就很自然地往这类匪情严重的地区上靠。那么，“LM”会选在何地进行活动呢？结合政治气候、国际形势、地理位置等综合因素，特案组认为最有可能的应是广西。

“LM”潜入内地的路线肯定是由敌特组织的特工专家结合多方面因素充分论证过的，即先抵广州，然后由粤赴桂。有读者可能会问，为什么不直接从境外潜入广西呢？越南不是跟广西接壤吗？由越南进入广西，不是比先到广州再到广西更安全吗？这是由其时越南的现状决定的——

1945年9月2日，越南宣布独立，仅仅过了三周，法国殖民军就卷土重来，越南国内重新燃起长达九年的战火。台湾特工专家在为“LM”制定潜入中国内地的路线时，显然不会让其冒险穿越战区，也不敢派遣飞机从法国军队的防区上空飞越然后进入广西空投；即便能够安全空投，也难以保证“LM”降落在十万大山的原始森林里能否生存下来。

最安全的路线，就是从香港偷渡进入广东，先设法在广州立足。广州有“保密局”、“二厅”等多个潜伏特务组织，有电台可以跟台北联系，可以负责接应并提供安全落脚点，再安排“地下交通”妥送“LM”前往广西。

“LM”不是来广州观光的，按照特工活动的正常规律，他抵达后不应较长时间逗留。可是，从穆逸云的交代内容看，“LM”至少在广州待了十天，估计直到2月22日穆逸云接到上峰的密电命其“停止一切活动”前，方才离开广州。那么问题就来了：其一，“LM”为什么要违反特工活动的惯例，在羊城停留这么长时间？其二，“LM”在广州破例超长时间逗留，台北特务机构是否知晓？

对于第二个问题，特案组诸侦查员分析，台北方面应该是知晓的。依据何在？很简单：安排穆逸云变更代号，临时客串“LM”进行近似于公开的特务活动，把我方反特人员的视线引向“直行大队”，如此作为，显然是为保证“LM”在广州意外逗留期间的安全。

至于第一个问题，迫使“LM”待在一个城市无法马上离开的原因很多，比如意外患病，或者遭遇突发事故受了伤；也可能由于某种原因和“保密局”总部失去了联系；甚至因和人发生争执动武折进局子，或者运气不济被匪徒绑架，等等。那么，“LM”究竟遇到了什么情况呢？特案组想到了一种可能：没准儿是特务活动器材出了问题。

特务通常配备的器材无非是武器弹药、电台（含密码本）、用于通讯联络的密写药水、间谍专用照相机、军用望远镜，及用于进行暗杀或其他破坏行动的毒药、定时炸弹等。上述器材中，对于“LM”这个“肩负重命”的高级特工来说，发生问题的是哪件或者哪几件呢？特案组反复讨论下来，定位于电台和密码本上。

当时在广州活动的潜伏特务，配备的电台功率都比较小。功率小，信号就不容易被我方的无线电监测仪器捕捉到，而且轻便、耗电少，便于携带和藏匿，缺点是信号发射和接收功能就相应差些。不过，这对于在广州活动的特务来说不是问题，只要发送出去的信号能被在珠江口伶仃洋面上转悠着的国民党军舰上的电台接收到就行了，舰台有一项特别使命，就是负责中转广州潜伏特务跟台北总部之间的联络，相当于一个可移动的无线电信号中转站。根据之前对“LM”活动区域的推测，如果是广西内陆，那里跟珠江口隔得就远了，而且由于山区地形和气候等的影响，会导致信号发射和接收效果更弱，因此必须使用大功率电台，那就可以直接跟台北总部联络了，无须经舰台中转。

侦查员推测，“LM”偷渡时携带的大功率电台出了问题，具体是“损”还是“毁”暂时无法得知，反正是不能使用了，于是通过广州潜伏特务的电台向台北总部报告情况，请总部宽限一定的时间以便他进行修理，或者请总部重新送一部电台到广州来，只要电台一到，“LM”即可离粤赴桂。特案组认为，这同时也是侦查方向——

如果电台只是“损”，“LM”首先会考虑进行检修，他不一定通晓这项活儿，得由台北总部为其配备的专职报务员着手操作，如果是部件损坏，那就要设法采购。收发报机的零部件市场上当然没有出售，不过，可以通过变通的方式得到解决，那就是去旧货市场淘破旧收音机之类进行拆解，运气好的话，可能会找到尚可使用的部件作为替代品进行改装。因此，特案组决定派员走访全城此类旧货市场和店铺，指望能够找到蛛丝马迹。

也有可能“LM”的电台并非损坏，而是干脆报废或者遗失了，比如偷渡时运气不好遇到盘查，为了避免暴露，那就只好放弃电台及其他随身携带的武器和特工器材。如果是这种情况，那他除了等候台北总部给他补配一部电台之外，没有其他法子可想。在穆逸云主持的“直行大队”胡乱折腾的这段时间里，“LM”就在等候补配电台运抵。至于“LM”离开广州后去了广西何地，目前特案组无法作出准确判断，甚至连模糊的估测也做不到。不过，一干侦查员认为，可以循着补配电台是如何运抵广州以及怎样送到“LM”手里这条线索来查，也许能顺藤摸瓜发现“LM”的踪迹。

特案组长亓舞牧拍板：以上两个侦查方向同时进行。“LM”已经去广西了，我们必须赶在他跟广西匪伙接上头之前，查明其下落！

十一、疑犯失踪

2月24日，特案组七名侦查员以及十八名外援便衣按照上述两个方向分头访查。当天，有三拨发现了疑似线索，是向电器仪表旧货商购买零配件的。可是，进一步调查下来，发现这三个对象是业余无线电爱好者，不过是淘旧货配装晶体管收音机而已，并不涉案。

当晚，特案组汇总各路调查情况，众人难免都有些沮丧，只有副组长梁武道照旧淡定，抽着那只据说以千年老树根为材料制作的奇形怪状的烟斗。待各人都发过言，他若无其事地嘟囔一句：“不着急，还有明天哩。”

亓舞牧被尹小白私下评为有一双“毒眼”，认为这主儿看人看事特别准。现在梁武道这话一说，其他人听过也就听过了，只有尹小白把眼光悄悄投注到老亓脸上。只见亓舞牧的双眼电光石火似的闪了一下，尹小白就知道老梁的淡定肯定是有原因的。

亓舞牧跟梁武道之前素不相识，甚至互相之间都不曾听说过对方的大名，决定组建华南特案组的时候，华南分局社会部领导也只是把增加的三名成员梁武道、侯烈和韦博秋的情况向亓舞牧做了个简单的介绍。

可是，特案组长就是有这份直觉。老梁并未向他说起过自己当天调查的情况，刚才汇总时，与其搭档的张百行也没说出什么值得注意的线索，老亓却从梁武道的那句嘟哝中看到了希望。那么，亓舞牧的直觉是不是准确呢？好像是的。

老梁这一拨共有三人，他是头儿，下属是张百行和外援便衣华振勇。三人中，华振勇年龄最大，已经四十挂零了。老华并非科班出身，但他已经干了二十二年刑警。要说在刑侦方面的建树，在高手众多的羊城警界他是排不上名的，可是，这人袖中另有乾坤：他特别擅长跟江湖黑道上的底层角色打交道，手头掌握着一个非常有效率的“耳目班子”。

老华生性稳重，自二十年代末，在羊城每个历史阶段的警察局都干过，从来没做过欺压良善的事儿，凡是跟政治沾边的活儿，他是能推则推，不能推就消极怠工，再不行干脆休病假。他有哮喘病，只要吃一点儿发物就立马发作。凭着这几招，他干刑警没发财，没升官，却也一直太太平平。这种人物，不论何方执掌警务，都是对他敞开大门的。华振勇是羊城解放后被军管会留用的第一批旧警察。组建华南特案组时，领导让亓舞牧挑选外援便衣，老亓浏览了推荐名单，第一个圈出来的就是华振勇。在十八名外援便衣中只有三名留用旧警，老华是其中之一。

老梁这一拨接受的任务是查摸从珠江口运送电台到广州的线索。他跟张百行、华振勇商量下来，认为从香港运送电台到广州，最稳妥的方式应是动用船只把电台运至南海、虎门或者中山这三个港口中的某一个，然后再到羊城。电台这种东西，不论怎么包装，仅从外观上就容易让人觉得敏感可疑，所以，从港口到广州这一段的运输方式，水路也是敌特的首选。广州这边负责接应的潜伏特务如果不会摆弄舟船，那就只有花钱雇佣船民。

老梁三个认为，要查摸这方面的线索，必须去找船民、渔民了解。

这一整天，他们三个就在做这件事，但并无收获。要说老华的性格，跟老梁有一比，也是一个沉默寡言之人。他一整天走访下来，话没说上几句，傍晚收工时，对老梁说组长我有点儿事，就不去驻地了。梁武道当时心里一动，暗忖老华可能是要去安排“耳目”了。

不出所料，次日上午三人再去珠江边上走访，路过一家工厂时，老华请梁、张稍等，他去门房打个电话。这个电话耗时很短，也就不过两分钟，但老梁一看老华出来时的眼神，便知有戏。

老华果然有戏——昨晚他所谓的“有点儿事”，就是去找了他掌握的“耳目”景某。这景某是船民出身，原有一条五吨木船，专搞珠江水上运输。后来木船失事沉没，没钱再买，只好干起了船工。这人很讲义气，以前曾拜过南拳名师学武，手底下拿得出点儿东西，在道上比较兜得转。不过，兜得转就容易惹祸，即使自己不想沾边有时也会被动沾上。老华曾多次伸手帮他摆平麻烦，他因此管老华叫大哥。抗战胜利后，老华听说景某妻子患病，说老弟你经常行船在外照料不了家庭，我介绍你去码头上工作吧，离家近，也好有个照应，收入不会减少，活儿比船工轻松多了，就是帮着照管码头上的杂务，老板管三餐。景某自是感激不尽。之后，老华有时办案需要码头上的线索，就请景某帮忙打听，当然不会让他白干。渐渐，景某就成了老华掌握的一个很靠谱的“耳目”。经老华同意，他还发展了三个小兄弟作为助手。

昨晚老华约见景某，交代了急需打探的信息。刚才，华振勇往景某供职的码头打电话，景某果然打听到了一个疑似目标，跟老华约定一会儿过来。老华见对面有家茶馆，就让景某到茶馆见面。

当下，梁武道、老华、张百行在茶馆找了副座头，听老华一说情况，梁武道和张百行同时站起来，说咱们还是按照这一行的老规矩办事，应该回避，否则人家心里不踏实，以后就不肯干这一行了。于是，两人就去外面转悠了。一会儿，景某骑着辆自行车过来了，向老华报告了一个情况——

这个嫌疑对象名叫唐立栋，三十二岁，瑶族，一双眼睛因中毒一度失明，半年后方才恢复，人称“唐瞎子”。他早年在外国货轮上做过水手，喝醉酒打了洋船长被逐，索性投了一伙外国海盗，杀人越货的歹事儿料想没少做，后来金盆洗手回到广州老家。唐瞎子用带回的赃款买了套旧房子，娶了个老婆，剩下的买了一条三吨木船，不知从哪里弄到一台柴油发动机，自己鼓捣着把木船改装成一条机动船，从此就做起了运输专业户。唐瞎子“国际海员”出身，水手、海盗都干过，原本胆子就大，加之多年在大海上混生活，见识颇广，回乡后驾着这条三吨小船在珠江上谋生活，有一种虎落平阳的感慨。

珠江口外面就是伶仃洋，虎门、南海、中山三地沿海区域乃是海盗、走私犯天然的大舞台。时间稍长，喜好结交朋友的唐瞎子难免会跟这些主儿接触。于是，他就有了第二份职业——给海盗、走私犯跑运输，捎带海上生活必需品和走私货。由于他是“国际海员”出身，会说点儿外语，与其他同行相比，有跟洋海盗、洋走私犯合作的优势。不过，唐瞎子钱赚得多花销也大，吃喝嫖赌无所不沾，手头并无积蓄。

这样一直混到解放，珠江这条黄金水道对于唐瞎子这样的人来说，含金量立马下降。因战事和治安形势严峻，作为水上运输专业户的收入也减少了，唐瞎子颇不习惯，经常在珠江广州段各码头东窜西跑，四处打听是否有“外活儿”需要合作。景某跟唐瞎子相识多年，有点儿交情，虽然慑于法律没给他介绍过“外活儿”，但遇到唐瞎子多日没能出航导致家里揭不开锅的情况时，也会慷慨解囊。唐瞎子心存感激，有时到码头上来坐坐，两人喝茶聊天，他有什么话都肯对景某说。

年初一那天，唐瞎子突然来到码头上拜访景某，送来两瓶白酒、两条香烟和两罐茶叶，说是来拜年。这时已是下午四点多，景某说我快下班了，你别急着走，咱哥儿俩去对面小酒馆喝一杯。唐瞎子说不瞒老弟，今晚我已经跟朋友约了，在“三合饭馆”聚餐。明天我要出去一趟，很快就回来，到时候咱哥儿俩不醉不休。景某随口问，新年头上，你去哪里发财？唐瞎子说我接到一桩轻松活儿，开船去一趟虎门海边，替朋友接一件货物，酬金还可以，给一百万呢，另加二十万作为路费。

景某一听就觉得不对头——虎门？那肯定是从伶仃洋运来的，必是从香港、澳门那边来的走私货了。他知道唐瞎子以前没少干过这种活儿，再说那个年代，在广州地面上，别说替别人接件走私货了，就是自己走私点儿货物也算不上什么大事儿。问题是，那是什么货？怎么放在新年的当口儿走私过来呢？

前面说过，景某以前曾拥有一条五吨木船，常年行驶于珠江上，自然也干过跟唐瞎子相同的走私勾当，对于这种情况的判断有些经验。他结合当前的政治形势想了想，认为货主竟以一百二十万元的高价雇佣唐瞎子把一件货物从虎门运到广州，说明这不是一般的走私货，很有可能是跟特务活动有关的器材。不过，在初解放时的广州，敌特分子、散兵游勇、土匪恶霸之流实在太多，即便是留用警员在大街上遇到此类对象也不会大惊小怪，只要不是因现行犯罪正被通缉的目标，基本是不会跟人家过不去的。景某对于唐瞎子接下这样一桩活儿的态度也是如此，当然也不说破，只是说新年出门，最好先去算个卦，谨防前途凶险。

年初五，景某听别人说唐瞎子重新露面了，为其松了一口气。按照做“耳目”的规矩，别说唐瞎子疑似为国民党特务运输了一件什么货物，哪怕真的是特务，他也不会主动向老华报告，只有老华来问时，他才会毫无保留地把自己掌握的情况和盘托出。这一点老华也清楚，不会因此为难他。

昨晚，老华来找他了解情况，他马上想到了唐瞎子，于是答应留意。之所以没有立刻告知，一是清理思路，二是他要确认唐瞎子是不是真的已经返回广州了。老华走后，景某派跟着他做“耳目”的徒弟小蒋去打听。今晨，小蒋禀报唐瞎子确实已经回到广州。

景某离开后，梁武道、张百行返回茶馆。听华振勇把上述情况一说，两人都觉得景某提供的线索应该不是空穴来风。老梁思忖片刻，决定直接跟唐瞎子接触。没想到，唐瞎子却不见了！

侦查员先是去了唐住地的管段派出所，了解下来，其历史情况与景某所说的相符。至于其近日的动向，派出所就不清楚了。唐瞎子并非监控对象，他有活动的自由，四处奔波不必跟派出所打招呼；况且，他所从事的职业本就是经常外出不归的。侦查员寻思，莫不是这主儿挣到了那一百二十万，返回广州后迫不及待就去找平时与其来往的那班狐朋狗友了？

唐瞎子已返广州的消息，景某是间接所获，现在侦查员要查线索，那就得坐实了信息再往下进行。于是，三人便去找了景某的徒弟小蒋。那么，小蒋的消息来源是哪里呢？小蒋告诉侦查员，他从朋友小丁口中得知，前天晚上小丁曾与唐瞎子在街头排档一起喝过酒。

寻找小丁的难度就有些大了，这个二十二岁的青年出身资本家家庭，虽然已经成年，却游手好闲，过着衣来伸手饭来张口的生活。闲着无事，就结交了一些类似唐瞎子那样的朋友，经常不着家，没人知道他到哪里去混了。侦查员问明当天是其祖父七秩大寿，已在附近“德隆馆”包了席，料想老头儿唯一的孙子当晚必定要到场，就去“德隆馆”等着。

小丁是在寿宴开始前十来分钟才抵达饭馆的，被侦查员候个正着。侦查员跟他在账房间聊了一会儿，弄清了他跟唐瞎子的关系——

今天庆生祝寿的丁老爷子身体素健，估计再活十年没有问题，可是其子即小丁之父丁老板却自幼多病，这几年又患上了肺结核。这毛病在当时比较凶险，弄得不好是要走人的。传统的中医中药对结核菌束手无策，唯一的特效药是盘尼西林即青霉素。不过，盘尼西林当时中国无法生产，得靠进口。可西方国家对新中国搞经济封锁，民间要想获得这种“仙药”，只有依赖走私货。小丁打听到唐瞎子有法子弄到，就跟其交上了朋友。丁少爷有钱，隔三岔五请唐瞎子吃饭，唐瞎子也不是那种一味吃白食的主儿，手头宽裕时也会回请。这次，唐瞎子说他收到一笔可观的运输费，2 月 22 日晚上就请小丁在街头排档喝了顿小酒。

侦查员问小丁，喝酒时总要说说话的吧？说了些啥呢？唐瞎子是否跟你说起过他前几天去了哪儿呢？小丁答称聊的都是些琐事，唐瞎子没说过他近期的去向，他也没问——如果不是小蒋来向他打听，他甚至都不知道唐瞎子前几天不在广州。

跟小丁谈完话，三侦查员认为该跟唐瞎子当面聊聊了，遂请派出所出面传唤。民警骑车前往唐宅，一会儿返回报告：据唐妻邢氏说，其夫大前天傍晚外出跟人喝酒，说是又有货物要运，连夜就要上船，可能有段时间才能回来。这一去，至今未归。

侦查员闻之觉得奇怪：大前天傍晚？那不就是 2 月 22 日晚上在大排档跟丁少爷喝酒那次吗？小丁说那天两人喝得比较尽兴，特别是唐瞎子，临分别时说话舌头都大了，小丁特地招了一辆三轮车，让车夫将其送回家的。这等情状，唐瞎子怎么可能驾船呢？再者，据小丁说，两人喝酒时唐瞎子根本没说过要连夜出发的事儿。

梁武道、张百行、华振勇三位侦查员越分析越觉得情况似乎不妙：小丁所言应该属实，这年轻人没必要对警方说谎。如果唐妻所言也属实，唐瞎子 22 日晚上没有回家而是直接驾船外出就显得可疑了。这主儿当时已经喝得有点儿高了，根本不可能驾船在珠江上夜航。那么，他去了哪里呢？三人议来议去，都产生了一种担心：该不是被“LM”灭口了吧？也或者是被“LM”看中，跟着一起去广西了？

往下如何走？梁武道遂向驻地打了个电话，向特案组长汇报上述情况。亓舞牧听了老梁的介绍，问唐的那条机动船还在不在，另外，邢氏是什么时候听唐说他“又有货物要运”的？为此，有必要去唐宅走一趟，顺便还要向邢氏了解一下其夫平时跟人交往的情况。

三侦查员在派出所所长和三名民警的陪同下前往唐家。唐家的院落坐落于跟珠江相通的一条小河畔，显得比较破旧。唐瞎子买的是二手房，之前的房主是经营水果地货的，房子前后两进，前面临街，后面有一个面积不比两进平房小的院子。院子有后门，后门外就是小河，一行人过去查看，唐瞎子自己搭建的简易船坞里空空荡荡，不见那条三吨机动木船的踪影。三侦查员面面相觑，难道唐瞎子真的酒驾出航了？会不会在航行中发生事故？

接下来就该跟女主人聊聊了。邢氏名叫邢芸潇，广东韶关人，无业，嫁给唐瞎子后未曾生育，两口子的生活全靠唐瞎子经营水上运输。原本日子应该还过得去，可唐瞎子喜欢折腾，不肯顾家，邢氏只好在街头摆个小摊头，替人做些缝缝补补的针线活儿，顺带出售一些唐瞎子从走私贩子那里弄来的香港小百货，挣到一点儿是一点儿。

这时已是晚上九点多钟，一干警员敲门而入时，邢氏犹在灯下做针线。之前派出所民警去过，她对于此刻侦查员再次光临并未表示惊奇，神情自如地回答侦查员的询问。据邢氏说，唐瞎子除夕下午从外面回来时告诉她，有朋友请他后天去外埠接趟货，因是过年期间，给的酬劳比较高，但和往常一样没向她透露具体金额，只是掏了十万元钞票给她。他回来时带了一个纸箱，里面装的是酒烟茶叶，说这是货主送给他的年节礼品，他准备明天去送给景师父。唐瞎子是年初二上午吃过早餐出门的，邢氏像平时一样送丈夫到船坞，看他上了船发动机器离开，这才回家。

年初五中午，唐瞎子回来了。邢氏听见机器响声出去迎接，船上的货物已经卸了——这是水上运输的行规，必须在第一时间把货物卸到货主指定的地点，由事先指定的经办人接收，不允许把货物带回家。唐瞎子显得很轻松，不像平时外出运货回来那样疲惫不堪。所以，他就不想待在家里，午饭后就到外面去了，直到半夜才满身酒气地回来。

第二天，2 月 22 日年初六，唐瞎子睡到日上三竿才起来，午餐在家喝酒。下午去鼓捣了一会儿船上的机器，说是保养，傍晚又出去了，出去干什么没说，几时回来也没说。那天晚上，邢氏觉得身体不适，有一种像要发烧的感觉，就早早歇息了。不知睡到几时，忽然听见后窗外有人在低声叫她的名字："芸潇！芸潇！"她听着好像是丈夫的声音，不过似乎不甚真切，便问是哪个。窗外的声音变得清晰了，果然是丈夫，说你已经躺下了吧？不必起来，别开灯，也别开窗。我又接了一桩活儿，这回可能要在外面多待几天，十天半月也说不定，这就要动身。货主预付了酬金，我给你留下五十万元，搁在窗台上，一会儿你拿进去。说罢，唐瞎子就走了。

侦查员问邢氏，外面有几个人的脚步声？邢氏说当时觉得头晕头痛，迷迷糊糊，怀疑是在做梦，根本没有留意外面的脚步声。过了一会儿，完全醒过来了，这才开窗，窗台上果然有一沓钞票，这才确认刚才不是做梦。这时应该是下半夜一点多钟。天亮后，她特意去后面船坞看了看，船开走了。她觉得有点儿奇怪，半夜里好像没听见开船时的机器声响。以往老唐不论白天黑夜出航，把船撑出船坞就会发动引擎，可这次却不同以往，似乎是撑离船坞一定距离后才开动机器的。邢氏说完，从抽斗里取出一个信封，从中抽出那沓钞票让侦查员过目。

侦查员就去后院查看，发现整个儿院子打扫得干干净净，泥地上看不见脚印之类的痕迹。再看邢氏所说的唐瞎子放钞票的窗台，上面也没有灰尘。张百行突然想起22日下半夜曾下过雨，刮的是西风，这个窗台应该被雨水打湿过。可是，邢氏给他们看的那个装钞票的信封却干干净净，不像是沾过雨水的样子。记得那天下半夜一点多好像已经在下雨了，怎么……张百行想到这儿，手指着窗台刚要发表意见，却被老梁一个眼色制止了。

接着查看院内的后门，那是一道已经裂缝的木板门，原是两扇，估计后来原房主的水果地货行倒闭了，用不到那么大的门以供抬卸货物进出，就把一半门框用砖头封住，只用一扇门了，里面的门闩也截短了一半。据邢氏说，后院的门闩每晚都是她从里面插上的。于是问题又来了：22日晚，邢氏既然已把门闩上了，下半夜唐瞎子又是怎么进的后院呢？

张百行向邢氏请教，邢氏眼里掠过一丝惊惧，继而迅速恢复正常，说估计他是翻墙进来的，老唐当过“国际海员”，攀爬能力还是很强的。三侦查员找来梯子架在围墙上，登上去查看。墙头长满了瓦楞草，虽已枯萎，却没倒伏，并无攀爬过的痕迹。梁武道跟张百行小声嘀咕了几句。张百行对邢氏说，你得跟我们走一趟，做一份笔录，把那个装着钞票的信封也带上。与此同时，老华也跟派出所民警低声交代，让他们暂时在此处留守。

把邢氏带到市局，径直去了审讯室。邢氏略识文字，进门一见白色墙壁上写着的“坦白从宽，抗拒从严”，原本就似悬了十五个水桶七上八下的心脏再也支持不住，脚下一软，就地跪倒：“我坦白！我坦白……”

十二、午夜命案

邢芸潇时年二十八岁，孤儿出身，十六岁沦为娼妓，1942 年被日伪广州市府的汉奸文官夏某赎出，养在偏宅。抗战胜利后，夏某被判重刑入狱，邢氏最初一并被囚，三个月后获释。无处可去，经人撮合嫁给唐瞎子。由于邢氏不能生育，两人并无感情。唐瞎子做水上运输挣的钱钞，并不交归邢氏掌握，只给其一部分维持家用，其余全用于花天酒地。邢氏原本是青楼女，不受丈夫待见，也就破罐子破摔，桃树不长果子，就到李树底下去撞运气，趁唐瞎子外出跑水上运输的空当儿做起了暗娼。

唐瞎子是海员出身，对船只的安全非常重视，每次出航回来，总要自己动手检修保养，每隔一段时间便要更换柴油发动机零件以及缆绳、靠球、竹篙、铁锚等，他懒得自己一趟趟跑商店，就开出单子让邢氏去买，还指定必须在“平安行”买，一是讨个好口彩，二是“平安行”的商品价格公道质量可靠，还有售后服务。邢氏经常跑“平安行”，就跟该行老板史重迁混熟了。

史老板比邢氏大八九岁，能说一口还算流利的粤语，但一听就是外埠人。“平安行”的全称是“平安船舶渔具用品商行”，开设于 1941 年，全行老板账房伙计共有七人，其中两人是广州本地人，其余都是外埠人。史老板在广州没有家眷，跟其他四个外埠员工一样，都是以店为家，终年住在行里。邢氏跟史老板交道打得多了，没多久就跟史勾搭上了，成为史的固定情人。

为了将唐瞎子支开以便两人苟且，史老板经常利用其社会关系给唐瞎子介绍业务。时间稍长，唐瞎子跟史老板也成了经常来往的朋友。史老板常受朋友之托弄些西药、时尚衣衫、稀奇小百货之类的舶来品，就托唐瞎子跑运输时捎带，当然，每次他都是付酬劳的。唐瞎子有钱拿，还时不时可以去“平安行”蹭酒饭，何乐不为?

年前，2 月 15 日，史老板指派行里伙计小陈给唐瞎子捎话，请他过去一趟。唐瞎子最近运气差，活儿不多不说，出航还坏了机器，付了一大笔修理费，有点儿肉疼。听说史老板请他，有些犹豫。以往每到过年，他跟“平安行”都会互赠年礼，可眼下他手头拮据，拿不出钱了。唐瞎子是个要面子的人，不到万不得已不大愿意向别人开口告贷，就想装一回糊涂，过年就不去跟史老板见面了。哪知史老板等了一天没见唐瞎子赴约，次日午后忽然骑了自行车登门拜访，送来了比历年都丰盛的年礼，还说受人之托，有一桩不甚费力却可以挣大钱的活儿，问唐瞎子是否愿意接。

这桩活儿，就是去虎门海边接运从香港那边偷运过来的大功率电台。当然，史重迁不会跟唐瞎子言明，后者是老江湖，更不会开口询问是什么货物。过年期间出航接货是唐瞎子从未干过的活儿，但他听说这桩活儿的酬劳高（一百二十万元），而且史老板当场支付全款，因此几乎不假思索就答应下来。

根据史老板的安排，唐瞎子于 2 月 18 日年初二驾船出航，年初五返回，直接把木船驶至“平安行”后门外的河埠，把那个用渔网兜裹着的沉重木箱卸下。史重迁留下他吃了酒饭，又额外给了五枚银洋。

唐瞎子外出期间，史老板过来跟邢氏幽会过，不过没说及唐瞎子出航的只言片语。邢氏是青楼出身，懂得跟男性相处的规矩，也没提起。上述情况，是唐瞎子回来后告诉她的。唐瞎子这次回来，还发生了一个意外——邢、史之间的关系被唐瞎子发觉了。

以往邢氏跟史老板幽会，地点都是在自己家里，从来不曾被丈夫发现过。哪知，这次新年幽会，史老板在她家喝酒喝得有点儿多，早晨三四点钟离开时酒还没醒透，竟把随身携带的两年前由唐瞎子赠送的舶来品打火机忘在卧室床上了。要说邢氏也算得上细心，每次幽会过后都是把床铺彻底整理，被单床单枕头套枕巾都要统统调换，这次也是这样，就是没想到查看一下床头和床架之间的缝隙，打火机恰恰掉落在那条缝隙里。更巧的是，唐瞎子年初五回来后，想好好睡一觉，倚在床头时忽然想起史老板额外相赠的五枚银洋，便从解下的肚包里取出，拿在手里把玩，不慎把其中一枚掉落到床头那条缝隙里去了。当下便掀起床板寻找，银洋找到了，还有意外发现。唐瞎子一眼认出这个打火机是自己送给史老板的，立刻就明白这意味着什么了。

不过，唐瞎子没跟邢氏发作，他把打火机悄悄收了起来，和银洋一起放在一个马口铁糖果空盒里。邢氏当时出去买东西了，没看见丈夫掀床板那一幕，回来后唐瞎子已经鼾声如雷。之后夫妇俩相安无事，唐瞎子还跟妻子说了说这次去虎门运货的一应情况。

转眼到了年初六，傍晚，唐瞎子对邢氏说他今晚约了丁少爷去吃排档。丈夫出门后，邢氏独自吃了晚饭，闲着无事，就去卧室擦拭家具，顺便整理一下。哪知无意间发现了那个马口铁糖果盒里的打火机，寻思自己和史老板的来往定然败露了，心里好生惊慌，一时不知如何是好。

九点钟左右，唐瞎子喝得醉醺醺地回来了。邢氏竭力掩饰自己的惊慌，刻意装得跟平日一样，把事先沏好的茶水端给他，又去厨房打水让他洗脸洗脚。等她端了水进入客堂，唐瞎子却已进了卧室，往床上一倒呼呼大睡了。

这一夜，邢氏自是辗转反侧。好不容易迷糊过去，忽听前面有人叫门。邢氏吓了一跳，寻思别是丈夫在外面闯了什么祸，人家半夜三更登门算账来了，赶紧把丈夫推醒。唐瞎子跟“平安行”的老板伙计都很熟，当下虽是一脸迷糊状，却已经听清来人的声音，说这不是小袁嘛，半夜三更地跑来干啥？边说边下床去开了门，把两个不速之客——史老板和小袁迎入，请他们在客堂里落座。

邢氏也从卧室出来了，见到史老板和伙计小袁，颇觉意外。按照规矩，男人谈事她是不应当待在现场的，便给他们沏了茶水，端上几样过年待客的瓜子花生蜜饯之类，就回到后面卧室纳鞋底。

邢氏不知史老板夤夜登门所为何事，从两人的脸色又看不出什么来。如果先前没有发现那个打火机已被唐瞎子“妥为收藏”的话，邢氏根本不会为此动什么心思，此刻就另当别论了。史老板当然不可能是为奸情之事而来的，她此刻担心的是唐瞎子因她红杏出墙冲史老板发作。邢氏一边纳鞋底，一边竖起耳朵想听前面客堂里三人在说些什么，但隔得远，那三个说话声音又轻，她即使把卧室房门打开，也没听见传来什么声音。

过了一会儿，邢氏终于听到一阵脚步声传来，转眼已到了门外，竟是史老板。此刻的史重迁脸上没了先前进门时的轻松，邢氏哪里想得到就这么点儿时间，唐瞎子和她已经阴阳两隔，只是想不通史老板为何独自来到卧房——老唐还在堂屋，史老板此举是不合礼数的，难道说，两人已经把事情挑明了？当下起身走出房门，强自镇定：“史老板，你们谈好啦？我去下汤圆，你们吃了再走吧？”

史老板轻轻叹了一口气，用的是两人厮混时的称呼：“芸潇，老唐他……已经走了！”

邢氏不解：“走了？你又给他接了急活儿？”

史老板扯了邢氏一下：“随我来。”

邢氏跟着史老板来到前面客堂一看，只见唐瞎子歪着身子躺在墙角，脸面青紫，全身发软，已经断气了！邢氏尽管跟唐瞎子没有感情，但两人毕竟是夫妻，在一个屋檐下生活了数年，当下便欲号啕，被史重迁伸手捂住嘴巴，在其耳边轻声道："不能出声，惊动了邻里，咱们都倒霉！"

接着，史老板简单说了说他们杀死唐瞎子的经过——

他和小袁夤夜而至，确实是为一桩朋友临时委托的活儿，对方催得急，要求天亮就得动身前往外埠，他们只好此刻赶来。因为是新年出航，这桩活儿的酬劳本就比平时高许多，没想到的是，唐瞎子要求把酬劳再提高一倍。这个，史老板做不了主，况且在他看来，人家的出价已经不低了，也不好意思再跟人家开口要求加价。史老板把这层意思比较婉转地一说，唐瞎子却发作了："我当初送你的那个港货打火机你还记得吧？相信史老板此刻已经拿不出来了吧？嘿嘿，因为你已经把它还给我姓唐的了，还附上了一顶绿帽子！这笔账，是不是需要跟你姓史的算一算？还有那个贱货，我也得跟她好好算一算账！"

此话一出口，史重迁便知这笔买卖没法儿谈了。用他的说法，听唐瞎子的语气，即使答应他加价的要求，也阻止不了此后他对邢氏甚至包括自己的报复。无奈之下，他只好先下手为强了。当下冲站在唐瞎子身后的小袁使一个眼色，后者疾如闪电地伸出粗壮的胳膊，勒住了唐的脖颈。以小袁的膂力，单独干掉唐瞎子不成问题，只是担心其挣扎时双脚乱蹬发出声响惊动邻里，史老板就搭了一把手，将唐瞎子的双脚抱住了提离地面。史、袁都是练家子，合力对付唐瞎子，而且一出手就是抱定要将其送回老家的决心，唐瞎子绝无幸免之理。

邢氏不禁一阵后怕，若是唐瞎子不死，自己肯定没好果子吃。这么想着，原本就比较淡薄的夫妻之情转瞬间烟消云散。这件事出了也就出了，该是唐瞎子的命。不过，这个现场该怎么处理？往后唐瞎子不露面，亲戚邻里肯定要问长问短，又该怎么应付呢？

史重迁看透了邢氏的心思，说芸潇你不用担心，我会把这事处理好的。你家里有挖土工具吧？邢氏说船上有。史老板点点头，说那就取来，在后院挖个坑把尸首埋了。那条船，小袁一会儿去处理掉，沉进珠江就是了。别人如果问起来，不管是谁，哪怕是警察问你，也只能一个说法——这个说法，自然就是之前邢氏对侦查员说的那一套。

史还向邢氏许诺，邢今后的生活，就由他来负责照料。如果邢想找个活儿干，就以员工的名义待在行里干些杂活儿。说着，从兜里取出一沓五万元面值的人民币交给邢氏。接着，就和小袁一起处理了现场。

原本这个计划也算是天衣无缝，可惜还是忘了天气这一节，被侦查员发现了漏洞。这可不是一件简单的情杀案，史老板一伙显然是一个潜伏特务组织，是不是“LM”不好说，但至少与“LM”有过接触，很可能就是负责接应“LM”的。

十三、“梅花 22”

梁武道、张百行、华振勇返回驻地向亓舞牧当面报告一应情况，亓舞牧随即决定：一是向华南分局社会部领导汇报进展；二是立刻派员前往唐瞎子住宅挖掘尸体；三是对“平安行”进行秘密监视，同时协调市局，派遣公安大队在“平安行”附近的一所小学内集结待命，准备配合特案组抓捕史重迁等一伙特务分子。

话分两头，“平安行”的史重迁一伙又是怎么回事呢？

史重迁，浙江舟山人氏，这年三十五岁。少年时随父来到宁波谋生，开了家店铺专门经营渔具。1936 年春，父病殁，店铺传到他手里。听说广州生意好做，就把店铺变卖后携款赴粤，仍做渔具生意。1940 年，其时广州已经沦陷，史重迁经“军委会二厅”在粤地下潜伏人员、舟山同乡童有和的介绍，成为该特务机构的一名成员。“二厅”之所以看中史重迁，倒不是他个人有什么罕见的特工天赋，而是看中了他经营的那家店铺：开张于宁波，战前迁来羊城，一贯经营渔具，子承父业已经做了四十年生意，行业里知根知底，这样的背景比较容易应付日军宪兵队特高课的调查。于是，史重迁的店铺在“二厅”的资助下，扩充为兼营船舶用品的商行，店名不变，仍是“平安”。

“平安行”的职能是利用其生意掩护搞地下交通，按规定，跟其他同属“二厅”的行动、情报特务组织不发生横向联系，互相之间根本不知道对方是“自己人”。“平安行”在“二厅”内部的代号是“梅花22”，专门负责由“二厅”总部下达的交通使命。这种使命并不是很多，史重迁和行里的属下六名特务在抗战期间没有遇到过什么惊险，外界和同行都以为“平安行”乃是一家本本分分只管埋头做生意赚钱的商行。鉴于其隐蔽性，战后，“军委会二厅”改组为“国防部二厅”，“梅花22”作为一枚深埋在地下的棋子，仍旧保留编制，但直到1949年10月14日广州解放，并未执行过什么使命。

广州解放后大约两个月，史重迁才接到“二厅”的密令：“梅花22”恢复活动，仍旧接受“二厅”的直接领导。密令要求“梅花22”检查电台、密码是否完好，如果能够继续使用，那就以原密码和呼号联络。史重迁遂安排专职报务员、行里的伙计庄炳祥检测电台，庄报告说机器完好无损，确保能够继续使用，但需要配备备用电子管、手摇发电机和专用电池，另外，建议更换原有的密码。一周后，“组织上”送来了一台崭新的美制收发报机，把原来那台收走了。报务员调试后感到非常满意，说新电台体积小，耗电也少。不过，该电台的功率比原来的小，史、庄马上想到这应是近距离通信所需。两人还为之感到高兴，这表明形势是向党国方面倾斜的，否则就应该配备大功率电台；而现在配备小功率电台，说明珠江口伶仃洋海面上的国民党海军舰艇还在自由游弋，顺便起着“信号中转站”的作用嘛。

拿到新电台之后，连续一个月没有动静，“平安行”一伙还是按部就班做生意。2 月 10 日，正是跟上峰约定联络的日子。当晚，史重迁收到了以“国防部二厅”和“保密局”双重名义下达的指令，有两方面的内容：一是自即日起，“梅花 22”暂归“保密局”节制，由“保密局”指挥其一应活动，直到再次接到“二厅”和“保密局”的联名指令通知其回归原建制为止；二是命令史重迁亲自出马，以推销商品为名前往珠江口太平市（原东莞县第五区，1949 年 10 月东莞全境解放后置为东莞县辖市，1950 年 5 月改为太平镇），将“保密局”特派员谢先生妥善接往广州，暂栖于“平安行”内。须保证谢先生的绝对安全，并服从其一切指令；谢的去留时间、目的地及路线选择、途中安全等，均遵其本人意愿。

史重迁虽然不是科班特工出身，但毕竟也干了十年特工活儿，当然明白这位谢先生来头不小，马上向六名下属传达了指令内容，强调说“二厅”和“保密局”的联合行动在你我的特工生涯里恐怕都没见过，想必诸位都清楚这次行动的重要性，可以说，谢先生的安危跟我们七人的性命是捆绑在一起的，谢先生安全我们也就平安无事，谢先生若是有半点儿差池，我们包括全家老小只怕就危险了。因此，咱们必须全力而为。此次前往太平市迎接谢先生期间，“平安行”停止营业。庄先生和老胡两个留守，袁守量、何亮福、姜涌、蔡康，你们随我出行。一旦发生危险，我们都须做好牺牲准备，千方百计保护谢先生的安全。当然，只要我们小心行事，应该是不会发生这种情况的——我们持有合法的营业执照、行业公会出具的前往太平市联系业务的证明，沿途军警没理由对我们产生怀疑。

接下来的情况诚如史重迁的估料，他们顺利接到了从香港偷渡过来的谢先生——代号“LM”的“保密局”特派员。2月12日晚，谢先生抵达“平安行”后，立刻起草了一份估计是报平安的密电，交由报务员庄炳祥拍发，然后住进了事先给他安排好的后院小楼，全行上下精心伺候，日夜轮班担任警卫。按照原先的安排，谢先生是途经羊城，他是要去广西的。可是，2月14日“平安行”接到一份注明由“LM”亲译的密电，谢先生阅后，神色有异。史重迁当然不敢问他发生了什么情况，稍后，谢先生向他透露：他这一拨人的另一路，昨晚偷渡时遭遇共党边防巡逻艇，迫不得已，报务员和警卫把电台扔入伶仃洋，这样一来，即使他们被捕，共党反特人员也没法儿认定他们是派遣特务。好在有惊无险，他俩乘坐的汽艇借着黑夜的掩护逃脱了边防巡逻艇的追缉，天亮前抵达广州郊区另一交通点。不过，电台损失掉了，他们只能待在广州，等候台北总部补配的电台运到后方能动身。

2月15日，谢先生又接到密电，称有情报显示中共方面可能已经获悉“LM”潜赴广州，作为防范需要，总部决定激活“二厅”在羊城的一枚“棋子”，指令其以“LM”的名义立即开展行动，吸引中共反特人员的注意力，以确保谢先生的安全。密电还指示，假冒“LM”之事应由谢先生亲自向“棋子”当面交代。

除夕那天，“平安行”开始休假。史重迁善烹饪，叫了两个下属做下手，准备了丰盛的酒菜，说要陪谢先生好好吃一顿年夜饭。上午，史重迁刚从外面采购食材回来，就被谢先生唤去，说刚才庄先生收到一份密电，总部告知补配的电台将于2月18日夜间送抵虎门镇，让“梅花22”届时派可靠人员前往接应，问史重迁有什么人选。史遂把接应人员（即唐瞎子）的情况详细说了说。

当天傍晚，一切准备妥当，正准备开厨温酒炒菜，谢先生却说要出去转转。史重迁赶紧放下勺子，要换了衣服随行，谢先生婉言谢绝，也不许史老板另派别人陪同，就一个人貌似悠然地踱了出去。这下把史重迁吓得不轻，赶紧到行里供奉着的如来瓷像跟前上香磕头。佛祖看来还是好说话的，谢先生果真平安归来，史重迁悬着的心方才落地。

转眼到了2月21日，唐瞎子把电台运回广州。当天晚上，电台就随同谢先生被一辆汽车接走。临行时，谢先生对史重迁说，那个姓唐的编外交通，我觉得蛮中意的，这几天史老板抽个空去跟他聊聊，希望他到我那里去待一段时间，有些事情可能需要他去做。你跟他说，酬金上我是不会亏待他的。随即口述唐瞎子赴桂后的联系点——八桂区东华路"有福茶楼"找潘老板，又掏出一件信物让史重迁届时交给唐瞎子。

送走谢先生，因为还有唐瞎子的事，史重迁还不敢轻松下来。2月25日傍晚，报务员庄炳祥接到谢先生发来的密电，让"梅花22"跟唐面谈赴桂之事。当晚，史重迁就叫上小袁去见唐瞎子。

之前他们已经打听过，知道唐在大排档跟小丁喝酒，干脆到午夜前才过去。原以为此事一说准行，这主儿遇到这类活儿，甚至还会有"猫掉了爪子——巴不得"的那份巴结相哩。不料对方竟掌握了史老板跟邢氏奸情的证据，想坐地起价捞一笔。以史重迁的江湖经验，知道这种角色遇到此类情况，绝对不会只开一次价就结束了，肯定还要不断索取，甚至会把谢先生也作为敲诈对象。这可就闹大了！因为自己延误了重大行动，搞不好上峰来个密裁也说不定！此时此刻，史重迁只有一条路可走：让唐瞎子永远沉默。

对于"梅花22"来说，杀一个唐瞎子易如反掌，杀人之后的善后也比较容易解决，难的是怎样向谢先生交代。人是谢先生看中的，人家是大人物，无论看中谁，料想必有原因。现在唐瞎子挂了，若是追根究底，史重迁难辞其咎，谁让他勾引唐瞎子的老婆呢？当然，这话绝对不能说出去。像谢先生这样的特工专家，如果知道真实原因，再往下联想，肯定会得出不利于“梅花22”的结论，只要一份密电发往台北，只怕数日之内，这世上就再也找不到史老板这个人了。

自昨晚从现场回来，史重迁直到午前都没法儿合眼。入夜后继续辗转反侧，仍是不得要领。这会儿看看时间已过午夜，寻思干脆把一众弟兄召拢，把此事摊开，听听大伙儿的意见。于是，他就让小袁把人都召至店堂，沏茶递烟刚刚安定下来，史老板还没道出开场白，外面突然一阵嘈杂，紧接着，特案组等一干军警已经冲进来了！

“梅花22”一伙不同于穆逸云的“直行大队”或者龙吞云搞“武装暴动”的那些乌合之众，当即抄家伙反抗，可惜他们的武器没带在身边，只是随手拿起铁叉木棍之类的渔具和军警对抗，经过一番搏斗，人人挂彩，皆被生擒。此时，是2月26日零点四十分。

讯问工作随即展开，亓舞牧说特案组侦查员七人，正好一人对付一个，每个侦查员配备两名便衣助手。至于哪个侦查员讯问哪个特务，亓舞牧是有安排的——

由张百行讯问袁守量，因为抓捕时，张、袁两个格斗高手劈面相遇，几个回合惊心动魄的较量下来，眉骨受伤鲜血直流的张百行终于以一记北派谭腿将袁击倒。袁被戴上手铐时，目光须臾不离张百行：“兄弟贵姓，这一手在下拜服！”所以，安排张百行讯问袁守量应该最为合适；“梅花22”的报务员庄炳祥，同时也是史重迁的副手。这人看上去似是有点儿城府，可能不大好打交道，亓舞牧考虑下来，决定让麦善谋去对付他；那个史老板是梁武道抓的，就让老梁讯问，况且老梁已经讯问过邢芸潇，对情况比较熟悉；老胡胡思仕，一看便是个烂牛筋滚刀肉式的主儿，亓舞牧问尹小白有没有把握拿下，小白拍胸脯保证“交给我吧”；剩下的何亮福、姜涌、蔡康三个，则是亓舞牧、陈君临、侯烈每人一个。

亓舞牧给内勤小姑娘韦博秋打了个电话，说小韦听说你老是埋怨留守驻地闷得慌，这回让你出来溜溜，派车接你来市局，你给咱们跑腿吧。韦博秋大喜，一迭声“谢谢组长”。亓舞牧所谓的“跑腿”，就是让每个侦查员在讯问时如获突破，即把内容写成条子传递给讯问相关人犯的侦查员。这份差使相当于“听差”，但韦博秋却很开心。

整个儿审讯过程当然不会一帆风顺，但也没有出现大波折，这跟亓舞牧的精心安排是分不开的。讯问结束，汇总七名人犯的口供，众人皆喜：史重迁供称的那位谢先生也即“LM”留下的名址“桂林市八桂区东华路‘有福茶楼’潘老板”——绝对是一条颇有价值的线索啊！另外，“LM”竟然看中了唐瞎子，是不是也可以用来做一篇锦绣文章？用尹小白的话来说：“史重迁解决不了的问题，可以由特案组来帮他解决，咱们何不让唐瞎子‘起死回生’，尽快前往桂林向谢先生报到？”

这么一说，众人的思路都被尹小白带了节奏。张百行一副跃跃欲试的架势，正要自告奋勇冒充唐瞎子，被尹小白扯了扯衣角：“哥，刚刚抓捕的时候您老挂了彩，脸面青紫成片，左右眉骨还让人家小袁给烙上了两个印记，这副尊容，不把谢先生吓着？”

亓舞牧瞪了尹小白一眼：“黑仔别私下嘀咕，有话当着大伙儿大声说！”

尹小白清清嗓子：“遵命！小白要说的是，关于让唐瞎子‘死而复生’，不是随口说说就可以决定下来的，是不是有可行性，该由上级领导拍板，然后我们再制订具体方案。”

话音刚落，一向惜言如金的老梁拍案赞叹：“说得好！”

亓舞牧也表态：“小白说得对，此事必须慎而又慎！大伙儿昨晚没合眼，今天一晃儿又过去半天，一会儿午餐后全体休息，晚上我们再开会具体研究，究竟有没有可能派人冒充唐瞎子去桂林卧底。”

当天深夜，案情分析会结束后，亓舞牧立刻驱车前往华南分局社会部，向领导汇报特案组的卧底设想。领导对此高度关注，也极为慎重，不可能当场拍板。按照组织原则，这种情况是要上党组会议研究的。于是领导对亓舞牧说，小亓你今晚就睡在这边吧，尽管放心睡，有事儿会叫你的。

领导安排亓舞牧去了一间空值班室，亓舞牧往床上一倒，还真的很快就睡着了。不过，也就睡了不到三个小时，被领导唤醒时一看表，凌晨四点四十分。一看领导那副神态，就知道是彻夜未眠。领导第一句话问的是：“如果批准这个方案，你准备派哪位同志去执行卧底任务？”

这个问题，在特案组的会议上并没有提起过。不过，老亓作为特案组长，心里自然对此有所考虑。特案组七名侦查员中，亓舞牧、梁武道、张百行三人不必考虑，他们连粤语都不过关，别说广西话了（唐瞎子是广西瑶族人）；以此标准，陈君临、麦善谋也不合格；最后就剩下尹小白和侯烈了。这两人中，若论机智，尹小白略胜一筹，但他跟唐瞎子年龄相差悬殊，体态也大相径庭——尽管据史重迁供称，“LM”并未打听过唐瞎子的体态，可这种事儿不能大意，因此尹小白也不合格。剩下的就是侯烈了，尽管侯烈比唐瞎子小四五岁，不过他长得显老。而且侯烈还有一个优势：他是瑶族，正宗山民出身，攀山越岭、狩猎下套、野外生存、泅水驾舟样样精通。综合评估下来，亓舞牧认为侯烈最为适合。

此刻，亓舞牧就说出了侯烈的名字。领导思忖片刻，点点头：“好！就是他了！请特案组迅即制订具体行动方案后上报，同时做好赴桂办案的一应准备工作。”

次日上午，亓舞牧接到通知：方案获批。

1950年3月3日凌晨四时，四辆军用卡车悄然驶离广州前往桂林。中间两辆载着华南特案组八名成员（包括内勤小韦）、华南分局社会部为特案组配备的报务员郑小炯，以及十八名随同特案组行动的外援便衣；前后两辆卡车内则是担任警卫使命的一个排全副武装的解放军战士，完成护送任务后，他们将随车返回广州。

3月3日中午，特案组离开广州大约八个小时后，广州城区遭到有史以来规模最大的空袭，以黄沙火车站为中心的区域遭到敌机的集中轰炸、扫射，死伤人员上千。这次空袭史称“三三惨案”。稍后，华南特案组受命承担该案相关的侦办工作，本文按下不提。

当天，特案组在广西梧州过夜，次日傍晚抵达桂林，进驻“华园”——这是中共桂林市委社会部奉华南分局社会部之命专门给特案组安排的驻地。

十四、“LM”——雪鸡

让我们先回到1950年3月2日。桂林第四区自由路（旧称“东旭路”，本案侦办期间，1950年2月21日，由市长何伟、副市长王全国签署桂林市人民政府建字第八号布告，对桂林市七条道路、桥梁予以更名，将该路改为“自由路”）上的“和春国医馆”后院，已经安全抵达目的地数日并以中医身份安顿下来的谢先生，正在其与报务员、卫士三人居住的独立小楼内，焦急地等候台北总部的复电。

谢先生其实并不姓谢，真名陶省惕，字守恒，生于江苏苏州，童年随中医祖父、父亲移居杭州，一直在杭州待到1936年二十一岁时才离开。其时，他的身份是中华民国浙江警官学校唯一一个能够坚持读完全部课程以优异成绩毕业的旁听生。这年6月3日，中华民国行政院第

265 次院务会议通过《整理警政原则》，其中第七条规定：警官教育应统一于中央警官学校，各省已办的少数警官学校一律停办。同年 8 月 4 日，行政院第 272 次院务会议修正通过有关规定，同意北京警官高等学校与被认为办得较有成效的浙江警察学校合并，成立由蒋介石兼任校长、原警官高等学校校长李士珍任教育长的中央警官学校。陶省惕闻之，即赶往南京报考，要求以浙江警官学校旁听毕业生的资格插班重读中央警校，遭拒。不得已，他间托了张静江的关系向蒋介石直接提出要求，蒋介石认为“其志可嘉”，特许其作为正式学员入学警校高年级班。

陶氏祖上曾是清廷官员，被闹事灾民所杀，从此后代遵奉祖训不再做官。其曾祖父陶吾昀已经中举，毅然放弃仕途，四处游历，亲朋好友对其行为不解，颇有微词。几年后，这个前清高干子弟突然在苏州平江路上盘下一套三进深三开间门面的宅院，挂出了中医诊所的牌子，并在报纸上连日刊登广告，宣称“迭拜名医，内外科兼通，包治包愈，不愈奉还诊金，且另奉一倍金额以示歉意”。“包治包愈”这种说辞在江湖游方郎中里比较普遍，游方郎中从不在一个城市停留过长时间，所以才敢如此夸口。而在一地坐诊的郎中，即使真是名医，也没人敢这样说。现在，这位从未为人开过一纸方子的青年竟敢以这种广告词作为创业宣言，人们都以为他要么脑子进水了，要么闲得实在无聊以此作为噱头。哪知，陶吾昀这番广告语竟然字字真言，怎么说的就怎么做，开业一月，收治内外科病家逾四百人，其中不乏身患痼疾顽症甚至绝症的，抱着死马当作活马医的想法登门撞撞运气，凡是陶吾昀肯收治开方的，诊治后竟然都有显著效果，顿时轰动全城。

从此，陶氏家族代代为医。到了陶省惕这一辈，三门中仅有他一个男丁。陶省惕自幼就被逼着学医，据说十一岁已能诊脉开方，十三岁时，经常在读书上学之余以及寒暑假随祖父、父亲出诊。可是，到了十六岁上，陶省惕突然宣布放弃继承祖传医技，立志从警。父辈对于他的决定大感意外，但兄弟三人竟颇开通，尊重陶省惕的选择，同时修改祖训，允许收家族中的女性小辈作为弟子，也可以在社会各界有志传承国医之青年中遴选佼佼者收为入室弟子。此事曾被报界作为热门新闻炒了一阵。

陶省惕原本就是一个容易受到新闻记者注意的青年，此番又有蒋介石、张静江以及中央警官学校等敏感词加持，自然再次受到追捧。但是，包括国民党中央委员会机关报《中央日报》在内的所有媒体，竟然极为罕见地全部吃了空门。这倒不是其本人摆谱拒绝接受采访，而是校方指派专人待在警校大门口甚至学员宿舍门口，禁止记者以任何方式接近陶省惕。如此行径，不但使新闻界惊讶莫名，连陶省惕本人也殊为不解。后来才知道，这是戴笠派人出面跟中央警校负责人李士珍沟通的结果。

其时戴笠系“复兴社”特务处处长，正为其“特务王”羽翼的日益丰健不懈努力。戴笠与陶省惕之父陶应悟相识，不过那是病家与郎中之间的关系，并无其他交情。戴笠是化名前往陶应悟的诊所求诊的，去之前还暗中派特务调查过其政治面貌，陶郎中却不知道“金先生”的真实身份，只以为是一个寻常商人。当然，戴笠对陶省惕的兴趣跟陶郎中没有关系，他认为像陶省惕这样的青年是一名奇才，不但有才，还怀“殊志”，理应收罗至麾下，日后堪当大用。呈报蒋介石后，戴笠想把还有一年方可从中央警校毕业的陶省惕先控于其手，免得到时候各方都来争抢，弄得他这个最先发现千里马的伯乐处于尴尬境地。戴笠为陶省惕设计的前程是从事情报工作，而一名优秀的情报人员必须默默无闻，所以，陶省惕就不能被媒体报道，于是才有了上述措施。

转眼一年过去，陶省愓以优异成绩从中央警校毕业。果然，各地警界、军界乃至上海租界工部局公董局警务机构都对他产生了兴趣，连李士珍也想挽其留校任教，更有甚者，跟警界、军界搭不上任何关系的国民政府卫生署也来凑热闹，这当然跟陶省愓当初是被蒋介石钦点的特招生有关。戴笠对此了如指掌，稳坐钓鱼台。他早就派特务跟陶省愓交上了朋友，差不多进行了一年游说，不断向陶省愓灌输投奔戴先生后可以如何如何的理念。据定期呈递的报告显示，陶省愓明确表示，对警界、军界、租界都没有兴趣，医务界更不用提了。戴笠遂认为胜券在握，不必出面争抢，以免弄得吃相难看传到蒋校长那里。

没想到，戴老板这回却失算了，陶省愓固然没接受警界、军界、租界、卫生界的邀请，但也没投奔戴笠。他不声不响去了美国，成为联邦调查局的一名具有正式编制的华籍雇员。戴笠闻报，目瞪口呆。不过，姜毕竟还是老的辣，戴笠马上有了新的想法——让他发挥更大的作用！其时全面抗战已经爆发，“军统”正计划派遣特务去美国进行秘密工作，陶省愓在美国有合法身份，而且是联邦调查局的人，那岂不更方便了？

陶省愓对戴笠派去的以外交官身份跟他接触的特务态度冷淡。戴笠对此并不介意，只让人给陶省愓捎话说：“令尊令堂爱国之心可圈可点，誓死不做亡国奴，近日已移至汉口，并准备去重庆大后方定居。”陶省愓怎不知其中含义，只好妥协。不过，他只同意作为“军统”的雇员进行秘密情报工作，战争结束即脱离。戴笠答应了他的条件，陶省愓就在为美利坚效力的同时，按照“军统”的要求收集国际情报。

抗战胜利后，陶省愓方才携妻子儿女回国，其妻是他在美国娶的一个华侨商人的女儿。此前，陶省愓的父母双双死于日寇对重庆进行的那场著名的大轰炸，两个叔父一个在上海定居，另一个去了欧洲，杭州只有几家远亲了。陶省惕正考虑如何安排将来的生活，一位不速之客登门拜访——戴笠！

戴笠屈尊拜访陶省惕，自是看中了陶在联邦调查局服务多年积累的资源——他在联邦调查局负责的事务是秘密调查战时在美国的华裔美国人以及旅美华侨的情况，脑子里肯定保存着许多对于戴笠来说非常重要的情报。戴笠邀请陶省惕正式加入“军统”，许诺将成立一个情报研究所，由陶省惕担任该所下辖的美国科主任，授予上校军衔。陶省惕答应考虑，等戴笠一走，却一溜烟去了香港。

陶省惕跟戴笠斗心机，根本不在一个档次上。戴笠还是祭出了当年的法宝，只不过把对其父母的威胁（其父母已死）改为对其妻子儿女的威胁，陶省惕只得乖乖就范。

不过，这当口儿戴笠也开始走下坡路。战时“军统”特务飞扬跋扈横行不法，军方不少吃过亏的将领向蒋介石建议裁减“军统”人员，财政部也大幅度削减“军统”的专项经费，蒋介石对戴笠的态度似乎不像战时那样亲热了。所以，戴笠把陶省惕逼回内地后，暂时先放在一旁，什么“情报研究所”根本不提了。又过了一阵儿，1947 年 3 月中旬，戴笠飞机失事，亡于南京郊外的戴山。陶省惕以为从此得以解脱，哪知不久“军统”改组为“国防部保密局”后，新头目毛人凤又想起了他。

毛人凤这人据说比较和善，跟任何人说话都是笑吟吟的，颇具亲和力。可是，做起事来就不亲和了。他没有像戴笠那样纡尊降贵拜访陶省惕，连送份请柬的心思也没有，直接差特务把陶省惕的妻子儿女软禁在杭州武林门的一处庭院。正在上海着手准备开诊所的陶省惕闻讯星夜返杭，竟不知应该找谁求情，又马不停蹄驱车南京，前往鸡鹅巷“保密局”总部求见毛人凤。之后他毫无悬念地成为“保密局”的上校情报专家，具体职责是研判跟美国有关的情报（指“保密局”针对美国收集的情报以及美方向台湾提供的情报），以及在“保密局”跟美国方面合作时，为毛人凤当顾问。

随着形势的变化，国民党政府先是“迁都”广州，继而又败逃台湾，陶省惕以及家眷随同去台。原以为从此就老死岛上了，哪知命运跟他开了个玩笑，竟然又把他打发到内地来了，还是在这种风雨飘摇的时势中回来的。

陶省惕被点名派遣大陆执行特别使命，始作俑者并非毛人凤，而是美国派赴台湾为“国防部”出谋划策的特工专家组的主意。在说到具体使命内容之前，让我们先了解一下其时广西的情况——

1949 年 11 月 6 日，中国人民解放军发起广西战役，经过三十九天激战，于 12 月 14 日胜利结束。该战役歼灭国民党白崇禧集团十七余万兵力，大大加快了全国解放的进程。对于一向矛盾重重的国民党反动集团内部各派系来说，这无疑是一次重新洗牌的机会。其时，蒋介石宣布“下野”，由李宗仁“代总统”，但李并未去台湾岛，而是于 11 月 28 日飞美国“养病”；之前风头正劲的白崇禧则是“总统府”战略顾问委员会主任委员兼华中“剿匪总司令部”总司令长官，因此，广西战役的失败无论对正处于“赋闲状态”的蒋介石及其追随者，还是由李、白两人掌控的新桂系来说，无疑都具有极大意义。白崇禧为圆自己“东山再起”之梦，在广西战役尚未结束时就已开始安排伏笔，利用自己盘踞广西多年的资本，指使下野旧部、残军败将、土匪恶霸、封建帮会等，趁中共刚解放广西立足未稳之际，发动反革命暴乱。

白崇禧是职业军人，十四岁即入清廷桂林陆军小学堂，之后一直没有离开过行伍，带兵数十年，官至一级陆军上将，能战善谋，人称“小诸葛”。他当然知道靠暴乱是翻不了盘的，但他同样知道，事到如今，只有此举才能带来希望，争取美国的援助。这一点，白氏在12月8日广西战役尚未结束时就已通过公开广播向美国政府发出呼吁，引起美国朝野的反响。当然，要想把画在纸上的饼变成真实的饼，那就不能只是喊喊而已，这当口儿如果能够果断发起“暴动”，哪怕没几天就给镇压下去了，对于白崇禧来说也是一项争取美国支持的资本。况且，以白崇禧多年经营广西的影响力，只要有人首先“揭竿而起”，自会有人响应。

在广西战役尾声阶段，白崇禧就着手对这方面进行布置，派人分别联系了旧部郭宏炳、钟祖培，两人没打半点儿隔顿，立刻表示“愿意追随白长官”。

郭宏炳在之前白崇禧担任国防部长时，被任命为“国防部少将视察官”，现因其积极响应老长官的号召，又被任命为“中国反共救国军粤桂边纵队司令长官”。郭受命后火速行动，纠集了国民党柳州交警大队大队长莫荣猷，以拥有三百人及各种轻重武器的柳州交警大队为主力，另召拢拼凑了千余名民团、土匪成员，于1950年1月9日晚包围象县（今象州县）中平区政府。我方力量只有以区委书记（兼副县长）崔耀华、区长（县委委员）覃显及中共桂中游击支队第八团一营营长林立为首的区府工作人员、游击队员共约五十来人，经激烈战斗，坚持到次日晚，以四人牺牲、四人负伤的代价突围。

暴乱发生时，由于敌人切断了通信，中共象县县委、县政府未能及时获悉，得到消息后虽然极为重视，但县里武装力量有限，离柳州又远，远水难救近火。巧的是，解放军第三十九军一一六师三四七团在解放睦南关（今友谊关）后奉命北上休整，正好路过当地，县委即向部队求援。该团立即进行战斗部署，于11日晚十时抵达中平乡良山村，在独崖寺附近渡江，拂晓前，已分四路把敌人包围；中共桂中游击支队八团二营的一百多名战士也前来配合作战。

当天中午，暴乱平息，击毙敌团长王岖以下一百七十人，活捉少将指挥官郭宏炳、交警大队长莫荣猷等四百余人。

对于白崇禧来说，这次“暴动”虽然发动得很快，但“谢幕”也快，未能达到预期效果，没产生什么影响，海外根本不知道。所以，白长官就把希望寄托在另一个旧部钟祖培身上。

在白崇禧的旧部中，钟祖培算是个老资格的“牛人”。钟生于1890年，广西恭城县人氏，十八岁考入清廷广西陆军速成学校第一期步兵科，与李宗仁是同学。1917年时，他已是反袁护国军军官，后又在李宗仁手下历任连长、营长、纵队司令。1926年，出任国民革命军第七军第八旅旅长。该旅是北伐先锋旅，多有战功。之后，其仕途顺畅，历任第七军中将副军长兼第三师师长，新编第八军军长，第四集团军中将高参、梧州警备司令。抗战时期，出任湘桂边区抗日总指挥。

抗战胜利后，钟祖培在乡闲居，又耐不住寂寞出面活动，于1947年11月当选广西恭城选区的“国大代表”。随着形势的迅速变化，钟祖培的“政治步伐”也迈得愈加急促：1949年10月12日，国民党桂东区军政司令甘丽初奉白崇禧之命致电钟祖培，要求其迅速组织民团，扼守龙虎关、定岗坳、黄茅岭等军事关隘，阻止解放军由灌阳、湖南入境。11月中旬，国民党广西绥靖公署派督导室主任吴立宾到恭城与其密商“反共”。11月24日，白崇禧致电钟祖培，命其组织“恭城县自卫委员会”。钟即依命行动，自任该委员会主任委员。广西战役结束后，逃到香港的白崇禧指派特务梁赓潜赴恭城与钟祖培联络，鼓动其着手“暴动”准备，并发给黄金二十两作为启动经费。

白崇禧的上述活动当然逃不过“保密局”的情报网，一份份情报迅速由毛人凤报往蒋经国，又出现在已“下野”的蒋介石的案头。以蒋介石的政治敏感，当然知道白崇禧葫芦里卖的是什么药。蒋氏父子俩反复研究下来，认为对于白崇禧的做法不能掉以轻心袖手旁观。白氏策划“暴动”给中共添乱自是好事，这也正是蒋介石想做的，但白的目的是向美国方面展示其反共立场和积极态度以获取政治资本，企图动摇蒋氏的执政根本（其时，台湾由何人当政，美国政府是有能力左右的，美方曾有过抛弃蒋介石的打算），这是蒋介石不能容忍的。

于是，“保密局”、“二厅”紧急商议应该如何解决这个重大课题——既要使白崇禧在桂的破坏行动继续执行，又要让这些行动的效果和影响有利于蒋总裁。这时，受蒋经国邀请，美国方面派出的一个由五名情报专家组成的“情报工作顾问团”进驻台北，直接跟“保密局”、“二厅”进行合作，其实说穿了就是互相利用。美方根据自己的利益给蒋出主意，蒋则“接受建议”，借机向美方索取经费、武器，同时给外界造成“美国是强大后盾”的印象。毛人凤和“二厅”磋商下来，报小蒋老蒋批准，决定联手操作这项课题，给美方顾问团一个加入的理由。这同时也是一个试探，如果美方积极响应，那说明美国政府是准备继续支持蒋介石执政的，蒋介石就可找到体面的复出理由。

这个建议向美方顾问团提出后，仅仅两天就得到了响应。三方随即举行联席会议，决定以“中华民国国防部”名义向广西派遣一名“特别视察官”，代表“国防部”对广西全省的“党国综合武装力量”进行考察，一应结果将在“国防部”备案。凡是备案的武装力量，都将获得台湾方面的正式任命，享受与在台“国家官员”相同的待遇，其所率队伍可获取一应经费、武器弹药、后勤物资。“特别视察官”在确认被考察对象的资格后，可以根据需要直接向该对象下达工作指令，后者应无条件服从。

方案得到蒋介石的批准后，就该物色“国防部特别视察官”的人选了。这个所谓的“视察官”，听上去显赫，其实也就不过是个传声筒，在桂的所有行动都须通过电台向台北总部请示，获准后方可施行。但这并不意味着随便找个角色就可以胜任——“特别视察官”打的是“国防部”的名义，由“保密局”和“二厅”共同委派，而“保密局”、“二厅”早在抗战伊始（那时还是“军统”和“军委会二厅”）就有矛盾，互相不买账是常态。这次派出的“视察官”必须在“保密局”或“二厅”的特务中遴选，可究竟选哪家的特工呢？尽管对于“视察官”本人来说，这趟差使绝对算不上是个美差，不仅风险大，也没有私人油水可捞，但对于其东家而言，无疑都是有好处的，可以借机发展自己的秘密力量。蒋氏父子考虑到这个问题，想出了一个办法：请美方顾问团决定“特别视察官”人选。

采取这个办法是基于这样一个事实，即顾问团是清一色的美国专家，他们中间没人跟“保密局”或者“二厅”有私交。不过，也并不是说如此一来，顾问们的选择就一定不会“夹带私货”，毕竟他们是美国的顾问，他们会考虑到自己国家和部门的利益。比如，让“视察官”私下向顾问团提供美国需要的相关情报，如果发现可以作为美国直接掌握的特务人选则代为秘密发展，等等。因此，他们一致把目光投注到被毛人凤忽悠进“保密局”坐冷板凳的陶省惕身上。他们认为陶省惕是“唯一合适人选”的理由其实只有一个——这人曾在美国联邦调查局供职多年，虽然不能说是哥们儿，也算半个自己人吧。

就这样，陶省惕被任命为“国防部特别视察官”。2 月 6 日，代号“LM”的陶省惕从台北飞赴香港。陶被捕后交代了该代号的含义：岩雷鸟，别称“雪鸡”，因其冬夏两季会自行改变颜色，又称“变色鸟”；“LM”系其拉丁文学名 Lagopus muta 的缩写。

2 月 11 日，“保密局”香港站安排陶省惕偷渡内地，在珠江口登岸后被史重迁等特务接往广州，藏身“平安行”。这时，突然来了一个坏消息：其报务员、卫士偷渡时遇险，迫不得已将电台抛入大海。无奈，陶向台北总部报告情况，要求补配。这就需要若干天的时间，另外，台北方面可能担心派遣“LM”前往内地之事已被中共察知，为防万一，决定在广州安排一个“LM”的替身吸引中共警方的注意力。这个替身自然就是倒霉的穆逸云了，穆逸云及其手下几个特务直到被捕也不知他们是被“组织上”作为牺牲品抛出来的。

2月21日，补配的电台运达广州，陶省惕随即离开广州前往桂林。“保密局”已经为他在桂林的落脚作了安排：陶省惕早年学过中医，诊脉、开方、出诊，已经达到了一个合格中医的水平，就让其投奔在桂林开设“和春国医馆”的当地名医尤友堂，此人是陶省惕的父亲陶应悟的结拜义弟。早在1月下旬，“保密局”就已安排信使前往桂林，向尤友堂递交了由陶省惕亲笔所书的信函，同时为陶准备了一应证明——自然都是经得起警方检验的。

陶省惕抵达桂林安顿下来后，按照台北的密电指令，他应该尽快与钟祖培取得联系。钟祖培已于1月25日在其家乡、距桂林大约百里的恭城县公开组织“恭城人民反共救国军”，由其任中将总指挥。当天，纠集三千余名旧部及恶霸土匪，在该县的嘉会、和平等地发动“暴动”。

据《恭城县志》记载：“1950年1月25日，嘉会、和平等地土匪发动暴乱，次日起3000余匪众围攻县城。解放军驻湖南（省）第四十六军一三七师四〇九团派兵驰援，30日县城解围。此次土匪暴乱，解放军、县大队战士和干部群众164人牺牲，全县损失公私财产10万元（该金额系按1955年3月1日发行的第二套人民币币值计算）、公粮2.2万余公斤……”

钟祖培在残兵败将的护卫下逃进了瑶山一个唤作“香叶坪”的地

方暂时栖身，想等待白崇禧方面的援助。可是，已经飞逃台湾的白崇禧这当口儿已经没了昔日那份重权在握的自信，他是败军之将，早已进入蒋介石不待见的黑名单，哪里还顾得上搭理钟祖培？其时，广西已经根据中央人民政府、人民军事革命委员会的命令成立了中国人民解放军广西军区，为加强全省各地剿匪力量，把一部分主力部队地方化，连同地方武装在桂林、柳州、平乐、宜山、梧州、玉林、宾阳、武鸣、百色、龙州十个地区建立军分区。在这种形势下，钟祖培于 2 月 27 日走出深山，向当地政府自首。

陶省惕通过“保密局”配备给他的由当地五名潜伏特务组成的“桂字 04 小组”收集到上述情报后，不得不佩服离开台北前跟他进行密谈的美方顾问史密斯的预测。当时，史密斯告诉他，你抵达目的地后，可能会面临几种情况，其中一种会有很大概率，那就是钟将军在发动后迅速失败（恭城地理闭塞，暴乱发生时海外并不知晓），他本人被俘或者死亡，抑或逃亡。据我们收集的情报显示，钟将军出身桂地大家族，中共方面可能会做其眷属及亲朋好友的工作，劝说其向政府投诚，以获从宽处理。

没想到，史密斯先生竟然预测得那么准，钟祖培真的向中共投降了。陶省惕即起草密电交由报务员郁庆邦拍发，向台北报告了上述情况，请示接下来是离开内地前往香港待命，还是返回台北，或者留在内地执行其他使命。

午夜过后，台北回电终于来了，指令“LM”暂留桂林，继续以“国防部特别视察官”的名义，视察和联络全省各地已经发起和正准备发起“暴动”的武装，理顺其与台湾的关系，不论以前隶属于何机构何人，都一律归口“国防部”，“国防部”将根据他们各自的功勋发给相应的委任状和奖赏，并提供武器装备、活动经费，云云。随电发来了一些联络对象的姓名和联系方式。

陶省惕马上想到，此事得依靠当地潜伏特务组织“桂字04小组”进行，否则，他只怕是寸步难行，什么情况都摸不到，什么事都办不成，甚至连安全都成问题。陶省惕虽然在美国生活多年，但他对国民党特务的德性是了解的，料想如果按照台湾方面的指示行事，不仅仅是“大权旁落”的问题，还会导致这帮特务把陶的每一个命令都作为营私舞弊的机会，结果可想而知。因此，必须想办法解决这个问题。

当晚三时，陶省惕再次唤醒报务员郁庆邦，把一份已经拟好的电文稿递给他：“立即发台北！”

十五、侯烈失踪

再说特案组方面，刚入驻“华园”的七名侦查员晚餐后立刻分头研究行动方案——

副组长梁武道、侦查员陈君临、麦善谋、张百行和桂林市委社会处专为配合特案组执行此次使命指派的联络员姚力子，对着一幅军用地图研究本市地形，设想可能会遇到的意外情况，届时应该如何策应打入敌特内部的侯烈，或在侯遭遇危险时迅速营救，以及在需要采取紧急行动抓捕“LM”等敌特分子时如何能够保证万无一失。

亓舞牧则与侯烈、尹小白待在另一间屋子里，对化装打入敌特内部的方案进行审视。执行该方案的是侯烈，亓舞牧之所以要把尹小白扯进来，一是因为小白曾有过数次卧底的经历，是特案组最有资格在这方面说三道四的人物——没有之一；二是待侯烈成功打入敌特内部后，小白负责跟侯烈的秘密联系。之前几天里，尹小白一直和侯哥泡在一起，对之后怎样接头、如何传递情报、在不同的场合使用什么样的暗号等事项逐一反复研究。另外，还要分析之前特案组获取的有关唐瞎子的一应情况，诸如从唐妻邢氏那里获知的唐瞎子的生活习惯、社会关系，从“平安行”一伙特务那里获知的他们和唐瞎子之间的交往，等等。所有这些信息，侯烈必须反复温习，牢记在心。总之一句话，他要把自己当作唐瞎子。

侯烈出征前夜，亓舞牧亲自听取两人的相关汇报，对所有细节进行审核。卧底这种活儿没有下不为例，只有一次机会，必须事先做足功课。

其他人也没闲着，内勤姑娘韦博秋忙着为侦查员调取卷宗、资料，沏茶倒水，午夜时还点燃煤油炉给大家下面条。报务员郑小炯则忙着架设天线，打开电台进行调试，同时侦测周边是否有敌台信号。

3 月 5 日清晨五时许，亓舞牧吹响就寝哨。特案组一干同志进寝室休息时，这才发现侯烈不见了。谁也没有对此大惊小怪，因为每个人都心领神会——侯烈已经开始工作了。

尹小白只睡了四个多小时就悄然起来了。漱洗后，信步去后面花园打拳。“华园”原是桂籍北洋军队少将旅长华明景下野后居住的宅第，后来，华明景去了海外，经营矿山发了大财，没再回桂，将“华园”留予其子华春白居住。1948 年 11 月，曾在国民党广西省政府担任过职务的华春白鉴于形势不妙，便在获得老爸同意后，举家前往海外定居，“华园”交由族兄管理。桂林解放后，族兄因历史问题被捕，“华园”被人民政府没收，正好特案组赴桂办案，就暂时作为特案组的驻地。

“华园”占地面积不小，房屋就有三十多间，另有前后两进花园，假山草坪小桥流水一应俱全。尹小白来到后花园，忽闻一阵琴声悠悠传来，便知老亓比他早起。过去一看，亓舞牧果然在亭子里拉小提琴。这人机警超常，他是背对着尹小白的，尹小白走在草坪上，并无脚步声，行至距亓舞牧还有七八米远，琴声竟戛然而止。不仅如此，特案组长还知道来者何人："黑仔来啦，正想把你唤起来呐!"

尹小白听那语调，真像是有事相召，遂不敢插科打诨："有任务?"

亓舞牧说："根据已定方案，侯烈先去三皇路'先富旅社'借宿，睡到中午再去'LM'交代给史重迁的接头点。我担心他心里有事睡不好，会提前过去，所以想征求你的意见，看你这一路是否也有必要提前出动?"

根据卧底方案，侯烈今晨离开驻地，前往"先富旅社"下榻。该旅社是解放前老华南分局在桂林的一个秘密交通站，解放后原拟撤销的，还没上华南分局社会部的议事日程，广西的土匪暴乱开始了，组织上遂决定继续保留，其组织关系、业务关系全部移交给桂林市委社会部。这次华南特案组赴桂执行秘密使命，正好用上了。事先，桂林市委社会部已通知旅社腾出一个房间，让账台给一个名叫唐立栋的广州旅客登记入住。账本上的入住信息可以接受外界打听询问，但无论对方打出什么牌子，都一律以登记信息为准告知。

昨晚亓舞牧单独给尹小白的指令是：今天午前率七名广州便衣前往接头点布控，对侯烈抵达前后敌特方的情况进行秘密监视。稍后，特案组其他侦查员、便衣会悄然跟进，两路力量互相配合。这个安排，根据方案规定以及沿袭解放前我方秘密工作的惯例，是不让侯烈本人知晓的。之所以如此，是出于以下两方面的考虑：一是避免侯烈分散注意力，免得在遇到紧急情况时，因事先知道自己人在周边保护又无法分辨，导致其犹豫不决；二是鉴于以往秘密战线地下工作血的教训，不能不考虑万一卧底人员穿帮后情绪突然失控，其言行有意或者无意暴露己方人员在场，从而导致灾难性后果。

亓舞牧现在担心的是，正因为侯烈不知道方案中有一干战友跟进的安排，他就没有那种“必须在中午前后才离开旅社前往接头点”的限制。通常这种情况下，他就会认为他在接头时间方面可以自行安排。如果他醒得早不想懒床，就会提前离开旅社去接头。目前桂林的治安形势不容乐观，据桂林市委社会部联络员老姚介绍，最新情报显示，全省各个地区已经暴露或者尚未暴露的敌特、股匪受去年 12 月以来零星暴乱事件的影响蠢蠢欲动，纷纷派人潜至南宁和桂林，互相联络，密谋策划，寻找靠山，希望跟台湾搭上关系。眼下的桂林市，表面看似风平浪静，其实却是暗流涌动。侯烈如果提前出动，万一遭遇意外，那就可能出现难以收拾的局面。因此，特案组长考虑让尹小白把原定出发的时间提前。

尹小白马上领悟了老亓的用意，说组长我明白了，这就去前院通知老丰他们准备出发。

半小时后，尹小白和粤警便衣丰德厚、薛晖、黄鸣钟、老许、小钟、大林、老王已经赶到史重迁交代的接头点——八桂区（1950 年 4 月改为第一区）东华路上的“有福茶楼”。这是一家三开间门面的两层建筑物，老板姓潘，是个五十出头的小老头儿，体态矮胖，脸相慈善，见人未语先笑，谁也想不到这么一副弥勒佛外表的家伙竟然会是潜伏特务。

这是个薄雾弥漫的日子，平时太阳都一竿子高的时辰，天地间犹是一片阴沉。不过，这家茶楼的生意还不错，目测占座率在七成左右。尹小白和三个便衣走进茶楼，被跑堂引至底层角落的一副座头，其余四个便衣都是化装小贩、路人的，没进入茶楼，在街头各选合适位置作为监视点。

跑堂送上茶，尹小白一边给老丰三个杯里斟茶，一边用一口还算流利的桂语向三人介绍桂林当地的风土人情，建议他们在本市逗留期间应该去哪几个必去的景点看看。在外人眼里，这是一个本地小老板或者掮客在接待外埠前来桂林采购土特产的商人。

尹小白倒空了茶壶，刚招呼跑堂过来添开水，眼光一扫，就看见侯烈进门了。小白不禁暗暗佩服老亓那份直觉：还真让组长给说着了，侯哥果然提前出动了。

侯烈的化装术一流，此刻，他扮成一个背着沉甸甸的竹背兜腰背佝偻的老山民，衣衫上打着几块补丁，腰间插着竹制烟杆儿，头上裹着业已退色的蓝色土布包巾，古铜色的脸上皱纹遍布，双眼深陷，眼珠子白多黑少。要说侯烈这副尊容的效果还真不含糊，跟尹小白一起喝茶的丰德厚三便衣明明已经看见门口出现了这么一个老汉，可就是没跟侯烈联系起来。尹小白尽管已经有了思想准备，也是看了一阵方才断定此人就是侯哥的。

侯烈向跑堂低声询问着什么，跑堂朝尹小白这个方向指了指。小白微微一惊，马上反应过来：这副座头旁边就是老板待着的小间，侯烈肯定是向跑堂说要见老板。只见侯烈走过来，没朝尹小白几个看一眼，尹小白也端杯饮茶，继续跟老丰三个聊天，一双耳朵却捕捉着侯烈跟潘老板的对话。

侯烈一口地地道道的广西腔，对潘老板说自己采摘了今年头一茬儿春茶，已经炒制，数量不多，大约半斤，想问问老板是否愿意买下。潘老板笑吟吟地打量来人，最后把目光投向侯烈腰间插着的那支竹烟杆，烟杆上拴着一个蓝色玉石挂件——正是“LM”让史重迁交给唐瞎子的信物。潘老板开腔说：“茶叶我刚买了一些，暂时不收，不过我对你烟杆上的这个小挂件倒有兴趣，不知是否可以让我看看？”

侯烈便把烟杆抽出，递给潘老板。后者把小挂件翻来覆去看了片刻，问：“能否割爱？”

侯烈淡淡道："这是十年前在漓江打到一条七斤七两重的大鱼后从鱼肚子里剖到的，不值什么钱，老板看中的话，留下就是。"

信物和暗语相符，侯烈随即被请入后堂。尹小白暗松一口气——至少，史重迁的口供是属实的，"LM"留下的接头暗语和信物也没有问题。

这家茶楼不过是敌特的一个秘密接头点，潘老板在确认暗语和信物后把侯烈引入后堂，那说明这里还另有一个交通站的功能。通常的接头点是以"代为转告"的方式跟来人接触的，对上暗号后，会跟来人约个再次见面的时间和地点，继而把"有人来接头"的信息向上线报告。而现在的情况则说明，潘老板直接接纳了这个来自羊城的不速之客，看来他是准备通知上线把来人领去见"LM"或者"LM"的代理人。由此判断，"LM"对唐瞎子的到来是比较迫切的，事先肯定对下面作过交代了。

尹小白的判断是准确的，陶省惕确实已经对"桂字04小组"作过相关的交代。作为一个曾在美国联邦调查局供职多年的资深特工，他这样做当然是有依据的。前面说过，陶省惕考虑到桂省这边的种种情况，对"保密局"总部给他配备的"工作班子"不甚放心，认为得有一个完全听命于他自己的班子。从台湾带来的报务员郁庆邦、卫士姜葆山当然没有问题，但他们只能发挥内部作用，还得有不受桂省这边"保密局"特务控制的外勤人员。根据他从史重迁口中知晓的唐瞎子的情况，他认为此人是最佳人选。前几天，他已经让郁庆邦向台北总部拍发密电正式提出要求，请广州"梅花22"通知唐瞎子尽快赴桂向其报到。

陶省惕此举人为抬高了唐瞎子的分量。之前他离开广州时让史重迁把信物转交唐瞎子之举，只是他的个人行为，唐瞎子不过是一个临时雇佣的帮手，无须呈报总部备案，总部也不必知晓。而此刻密电总部，请总部联系"梅花22"让唐瞎子尽快报到，如果总部照其请求做了，那就相当于确认唐瞎子是陶省惕在内地发展的正式特工。尽管眼下连其真实姓名都不清楚，只知道“唐瞎子”三字，但按照“保密局”秉承的原“军统”的工作原则，这就算是批准唐瞎子加入“团体”了。从这一天起，“保密局”的人事档案库中就增加了一份特工个人档案，唐将享受“保密局”正式特工的一应待遇，同时也将按照“团体纪律”对其工作的优劣进行奖惩——哪怕唐瞎子本人根本不清楚“团体纪律”有哪些条款。

之所以这么做，自然有陶省惕的主观需要，但也是一种无奈之举：根据“保密局”的规定，别说陶省惕只是个上校，即便是少将，在离开广州前往桂林后，他跟广州的“梅花22”就已经没有工作关系了，当然更不允许有私人关系。如需“梅花22”协助其工作，那就必须向台北总部报告，由总部向“梅花22”下达电令。

那么，“梅花22”已经被华南特案组一锅端掉了，“保密局”台北总部只要一发电报，不是就会察觉了吗？这个，倒不必担心，我方事先已经估料到这种可能性，“梅花22”一伙特务分子前脚被捕，华南分局社会部随即跟进，另派精干人员和电讯专家对“梅花22”的报务员、“平安行”账房先生庄炳祥进行单独审讯，除了进一步了解“梅花22”电台的无线电通讯情况外，同时对庄犯施展攻心战术。庄炳祥很快就表示愿意将功赎罪，因此，“梅花22”跟台北“保密局”总部的电讯联系没有中断。特案组刚到梧州，甫一架设起电台，就收到了华南分局社会部的消息，得知“保密局”总部已经给“梅花22”拍发密电，让其速遣唐瞎子赴桂了。

同一天晚上，陶省惕也收到了台北总部的回电，告知唐瞎子已经离开广州，不日将抵达目的地，和报务员郁庆邦、卫士姜葆山一样，受陶省惕节制。

3月4日，陶省惕召见“桂字04小组”头目甄大虎，告知近日将有一名同志抵桂，前往“有福茶楼”跟潘老板接头，命甄大虎布置一应接待和安全措施。

甄大虎是桂林本地人氏，四十三岁，早年是个光棍无赖，跑到广东去混世界，在“南天王”陈济棠的部队当兵，被上司看中，安排到司令部侦缉队当了一名便衣。若论这主儿从事特务工作的资历，算得上是“资深”了。不过，甄大虎投错了主子，后来陈济棠联手桂系军阀发动“六一事变”失败逃港，他只好返回桂林老家，进民团当了一名班长。直到抗战中期，“军统”在桂林的分支机构招兵买马，甄大虎才算修成正果，成为民国最著名的特务机构的一名小卒。

小卒做到抗战胜利，“军统”搞“复员”，甄大虎没了饭碗，以做小生意谋生。一做三年，到了1949年春上，“保密局”鉴于形势不妙开始安排潜伏特务，又想到了甄大虎。其时甄结交了桂林地面上的四个哥们儿——倪冬生、陈咏、郎仕晖、阴鑫旺，五人结拜兄弟，甄大虎遂提出把四个结义老弟一并带入“团体”。这个要求马上获准。当时招募潜伏特务是颇为犯难的，“组织上”黔驴技穷拉不到人时，只好祭出“揪住把柄”的法宝加以威胁。现在有人竟然主动提出要加入，上司自是喜出望外。就这样，甄大虎成为“中华民国国防部保密局广西特遣大队”下辖的“桂字04小组”的上尉组长。

陶省惕交办任务的同时，把“有福茶楼”的关系也交给了甄大虎，让他去通知潘老板。其实陶不知道，甄大虎跟潘是老相识，两人还一度合作过。前面说过，甄大虎在抗战时期是“军统”桂林分支机构的一名小卒子，举凡盯梢、绑架、送信、恐吓之类的活儿没少做过，而潘老板则是“军统”桂林秘密交通站的负责站长，许多活儿的起点或者终点就是在“有福茶楼”进行的。尽管后来两人没有“工作层面”上的合作了，但私谊还是不错的。如今重新恢复“工作关系”，自是轻车熟路。

接受命令后，甄大虎立刻去“有福茶楼”跟潘老板见面。虽是熟人，但还是需要履行“保密局”规定的那一套接头程序，两人对上了暗语，彼此心照不宣。甄大虎已经知道近日将抵桂的那个不速之客唐先生是陶省惕在广州发展的新手，他受命告知潘老板，接头时务必小心谨慎；接头后由甄大虎把来人带往“和春国医馆”见陶省惕，也须格外留意，一旦发现有甚可疑，则先将其安置在旅馆或者其他适合住宿之处，然后向陶省惕报告。

这上面所说的后半部分，是陶省惕向甄大虎交代的，跟潘老板没有关系。但甄大虎跟潘老板是曾经多次合作过的老熟人，又都是桂林本地人氏，用北方的说法就是“咱俩谁跟谁啊”，索性把后面那部分内容也向潘老板透露了。潘老板是搞了多年地下交通的老手，遇事沉得住气，思维缜密，当下就指点了甄大虎一番，大意是：老弟一席话，愚兄听明白了，那就是此项任务非常重要，你的新上峰又是一个重量级人物，必须把他交办的这桩活儿干好。我琢磨下来，觉得这活儿最为要紧的有两点，一是要让唐先生顺利跟愚兄接上头，二是要确保唐先生确实是一位可靠同志后方能把他引见给上峰。是不是这样？那就简单了，你何不如此如此……

潘老板如此这般一说，可就苦了尹小白这班便衣——

尹小白和丰德厚等三个粤警便衣在茶楼里一边喝茶一边“谈生意”，原以为侯烈随潘老板进入后堂，不一会儿就会出来。尹小白有过多次接头的经验，一般来说，接上头后，交通站的职能并非向来人交代工作。根据秘密工作的规矩，交通站并不清楚来人的具体身份、任务、从哪里来到哪里去，只负责“中转”，就是把来人接下后，或是按照组织上事先的交代，把来人安全护送到某个地点，或是给他一个地址及暗语，让他自己去跟正主儿接头，也有让来人在交通站暂时待几天的，但最后一种情况很少见。特案组事先对侯烈卧底可能遇到的情况进行过反复推演，认为“LM”身负重要任务，因电台运送途中发生意外，已在广州计划外盘桓了数日，抵桂后的日程安排多半比较紧张，应该是候得唐瞎子一到就会跟他见面的。因此，侯烈在“有福茶楼”应该不会逗留较长时间。

可是，尹小白几个一直待到把一壶茶差不多喝成白开水了，侯烈还没有出来。看看时间已经过去了一个多小时，而潘老板在把侯烈领进后堂之后，就跟平时一样出来做他的老板活儿了。昨晚，亓舞牧把他从联络员老姚那里了解到的“有福茶楼”的建筑格局、周边地形和店员数量等情况向尹小白作了交代：茶楼没有院子，也无后门、侧门，跑堂伙计共有六人。尹小白甫一进门，就把五名伙计的脸孔看清记住，稍后又借小解机会去炉灶间把负责烧水兼洗茶具的那个伙计的脸认了认。这段时间，五名跑堂一直在楼上楼下来回忙碌，又让老丰借机去看过炉灶间的那个伙计，也好好地待在那里干他的活儿。这就有点儿奇怪了，若说侯烈被安置在后堂，那就必须有专人陪着，但茶楼东伙都在忙碌，并无陪同之人。

转念尹小白又寻思，会不会“LM”事先在茶楼后堂待着，专等唐瞎子抵达？但这显然不符合秘密工作的规矩：“LM”跟唐瞎子见面时，必然要避开潘老板，因为潘老板的中转任务已经完成，此刻，他就是“LM”任务中的局外人了。

又待了一会儿，已近中午，一半以上的茶客已经离开。尹小白还没想通这究竟是怎么回事，但他意识到此地不宜久留了，遂招呼老丰等三侦查员起身。

外面，特案组其他侦查员已经抵达。亓舞牧听尹小白把情况如此这般一汇报，也有点儿懵。逐个向外面监视的粤警便衣问下来，那四位兄弟都说没有看见侯烈进入茶楼（侯烈的化装把他们也骗过了），当然也就谈不上离开了。

亓舞牧沉思片刻，下令："原地监视，不得妄动。茶楼的早市马上就要结束了，咱们一会儿进去喝下午茶。"

午后，茶楼再次开门营业，特案组侦查员和粤警便衣轮流入内喝茶，直到下午三点多茶楼结束营业，也没见侯烈出来。

侯烈失踪了?!

十六、失踪之谜

侯烈失踪，大大出乎特案组一干侦查员的意料。亓舞牧下令十八名粤警便衣继续留在原地监视，特案组六名侦查员前往附近的桂林市公安局八桂分局（1950 年 4 月，八桂区改为第一区，该分局相应改称第一分局）开会紧急研究案情。

心急火燎的张百行建议立刻搜查"有福茶楼"；梁武道和陈君临持反对意见，他们认为在侯烈的情况尚未明了之前，不宜轻举妄动，否则就可能暴露我方的意图，不但对完成使命有碍，对侯烈也可能产生危害性影响；麦善谋的观点则是：侯烈不会凭空消失，不如先弄清楚这家茶楼是否有与外界相连的地道。

亓舞牧认为可行，随即向分局了解相关情况。分局领导召来有中共地下党员身份的留用刑警老金。老金从事旧刑警工作时，经常与烟馆、妓院、茶馆、酒楼、浴室一类行业打交道，对本区此类场所比较熟悉。当下，根据特案组的要求，边介绍边画出了"有福茶楼"的内部结构草图。茶楼所在的东华路地势较低，打个水井往地下挖两米就能见水，侦查员结合草图分析下来，排除了该茶楼有地道与外界相通的可能——除非进行大型土木施工，但这种大型工程是无法掩人耳目的。

既然没有地道，侯烈失踪又该怎么解释呢？难道是侯烈露出破绽，被潘老板等敌特分子给杀害了？侦查员面面相觑，一个个的心都悬了起来。亓舞牧扫视众人："大家想想，有这种可能吗？"

尹小白第一个回答："肯定不会！"

他的理由是，当时他和老丰等人坐的那副座头，离通往后堂的过道最近，可以说是咫尺之距。潘老板、侯烈进去后虽然关了房门，但门板并不很厚，跟寻常人家的一样。据老金画的草图显示，后堂共有两上两下四间屋子。如果潘老板识穿了侯哥是冒牌货决定当即下手杀人的话，别说是身手不凡的侯哥了，就是我小白也不会轻易束手就擒。即便潘老板有帮手，而且个个都是受过训练的职业杀手，也难能做到在不发出任何响动的情况下把侯哥干掉。一旦发出什么异常响动，我坐的那个位置肯定听得到。退一步说，就算听不到，也能感受到——我是背靠板壁坐着的，板壁那边就是后堂，店小二上楼下楼进进出出，我都能感觉到板壁轻微的震动，何况是发生了搏斗。

尹小白的这番话启发了其他侦查员。接着，麦善谋也提出，如果说对方要干掉侯烈，那动机是什么？无非是发现侯烈并非真正的唐瞎子，那就可以肯定他是我方派出的卧底了。敌特也不是没脑子，侯烈既是我方卧底，那接头地点、对象自然是我方交给他的。如果侯烈一去不回，他们不怕我方马上采取行动，端了"有福茶楼"这个据点吗？潘老板应该不会蠢到这一步，正常的做法应该是先稳住侯烈，茶馆的敌特趁机转移才对。

陈君临也作了补充，对侯烈以唐瞎子的名义前往卧底的安全性进行论证。唐瞎子出生于距桂林千里之外的南宁，十三岁时移居广州，在广西没有什么朋友。这一点，事先特案组反复向唐的遗孀邢氏以及与唐接触比较密切的七八个朋友了解过，桂林这边的敌特中有人认识唐瞎子的可能性非常低。另外，按照秘密工作的规矩，“有福茶楼”潘老板一伙干的是交通，他的任务就是中转情报或人员，只要暗号对上即可，不可能对前来接头的人问长问短。

因此，侯烈应该是安全的。可是，他为什么进了茶楼不出来呢？一番讨论后，众侦查员认为存在两种可能性：其一，“LM”在桂林的据点离市区距离较远，也可能另有原因不宜白天过去，需要等到天黑后才能离开茶楼悄然前往；其二，尽管之前分析茶楼应该没有地下通道，但没有地下通道不等于没有地上通道，茶楼与隔壁邻居之间也许有暗道相连，侯烈已经通过暗道离开茶楼了。

一直抽着自卷香烟听大家讨论的副组长梁武道突然开腔，还是能简则简，只有两个字：“酒楼!”

昨晚梁武道在特案组驻地和联络员老姚对着桂林军用地图研究本市地理地形时，特别留意过“有福茶楼”所在的东华路。老梁具有干这一行工作记忆力超群的基本职业素质，不过扫了几眼，就把“有福茶楼”的左邻右舍都牢记于心。现在，大伙儿提到暗道，他立刻想到了酒楼。亓舞牧反应最快，马上点头：“有可能!”

张百行一时没明白过来，低声问旁边坐着的尹小白：“领导说酒楼是什么意思?”

尹小白之前进“有福茶楼”时，出于职业习惯，留意过茶楼的左右两侧，左侧是一家只有一个门面的土特产商铺“野山行”，右侧一家是“鸿运酒楼”，两个门面，跟“有福茶楼”一样是两层建筑结构，酒楼再往右是一条一米多宽的无名小巷，却非一条断头巷，而是跟两头马路相通。当时看过也就看过了，此刻听老梁这么一说，他马上意识到，如果真有暗道，出口一定在那家酒楼。当然，暗道出口要避开酒楼的正门，否则人从暗道转移，再从酒楼正门出去，那就没有意义了——酒楼和茶楼紧挨着，很难避过监视人员的视线。由此估测，酒楼在小巷那一面应该是有边门的。

这番解读，不但张百行，在座众侦查员都听明白了。亓舞牧朝梁武道看了看，老梁会意，起身走到门口，冲坐在外面的老金招了招手。老金入内回答了特案组的问题："鸿运酒楼"在无名小巷里确实有一道边门，不过并不对外，仅供酒楼内部人员出入。

看来，侯烈真的是通过暗道离开了。但特案组面临的问题依旧——侯烈的去向不得而知。这显然偏离了特案组最初制订的方案。唯一让众人稍稍安心的是，侯烈的身份应该没有被识破，暂时还不会有危险。他如果有自由活动的机会，肯定会设法跟特案组取得联系。当然，对于侯烈来说，他采取的任何行动都必须经过深思熟虑，因为他根本不知道所谓的"自由活动的机会"是不是"LM"为了试探他设下的圈套。

眼下这种局面，特案组该如何应对呢？亓舞牧和一干侦查员都没有头绪。正副组长个别交换了意见，决定先把分局作为特案组的临时驻地，对"有福茶楼"继续进行秘密监视，魏清远、老丰等便衣同志轮流安排过来休息。

那么，侯烈此刻究竟身处何地？真相大白之后，只怕连福尔摩斯也要大跌眼镜——侯烈跟他的战友竟然近在咫尺！亓舞牧六位在桂林市公安局八桂分局的会议室内，侯烈则在该分局另一侧的看守所里。卧底卧出这么一个结果，估计连编小说的都编不出来，在古今中外的谍战活动中，这种意外可算是绝无仅有。

其实，不但特案组为侯烈的下落着急，特案组的对手陶省惕也在因唐瞎子的久候不至心急如焚。按说唐早就应该抵达了，怎么到现在还没有消息呢？

这就要说到陶省惕的“工作班子”、“桂字04小组”特务头目甄大虎了。要说甄大虎为非作歹的年头儿也算不短了，但他总觉得运气不佳，虽然颇有“积极进步”的愿望，却苦于没有人给他一个平台。这次，他总算获得一个机会，给来自“保密局”台北总部的大人物效力，自是加倍兴奋，寻思一定得好好表现一番，立下汗马功劳，没准儿被“谢先生”看中，凯旋时把他一并带往台湾，那就太好啦！“谢先生”让他接应来自广州的唐瞎子，他自是非常重视，还跟手下四个兄弟倪冬生、陈咏、郎仕晖、阴鑫旺反复商量。不知是谁出的主意，接到人后的第一要务是盘清来人的海底，必须确保可靠。否则，如果那主儿是共党派人假冒的，别说咱们这几位了，只怕长官“谢先生”都得让人家给一锅端了，负责接头的潘老板当然就更难幸免了。

有了这么一重考虑，甄大虎在向潘老板传达任务时，假冒上司名义，要求潘老板不但要保证来人进入茶楼后的安全，还得确保来人能够平安无恙离开茶楼。对于潘老板这样一个“老交通”来说，这当然不是一桩难事，当下淡然点头，说那还不容易，你从现在起就在隔壁酒楼等着，客人来了，我把他带到酒楼当面交你老弟手里就行了嘛。

甄大虎当然不知道潘老板袖中另有乾坤，“有福茶楼”跟“鸿运酒楼”之间还有一条秘密通道，甚至连“鸿运酒楼”是潘老板的连襟朱信昌开的都不知道。后来我方查明，朱老板并非敌特分子，跟政治从未有涉。不过，这人的公开职业是酒楼老板，秘密从事的主业却是倒腾鸦片。连襟两个，一个为特务机构搞秘密交通，一个是资深毒贩，两人一合计，就盘下了紧挨着的一座茶楼、一座酒楼，在茶楼后堂的库房里与酒楼相邻一侧的墙上装了一道暗门，穿过暗门，就是酒楼的库房。多年来，这对连襟利用这条秘密通道，进行了不知多少次秘密活动。

甄大虎听潘老板说得那么肯定，也就不疑有他，寻思反正这是“党国公事”，而且是重要公事，你潘老板是老资格了，肯定知道一旦出现差错的“纪律制裁”是怎么回事。那就这样说定了。他真的就待在隔壁酒楼里不走了，让潘老板派人去把他的下属郎仕晖叫过来和他一起等候。

江湖上往往会出现一些怪现象，其中之一就是“科班出身及不上野路子”。甄大虎一伙策划的对唐瞎子的甄别，就达到了这样的效果。他们的主意很简单：把侯烈灌醉，然后送往分局治安股，交给留用旧警察、“桂字 04 小组”成员之一阴鑫旺，说这人酒后寻衅滋事，出手行凶，所以将其制伏送公安局处理。

对于酒后滋事被送往局子的对象，警方通常是稍加讯问，弄明身份后分门别类予以处置。像“唐瞎子”这种有广州警方出具的“路条”的，可训诫一番后释放。但因有“行凶”事由，不同于一般的酒后滋事，也可以继续羁押，然后给个“收容遣返”——新中国成立伊始，各地治安情况都不容乐观，这种喜欢酒后闯祸的家伙，允许其留在本地容易生后患。这个权限，在经办人阴鑫旺手里。如果“唐瞎子”是共党便衣假冒的，那他落到“自己人”手里，还不是赶紧做一番解释，分局就把他给放了。如果他是真货，阴鑫旺装模作样讯问一番，关上两天再将其释放，也误不了“谢先生”的公务。

在甄大虎一伙看来，事情就是这么简单。但从特案组方面特别是侯烈这个角度来看，这绝对是一桩麻烦事。回过头来，再说侯烈进入“有福茶楼”之后的情况——

应该说，一开始一切都很顺利。见到潘老板，他一看对方那眼神，马上意识到这主儿是个“老交通”。为什么呢？因为他对侯烈的这副打扮完全是司空见惯见怪不怪的神情。侯烈心里就有些紧张，寻思别让这小老头儿看出哪里不对头，那就得费神解释了。但他出示信物对上暗语后，潘老板并未说什么，只是点点头示意随其入内。进了后堂，潘老板招呼他坐下，自己进了另一间屋子，不知在里面鼓捣什么。片刻出来，招呼侯烈入内。

屋子里黑咕隆咚，透出一股强烈的茶叶香味，估计是茶楼的库房。侯烈自七岁起就随猎户老爸进山狩猎，长期闯森林钻山洞，黑夜也当白天过，练就了一双“夜光眼”，此刻从明亮的外间进入黑暗的库房，倒也并不畏惧，做好了对抗突然袭击的准备。不过，潘老板似乎并没有不良企图，打开手电，让侯烈随他穿过暗门，进入了另一个黑咕隆咚的所在，浓烈的茶叶香也变成了酒香酱香。侯烈马上意识到这里是茶楼隔壁的“鸿运酒楼”，心里一个激灵：原来茶楼酒楼竟是连通着的，不能小看这伙特务，稍后的情况恐怕不易对付，得加倍警惕！

酒楼后堂的结构跟茶楼一样，也是上下各两间屋子，潘老板把侯烈引入其中一间，说请在这里稍坐，马上就有人来接你。放心，到了这里，安全肯定有保证。潘老板离开时带上了房门，但外面未曾上锁。片刻，来了一个伙计，送上一壶香茶、一盒香烟、两碟子糕点，冲侯烈微微点头，没说什么就出去了。侯烈寻思，看眼下这情况，一时半会儿还不会离开。以唐瞎子的性格，烟茶糕点摆在面前，大概不会不去碰，自己现在扮演的是唐瞎子，就要以唐瞎子的思维行事，那就别客气了，该吃吃，该喝喝。

吃喝完毕，侯烈也不去多想眼前的处境，昨晚未能好好休息，这会儿抓紧时间补个觉吧，下面还不知人家为他准备了什么节目，得保持精力体力以便应对。

侯烈没戴手表，也不知这个盹儿打了多长时间，反正他是被人推醒的，推醒他的人就是甄大虎。甄大虎后面跟着一个身高至少一米八的青年男子，虎背熊腰，满脸横肉，目露凶光，一看就不是个善主儿。稍后知道，这人名叫郎仕晖，公开身份是城南“义云武馆”的拳师，秘密身份则是“桂字04小组”的成员。

甄大虎的说话声音有点儿沙哑：“是唐先生吧？欢迎欢迎！本人姓甄……”

侯烈冷不防打断对方的自我介绍：“姓真？真假的真？还有这个姓?”

甄大虎微微摇头，显是看不起这人没文化：“不是真假的真，是甄别的甄。《三国演义》知道吧？曹操的儿子曹丕的夫人就姓甄，有名的甄皇后，甄皇后的儿子曹睿也是做皇帝的。不瞒你说，我就是甄家的后代。”

侯烈一脸恍然的样子：“乖乖！说了半天您老兄还是皇亲国戚，失敬失敬！哦……您老兄说的曹操，是不是戏台上那个白脸大奸臣?”

甄大虎怀疑对方是故意装糊涂拿自己开涮，又不好发作，只得岔开话题：“唐先生，都快中午了，先吃饭吧。”

侯烈却把目光转向甄大虎身后的郎仕晖：“等等，这位是你老兄的跟班吧，还没介绍呢。”

如果眼光可以揍人，郎仕晖已经把眼前这个不识趣的家伙揍过七八遍了。甄大虎倒还按捺得住，把郎仕晖介绍了一番，当然没说是武馆拳师，只说他的拳脚在桂林本地颇有些名气。

这时，酒楼伙计端上酒菜。酒席一开始，侯烈就发现这两个家伙有心要把他灌醉，却没想到人家还有把他送看守所这一出，只以为是担心暴露“LM”的住地，把他灌醉了弄辆三轮车之类载过去就是。侯烈不想让他们得逞，他的酒量颇好，寻常酒徒跟他比拼，最后钻桌子底下的都是对方。可是，如果他不醉，人家就会用其他法子让他迷糊过去，比如下点儿药什么的，与其如此，还不如装醉。他受过特殊训练，只要神志清醒，即便被蒙上双眼放进车里，也有法子知道车辆是朝哪个方向行驶，以及行驶的大致距离，到了目的地，有把握确定“LM”藏身地的大致坐标。

主意打定，侯烈又开始演戏。不过，不能演得太过分，只喝几杯就不胜酒力，那是会引起对方怀疑的。他假装兴致甚高，越喝谈兴越浓，跟对方的距离也就越近，如此，过了两个小时方才“醉倒”。

甄大虎事先准备了一辆三轮车，让下属倪冬生化装车夫在小巷另一头等候，这会儿把他唤过来，郎仕晖、倪冬生把“唐瞎子”弄上了车。

侯烈哪知人家是要把自己送分局去“接受考验”，只道是去见“LM”，任由对方用麻绳把自己捆住，歪着身子鼾声连连，心里却在计算着时间，同时还辨别着方向。原以为“LM”的藏身地可能比较远，哪知不一会儿就到了。三轮车拐进了一处估计是大院子的所在，车子停下，旁边的甄大虎下去跟人低声说了几句什么，接着，侯烈就被人扯下车摔在地上。他刚迷迷糊糊睁开眼睛，就被人死死按住，还没来得及做出反应，手腕就被扣上了一副手铐。

侯烈暗暗吃惊，“LM”结交的这帮子不是说是土匪吗，怎么用起了手铐？待到被人扯起来，站稳了定睛一看，不对啊，这里是公安局呀！

十七、黑夜越狱

尽管华南特案组已经分析清楚，侯烈十有八九是被敌特通过密道转移至酒楼，然后从酒楼边门离开了，但这毕竟是推断，不能作为正式结论。这样，特案组就面临着如何进行查证的难题。

按理来说，桂林已经解放，要在东华路这么一个面积不大的区域查证是否有人看见从酒楼里出来过侯烈这么一个人，还是比较容易的。可亓舞牧跟梁武道两个反复商量下来，就是不敢拍板迈出这一步。毗邻的“有福茶楼”和“鸿运酒楼”之间竟然有这样一层关系，出乎特案组的意料。细细一想，这种情况倒也并不奇怪，长期以来，广西地面上的土匪、帮会以及国民党“中央势力”和地方势力盘根错节，明争暗斗多年，如此，亓舞牧等人就不得不考虑这样一个问题，即茶楼酒楼之间的连通勾结在桂林会不会是一种普遍现象。如果是，那就不能不提防东华路区域（特别是那条无名小巷）可能还有其他花头，没准儿沿街沿巷的住户和商铺中有人跟潘老板有关系，不一定是敌特同行，也可能是比较默契的老熟人。

敌特方策划“侯烈消失”，为的是试探其身份的真假，他们肯定会对接下来我方的反应感兴趣，一旦我方出动人员进行调查，哪怕是通过分局、派出所、保甲干事（其时桂林还未成立居委会，坊间仍沿袭保甲制度，但人员已经作了调整）暗中查摸，也难以逃过敌特方的视线，那就打草惊蛇了。那么，除此以外，还有什么其他办法没有呢？

侦查员反复研究，最后想到了一招：通过桂地警方在东华路区域寻找可靠的居民住家或者商户，由特案组侦查员约他们在外面（离开该区域）个别接触，了解情况。

亓舞牧跟联络员老姚一说，老姚即去跟分局接洽。傍晚，报来了六个人的姓名和简况，都是军属烈属，有的解放前帮助中共地下党干过些外围工作，都是绝对可靠的对象。特案组侦查员随即个别约见，可是，聊下来都没人看见或者听说过相关可疑情况。毕竟侯烈被敌特从“鸿运酒楼”弄到三轮车上，只有短短一两分钟时间，这六人又并不是住在酒楼边门对面或者左右隔壁的，这个时间节点不可能那么巧。

晚上九点多，特案组收到广州密电，华南分局社会部领导对侯烈失踪之事非常重视，要求尽快查明其下落；同时，继续追踪“LM”，务须在最短时间内将该犯缉拿归案。

亓舞牧向众侦查员宣读了电报内容，大家都不由得愁眉苦脸。这时，外面传来一阵嘈杂声。公安局这种地方发出这样的动静，怕是出了大事儿。尹小白不等老亓吩咐，一溜烟儿地窜出门去打探了。既然有特案组第一机灵角色出面，其他侦查员也就没有出去的必要了，仍旧坐的坐，站的站，有的在看地图，有的拿着笔不知在纸上划拉着什么。

片刻，尹小白去而复归，原来分局看守所逃了一个在押人犯。众人闻之没有反应。新中国成立伊始，各地的羁押场所都是沿用旧警察局的，监舍简陋，设施陈旧，看守员至少一半以上是留用警员，充实的新警员大多没有经验，在押人犯脱逃是常事，别说只逃一个，一次逃掉三五个也算不上新闻。

尹小白报告完毕，还是站在原地，一双眼睛滴溜溜打转，在其他侦查员的脸上轮番扫视。亓舞牧心绪不佳，被他盯得有点儿烦，剑眉一竖，以犀利的目光和他对视，那意思不言自明——有啥要说的赶紧说。一旁的副组长梁武道也表情冷峻地看着黑仔。

前面说过，梁武道之于尹小白，就仿佛他在香港当“尹少爷”时公馆里的管家卓叔一样，使他有点儿憷头，当下就收回眼光：“小白对这当口儿有人犯开溜滑脚有个想法，若是说错了还请包涵……”

亓舞牧不耐烦地摆摆手：“别啰唆，说就是！”

尹小白的想法是：在押人犯逃跑不算奇怪，奇怪的是这个人犯竟是在这个时段从监房里逃出去的。通常人犯逃跑，要么是青天白日从监房里开出来提审时，或是伪装病情自伤自残出外就医时趁机滑脚；如果是从监房里逃跑，都会瞅准下半夜夜深人静的当口儿，这个时候看守员容易疲惫打盹儿。可是，这个人犯却是与众不同，偏偏选在上半夜开溜，是不是有些反常？

麦善谋马上反应过来：“黑仔，你是不是认为此人可能是侯烈？”

尹小白微微颔首：“小弟浅见。”

按照规定，分局看守所发生人犯脱逃事件，应在第一时间向市局报告。亓舞牧即把待在另一间屋里的联络员老姚请来，让他给市局值班室打电话，了解一下八桂分局看守所在押人犯脱逃的一应情况。

老姚了解到的情况是这样的——

今晚脱逃的人犯是下午被群众扭送分局，由治安股民警收押的，事由是酒后滋事伤害他人。不过，据说被他伤害的群众伤势并不严重，甚至并未报案，当时即自行离去。但在场有群众担心他继续伤人，酿成大祸，就将其扭送到分局来了。此人身上没有能够表明身份的证件、路条（当时广西对农村外出人员概由乡、区政府出具证明，群众称之为路条），也拒绝回答民警的任何问话，疑其可能是逃亡地主、土匪探子、江洋大盗之类，治安股民警就先把他押送看守所了。进看守所后，因为拒绝回答同监房犯人的问话，遭到其他五个人犯的殴打，后被看守员阻止。没想到，这个人犯颇有心计，身手也非常了得，他之前挨打不还手，不过是为蒙蔽五个同监人犯，心里却另有主意。

晚上八点钟，看守所吹就寝哨，人犯都躺下睡觉，他也拿了一条看守所借给的棉被半铺半盖和衣躺在地板上，很快就打起呼噜。同监人犯根本没把他放在心上，也都睡了。哪知过了一会儿，他就爬起来冲同监人犯下手了。也不知使用了什么手段，反正没发出任何响动，就把五人一个个都击昏在被窝里，扯一条被子把被单撕成条，把那五个一一绑起来，嘴里都塞上了碎布条和棉花。

此人绑人颇为专业，因为用的是布条，他绑住的是人家的大拇指、大脚趾，竟就把人给控制住了。然后，他攀上常人根本没法儿上得了的监房后窗，拗弯铁栅栏后卸下两根钻了出去，上到监房屋顶，把从监房里扯出来的一条棉被抛到对面围墙的铁丝网上，像一头灵猿似的飞跃监房后窗外那条两米多宽的夹弄，脚尖在棉被上略微一踮，借力翻过围墙成功越狱。落地时，方才被岗亭里的公安大队战士发现，当即开枪射击，却已不见越狱者的影踪了。现在，市局已经紧急通知全市各分局，出动警员和民兵以及各公私单位的夜间巡防人员，全市搜捕这个身手不凡的逃犯。

亓舞牧听老姚说完，长吁一口气："我想，这个'逃犯'，多半就是侯烈了！"

越狱者确实是侯烈。下午，他被甄大虎几个"扭送"八桂分局，交由事先已经按照甄大虎的指令等候在那里的治安股留用警察阴鑫旺处理。那时各地公安局警力都明显不足，采用动员社会进步青年来局义务协助的方式予以解决，用现在的说法就是志愿者，此刻，阴鑫旺手下就有两个志愿者。当下，阴鑫旺让志愿者给侯烈扣上手铐，接着搜身。侯烈的背兜被甄大虎留在酒楼，他随身带着的广州辖地派出所出具的路条也被掏走，只搜出少量钞票。志愿者将其带到院子一侧的井台上，二话不说劈头浇了一桶冷水说是醒脑，然后扯进提审室讯问。

利用这段时间，侯烈已经对自己面临的情况作出了准确判断：第一，此事蹊跷，特务即便识破了自己的身份，也没听说过把卧底送进公安局的，这可能是甄大虎的试探；第二，既然敌特敢把人送公安局，说明他们在公安里有内线，当然不一定是眼前这个主持讯问的瘦高个儿警察，也可能他只是奉命行事而已。

那么，该怎样应对呢？特案组侦查员都是组织上百里挑一经过层层审查遴选出来的精英，不但身手了得，头脑和心理素质更是不凡。侯烈马上有了对策：此刻，不管这是阴差阳错导致的误会，还是敌特方试探的伎俩，只要我一开口，就难以保证不出纰漏。那就只有保持沉默，“凡事不开口，神仙难下手”，先把眼前这一关对付下来再说。

陶省惕这个临时“工作班子”里的几个小特务虽然都是半路出家的野路子，但策划出来的甄别方案倒是跟特工专家有一比。担任主审的留用警察阴鑫旺一点儿不笨，清楚自己面临的情势，不管这位广州来客是自己人还是中共派来的卧底，有一点必须牢牢把握，那就是其“口供”不能在自己手里弄出来，否则自己可能吃不了兜着走——

如果真的审出一个共产党卧底，那此刻在场的三人（他和两个志愿者）肯定都会暂时失去自由，先软禁起来再说，因为人家得保密。估计还不会就此罢休，往下说不定还要追根究底折腾一番。那就要调查老底了，可不像审查是否够留用条件那样简单，自己这张烂泥底牌，哪里经得起人家细查？

如果这位广州来客果真是自己人，是在他阴鑫旺手里甄别出来的，眼下可以无事，关上两天，回头教育一番开释即可。但这人干的是特务活儿，难保一路顺风一直平安无事，没准儿前脚放出去，后脚就让人家给逮住了也难说；或者在之后的活动中穿帮落网，经不住严审，来一个和盘托出，那我老阴还不是立马就得折进局子？

因此，阴鑫旺对付侯烈的方略是：按照规定进行例行讯问，但不追根究底，最好这人拒不开口，那就开一纸拘票（拘留证或者收容证）把他送看守所羁押即可。若是卧底，到时他自会跟看守所的人说明，若是自己人，犯的也不是什么大事，再者被打的人也没找到（其实根本就没有），过两天把他放出来即可。总之，是真是假，跟他阴鑫旺没有关系，让甄老大自己想办法辨明去吧。

如此一来，侯烈和阴鑫旺两下里想到一块儿去了，所谓讯问不过是走过场。阴鑫旺出具收容证，再交股长签字，这是正常手续，自然一挥而就。于是，侯烈就进了分局看守所。

接下来，侯烈就要考虑如何离开这里了。他肩负的使命，关系到广西剿匪的走向，不仅是广西省、华南分局，中南局甚至北京都在关注着广西的形势（后来知道，其时毛泽东主席对广西剿匪作出了重要指示）。总之，他必须离开看守所，继续把卧底活儿干下去。

可是，怎样离开呢？暴露特案组侦查员的身份当然是不行的。可若是不表明身份，就会陷在这里，不但完不成卧底使命，还势必牵扯整个特案组的精力，同志们肯定要急着寻找自己的下落，追缉“LM”的重要任务就没法儿干下去了。侯烈不是那种遇事喜欢反反复复想个不停的性格，一旦定了目标，就会寻找最简捷最易于实施的方式。他在进了监房挨了那五个人犯的一顿拳脚后，马上想到了越狱。

以侯烈的身手，设施简陋的分局看守所当然禁锢不了他，他很快就获得了自由。越狱后去哪里？他没回特案组“华园”驻地，也没去八桂分局，而是去了一个连亓舞牧也没有想到的地方——“先富旅社”。

“先富旅社”原是老华南分局的一个密点，解放后移交给了中共桂林市委社会部，这次受命为华南特案组提供相关协助。昨天上午侯烈去东华路“有福茶楼”接头，就是从这里出发的，所以现在也返回该旅社。他抵达后即关照旅社负责人老吕：不住房间，临时安排一间员工使用的屋子即可，要拉一部电话机过来。不能让任何人知道他在这里落脚，包括夜间巡查的军警巡逻队。

然后，侯烈就给“华园”驻地打电话，那里只有内勤姑娘韦博秋在。小韦还不知道侯烈一天之间经历了那么多惊险，更不知道他还一度失踪，只以为他已经完成使命——即顺利接头后去跟“LM”碰头，接着特案组一干侦查员就把“LM”擒获了。她空守了一整天电话机，正感到寂寞，告诉侯烈“只有我一人在”，正要扯几句闲话解解闷，却被侯烈严厉的声音镇住了：“听着，立刻致电老大，就说我在19号，等他电话!”

话音刚落，电话已经挂断。韦博秋一愣，她根本不知道“19号”是什么地方，微叹一口气，随即就往八桂分局总机打电话。

亓舞牧闻讯，知道侯烈已经脱险，当即下令：“麦善谋、尹小白随我出去一趟，其余人原地待命。”

侯烈之所以急着见亓舞牧，倒并非为报告自己已经化险为夷——光是要报告此事的话，让韦博秋转告即可，他是为下一步如何跟“LM”接头之事要当面向特案组长请示。按照这一行的规矩，“LM”在广州给“梅花22”头目史重迁留下的接头信物和暗语都已经使用过一次，自动失效，不能再用了。此刻，必须想办法跟“LM”接上头，最好是直接见面。侯烈一时想不出该如何解决这个难题，只有跟亓舞牧商量。

面对着这个意外情况，亓舞牧一时也束手无策，扭头看看麦善谋、尹小白：“你俩看看往下该怎么走?”

麦善谋说：“这事儿要越快越好，因为越狱之举肯定已经为‘LM’知晓。按照常规思维，像唐瞎子这样一个角色，他在越狱后已经别无他路可走，全桂林都在抓他嘛。他即使想返回广州，也已经走不出桂林了，眼下只有一条道——尽快找到‘LM’，只有这样才合乎逻辑。如果稍有拖延，比如说一天两天，等他找到‘LM’，人家也不可能一下子就信任他，起码得派人去核实他在这段时间的经历。”

亓舞牧缓缓点头：“对，要快！但具体采用什么方式找到‘LM’，就不能按常规路数了。我们要用唐瞎子的思维来面对这种走投无路的处境，你俩说说，以唐瞎子的性格、经历，他会怎么做?”

尹小白眼珠子一转：“有句话叫作事急……什么权来着？让我想

想……”

亓舞牧说：“这当口儿你还掉什么书袋？事急从权，有主意赶紧说出来就是！”

“对对！事急从权！我有个事急从权的主意，三位大哥看看是否可行？”

十八、当面交锋

3月6日上午八时许，位于第四区自由路上的“和春国医馆”与往常一样正常开门接诊。穿着一身玄色中式对襟丝棉袄、一头黑发梳理得整整齐齐、外表神采奕奕的陶省惕步入诊室，坐在迎门最靠里的那张桌子后。此刻，他外表看似平和悠闲，内心却颇为焦躁。

这两天，他正在等待唐瞎子的到来。台北方面已经接连发来两份密电，催促他以“中华民国国防部特别视察官”的名义，前往已经做好“举义起事”准备但内部意见并不统一的三个匪伙处鼓动打气。以陶省惕的职业经验，对于总部这两道指令中所说的情况，他持怀疑态度。“保密局”也好，“二厅”也好，抑或“内调局”（由“中统”改组的特务机构），留在内地的潜伏特务的“工作情况”他都清楚，这些家伙在毛人凤眼皮底下都敢弄虚作假，别说穷山恶水天高皇帝远的广西了，瞒天过海这套手法他们个个无师自通，玩得贼溜。因此，台北方面获悉的此类信息，其中肯定有差错，甚至个别的属于完全造假也不是没有可能。他如果把这种指令都当作真事去执行，只怕要出问题，甚至会严重到掉脑袋。

之所以盼着唐瞎子赶紧过来，一个重要原因就是，陶省惕打算让唐瞎子给他打先锋，胡乱委其一个虚衔，让他前往那两处匪窝去探个虚实，然后再作计议。他陶某人既然是“特别视察官”，那就有权采取任何视察形式，只要获得真实情况就行。

据总部密电告知，唐瞎子动身已经数日，按说早该抵达桂林了，陶省惕也给甄大虎下达了接应指令，可是，直到现在还未获得消息。由于身处“沦陷区”，陶省惕不得不为此感到担心。这其中最大的一部分当然是为他的自身安全，而并非为唐瞎子，更不是所谓的“党国事业”。

这家私营诊所，连陶省惕在内一共有七名中医。因陶省惕的那位义叔尤友堂的名望，一年到头前来求诊的病人络绎不绝。这天也是这样，开门不久，就已来了十几个，陶省惕一边接诊，一边以其敏锐的听力捕捉外间候诊区的病人及家属之间的闲谈内容。这天人们谈论的“头条”，自然是昨晚八桂分局看守所发生的在押人犯越狱事件，那个逃犯身手不凡，不但制伏了同监数名人犯，还会飞檐走壁，岗哨发现后立刻开枪射击也没打到他；接下来全城追捕折腾了一夜，竟然一无所获！

要说陶省惕还真有高级特工的那份特有的直觉，竟然马上跟唐瞎子联系起来。顺着这个思路继续往下考虑，这样看来，唐已抵桂，可是，他为什么没去“有福茶楼”接头呢？越狱逃犯是被羁押在八桂公安分局的，如果是唐，那说明他是到了八桂区才被捕的。既然如此，受命前往接应的甄大虎怎么不来报告？甄大虎的手下不是有人在八桂分局当差吗？这样想着，又觉得逃犯应该不是唐瞎子。

脑子里飞速旋转的同时，望闻问切开方诊疗也不能耽误，把眼前的病人打发走后，他示意下一个病人稍候，起身去了后面。以杂役身份待在诊所的卫士姜葆山正在后面的独立院落里拾掇东西，陶省惕命他立刻前往甄大虎住所将其唤来，姜葆山遂踩了一辆自行车急急而去。没想到，姜葆山出门不到一刻钟，甄大虎就来诊所了。他是搭乘一辆营运三轮车过来的，车夫是个二十五六岁的大个子，车上除了甄大虎之外，另一个乘客竟是侯烈——唐瞎子！

侯烈怎么跟甄大虎坐一辆三轮车过来了呢？这就要说到昨天半夜亓舞牧和麦善谋、尹小白、侯烈四人在“先富旅社”密商的路数了。尹小白“事急从权”想出的是这样一个主意——

按照唐瞎子“天生蛮横霸道，行事不计后果”的个性和“喜欢动武，当过海盗，闯荡过国际江湖”的经历，在其自己看来，肯从广东跑到广西来为“谢先生”效命，已经是一片忠心了。哪知到了桂林，竟然会有这等遭遇，先是被灌醉扭送局子，继而关入监牢遭到群殴，最后施展本领越狱还差点儿挨枪子儿送命。这一天一夜之间的遭遇，别人应该是一生一世也不可能摊上的。老子容易吗？这一切，他相信不会是“谢先生”所赐，应该是那个自称甄皇后后人的三角眼（即甄大虎）一手策划实施的。冤有头债有主，得找此人算账！

当然，姓唐的此番如果让人放了鸽子，就算有脸面回广州，以后也难在江湖上混了。所以不但要报仇，还得见到“谢先生”，请他给个说法。相信三角眼这样做，“谢先生”是被蒙在鼓里的，必须要让他知道。至于“谢先生”是否还会遵守当初的约定，仍旧雇佣他姓唐的，那又是另外一回事了，暂且不去考虑。

尹小白一口气把他想象到的依照唐瞎子的秉性对此事的反应说了说，亓舞牧、麦善谋、侯烈都点头赞同。那么，具体落实到行动上，唐瞎子接下来会怎么做呢？那就不难猜测了，还不是先找甄大虎算账，然后逼着甄大虎带他去见“谢先生”？

甄大虎住在哪里，唐瞎子是不知道的，那只好按照“解铃还须系铃人”的江湖规矩，先去找“有福茶楼”的潘老板。估计潘老板也好，三角眼甄大虎也好，遇到这种蛮横至极的角色，在挨了一顿揍、再被刀子逼着的情况下（相信真正的唐瞎子做得出这种事），十有八九得赶紧向“LM”报告，或者干脆直接把唐瞎子带去见“LM”了。

亓舞牧、麦善谋、侯烈认为尹小白的分析颇具合理性，由侯烈出面去饰演“愤怒的唐瞎子”正合适。于是，对如何布置外围配合以及如何保持联络等细节作了反复研究，最后由亓舞牧拍板：“就这样定了！”

当晚，侯烈留宿旅社，不过，也就只能睡到清晨五点，匆匆吃过早餐，一身掮客打扮从后门离开。门外，化装成三轮车夫的张百行已经等着他了，上车拉了就走，直奔东华路“有福茶楼”。侯烈进了店堂，就在昨天那副座头落坐，要了一壶红茶，独自慢慢喝着，在旁人看来，这是一个跟人约谈买卖的生意人，正耐心等待对方到来。

其时茶楼开门没多久，潘老板正出出进进忙碌着，几次从侯烈的座头旁经过，都没认出这个茶客就是昨天来接头的那位。等了大约半个小时，潘老板总算忙得差不多了，进了后堂，正要随手把门带上，被一跃而起的侯烈一把抓住门板，闪身而进。潘老板还没反应过来，已被侯烈那双好似钢钳的大手一下子捏住脖颈，就像拎小鸡似的拎起来，一下子抛进老板室。潘老板反应倒也不慢，倒地后一个翻身，同时从腰间掏出手枪。侯烈眼疾手快，一脚踢在对方手腕上，手一伸就把飞起来的手枪准确无误地抓在手里，往桌上一扔：“姓……姓潘的，睁大眼睛……看看，老子是哪个！”

潘老板定睛一看，目瞪口呆：“你……你不是进局子了吗？怎么……”

前面曾提及，侯烈天生说话略带口吃，不过只是每“场”开初，二三句后就跟常人无异了：“哼哼……是……进局子了，不过……又出来了，昨晚全城闹出那么大的动静，难道没惊到潘老板？”

潘老板瑟瑟颤抖，连声音也变成了抖音：“这……这不关我的事，那是……”说到这儿突然卡住，他可能想到了“纪律”，不敢再往下说了。

侯烈眼睛一扫，随手把靠墙一侧博古架上一套不知是真是假的古董茶具连同红木托盘一起掀了下来，随着一阵瓷器落地的破碎声响，潘老板的抖音里夹杂着明显的哭腔：“天哪！这是我的镇店之宝，是从北京故宫里流出来的呀！”

“镇你个头！”侯烈又把一套茶具掀翻，“你不是会使枪吗？手枪就在桌上，拿起来冲老子扣扳机呀！”

“不敢！不敢！昨天的事，跟我没有关系，那是大虎的主意。您是自己人，应该知道我跟大虎是两个不同的小组。我只管交通，可没想过把您送公安局去……”

“大虎？就是那个三角眼？老子是要找他！劳驾你给带个道。”

“不敢……哦，我不知道他住在哪里。”

侯烈手腕一翻，亮出一把寒光闪闪的匕首：“我没听清！你说什么？不知道那小子住在哪里？”

潘老板点头不是，摇头也不是，嘴里一迭声的“这……这……这……”

侯烈上前一把把他扯起来，匕首架在脖颈上：“我数到三，要么带路，要么去见阎王！”

潘老板做了多年秘密工作，一向顺风顺水，没想到这回竟然遇到了这等蛮横凶狠的“自己人”。看来人这副架势，估计不是吓唬人的。而且，从“工作”方面来说，人家是来接头的，信物暗语都对上了，应该没有问题了。那个甄大虎不知怎么想的，还弄了这么一出，竟把人给灌醉了送公安局。这不是把人家往死路上送吗？也难怪人家抓狂。眼下他这一刀如果扎下来，不管我是死是伤，回头上边儿不会给他处分，我只有认倒霉。反正他现在要找的是甄大虎，之前我已经按照规定把他移交给了甄，这事本来跟我就没有关系了。这都是甄大虎惹的麻烦，我把他带到甄大虎那里去，论情论理都不算错。这样想着，终于点了头。

甄大虎的住所距茶楼并不远，他是单身，一个人住着三间平房，竟然还有点儿洁癖，家里收拾得干干净净，令侯烈不由得刮目相看。其实，这主儿昨晚的处境比侯烈还惨。

他把侯烈“扭送”分局后，很是得意，认为这种测试最为靠谱，离开分局回家后，寻思劳累了一天，喝点儿酒好好睡一觉，分局那边反正有阴鑫旺守着，料想一有结果即会报来。哪知刚睡下去，阴鑫旺就上门了，带给他一个完全出乎意料的消息：那主儿越狱了！逃走之前还顺便把五个同监人犯给收拾了！这两手一露，引起了警方的高度重视，认为此人不是受过专业训练的敌特，就是罪行累累的江洋大盗，市局出动人马全城搜捕，看这动静，估计落网是分分钟的事儿。

甄大虎听着，好似耳畔爆响了一声炸雷，惊得脸色也变了。回过神来，阴鑫旺已经走了——他是在追逃路过时瞅个空当儿来报信儿的，不敢多停留。甄大虎终于意识到自己对这个广州来客的所谓甄别乃是一个馊主意，而且馊得还很严重，差不多已经到了无法收拾的地步了。现在已经可以确认，广州来客并无问题，是货真价实的自己人。麻烦恰恰就在这上面，看来这人作为逃犯被捕的概率很大，一旦被拿下，警方肯定高度重视，而其顶住公安严审的可能性是非常小的。如此一来，“谢先生”、潘老板，还有自己这个“工作班子”迟早穿帮……

思量到此，甄大虎已经没有勇气再往下想了。事到如今，只有指望广州来客运气好，侥幸逃过警方的追捕。不过，即便这人化险为夷，“保密局”那边也会找他甄大虎算账的。毕竟这事是他引发的，后果很严重，坏了“保密局”的大事儿，不用说，“谢先生”也得撤回台北，桂林乃至广西的潜伏组织都会受到影响。甄大虎此刻方才深切领悟到什么叫作“牵一发而动全身”，对自己的一念之差后悔不已。

无咒可念，甄大虎只好求佛。这家伙家里供奉着一尊观音菩萨瓷像，当下烧香拜佛，口诵经文，磕头无数。如此断断续续持续到清晨，阴鑫旺没有来报告广州来客落网的坏消息，看来菩萨是在保佑那主儿了，甄大虎心里稍稍放松。想去“有福茶楼”喝茶吃早点，跟潘老板见个面交换一下信息，又担心阴鑫旺来找他扑空，最后还是决定留在家里。胡乱吃了点儿东西，倚在椅子上正打盹儿，忽然被敲门声惊醒。

门外传来潘老板的声音，甄大虎不由得惊慌失措，难道潘老板已经出事，这会儿是领着警察来逮他的？就这么一迟疑，大门已被人一脚踢开。甄大虎心说完蛋了，这回真的被公安一窝端了，定睛一看，却不见公安的身影，出现在眼前的是潘老板，身后还有一位，竟是那个广州来客！

原来广州来客没出事，还被潘老板领来了！甄大虎大喜过望，上前一步就想跟侯烈握手。侯烈的手是伸出来了，却是给了甄大虎一记黑虎掏心，把他打得连连后退，刹不住脚，连桌子一并撞翻了。甄大虎也是练家子，跌得快起得更快，却不还手，嘴里一迭声说着“该打”，冲侯烈连连作揖。潘老板已经把大门关上，见状松了一口气，寻思看来这事儿是可以妥善处理好的，便对甄大虎说：“我这就算把唐先生交给你了，往下该怎么样，就不是我的事了。”忽见侯烈眼光扫过来，便又加了一句，“唐先生要面见谢先生。”

甄大虎忙不迭答应：“行行行！我这就引见，马上过去。”

潘老板长吁一口气：“那我就不奉陪了，按规矩我是不能出现在这儿的……”

侯烈冲他一摆手，潘老板如蒙大赦，作揖而去。出门后，他的思维还停留在被侯烈砸碎的“镇店之宝”上，只觉得心头好似有一把钝刀子在剜肉，根本没注意到自己已被便衣盯上了。同样，野路子出身的特务甄大虎与侯烈合坐由张百行化装车夫蹬着的三轮车，也根本不可能察知他已经把特案组带往“LM”的藏身地了。

在“和春国医馆”后侧独立院落内的客厅里，侯烈终于跟“LM”面对面，一场新的交锋开始了。

事先特案组在研究侯烈卧底可能遇到的一系列问题时，曾专门讨论过是否会再次出现真假“LM”的可能性。为此，针对“谢先生”的外貌，反复讯问“梅花22”小组的落网特务，不厌其烦地一次次给“谢先生”画肖像，让史重迁等特务提出修改意见。最后，七名特务中有六人都对肖像予以认同。这张图就交给了侯烈，让他结合史重迁等人的口供烂熟于心。

在去“和春国医馆”的三轮车上，侯烈还不停回想着“谢先生”的脸容。现在跟“LM”相见，却发现“谢先生”和图画上的脸孔有所不同，不同点还不止一两处，而且，眼前这个中医跟“梅花22”一伙所说的“谢先生”相比，至少年轻了五六岁。另外，身高也似有差异，史重迁一伙说“谢先生”大约一米七五，而眼前这位只有一米七左右，矮了四五公分。如此，侯烈就对此人究竟是不是“LM”的真身产生了怀疑。

根据昨晚在“先富旅社”跟亓舞牧等人制订的方案，如果今天上午侯烈对付下了潘老板和甄大虎，如愿让人家把他带到“LM”藏身处的话，就寻机发出暗号，悄然尾随跟踪而至的特案组以及粤警便衣就立刻采取行动，把“和春国医馆”这边的所有人不问长短先悉数拿下，带往市局后再行甄别。侯烈可以想象得到，此刻亓舞牧、梁武道肯定正紧张地等待着他发出暗号，将近一个月的艰难侦查将在今天画上圆满句号。远在千里之外五羊之城的华南分局社会部领导，都在等待着桂林这边的捷报。可是，侯烈此刻却犹豫不决。万一认错了对象，那不仅仅是出了特案组的大洋相，还会因此惊动敌人，往后追查“LM”就更难了。

侯烈也就不过转了这些念头，“谢先生”已经口称“唐先生”，打着手势示意侯烈落座。“谢先生”使个眼色，其卫士姜葆山挥手让甄大虎出去，然后把客厅门关闭，沏了两杯绿茶放在托盘里端过来，放在两人中间的茶几上。

“谢先生”倒是没有咄咄逼人的官腔，语调平和，透着一种亲和力。他问了“唐先生”的姓名、年龄、籍贯以及简历，侯烈一一作答。开腔伊始，侯烈依旧有些口吃，“谢先生”以为这是见到自己这个上校高级长官不由自主产生的紧张导致的，倒也不以为意，安慰道：“不要紧张，慢慢说，咱们有的是时间。”

接着，就问到了“唐先生”抵达桂林的时间。这一问，侯烈马上进入唐瞎子的情绪，提起被三角眼甄大虎“扭送”八桂分局之事，顿时气不打一处来，说话也利索了，把自己抵达桂林后先下榻“先富旅社”，于昨天上午去“有福茶楼”接头后的一番遭遇说了一遍。最后侯烈告诉“谢先生”，越狱之后，他仍旧返回“先富旅社”，在那里待到天明，寻思除了逼着三角眼引见“谢先生”外别无他法，就按照昨天接头的路数找到茶楼老板，又逼着茶楼老板带自己找到甄大虎，终于得以见到“谢先生”。

“谢先生”对侯烈这番陈述听得非常专注，听完后对卫士说：“有请甄组长。”

“且慢，”侯烈突然站起身，“现在我还不算是您谢先生的手下，而那位甄组长则是您的部属。谢先生是长官，跟属下谈话可能涉及秘密，我还是回避一下为好。”

“谢先生”微微颔首，示意姜葆山把侯烈带到另一间屋里，带上房门。

“谢先生”和甄大虎谈话的时间不长。一会儿，姜葆山又把侯烈请回客厅，还是坐在那张椅子上。甄大虎也在场，但没座位，以立正姿势站在客厅中央。“谢先生”对侯烈说：“唐先生，此事确实是甄组长擅自行动，办事不慎，这等违反纪律之行为应受处分。这是于公；于私，甄组长应该向唐先生致歉！”

甄大虎当即向侯烈行三鞠躬礼，口称：“一时糊涂，多有冒犯，请唐先生原谅！”

甄大虎离开后，“谢先生”对侯烈说：“唐先生智勇双全，果然了得，看来敝人没有看错人啊！”

“先生过奖，兄弟山野出身，一介莽汉，头脑简单，行事粗鲁，还望先生不要见怪。”

“那这件事就到此为止，以后忘记算了。听说唐先生曾做过几年国际海员，想来外语一定说得不错，正好敝人也能扯几句……”说到这儿，“谢先生”突然用英语问，“我们是否可以用英语进行交谈？”

事后侯烈汇报自己的卧底过程，说起这一段情节，大伙儿无不捏着一把汗。对于“LM”的人生经历，是其被捕后通过审讯方才清楚的，在广州策划派侦查员冒唐瞎子之名前往桂林卧底时，特案组根本不知道这主儿曾在美国待过多年，还是联邦调查局的特工。而唐瞎子的经历，“LM”事先已经从史重迁那里了解清楚了。因此，特案组压根儿没想到“LM”竟然会用英语对侯烈进行测试。

幸好侯烈曾有过国外生活的经验。十三岁那年，他在家乡县城路见不平手刃恶霸孟胡子，连家也没回，拔腿开溜，一路南下到了越南。稍后去了西贡，行乞时因为机灵，被一个法国老板看中，找到了一份给法国洋行当侍应生的差使。这一待就是整整六年，十九岁上，洋行法国老板要在南宁开分号，遂把他派往南宁。这六年，侯烈积累了许多人生经验和本领，其中包括对法语、英语的熟练应用。参加革命后，侯烈成为中共秘密战线上的情报工作者，曾多次奉命出境执行使命，他掌握的两门外语发挥了重要作用。现在，侯烈听“谢先生”改口说英语，不但没有紧张，反而暗松一口气，寻思凭我的英语口语水平，要过这一关应该没有问题。

当下，侯烈即以英语回答：“谢先生所说的‘国际海员’，那是高抬我了，我当年在国外干的其实不是海员，而是海盗。至于外语，因为同伙都是欧洲哥们儿，跟他们学了几句，不过本人愚钝，没有上过学，大字识不了几个，所以也说不太好。”

陶省惕对侯烈这段虽然算不上纯正却很流利的英语表述感到意外，连连点头夸赞，继而又说起了法语，跟侯烈聊起了航海。巧的是，侯烈在西贡打工的那家法国洋行经营的主要商品就是从法国运来的航海用品，他经常去港口码头给海轮送货，跟国际海员接触的机会比较多；参加革命后，也数次搭乘海轮，他对航海情况的了解要比也是“三脚猫”水平的“谢先生”还略胜一筹。陶省惕的英语比侯烈强得多，但法语远远比不上侯烈，这番不露声色的交锋，最后胜出的是侯烈。

陶省惕虽是高级特务，但他的主要业务是情报研判，对于中共情报人员并无直观性的了解，只以为他们都是“土包子”，所以想到用外语来测试真伪。现在，这个表面看上去土得掉渣的“唐先生”竟然有这等外语水平，不禁大感意外；而对方对航海方面的了解也远超自己。测试至此，他对侯烈再无怀疑，当即认定：选中此人来为我效力没错！

于是，陶省惕就变了态度，接下来跟侯烈的谈话，语调中透出上司的威严，对侯烈的称呼不再是“唐先生”，而是直呼唐的大名“唐立栋”，也不自谦“敝人”了。谈话的大意可以概括为：我此次赴桂开展工作，需要一名熟悉桂省情况、为人机警、身怀武技的随从，广州“平安行”的史老板认为你比较合适，再说，在此之前，你就已经受雇于史老板为“中华民国国防部保密局”做过地下交通工作，事实上已经在为“党国”效力了。刚才的测试，结果令我满意。因此，恭喜你——从现在开始，你已经是我们的“党国同志”了，系“保密局”上尉军官。委任状不日将由台北密送桂林，连同薪饷、津贴一并发给。今后的活动经费，将根据局总部规定的财务制度下发。

陶省惕说着站起身来，脸上露出笑容，向侯烈伸出双手：“唐同志，欢迎加盟保密局!”

可是，侯烈的双手却未作响应，他那双原本不大、此刻由于“严重不解”而透出迷惘神色的眼睛显得更小了。

“唐先生”的反应大出陶省惕意料，他那双伸出的手一时僵在那里，主动去握侯烈的手不合适，缩回去也不是，目光中兜着一个问号：这是怎么回事?

一侧站着的卫士姜葆山也感到不解。他是受过训练的行动特工，表面看似乎气定神闲，其实已经做好了随时发动的准备。按照“保密局”的规定，别说像眼前这样公然藐视长官、拒绝接受任命的行为了，即使是陶省惕派一个不是自己人的说客去鼓动别人“加盟”或者虽不“加盟”但要完成某项使命，只要把话说到暴露出意图这一步了，对方如果不愿意合作，那他就只有死路一条。这是出于保密的需要，事关潜伏特务组织的安全和行动的成败，绝对没有商量的余地。

“LM”脸上笑容不改，用英语轻声问道：“唐先生，是不是我有什么话没说清楚，还是你对报酬有什么不满?”

侯烈时时提醒自己：你现在不姓侯，而是姓唐名立栋，唐瞎子是一个既讲江湖义气又非常注重自身利益的家伙，同时，他性格中有暴躁粗鲁不计后果的一面，当过国际海盗，见多识广，眼界高，见官不惧。如果此刻真的是唐瞎子在跟“LM”谈判，那就是谈生意，相当于建立一种长期替“保密局”在广州与珠江口之间运输特务活动器材顺便夹带情报或人员的雇佣与被雇佣的关系。唐瞎子的头脑中没有什么“反革命活动”之类的政治概念，只有“我冒一份险，你就得给我一份我认为值得的报酬；谈得拢，成交！谈不拢，一拍两散”的江湖路数。所以，侯烈没有急着答应，否则，只怕被对方认为“缺乏唐瞎子风格”，反倒引起怀疑。

这个想法，事先特案组制订卧底计划时并没有虑及，亓舞牧只是关照侯烈“不要答应得太快”。此刻侯烈这般行事，除了执行亓舞牧的指示，还有另一种想法，即前面曾说过的，他对眼前这个中医是不是“LM”的真身感到怀疑，从年龄看，总觉得似乎小了几岁。所以，他得花时间再观察一番。

面对“LM”的询问，侯烈微微摇头：“谢先生想必也听史老板说过，兄弟目前是一个给人跑水上运输的船户，做一天活儿，有一天饭吃，除了喂自己的嘴，还得养老婆。关于报酬问题，肯定要好好谈一谈的。当然，之前史老板让兄弟帮忙做过点儿小事，给的报酬兄弟很满意，今后兄弟只要按照谢先生的吩咐老实安分去做，不出差错，报酬肯定是不会低的。这一点，兄弟临行前史老板请我喝酒时也曾说到过。但是，有一点史老板并未提及，甚至连暗示都没有，他只说这趟过来是受雇于您谢先生，干点儿跑运输取送货物捎信儿之类的活儿，雇佣时间的长短、酬劳多少双方可以商量。史老板可没跟我说过，跑到千里之外的桂林是投靠什么‘党国’或‘保密局’的，更没有说过今后我就是‘党国’的什么上尉军官了。谢先生刚才却是言之凿凿，分明是木板上砸钉，已经铁定的了。这个，像是根本没把我姓唐的摆在眼里啊！”

据陶省惕落网后交代，当时他听侯烈这么一说，总算明白了：原来如此，这主儿是一个个性偏执认死理的家伙。

这时，一旁待着的卫士姜葆山差不多已经想拔枪了。这也难怪，姜葆山是行伍出身，因擒拿格斗功夫出众兼之擅长枪法，被“保密局”的前身“军统”看中，成为一名行动特工。如果不是执行某项重要使命时犯了重大过失被送重庆渣滓洞囚禁过，现在至少是少校了。他见惯了本领不凡智谋出众的角色，在长官面前都是恭恭敬敬、喏喏连声，即使长官说的不对也没有哪个敢顶嘴，下达委任交代使命时敢提条件的，只怕话都没说完就得进禁闭室了。

陶省惕注意到卫士的神色，只怕他发作，赶紧丢个眼色示意稳住。陶省惕自己呢？他是个性格平和稳重的人，在美国待了多年，对上下级关系的看法不像国内那样刻板，当下不怒反喜，因为从心理学角度来说，这种性格的下属反倒容易驾驭，并且将其忠诚度发挥到极致，他眼下最需要的就是这种对象。稍一沉思，陶省惕提出了一个折衷思路：“双方有甚不解，可以再行协商。既然来了，先待下再说，你看如何？你可以住在这边，也可以住到甄组长那里去，随你选择。”

这正是侯烈希望的，当然，不能表露出来。听“LM”这么一说，他也是略一沉思，点头赞同。这样，侯烈就需要跟外面守伏着的特案组的同志们报个信儿。选择住到甄大虎那里去最方便跟尹小白接头，但怎能保证这不是“谢先生”随手施出的试探其身份的小伎俩呢？所以，侯烈说他不想住到甄大虎那里去，这家伙一双三角眼，看着就让人生出戒心，回头睡到半夜被他一刀干掉也难说啊！

陶省惕禁不住大笑：“老唐你真是快人快语，想到啥就说啥呀！我欣赏你这种性格。不过，你是江湖人，理应按照江湖规矩行事，你俩是由误会产生的矛盾，用江湖话来说就是结下了梁子。但是，刚才已经说开了，他也已经向你道歉了，希望你不要放在心里。相识就是缘分，我希望你留下来做我的随从，肯定不会亏待你的，你的家眷我们也会妥善安置，确保安全。所以，你俩这段缘分今后还会继续下去，和为贵嘛！这样吧，甄大虎还在外面没走，你去跟他道个别吧。”

这个提议正中侯烈下怀，故意又犹豫了一下，才说“也好”。姜葆山马上说：“老甄在前面诊区那里，我领你过去。”

侯烈跟甄大虎唠了几句，约定这两天有空儿再喝一顿酒。然后，把甄大虎送到诊区外间的候诊区，一眼看见尹小白坐在那里，正用一口广西话跟两个患者聊天。侯烈立刻打手势发出暗号，尹小白瞥在眼里，若无其事，继续聊天。

片刻，侯烈发出的“暂缓行动”暗号已经传到待在斜对面一家小酒馆里喝酒的特案组长那里。亓舞牧长吁一口气，只觉得心头好似放下了一块石头，蓦然一阵轻松。有读者可能会问，特案组已经摸到了“LM”的老巢，眼看着就可以一网打尽，怎么接到“暂缓行动”的暗号，亓舞牧反倒轻松了呢？他应该着急才对呀？

这是因为，情况已经发生了变化……

十九、情况有变

按照之前特案组制订的方案，派侯烈卧底的目的是为了完成华南分局下达的侦缉台湾派遣特务“LM”的任务。华南分局下达这个任务时，敌特策动的广西国民党残军、土匪、恶霸进行的反革命暴乱已有发生。这种暴乱在近一两年内解放的地区并不鲜见，比如东北、湖南、四川、湖北、安徽等地，我方对于如何应对已屡有成功案例，最初的思路也是循着其他省份的这些成功案例展开的。其方案立足于切断台湾敌方与内地敌残军、土匪的联系，使内地准备发动暴乱的残军、土匪无法获取来自台湾的物资或直接派遣的“军事顾问”的援助。

这种策略，之前在对付上述地区的反革命暴乱时发挥了很好的作用，华南方面也决定予以借鉴。没料到，广西反革命暴乱的规模、烈度，参与暴乱的残军、匪伙的人数以及影响超过了其他省区，而且，并不是一处暴乱被镇压下去后会对其他敌人起到震慑作用，反倒更加嚣张残暴。为此，党中央、毛主席接连下达指示颁布命令，调兵遣将进入广西剿匪。

华南分局社会部根据我方从各种渠道获得的情报（包括华南特案组破获“梅花22”小组获得的口供）综合分析，“LM”潜入内地后的活动目标应该是1950年1月25日在广西恭城率众发动反革命暴乱的国民党中将钟祖培。但是，在我方强大的军事行动和心理攻势之下，钟祖培已于2月27日走出藏匿的瑶山，向人民政府自新。而这时，“LM”刚刚抵桂短短数日，尚未跟钟祖培取得联系。我方高层反复研析后认为，“LM”原拟前往钟祖培部的目的已经无法达到，而从台湾敌特高层的角度来看，费了这么大的劲儿才使“LM”成功潜入“敌后”，如果因为钟祖培部暴乱失败就此歇菜，未免太可惜，从成本角度来说也非常不划算。

况且，鉴于广西“民众武装起事义举方兴未艾风起云涌，可望渐成燎原之势席卷南国乃至东南半壁江山”（1950年2月中旬，由原创建于1928年的国民党“中央广播电台”改组的“自由中国之声”所播报之语）的“大好形势”，“LM”应该比原先仅拟对钟祖培部开展工作发挥更大的作用。因此，华南分局社会部重新审议华南特案组的行动方案，并进行了修正，把原先的“派员卧底成功获取LM的准确落脚点后即行执行逮捕”改为“卧底成功后继续留驻敌方内部，收集相关情报，以供下一步军方进行大规模剿匪时参考”。

该决定上报中共华南分局获得批准后，于这天上午九时以急电形式拍发桂林“华园”华南特案组驻地。专职报务员郑小炯收到该电报后，立刻告知内勤韦博秋。根据规定，华南特案组的所有来去电报，均须由组长兼指导员亓舞牧亲手译出。韦博秋随即拨通亓舞牧事先留下的联系电话，这条电话线路是临时架设的，终端是距“和春国医馆”三四十米外的一家榨油厂办公楼二楼的一间临街空房，此刻，这里是特案组的现场指挥部。亓舞牧接到韦博秋的电话，当即驱车前往驻地，待译出密电，不由得暗道“侥幸”：幸亏侯烈还没发出暗号，否则，行动一旦发动，上级的新方案就砸在特案组手里了，接下来的剿匪进度也就被耽误了!

亓舞牧急电现场指挥部，命副组长梁武道通知下去：取消计划，暂停行动。

梁武道立刻派陈君临前往国医馆通知正在“候诊”的尹小白。陈君临赶去时，在诊所对面看见侯烈和甄大虎并肩说着话从里面走进候诊室，只道已经给尹小白传送“可以行动”的暗号了，暗忖只怕要坏事。当下穿过马路，正要进诊所，却见尹小白不慌不忙地从里面出来了。两人对了个眼色，便已经明白了各自的意思，都暗暗松了一口气。

这时，韦博秋打来电话，报告说又收到一份上级电报。亓舞牧跟梁武道稍一商量，决定他先返回“华园”驻地译电报，如无另外情况，则电召特案组侦查员回驻地开会，商量如何根据上级指令对计划进行修订。

在返回“华园”途中，亓舞牧对侯烈向尹小白发出暗号要求暂缓对“LM”采取行动的原因作了猜测，寻思很有可能是对“LM”的真假有所怀疑才有此建议。没想到，这个情况竟然已经被华南分局社会部领导估计到了，第二份密电的内容正是提醒特案组，注意对“LM”身份的真伪进行甄别，切忌贸然下手，造成打草惊蛇的不良后果。联想到上级对原计划的修改指令，亓舞牧出了一身冷汗，幸亏侯烈机警沉稳，否则一旦发出行动暗号，被抓的不管是真“LM”还是假“LM”，都将影响上级对本案的宏观部署。

稍后，梁武道、陈君临、麦善谋、张百行、尹小白都返回驻地。六名侦查员聚集一起开会，亓舞牧通报了两份电报的内容，说此刻侯烈卧底虽已成功，但联络渠道尚未建立，情况尚不明朗，相关的后续工作必须得赶紧跟上去。请大家各抒己见，说说下一步该如何进行。

一番研究后，特案组作出以下决定：立刻以华南分局社会部名义向广西省公安厅临时借调二十名政治可靠、业务精通的便衣人员，充实特案组的外援力量。这些便衣归桂林市委指派与特案组联系的联络员老姚同志负责指挥；指令桂省外援便衣立即行动，设法协助尹小白建立起与侯烈的秘密联络通道；榨油厂内的临时指挥部继续保留，特案组侦查员梁武道、尹小白、张百行前往坐镇，率领部分粤桂警方外援便衣监视“LM”的动向，由老梁总负责；侦查员陈君临、麦善谋率部分粤桂外援便衣监视敌特甄大虎以及“有福茶楼”潘老板的行踪，须设法查明甄大虎那一伙敌特分子的具体情况；亓舞牧留守“华园”驻地，指挥全局。

这个会只开了半小时就结束了，会后，一干侦查员按照分工各自进入岗位。

亓舞牧分别与广西省公安厅、桂林市委社会部联系，两者都表示全力支持，即刻调派人手，并同意由老姚负责指挥二十名便衣。搞情报出身的老姚颇有能力，精通隐蔽战线工作，不过两个小时，就打电话报告亓舞牧：已经做通国医馆女佣彭婶的工作，她答应协助侯烈与尹小白之间的联络沟通。

亓舞牧接报，即让老姚通知彭婶傍晚在“华园”附近一家小饭馆见面。此举一是要当面对彭是否属于合适人选予以考察，二是想向其了解医馆内部人员以及“谢先生”抵达前后的一应情况，三是如果此人合适，则当场把跟侯烈联系的暗号告知，让其马上开始工作。

当面考察的结果，亓舞牧对彭婶表示满意，随即向她交代了联络暗号。当晚，彭婶跟侯烈接上头，内外信息得以沟通。午夜前，亓舞牧向华南分局社会部报告了一应进展。

3 月 7 日凌晨一时，特案组侦查员开碰头会，汇总这十来个小时里各小组监视、跟踪敌特的情况，还对“LM”身份的真伪以及侯烈成功卧底敌特组织后的具体工作进行了研究——

关于“LM”身份的真伪，六名侦查员经过认真研判，一致认为侯烈见到的那个“中医”应该就是“梅花 22”头目史重迁所说的“谢先生”。至于侯烈认为其“显年轻”，可能跟“谢先生”来桂地后展现的职业身份有关。之前为了给“LM”画像多次提审过“梅花 22”特务的侦查员陈君临提出一个观点：“LM”可能学过化装术，对自己的外貌做了稍许改变。春节期间破获龙吞云暴乱未遂案后，原代号“孟加拉白虎”的敌特潜伏小组头目穆逸云交代，除夕傍晚曾跟一个自称“代君”的上线敌特见过面，穆对“代君”的描述跟侯烈见到的“中医”似乎更为相像。“梅花 22”那伙落网特务也供称，“谢先生”在除夕傍晚曾单独外出过一段时间，史重迁担心其安全，还询问过是否需要派人暗中保护，被“谢先生”婉拒。现在联系起来看，那个跟穆逸云见面的“代君”很有可能就是化装后的“谢先生”——“LM”。

陈君临这一说，麦善谋马上表示赞同，建议设法拍摄一张“谢先生”的照片，指派专人密送广州，让穆逸云辨认。这是一个最有效的识别“LM”身份真伪的措施，亓舞牧当即拍板同意。

关于侯烈下一步的工作，特案组认为，自钟祖培匪伙被消灭后，“LM”的原使命就已经没有意义了，台湾方面因此指令“LM”根据原拟针对钟祖培匪伙的“工作思路”，对其他已经发动或者正准备发动暴乱的残军和匪伙开展工作。华南分局社会部要求特案组的侦查策略也应做出相应调整，大伙儿对此的领会是这样的——

其一，在确认眼前这位“谢先生”就是“LM”后，应牢牢锁定，但暂时并不动他，也不动随其来桂地的报务员和卫士以及甄大虎这伙桂地特务，以防打草惊蛇，留着“LM”这条大鱼，让其自以为可以自由自在地活动。特案组则须设法刺探其活动内容，以及台湾给“LM”的指令，相信这些情报对军方正在进行的剿匪行动会起到重要作用。

其二，“LM”携有电台并配备专职报务员，台湾对其进行特务活动的一应指令应通过无线电波下达。特案组现在已经精准掌握其电台的位置，相信军方情报部门肯定能够截获台湾与“LM”之间的往来密电。但截获之后还需要破译，因此，特案组下一步的重点工作是设法获取“LM”的密码本。这，也就是侯烈接下来的任务了。

当天上午，特案组会议的上述两项决定即被落实。

化装成三轮车夫的侦查员张百行成功拍摄到在诊所坐堂问诊的“谢先生”的照片。稍后，粤警便衣老兰即搭乘一辆前往广州办事的军用卡车，于次日清晨抵达羊城，把胶卷交由南社部冲印，混夹于从照片库里挑选出来的其他十来名年龄相仿的男性照片中，指派专人前往市局看守所让穆逸云辨认。穆逸云一眼就认出，张百行拍摄的那张照片正是“代君”。华南分局社会部立刻电告特案组，亓舞牧即让尹小白通过彭婶给侯烈传递消息。

这是侯烈当天收到的特案组传递给他的第二个消息了。第一个就是前面所说的，让其设法留意“LM”的密码本。特案组会让彭婶暗中传递微型照相机，并为侯烈制造下手的机会。当然，整个行动必须遵循两项铁定原则：保护自身安全，同时也不能暴露卧底身份，否则惊动了敌方，就是无用功。

侯烈接受新使命后，顿觉压力倍增。获取密码本这样的活儿，在秘密情报工作中属于超高难度，可不像一些谍战影视里那样，我方特工总能够有惊无险地达到目的，实际上，这种行动的成功率简直可以用凤毛麟角来形容。

笔者曾与一位解放前的地下工作者、解放后任上海市公安局长扬帆秘书的老爷子聊过这个话题，他闻之哈哈大笑，说他在解放前从事的地下工作属于低档性质，没有打入敌人内部卧底的机会，也缺乏这方面的职业素质，对此没有发言权。但解放后他担任扬帆秘书期间，倒是接触过此类案件，也接触过从事这个行业正反两方面的高级人员——其时上海市公安局需要以扬帆名义报送华东社会部（公安部）以及中央社会部（情报部、调查部）、公安部的书面报告基本由其执笔，老爷子不但能接触到这方面的很多机密，对一些不能形成书面报告的机密，还可在扬帆当面听取专项汇报时旁听。对捕获的特务要犯，如奉命行刺陈毅、饶漱石的台湾派遣特务刘全德、封企曾等的提审，他也代表扬帆到场参与，甚至有些特务要犯被判处死刑押解刑场执行枪决时，他还奉命前往刑场，记录死囚的临刑遗言。

老爷子对这一时期的反特工作非常熟悉，据他透露，在他接触的相关人员中，从未听说过成功获取密码本的案例（所谓“成功”，是指拍摄或者抄写密电码后不被对方发觉，且能够据此破译敌人的往来密电）。那么，老爷子有没有听说过成功的案例呢？老爷子说，有，但实属罕见。

由此可见，侯烈此番接受的任务之艰巨。当然，这仅仅是特案组对他下达的“预令”性质的指示，并非决定立刻实施。以特案组两位领导亓舞牧、梁武道多年从事秘密工作的经验，深知此事难度之大，所以，只是让侯烈“留意”。况且，亓舞牧判断侯烈此刻在敌特那里还没真正受到信任。之前分析，“LM”鉴于形势紧迫（其时广西多地都有敌人已经发动或者准备发动暴乱的信息），台湾方面肯定急着催促其迅速行动，可“LM”仍然每天在诊所坐堂问诊，按兵不动，连打探消息这样的小活儿也没派下来，这说明“LM”对侯烈的信任是有所保留的。

那么，亓舞牧的这个判断是否准确呢？如果让陶省惕来回答，那就是：Yes！

到达桂林以来，陶省惕接二连三收到“保密局”台北总部的电令，让他迅速开始活动，抓紧时间跟密电所要求的对象联络。陶省惕内心确实也是想尽快活动，尽快完成任务，然后尽快返回台北跟家人团聚。可是，他对以甄大虎为首的“桂字 04”小组不放心，不敢委以重任，派他们代表自己去跟联络对象见面。而他自己也不便前往——当初“保密局”向他下达命令时，美国顾问史密斯先生曾提供建议，说陶先生你在桂林作短期潜伏的条件很好，可以确保安全；但你要记住，如果没有特别重大的事由，没有足够充分的理由，还是不要离开桂林。对于一个刚刚到医馆应聘的医生来说，经常离开诊所，容易引人注目，无论病人还是同事，都可能对此有议论。这种情况，是一个优秀特工应尽力避免的。

陶省惕有在联邦调查局工作的经验，对此观点深以为然。况且，以广西这段时间逐渐加剧的乱象，他即使带上卫士，也不敢轻易前往山区。如果按照“保密局”的指令亲力亲为，只怕有去无回——要么去了阎王殿，要么折进局子。指派姜葆山去吧，这人倒是老特工，不过他不是广西人，对桂地方言能听懂一半已经不错了，要是让他开口讲，那就是赶鸭子上架了。所以，只有发挥唐瞎子的作用了。

不过，陶省惕生性谨慎，对唐瞎子似乎总有一种说不清道不明的感觉，担心这人不可靠。曾想过致电台北，要求再次向“梅花22”发密电予以核查，又生怕被上司认为是贪生怕死不愿开展活动故意找的借口。那就只好自己想办法甄别了。

怎样甄别呢？陶省惕想出了一个法子：差个人去广州跑一趟即可，无须打探什么，只消在“平安行”门前走一个来回，看史重迁几个是否还在正常做生意。桂林这边“有福茶楼”潘老板这个联系人，“梅花22”中只有史重迁一个人知道。如果“平安行”一切正常，那说明“梅花22”没有出事，眼前这个唐瞎子肯定是真的。反之，这个唐瞎子就显得可疑了。除非史老板出事被捕后没供出“谢先生”让他联系唐瞎子来桂林之事，但这种可能性不大。

主意打定，陶省惕随即开始考虑派谁去广州合适。首先，他排除了甄大虎的“桂字04”小组那一伙，不说其他，单单让甄大虎知道广州“平安行”，就已严重违反了“团体纪律”。像甄大虎一伙这种角色，全是一张烂污泥底牌，由桂去粤打一个来回两千里，途中遇上军警、民兵甚至警惕性高的民众，稍稍一盘诘只怕就会露馅。那样一来，“平安行”即便之前没出事也非得翻船了，拔出萝卜带出泥，当然还会牵出这边国医馆的郎中“谢先生”。

那五个家伙不予考虑的话，他还能调遣的就只有卫士姜葆山和报务员郁庆邦了。郁庆邦当然不能离开，他走了电台就没人管了。姜葆山呢？承担着保护他以及电台和报务员安全之责，关键时刻，自己、电台、报务员都需要他掩护撤离，显然也不能离开。这样，就只好从非“自己人”的范围里进行考虑了。

陶省惕是第一趟来桂林，上司也没有交给他除了交通站潘老板和甄大虎以外的其他任何关系；他来桂林后一步也没离开过诊所，认识的只有诊所主人尤友堂先生以及另外几位郎中，剩下的就是诊所的娘姨兼厨娘彭婶了。彭婶当然不在人选之内，不过，她的丈夫王显林倒是可以考虑的。

王显林四十三岁，原是桂林邮电局的送报员（该“报”指电报）。当时桂林邮电局一共只有两辆摩托车，王显林骑着摩托在全市大街小巷穿行，是一道吸引眼球的流动风景线。旧时邮电行业属于“金饭碗”，王显林对自己有这么一份体面工作非常满意。可惜后来出了事，抗战胜利不久的一天夜里，王显林值夜班，半夜送加急电报返回途中不慎出了事故，车翻人伤，而且伤的是头部。附近的住户被惊动，出来一看，认出是“邮差老王”，立马送医，总算救了过来，不过留下了后遗症，不能正常上班了。

邮电局给了他两个选择：一是拿一笔钱款算是退职，从此跟邮电局再无关系；二是在家长期休养，按月领取原薪饷打六折的补助金。王显林盘算一番后又征求了亲友意见，决定拿钱离职，用这笔钱款开一家小店铺。哪知，盘算得好好的前景却被通货膨胀给毁了。两年后，店铺倒闭，还欠了若干债务。幸亏这时王显林的车祸后遗症已基本痊愈，思来想去，自己唯一的特长就是驾驶摩托车，就举债托人从越南走私了一辆法国生产的二手摩托，通过朋友关系上了牌照，干起了营运载客的活儿，总算能维持生计。

王家距诊所不远，老王平时路过，经常进来转一转。原先老王是一个机灵角色，车祸后变得有些木讷，那张脸也呈现一副憨厚样，心地越发善良，助人为乐不算，而且谁拒绝就跟谁急。因此，人们对他都很友好。

现在，陶省愓就把去广州刺探情况的主意打到老王头上。正这么盘算的时候，门外一阵引擎声响，老王正好过来了。他是给妻子送伞来的，说下午可能会下雨。其时正是午间，诊所午休，只有陶省愓一人待在那里看当天的报纸，老王就坐下跟“谢先生”聊天。

陶省愓便开口说，有桩事儿想请老王帮个忙，不知是否方便？王显林顿时来了劲儿，马上表示只要您谢先生开口，我肯定照办，没有方便不方便之说。陶省愓便把这件事用轻描淡写的语气说了说，当然是有合理借口的。王显林说绝无问题，我把车子加满油后立马出发，来回跑一趟，三天可以打个来回了。路上肯定没问题，我的车技桂林第一！况且，我已经领了摩托车运营证，上面还盖着公安局的大印，这等于是路条了。再说我又不带违禁品，即使有军警盘查，也没有扣留我的理由——共产党是讲道理的！

陶省愓问：“如果途中摩托车坏了呢？”

老王说：“我随车一直带着工具，一般故障自己会修理，大的故障就找修车匠解决。实在解决不了的，我扔下摩托搭顺风车。反正赶路要紧，其他一律不考虑。”

陶省愓点头表示满意，掏出一沓人民币递给王显林：“这是路费。穷家富路，出门不要考虑节省，尽可能吃好住舒服。但是，从安全角度考虑，你不能喝酒，住店也不能接触女人。”

王显林喏喏连声。

陶省愓当然不知道老王的妻子已经成为特案组的临时交通，说你最好跟彭婶说一声，免得回头她找不着你。如果这个建议被王显林接受，陶省愓将后悔莫及。哪知老王摇头说不需要，我们有约定，我如果要出远门，肯定会回家取毛巾牙刷什么的，她一看就知道了。我经常拉这种活儿的，最远曾去过长沙。

诊所是处于特案组严密监视之下的，但王显林的背景特案组知道，加上其妻正在暗中协助特案组，执行监视任务的侦查员就将其排除在外了。于是，陶省惕找的这个临时交通就在特案组的眼皮底下堂而皇之地驾车而去。他离开的时候，正在前院干杂活儿的侯烈是看见了的，但他没有在意。

谁也没想到，老王此去，后果非常严重！

二十、策划“鸿门宴”

本案侦查工作结束后，在由特案组支委尹小白主持的总结会上（可以想象，小白主持的会议风格就如其平时一贯的行事风格，用亓舞牧的话说就是“一个散漫的茶话会”），侯烈透露，他当时的心思几乎全部放在如何获取“LM”的密码本上。

作为一个经验丰富的隐蔽战线工作者，他深知获取密码本的难度。但是，领导通过秘密渠道传递过来的这条信息就是命令，不是征求意见，是命令就得坚决执行。当然，他知道下达命令的老亓比自己资格更老，从事秘密工作的经验更丰富，作出这样的决定，肯定是经过反复考虑的，而且还跟老梁他们研究过。既然如此，先不管其他，想办法弄清楚密码本藏在哪儿，才是下一步行动的前提。

对于“LM”来说，密码本的重要性不言而喻，必须特别注意珍藏。这时侯烈已经在诊所后面的那个独立小院里有了一个单独居住的房间，“LM”还没有给他派任何任务，但以“LM”诊所特聘中医的身份，似乎也不便养闲人，否则容易引起别人的议论。所以，“LM”让侯烈先干杂活儿，跟医馆主人当然另有说辞。于是，侯烈包下了后面小院的清洁卫生，利用这个机会进出每间屋子，没发现有适宜于密藏重要物品的保险箱之类，也未发现墙壁、地板上有什么暗柜机关的痕迹。

报务员所待的那个房间他也进去过，电台不用时自然连同天线等一并收起来了，估计放在屋角的那口旅行皮箱里。一般说来，密码本是不会由报务员保管的，就像财务会计不能兼出纳员，那是违反规定之举。毛人凤执掌的“保密局”沿袭戴笠时期“军统”的作风，纪律制度很严，即使“将在外”，也不敢“君命有所不受”。否则，回头返回台北述职时，一些鸡毛蒜皮的小事儿都得给兜出来，更别说公然违反规定的动作了。这样算来，就只有“LM”随身携带密码本这一种可能了。

侯烈就往这个方向进行考虑——随身带着自是昼夜寸身不离了，那就只有采取醉酒或者下药这两种方式，目的相同，即让“谢先生”迷糊过去，然后从他身上搜得密码本，迅速拍摄后再放回去。这样做的话，必须具备以下条件：其一，要有灌醉或者下药使他迷糊过去的“自然”而又充分的理由，确保他事前事后都不会产生怀疑；其二，迷糊时间不能很长，否则他苏醒过来后容易产生警觉；其三，取得密码本及拍摄后放回原处这两个时间节点，必须有自然合理之理由把卫士和报务员支开；其四，对于“LM”这样一个高级特工来说，他可能有临时自行配制化学药水鉴别指纹等痕迹的技能，要防止他在醒来后产生怀疑，从而检查密码本上是否有指纹，因此下手时一定要戴上手套。

上述四个条件中，比较下来可能第一个条件最为犯难——需要一个让“LM”有兴趣或者虽然缺乏兴趣但没法儿拒绝的理由，使他必须参加一次宴请活动。侯烈想到了医馆主人、名医尤友堂，可以让他找一个借口宴请“LM”，鉴于两家的世交关系和地主之谊，“LM”应该不会拒绝。至于宴请地点，最好是在诊所附近的饭馆酒家，这样便于特案组做手脚，掩护他下手。

侯烈把上述构想用密写方式写下，由彭婶传递给尹小白，请特案组研究是否可行，并建议对尤友堂的政治面貌进行调查。

亓舞牧跟梁武道交换了意见，认为要想在不惊动对方的前提下拍摄“LM”随身带着的密码本，只有采用侯烈的建议。遂请联络员老姚联络桂林市委社会部，请他们协助了解尤友堂的政治面貌、个人经历和社会关系。老姚随即和特案组侦查员陈君临一起前往桂林市公安局。

尤友堂是本地名医，民国时在社会上具有一定影响。根据初解放时的统战工作需要，这样的对象在解放前夕已经受到中共方面的关注，准备发挥他们的统战作用，中共地下党一般都会提前对这些对象的相关情况进行调查。解放后，这些调查材料统一移交给市委社会部。社会部跟公安局政保部门是一套班子两块牌子，老姚和陈君临来到市局后，很快就查阅到尤友堂的材料。

根据特案组的工作性质和纪律，到这时为止，知道侯烈就如何获取“LM”密码本内容的建议的人仅限于亓舞牧和梁武道，陈君临虽然受命来查阅尤友堂的材料，但他并不知道此系何故，没有重点，只能一条不漏全部看完。此类材料因涉及统战大计，是被作为机密保存的，寻常侦查员无法查阅，即使有领导批示，也只能了解被调查人与所调查的案件相关的情况，比如哪个时段的哪件事、涉及哪几个人等，由专管人员查阅材料后给予口头答复，而且有话在先：只能作为侦办案件时的参考，不能直接使用，也不能形成文字记录于卷宗。

不过，华南特案组不在此限，得以阅览全部材料，还可以摘录。但对于资深情报工作者陈君临来说，就查阅这么些材料，其记忆力足够了。返回“华园”后，他直接向特案组长汇报了尤友堂的情况——

尤友堂，六十三岁，四川成都人氏，出生于中医世家，年轻时在峨眉山做过道士，懂医，擅武，二十六岁去昆明，被旧军队聘为武术教官，兼行医。几年后去重庆，开中医医馆，坐堂问诊。1933 年，举家迁桂林，行医至今。1936 年参加国民党，但并不热衷于政治，对国民党的活动也向来冷淡。但在抗战中表现积极，由于是川中名观拜过名师出身的道士，又是当地名医，在医界、宗教界都有相当号召力，况且自己拥有一定财力，带头捐款赠物，还根据秘方大量配制治疗外伤、内伤、骨伤、时疫的丸散膏药，无偿提供给前方将士使用，当时的地方政府和公开活动的党派帮会都对其颇有好评。广西数家著名省市抗战团体都送去聘书，聘请他出任团体理事等职务，他一概谢绝。

抗战胜利后，尤友堂继续经营医馆，济世救民。尤友堂的子女未曾继承其衣钵，早年分别考取上海、南京、天津的著名学府，毕业后均去英国留学。完成学业后留居英国，去年初结伴回桂林探亲，要把父母接往海外定居。其母欣然赞同，尤友堂却表态：故土难舍，还是容我待几年再说吧。如此，子女就先带上老母去了英国。

因其职业和这份经历，尤友堂交游甚广，江湖朋友众多，其中被较多外人所知的是他结拜的三个异姓兄弟，一个是重庆人何承然，一个是杭州人陶应悟，一个是武汉人贾鸣祥，他年龄最小，排行老四。据说老大老二老三都是医术了得独树一门的杰出人才。老三贾鸣祥抗战初期死于日寇轰炸；老二陶应悟在抗战胜利后不久病故；老大何承然一直独身，抗战中期离渝周游西南诸地，于 1945 年初抵达桂林，受到老四尤友堂的热情接待，兄弟俩多年不见，畅谈甚欢。

其时何承然已经八旬开外，尤友堂念及战乱未止，挽留老大居留桂林，一切由他安排，何承然婉拒。不过，最后他还是不得不留下了。在桂林逗留期间兄弟俩每天喝酒，一日三顿，高谈阔论，有时甚至通宵达旦。这对于一个八旬老翁的健康来说，显然是有损害的。就在他准备离开桂林前几天，突发中风，幸亏抢救及时，中西医联手将其从鬼门关扯回，但落下了半身不遂的后遗症。

如此，何老大只得在桂林长期住下。何承然为人豪爽，是江湖上出名的慷慨豪客，并无什么积蓄。尤友堂便出资在驿前里购置了一座独门独户的小院落，将老大安置在那里，由其承担全部生活费和医药费。正好何的两个外地弟子闻讯赶来探望，承担起日常护理照料之责，两人轮流陪伴师父，半年一调。

这份材料是地下党在桂林解放前夕收集的，解放后的情况则是由老姚前往“和春国医馆”所在地公安分局和管段派出所了解到的，重点自然是他和“谢先生”的关系——

“LM”到管段派出所申报临时户口时用的名字是“谢中庸”，系尤友堂的“义侄”。负责登记的民警回忆，“谢中庸”说话时有浙江一带的口音，侦查员由此推断“谢中庸”跟尤友堂结拜弟兄中的老二陶应悟可能有关系（陶是杭州人），也许是陶老二家族中的小辈或者门徒，但也有可能是假借陶老二之名。不过，不管是真是假，这上面似乎都有文章可做。

亓舞牧和梁武道对上述情况进行了分析，首先考虑是否由尤友堂出面宴请“LM”，随即予以否定。此人政治面貌模糊，为人孤僻，即使适合出面，只怕他本人也会拒绝。另外，这里面还有一个“LM”是否肯接受义叔在外面宴请他的问题，这不合尤友堂深居简出的行事风格和生活习惯。如果“LM”提出，反正同住在一个屋檐下，何不就在医馆进行，尤友堂又将如何应对？如果在医馆内设宴，侦查员化装出现在宴席现场，那“LM”会怎么想？这等厉害的家伙，不可能不产生怀疑。这样一来，就弄巧成拙了。

还有，尽管尤友堂肯定会答应严格保密，但他以前恐怕没干过类似的活儿，没这方面的经验，一旦在“LM”面前露出一丝半点儿的口风，哪怕神情有半点儿不自然，也可能被“LM”看出破绽。

于是，亓、梁两个就把主意打到了结义四兄弟的老大何承然那里。由此老翁出面宴请“LM”，辈分摆在那儿，估计“LM”不敢打回票，而且不管宴席设在哪里，他都得前往。只要他能离开诊所到外面用餐，特案组就有办法让他着道儿。问题是，何老爷子是否肯协助警方出面发出邀请。

亓舞牧就跟老姚说了让何承然老爷子出面请客之事，当然，没说用意。老姚说这件事由我向局领导报告，我想领导肯定会想办法稳妥解决的。

果然，桂林市公安局的领导表示，华南特案组交办的事儿，再难办咱们也得想办法解决。也不知下面是怎么做的工作，反正何老爷子一口答应了。亓舞牧遂派陈君临、老姚两人找了一家距“和春国医馆”不远的有电话机的饭馆，订了一间包房。

何老爷子那边，则让随侍的弟子大刘去见尤友堂，说他有事要跟四弟见个面。尤友堂对结义大哥的礼数一向周到，当下随大刘前往。

“LM”去桂林要求加盟义叔医馆之事，系“保密局”的特工专家和美国顾问共同策划。早在一个多月前，由“LM”亲笔所书的一封相关内容的信札就已由专人送往桂林，当面交予尤友堂之手。尤友堂感念业已故去的义兄陶应悟，因与陶家在日寇侵华战乱中断了联系，战后无法再跟义兄的家人续上关系，每每想起，总是唏嘘不已。突然收到义兄弟子的函件，竟是已经继承义兄的衣钵，要来其桂林医馆坐堂问诊，祈望得到义叔的当面指教和扶持，自是喜出望外。这个信息，尤友堂自然要奉告老大何承然的。其时何老大的中风后遗症已经有较大好转，当时就说，待义侄抵桂之后，如果身体情况允许，他要见见这个后辈。

当下，尤友堂赶去跟何老大见面，两兄弟当面说了这事，尤友堂自是赞同，并提出由他来安排宴请之事。何承然已经接受了桂林警方的委托（警方生怕惊到老爷子，用的是市民政局的名义），来人再三要求他对此事的所有情况严格保密，他是一口应允的，所以此刻对义弟的说法是，已有弟子安排妥当，届时你和义侄赴宴就是。

特案组也在紧锣密鼓做着准备。3月9日上午，亓舞牧召集特案组侦查员回到驻地“华园”，把行动方案端了出来。事关重大，这个计划昨晚已经以密电方式呈报华南分局社会部审核。今晨五点，社会部领导回电告知批准实施，要求特案组“务须谨慎，如遇任何意外，应果断停止执行，以勿打草惊蛇为重”。

一干侦查员由外围到核心，对此次行动的种种细节反复推演——

“LM”离开“和春国医馆”后如何布置跟踪监视，一路上应该安排多少便衣，如何化装，准备哪几种交通工具，如果“LM”不按正常的路线走甚至突然改变主意往诊所回返，该如何应对？“LM”抵达饭馆进入包房后，如果预先跟何老爷子说好的出席人数发生变化临时增加（最有可能是尤友堂在桂林的弟子），又该怎么办？最紧要的是，特案组计划以灌酒方式让“LM”迷糊过去，这个过程如果出现意外怎么办？

为防打草惊蛇，特案组拟定的出席者是何承然、尤友堂、“LM”以及大刘四人。之前在广州讯问“梅花22”那伙特务时已经了解到“LM”善饮，喜好白酒，酒量在一斤以上，而大刘的酒量则属于“深不可测”，何承然说以前曾亲眼见过这弟子喝下两斤白酒后言谈举止跟平时无异。因此，正常来说大刘是可以把“LM”放倒的，再说尤友堂也能喝酒，肯定会和“LM”干几杯。但是，万一“LM”突然提出“以茶代酒”呢？干这一行的一旦作出此类决定，肯定是有过考虑的，别人一是无法劝得了他，二是过度劝说反倒会引起其怀疑。这种情况下，就该下药了。

能把人迷糊过去的西药，特案组的器材箱中有备，中药方子则在其中几个侦查员比如亓舞牧、尹小白、梁武道的脑子里；其实侯烈也是这方面的专家，不过老亓说有我们这几位已经足够了，就不惊动他了。如何下手也很方便，特案组侦查员人人都有这种“闪电手”的本领。但最终考虑下来，只有组长亓舞牧干这活儿最为妥帖。在特案组诸侦查员中，只有老亓没在“和春国医馆”门前出现过，敌特中应该没有任何人跟特案组长打过照面。所以，由老亓化装跑堂进出包房沏茶斟酒上菜最稳当。再说老亓以前从事秘密工作时，曾多次化装过跑堂甚至厨师，对饭馆、茶楼那一套很熟悉，料想不会露出马脚。

另外，特案组也不得不考虑，万一百密一疏，发生事先没料到的情况，导致计划穿帮，那就得当场采取抓捕行动了。因此，必须对“桂字04”小组的甄大虎等特务采取同步监视措施；“LM”也可能会把卫士姜葆山带往饭馆，姜当然是不能进包房的，他在店堂里待着也得有便衣盯着，一旦需要当场抓捕，必须在第一时间将其控制。此系迫不得已的下策，是仅比“脱逃漏网”好一点儿的结果，但也得做好预案。为此，特案组还安排了之后羁押一干人犯的场所。

行动时间定于3月10日晚。3月9日下午，亓舞牧指示尹小白将行动计划通过彭婶传达给侯烈。

这两天，“LM”对侯烈还是一如既往地随和客气，甄大虎一天早晚两次来见“LM”，估计是汇报外面的动静以及准备接受“LM”下达的任务。侯烈每次跟甄大虎见面，两人都是微笑招呼，扯几句“今天天气哈哈哈”之类的闲话。对于自己的这般“悠闲”，侯烈心知肚明，那是因为“LM”对自己还不是完全放心，正处于举棋不定的当口儿。当然，可以想象台湾方面对其按兵不动肯定非常恼火，估计催促甚频，“LM”现在心里应该也是颇受煎熬。

使侯烈感到奇怪的是，这种情况下，“LM”表面上竟然还能如此气定神闲，也没见他指令甄大虎去干过什么（如果甄大虎一伙有动静，老亓肯定会及时告知），这有点儿不对头啊！莫非“LM”袖中另有乾坤？

侯烈继续顺着这个思路往下捋：如果“LM”确实袖里另有乾坤，他应该已经着手对自己的底细进行调查了。怎样调查？这主儿是从广州来桂林的，已经查明其在广州时藏匿于“梅花 22”一伙盘踞的“平安行”。而“平安行”已经被我方给端掉了，正是由于端掉了“平安行”，才发现了“LM”的去向，才有了如今特案组在桂林的排兵布阵。因此，“LM”要调查唐瞎子身份的真伪，一定绕不过“平安行”。如果“平安行”不再营业，那就不必另外进行查证了，“LM”这边立刻就会做出反应——转移。

上述思路属于秘密情报工作的惯常思维，敌我双方都是按照这套路数行事的，可之前特案组在制订卧底计划的时候为何没有考虑到呢？事后，特案组对此进行过检讨，不止一个侦查员说他们脑子里冒出过这个念头，但由于当时制订卧底计划的目的是一旦侯烈顺利跟“LM”接头，立即采取逮捕行动，大家在潜意识里认为这个问题已经没必要考虑，也就没人提出来。后来根据上级指令对原计划进行修正，侦查员都在紧张地执行各自的勤务，没再往这方面去想。即使有谁想到，也不会去跟领导开口说此事——特案组的行动一旦展开，那就与军队执行战地勤务一样，下级服从上级，一切行动听指挥。既然没有举行全组会议或者领导个别征求意见，那就没有开口发言提建议说担心的平台，只能保持沉默。否则，七嘴八舌人人有建议随时可以提出，那就是动摇领导决策之举，在军队属于违纪行为。再说，作为下级，你又怎么知道领导没有考虑到这一点呢？

话说回来，即使上级考虑到，也没法儿预防。除非把“梅花 22”从看守所送回“平安行”，让他们像未出过事那样照常营业，我方派员监督。这种做法在谍战中偶尔是有过的，但有前提——涉案敌特的罪行并非特别严重，自首或者被捕后立刻彻底坦白，并有悔罪立功争取从宽的愿望，方可予以考虑。而“梅花22”一伙根本不具备上述条件，仅史重迁、袁守量故意杀人就已是重罪，况且我方抓捕时又暴力抗拒，致使我方多人受伤（当然他们也伤得不轻），属于穷凶极恶之徒。这种对象，不可能考虑“使用”，即使想使用也用不了——哪见过商铺自老板、账房到伙计、小厮一个个都绷带裹头、三角巾吊臂、腿上打着石膏还硬撑着开门迎客的？让便衣代替也不妥，“LM”派去窥探的家伙回去一说外形相貌，还不是立马穿帮？

考虑至此，侯烈又把思路转到“LM”会派何人前往广州窥探“平安行”。首先排除了甄大虎那一伙，侯烈深知特案组的工作思路，像老亓这样精细的人，肯定早就布置把甄大虎以及国医馆（包括主人尤友堂以及其他几位郎中）盯得死死的，“LM”如若安排这些人去广州，肯定立刻就被察觉了。从“LM”的角度来说，如果他具备高级特务的职业素质，也不会派甄大虎这些人去，甄大虎每天都在诊所出现，在反特人员眼中，那无疑是非常明显的目标，很容易被人盯上，肯定是不能用的。那么，他会派谁去呢？“LM”手下只有两个直属嫡系，姜葆山和郁庆邦。可侯烈知道，连同“LM”在内，这三人这几天都没有离开过诊所。

那就只有从不出诊所也能接触到的人来考虑了。想到这里，侯烈一个激灵：彭婶的丈夫老王王显林这两天怎么没在国医馆露过面？平时他不是一天至少要来两三次的吗？难道“LM”物色的对象竟是他？随即联想到老王的那辆摩托车，寻思看来八九不离十啦！

桂林到广州相距千里，以那时的公路路况，机动车打个来回加上途中盘桓停留的时间，一般需要三天。侯烈回忆下来，最后一次见到老王是前天午后，他载客到附近后，照例顺便来诊所看看妻子，如果有彭婶干不了的活儿，他就帮着料理了。当时正是午休时间，老王在诊室坐着，好像“LM”也在那里，他每天午后都是在诊室看报纸的。对了，应该就是这个时间段，老王驾车离开诊所后，直到现在也没出现过！前天是3月7日，老王驾驶摩托车去广州跑一个来回，最迟明天傍晚前就能返回桂林了。怪不得“LM”一副稳坐钓鱼台的架势……

侯烈出了一身冷汗，寻思得赶紧把信息传递出去，距老王返回还有一天多时间，老亓还来得及采取措施。

鉴于老王是特案组临时交通彭婶的丈夫，侯烈出于谨慎，不敢就此事动用这位临时交通。他自己的行动虽说并未受到限制，但他知道，自己始终处于被监视的状态下，如果离开诊所大门去外面，哪怕只转悠短短数分钟，也会被受“LM”指使的姜葆山或者郁庆邦察觉。可是，侯烈眼下就只有彭婶这么一个交通，不动用彭婶，又怎样才能在不出门的前提下达到传递消息的目的呢？

二十一、终获破局

先把侯烈往旁边放一放，回过头来说说陶省惕。国医馆主人、名医尤友堂跟其义兄何承然见过面返回诊所后，跟陶省惕说起义伯提出宴请之事。陶省惕落网后的供词中，对“保密局”的情报工作没有做到家表示极为愤怒。

之前，陶省惕的老爸陶应悟于抗战胜利后不久在杭州病殁，当时陶家跟何老大、尤老四已经断了联系，无法报丧。稍后，他被毛人凤招到麾下，按照规定写自传时也是这样写的。到了台北，“保密局”策划派遣其潜赴内地执行使命，派员专门跟他谈话，照例要了解他在内地的社会关系，他的说法跟以前一样，但出于谨慎又补充说，请局本部对这些社会关系是否有变化进行核实。当时，那位有少将军衔的上司听着频频颔首，连说“当然”，让他“尽请放心”。陶省惕也就真的放心了。

“保密局”的确进行了调查，准确无误地查到了尤友堂在桂林开“和春国医馆”，但何老大也在桂林之事却没查到。因此，他抵达桂林后（担心被查出底细，陶省惕不敢以陶应悟之子的身份投奔尤友堂，而是谎称系陶应悟的弟子，名叫“谢中庸”），就没有提到义伯，而义叔尤友堂不知怎么也没有说及此事——也许他认为“谢中庸”毕竟不是陶应悟的亲子，跟何老大的关系有点儿远；再者，之前何老大已经表态，如果身体情况允许，要见见这个后辈，但后来何老大没有再说起此事，所以他认为不必急于一时，也就没有提及。

现在，尤友堂突然说起义伯何老大已在桂林养病四年，还要宴请他，陶省惕下意识觉得此事似有反常之嫌，曾想到过婉拒或者变相婉拒（比如答应后故意制造障碍作为暂缓赴宴的借口），却又有些犹豫。因为义叔为他提供了正当职业和藏身之所，义叔的面子不能不给；而那位义伯，虽已老迈且疾病缠身，但其在中国西南诸省江湖上的影响依旧存在，绝对是不能得罪的。一时想不到合适的推脱之辞，他只能答应赴宴，但心里又总是觉得不托底，最后决定：赴宴是赴宴，但不能喝酒，只可以茶代酒，这一条是底线！

陶省惕把这话对义叔说了，尤友堂觉得这也算不上什么大事，况且何承然并没刻意交代过届时要喝酒，当即点头表示赞同。稍后大刘来听回音时，他也没提起。

转眼就是3月10日。陶省惕已经对赴宴设置了底线，对此也就不去耗费脑细胞了，把心思都放在了王显林身上。屈指算来，到今天午后已是第三天，整整七十二小时，去广州打个来回应该回来了。从上午九点多开始，他一边貌似心无旁骛地给病人搭脉诊病，一边留意外边是否有摩托车引擎声响。可直到中午，老王也没出现。

这下陶省愓有些着急了，难免要往“出事”方面去想，暗忖如果是出了车祸那倒还好，死了等于封口，伤了也不至于惊动途经地公安局，老王随身带着路条，交警不会平白无故怀疑他在客串“地下交通”；担心的倒是他途中跟人发生纠纷，打架伤人什么的，万一折进局子，只怕经不住警察的讯问。曾听彭婶跟人唠叨过其夫喜好饮酒，可酒量有限，喝过量了经常动不动发脾气。尽管他叮嘱过老王路上不要喝酒，可架不住老王阳奉阴违。想到这里，陶省愓心里不由得七上八下。

同一屋檐下，侯烈的内心也无法平静。昨天，他绞尽脑汁反复考虑如何不经彭婶之手把消息传递给尹小白，可就是找不到传递信息的载体。他曾考虑过在前院以肢体动作暗示外边监视的侦查员主动进入国医馆“看病”，转念又放弃了。后院肯定有人监视着他，突然来个肢体动作实在过于显眼了；即便尹小白他们真的化装进入诊室看病，他也没法儿跟人家接触——以他唐瞎子的身份，未经招呼是没有理由进入诊室的。

实在想不出法子，侯烈只好返回后院。彭婶正在后院的月亮洞门外一侧墙角制作缸炭，侯烈见劈好的木柴不多了，就去帮她劈柴。就在这时，随着突如其来的一阵狂风，前院发出“轰隆”一声。彭婶赶紧奔出去查看，片刻即返，说前院的凉棚被风吹塌了一个角。尤先生也闻声出来，听彭婶一说，不由皱眉，说得赶紧加固，否则只怕整个凉棚都要倒塌了，问“唐先生”可否帮忙。侯烈眼睛倏地一亮，说容我换身衣服，马上过去。彭婶则忙着去搬梯子。

片刻，侯烈换了一套黑色帆布衣裤，戴了顶鸭舌帽，匆匆前往前院。彭婶已搬了架梯子放在那里。姜葆山也赶来了，正摆弄梯子，像是要爬上凉棚。侯烈说声“我来”，从彭婶手里接过工具，插在腰间，就踩着梯子上了凉棚。姜葆山站在下面仰脸看着：“唐先生小心，慢一点儿没关系。”

侯烈知道这老特务就是监视他的主儿，此刻自是来“执勤”的。他嘴里答应着，心里却在暗笑，因为他一登上凉棚顶，就已经向外面发出了暗号。这个暗号事先没有跟尹小白他们约定过，他不可能未卜先知，有个摩托车手老王可能会给特案组添乱。这个主意是侯烈急中生智临时想出来的。

刚才彭婶去搬梯子匆匆离开，侯烈说去换衣服，随手捡了一小块散落在地上的木炭。换好衣服后，他用木炭在自己的左手掌上写了一个粗体的“王”字。踩着梯子攀爬时，就趁机向外面展示了整个儿左手掌；上到凉棚顶上，又如斯亮了三次。他相信，尹小白他们肯定已经通过望远镜看到了他手掌里的这个字。

接下来，侯烈就等着尹小白的回音了。可是，转眼一个昼夜过去，特案组那边却没有任何动静。这下侯烈吃不准了，暗忖这是怎么回事？是发现了我发出的暗号，已经把事儿料理妥当消除隐患了，只是还没通知我，还是在那个短暂的时间节点，望远镜正好在哪个冒失鬼手里，眼睛盯得疲了，没留意到我手掌里写的字？

就这样，陶省惕和侯烈两个又忐忑地捱过了一下午。傍晚五点医馆关门时，侯烈突然听见外面传来一阵熟悉的摩托车引擎声，渐行渐近，直至后院月亮洞门外，戛然而止。他从窗帘缝隙里向外张望，看见风尘仆仆的老王正在停车。其妻彭婶听见声响，放下手头的活儿从厨房里出来。稍停，“LM”从前面诊室下班返回，跟老王说了几句什么，然后三人一起去了旁边和厨房连在一起的餐厅。

面对这种情况，侯烈反而平静下来，他已经做了最坏的打算。与此同时，已然在饭馆里做好准备的特案组长亓舞牧的心情依旧忐忑着。

今晚的鸿门宴定于六点半开始，特案组一方参与行动的一干便衣已经进入预定位置，为防万一，特案组还通过联络员老姚请市局临时调集了三十名便衣，隐藏在饭馆四周，形成了对饭馆的包围圈。亓舞牧化装成跑堂，不但形似神似，说话也是地道的本地跑堂用语（这几天他连做梦都在练习），手托装着菜肴汤水的菜盘在店堂里穿梭，把饭馆里的老师傅都骗过了，还以为他是哪个大馆子跳槽过来的伙计。可惜尹小白不在现场，否则他肯定不服，会有跟老亓“比试一番”的念头。

不过，亓舞牧貌似轻松，心里却一直七上八下。此刻他最担心的是“LM”突然变卦，随便找一个借口（比如身体不适）不来饭馆了，那还真没法子应对。尽管有句话说是“办法总比困难多”，但那是宣传口的用语，在秘密工作中并不怎么适用。

五点半，饭馆老板孙思愚匆匆来到二楼，对亓舞牧打了个手势。老亓立刻随其下楼，去老板室接听电话。这个电话简单到不能再简单，亓舞牧才喂了一声，对方即四个一组说出一串阿拉伯数字，然后挂断了电话。

从老板室出来时，亓舞牧已经把跑堂装束换成了便服，看得正在楼下忙碌的饭馆伙计个个愣怔，寻思夜市刚刚开始营业，这个新来的跑堂怎么撂挑子不干了？不过，现场一位已经坐在一副座头上翻菜谱的“冷脸食客”——梁武道——却是一看就懂，立刻向店堂里其他化装成食客的侦查员发出了“取消行动”的暗号。

转眼间，特案组侦查员以及参与行动的便衣全部离开现场。稍后，尤友堂及其义兄何承然师徒乘坐一辆借用的私家小轿车到达饭馆，几乎是同时，“LM”也坐了一辆三轮车独自抵达。

精心策划的行动因亓舞牧接到了一个极为短促的电话而取消，这电话是谁打来的？那组数字又是什么意思呢？

答案是：电话是侯烈拨打的，那组数字是事先约定的暗语，意思是“问题解决了”。

问题是怎么解决的？这要从侯烈昨天下午加固诊所凉棚时发出的暗号说起。

其实，侯烈的担心是多余的。亓舞牧把侯烈对外联络的线头交予黑仔尹小白主持，是经过反复考虑的。这是一个看似不显山不露水的岗位，却对完成卧底使命有着重要作用，事关任务的成败和侯烈的安危。为此，亓舞牧还征求了副组长梁武道及陈君临、麦善谋的意见。梁、陈、麦都认为，在特案组侦查员中，尹小白乃是最为合适的人选。为使小白同志认识到这项使命的重要性，亓舞牧是以特案组支委会的名义向尹小白下达任务的，郑重道明以尹小白为主，张百行为辅。

尹小白倒没有那么郑重其事，还像平时那样，“我去做，没问题”，然后是“不过我有个条件”。黑仔的条件是：这一拨人员得由我自己挑选，外援便衣每个人都得面试。

亓舞牧自是没有意见。之后，尹、张两人反复查看国医馆以及周边区域的地图，又化装前往现场进行实地踏勘，最后提出要十六人执行该项使命。其实张百行对这个人数是有异议的，说特案组眼下可以调配的粤警桂警便衣一共才四十人，咱们一下子要了十六个，太多了吧？尹小白说这是最基本的，没准儿回头还得根据具体情况增加哩。兄台放心，老亓肯定答应，人员不够，他会临时请求地方增援的。

回头跟特案组长一说，亓舞牧果然立刻同意。尹小白连夜面试，对各人的跟踪、蹲守、观察力以及身体状况都一一问得很仔细，最后退回了一个男便衣，调换了一名桂警女性便衣，以备应付化装跟踪时的意外情况。

这些被尹小白选上的便衣，十有八九都比他年龄大，有的足可列入父辈，但他们跟黑仔打过交道后，无不暗叹小白是“天生干这一行的翘楚”。因此，对于尹小白的调遣、指挥，这些便衣都愿意听命服从。当然，像尹小白这种个性，谁都跟他好相处。如此，这段日子大伙儿不论是监视还是跟踪，尽管都夜以继日累得人仰马翻，工作积极性却是始终高涨，也没有出过什么差错。昨天侯烈上凉棚时，在梯子上把手掌一展示，正在监视的桂警便衣黎连阳就瞅见了，一声惊呼“快看”，话音未落，正倚在一旁打盹儿的尹小白闪电似的蹿到离他最近的女便衣小薄旁边，身体定位的同时，小薄手里的望远镜已经到他手里了，真真切切地看见了侯烈手掌上那个用炭写的粗体的“王”字！

尹小白对医馆里每天固定出入些什么人、互相之间的关系都已经了解得清清楚楚，一看这个“王”字，马上就想起一位，那就是临时交通彭婶的丈夫。当下一个激灵，下意识地联想到彭婶，寻思若是彭婶也有问题的话，那特案组上演的这出戏岂不要砸锅？想到这儿，尹小白一跃而起，说你们几位继续盯着，有事随时电告“华园”，我出去一趟。也不说去干什么、去多久，径自下楼出门而去。

这一去，自是奔驻地了。亓舞牧一听，也是一个激灵：“王？那就是老王王显林吧？这人这两天在干什么？”

尹小白说：“幸亏侯哥提醒，我才想起来，老王好像已有两天没露面了。”

老亓不由得瞪眼，语气也严厉了：“现在才想起来？还‘好像’？”

其实，因为老王不是监视对象，每天的监视记录中是不反映此人动向的，这也是尹小白“才想起来”的原因。尹小白平时油嘴滑舌，显得比较散漫，但在节骨眼儿上，对就是对，错就是错，决不狡辩，于是马上把责任都揽到自己身上，便说这都是小白的错，组长脑子里记下就是，账回头再算吧。咱们先分析分析侯哥发暗号的事由，我一路上琢磨，老王会不会受“LM”雇佣，去广州窥探“平安行”史老板一伙是否平安了？如果平安，还在正常营业，那侯哥的身份就没问题，反之，那侯哥就穿帮了。

亓舞牧认为尹小白的分析有理。这样看来，老王并非被敌特收买，而是在不知情的情况下受雇于“LM”跑一趟广州。彭婶应该没有卷入，她是桂林市局挑选的临时交通，肯定对其方方面面都了解过，确信可靠才推荐给特案组的。那么，往下应该怎么办呢？

这个，尹小白已经考虑过了。老王骑摩托车跑一趟广州，打个来回两千余里地，路况不理想，途中可能还会遇到修路、堵塞、临时封道让执行重要任务的军车优先通行什么的，再加上途中歇脚以及在广州盘桓的时间，至少得三天。这中间，来回都必须在梧州过夜，否则，单身骑着一辆摩托走夜路不安全，也容易被巡逻队拦下盘查。

所以，往下可以采取两步进行：一是立刻请广西省厅出面，紧急电令梧州公安出动警力，在广州来车进梧州市的必经道口设卡，发现相同车牌号（在桂林市局能够查到）和骑手似老王的，立刻连人带车一并扣下，单独看守，不准讯问，确保安全；二是即派张百行率两个便衣驾驶一辆军用卡车前往梧州，一路上注意是否会遇到老王，如未遇到，那王肯定被梧州方面拦扣了，抵达后立刻带回桂林讯问。问明事实，若真如刚才所料，就让老王将功折罪，按照咱们交代给他的话回复“LM”就行了。

亓舞牧当即拍板：“就这样办吧。你回去马上通知小张出发，广西省厅我请老姚协调。”

这件事接下来的走势就没有悬念了。王显林被梧州公安拦截后，于今天上午八时许由张百行用一辆军用卡车连人带摩托押回桂林。讯问时，因亓舞牧、梁武道对桂林话比较陌生，请联络员老姚到场翻译。王显林方知自己惹了麻烦，政府可以法办他，顿时吓得魂不附体，一五一十供述了“LM”雇佣他前往广州窥探“平安行”的经过。亓舞牧对他说，如果不想坐牢也简单，遂让麦善谋向他交代回头该怎样跟“LM”交差。

往下，亓舞牧就回“华园”准备晚上的行动去了，留下麦善谋向王显林灌输“平安行”正常营业时该是怎么样的情景，包括有些什么货物，具体陈列于店堂的哪个位置，老板、店员又长得怎生模样，等等，都让他熟记于心。

本来，王显林午后就可去诊所了。但他昨天被捕后到现在一直没睡着，只是途中在军用卡车上打了个盹儿。谈话结束后，麦善谋让他睡了一觉，将近五点方才把他叫起来，又给他温习了一遍功课，帮他化了个灰头土脸风尘仆仆的装，这才让他骑车前往诊所。

“LM”哪里想到王显林竟会失手，听其如此这般一番回复后，问了问“平安行”史老板的年龄长相，账房先生如何如何，还故意问：“店堂里有个整天坐着搓绳子的婆婆跟你说话了吗？她是很饶舌的。”幸亏事先特案组帮老王临阵磨了磨枪，这个老实人没有上当，毫不迟疑地回答：“我没有看见这么一个婆婆。”于是，“LM”相信他忠实执行了任务，自是有一番精神和物质方面的感谢。

然后，“LM”就召侯烈谈话了。侯烈已经做好了当场翻脸的准备，不过，前往后院“LM”书房的途中，他看见卫士姜葆山正在院子一侧的井台上光着膀子做每天必修的冷水澡养生功课，顿时心里一松。如果真要冲他下手的话，这三个敌特中，只有姜葆山可以跟他较量一番——料想他们不敢开枪。现在姜一副轻松的样子，想来自己是过关了。

果然，进门后，“LM”直截了当下达了任务，让他晚上早些休息，明天上午驾着老王的摩托车带上王的路条出发，前往百里外的恭城，以“中华民国国防部特别视察官”上尉副官兼特使的名义跟三个“党国同志”接头，传达“LM”的指令：随时做好起事准备，需要补充的武器弹药、装备器材、委任状、活动经费等的清单，交“唐副官”即可，具体空投的时间、地点，在总部决定后会通过原渠道告知。

事后得知，这三个“党国同志”，就是前面说到过的台北总部电令陶省惕“予以鼓动打气”的来自荔浦、金秀、蒙山三处匪伙的代表。陶省惕在雇佣王显林前往广州窥探“平安行”平安与否的情况后，即向台北总部发密电，要求通知上述三地相关“党国同志”指派代表前往恭城，等候他“视察接见”，获得总部同意。现在，就派“唐副官”前往会晤，以便让台北总部知道这边已经动起来了。“LM”还关照说，估计这三位代表会赠送广西特产华南虎皮、虎骨、珍贵药材等礼品，注意坚决不收，倒不是别的意思，而是这类东西不便携带，一旦遭到军警盘查，容易引起怀疑。

一应事项交代完毕，“LM”说老唐你在国医馆闷了多日，现在可以出去遛遛了，说着递给他一沓人民币。然后，他就去换衣服，准备去赴义伯何承然的宴席。

侯烈借出门之机，致电“华园”驻地汇报情况。离开借用电话机的那家工厂门房时，发现马路对面停着一辆三轮车，借着路灯光一看，车夫竟是张百行。四下扫视，无可疑对象盯着，便穿过马路上车而去。

稍后，侯烈跟尹小白在距“和春国医馆”两条马路之隔的一处民居——桂林市委社会部的工作密点——见面。时间紧迫，两人顾不上寒暄，侯烈把最新情况说了说。尹小白估计亓舞牧会派人去恭城盯着那三个匪伙代表，便跟侯烈约定了表示是自己人的手势暗号，免得当面接触时造成误会。

次日清晨，侯烈驾着老王的那辆摩托车前往恭城。

一个多月前，恭城刚粉碎钟祖培为首的暴乱时，军警对社会治安控制得很严。稍后，为了对逃窜瑶山的暴乱残余分子进行心理战，需动员钟祖培等匪首的旧部、亲朋好友出面，这些人中不乏此次暴乱中漏网的匪类及其他没有参加暴乱的原国民党军政人员、土匪恶霸和帮会人士，考虑到这些人在协助开展心理攻势时，肯定需要频频往来城乡，如果被军警巡逻队拦截下来，显然是经不住盘查的，多半要被扣留下来进行审查。为顾全剿匪大局，我方对恭城的旅馆等公共场所的检查就松了下来，当街拦截盘查则基本停止。2 月 27 日，钟祖培下山向我方自新后，恭城县随即成立了一个“招抚委员会”，委任钟祖培为主任，我方县长田继舫为副主任，负责招抚其他尚躲藏于瑶山的特务残匪。为防止吓着前来投石问路的特务土匪，最近的治安管理更为宽松，侯烈从桂林到恭城一路上没遇到军警。他在城里一家照相馆顺利接上头后，即被引往一户深宅大院。

那三个匪伙代表已经先行抵达，见到侯烈，尽管有负责接头的照相馆石老板作证，双方还是一本正经互相报出接头暗语。然后，才放松下来，侯烈出示了“LM”给他的委任状，那三位立刻立正行礼，状极恭敬，一口一个“唐副官”。石老板按例回避后，“唐副官”听取三人对各自匪伙情况的汇报，收下了他们开列的要求台湾方面提供支援的物资清单，又装模作样说了几句给他们鼓气的话。

深宅大院的主人姓孟，系越南华侨，恭城解放前夕去了越南，把房产委托给连襟殷某管理。殷原是警察局股长，抗战胜利后回家赋闲。这人本身不是特务，但跟原“军统”有说不清道不明的关系，遂做主把房子无偿提供给“保密局”潜伏特务使用。这里是“保密局”设在恭城的一个交通站，跟白崇禧控制的钟祖培那伙是互不相关的两股匪特。

钟祖培发动暴乱时，他们一伙没有参加，之后我方肃特清匪，也没留意过这座深宅大院。殷某以代理主人名义住在这里，但对特务活动并不参与，只负责有偿提供伙食、住宿。那三个匪伙代表是昨天先后抵达的，已经住了一宿。原打算还住两三天，上街转悠转悠，但侯烈跟他们谈话后，一起吃过午饭，即命他们离开恭城各自回去，等候台北方面空投物资。三匪返回各自地盘时，都不知道已被我方给盯上了。

侯烈没有马上离开。下午，他上街去溜达了一圈，用“LM”给的钱买了几包不同品牌的香烟和两盒火柴。回来后，把三个家伙开列的清单中的武器器材数量换算成香烟、火柴，分别装好，然后把清单付之一炬。当晚，跟殷某喝酒，问了些恭城暴乱之事，以及目前钟祖培等人的情况。

次日，侯烈返回桂林，把香烟、火柴拿出来，看着品牌、数量一样样如数家珍般地把各匪伙需要的武器、器材等物资一一报出，至于他们提出的经费金额和要求封官的人数、职衔，他已牢记在脑子里，当场说了个清清楚楚，最后又向“LM”汇报了关于恭城暴乱以及钟祖培等匪首目前的情况。侯烈向“LM”解释，之所以把清单烧毁，是生怕返回途中遭遇军警巡逻队盘查搜身。这一手让“LM”大为欣赏，竟有一种刮目相看的感觉，随即又有些得意，毕竟这个“唐副官”是他亲自发现并破格录用的。当晚，“LM”即向台北“保密局”总部发出密电，报告此次视察情况。

当天下午，侯烈上街溜达，在事先约定的密点跟尹小白见面，把恭城之行的情况说了一遍，尹小白即报亓舞牧。

“LM”如果知道侯烈这一趟差竟然起到了获取密码本的作用的话，只怕会有种“买块豆腐撞死”的极度懊悔。特案组派出的侦查员和便衣跟踪那三个匪伙代表分别去了荔浦、金秀、蒙山三地，弄清楚三股匪伙的大致藏匿点，即刻通知广州，华南分局社会部又将此情报转给军方。军方的密码专家之前对拦截的台北与“LM”之间的来往密电做了大量破译工作，虽然尚未成功，但已掌握了其中的一些规律。现在，有了上述这些准确的综合情报为参考（诸如地点、人员、物资种类和数量等，均为破译密码的重要参考），破译工作因而获得了重大突破。

这是亓舞牧事先估料到并寄予很大希望的情况，所以他在 3 月 10 日傍晚接到侯烈的消息，得知“LM”已向其下达任务后，立刻决定中止拍摄密码本的行动。

尾声

1950 年 3 月 15 日，华南特案组接到上级密电，命全组除侯烈同志以外的侦查员、报务员及粤省便衣一并返回广州，将另有任务下达；对“LM”的监视移交广西省厅，侯烈继续卧底，关系仍在特案组不变，由桂省公安厅负责其工作的协调和安全。

同一天，侯烈奉“LM”之命，携甄大虎前往河池。此行又获得了残军、土匪各一股的信息，返回桂林后，侯烈秘密送出的情报移交军方。军方专家终于完成了“LM”密码本的全部破译工作，通过破译的密码掌握了广西部分国民党残军、土匪的情况，对之后的剿匪工作起到了重要作用。据史籍记载，广西的剿匪斗争分为三个阶段，其第一阶段从 1950 年 1 月开始至 9 月止，这一阶段的主要任务是追歼残敌（国民党残军）、镇压暴乱、进剿股匪，该阶段取得的不凡成果与公安部门的大力配合特别是对敌匪特的情报工作的成功是分不开的。

高级特务陶省惕的谢幕令人愕然——

特案组离开桂林后，陶省惕又做了大约一个月的中医，突然向诊所主人辞行，说要去广州发展。他离开诊所时，姜葆山、郁庆邦、侯烈随行。其实，陶省惕并未离开桂林，只不过接受台北总部的指令，让其出于安全考虑，把电台搬个地方。他想想也对，寻思干脆连人一起动一动，在请示总部获准后，按照台北的安排，转移去了桂林文昌桥畔的私营“顺仁米厂”。“LM”由郎中摇身一变成了米厂的账房，报务员郁庆邦做了司磅员，姜葆山、侯烈是扛米包的普通工人，一度由陶省惕指挥的“桂字04”小组则回归原建制。

陶省惕继续坐镇桂林，遥控部分残军、土匪与“保密局”的联络。我军方出于战略考虑，尽管破译了其每次与台北通电的内容，但为防止泄露密码已被我方破译的机密，对有“LM”参与联络的残军股匪，严格控制击溃和歼灭的比例，以免引起敌方怀疑。事实证明，这个措施是成功的，据后来获悉的敌方内部情报显示，台北方面对“LM”一直非常放心。

哪知，桂省没出事，广州那边却发生了意外。6月下旬，有个知道“平安行”底细的已经脱离敌特组织的前特务分子韩某，路过“平安行”时发现该行已经关闭。本来，关也好，开也好，跟这主儿没有任何关系，可这家伙是个好事之徒，反正闲着也是闲着，竟然停下来去向邻居打听这是怎么回事。邻居中有人多嘴，把史老板一伙春节后被抓走之事说了说。韩某两天后跟以前几个朋友一起喝酒，为表示自己消息灵通，把此事透露了出去。不想在座有人是不在编但背后有特务指使有偿刺探各种情报的主儿，于是，这个信息很快传到了台北。

之前曾说过，“梅花22”是“保密局”在羊城埋下的一枚棋子，不用时“冬眠”，需要时激活。“LM”2月份抵达广州前，该棋子第一次被激活。“LM”去桂林后，因需要招聘唐瞎子，曾请台北总部与其联系过。那次之后，“保密局”与其的联系是每月一次，保持通讯畅通就是了。那几次联系都是由原报务员庄炳祥上机，由公安人员监视着操作的，以防换人后操作手法异样被敌方察觉。现在，台北总部获悉这样一条情报，不禁大为惊讶，当即电令“LM”停止活动，全体速赴香港。陶省惕对此自然不解，但命令必须执行。想想家眷都在台湾，回去当然是好的，就怕去香港是述职，述完后仍得来内地，那就不妙了。

不过，陶省惕想多了，述职的事已经不劳他挂心了。他和姜葆山、郁庆邦、侯烈四人回到广州，准备按来时的办法偷渡出境，不料长途汽车刚进站，就被军警团团包围，四人一齐被捕，押解市局。侯烈当然即回特案组，陶省惕三个则手铐脚镣，单间关押。

同一天，广西方面也对潘福成（潘老板）、甄大虎、倪冬生、陈咏、郎仕晖、阴鑫旺以及“顺仁米厂”老板羊三鸣、恭城殷一俊等涉案人犯予以收捕。

1950 年 9 月下旬，广西省、广州市分别对涉案罪犯作出判决：史重迁、袁守量、龙吞云、费耀祖、穆逸云、甄大虎、姜葆山被判处死刑，其他人犯分别判处七年至无期徒刑不等；陶省惕被捕后押解北京，次年被判处无期徒刑。

图书在版编目（CIP）数据

华南特案组 / 东方明，魏迟婴著. -- 北京 ：群众出版社，2025. 01. --（啄木鸟）. -- ISBN 978-7-5014-6427-2

Ⅰ. I247. 5

中国国家版本馆 CIP 数据核字第 2024SA3357 号

华南特案组

东方明　魏迟婴　著

策划编辑：杨桂峰
责任编辑：吴贺佳
装帧设计/封面插图：王紫华
责任印制：周振东

出版发行：群众出版社
地　　址：北京市丰台区方庄芳星园三区 15 号楼
邮政编码：100078
经　　销：新华书店
印　　刷：天津盛辉印刷有限公司

版　　次：2025 年 1 月第 1 版
印　　次：2025 年 1 月第 1 次
印　　张：21
开　　本：787 毫米×1092 毫米　1/16
字　　数：260 千字

书　　号：ISBN 978-7-5014-6427-2
定　　价：68. 00 元

网　　址：www. qzcbs. com
电子邮箱：qzcbs@ sohu. com

营销中心电话：010-83903991
读者服务部电话（门市）：010-83903257
警官读者俱乐部电话（网购、邮购）：010-83901775
啄木鸟杂志社电话：010-83904972
